블러디 프로젝트

블러디 프로젝트
로더릭 맥레이 사건 문서

그레임 맥레이 버넷 장편소설

조영학 옮김

Publishing
Scotland
Foillseachadh Alba

The translation of this book has been made possible with the help of
the Publishing Scotland translation fund.

이 책은 퍼블리싱 스코틀랜드 기금으로부터 번역비의 일부를 지원받았습니다.

**HIS BLOODY PROJECT: DOCUMENTS RELATING TO THE CASE
OF RODERICK MACRAE
by GRAEME MACRAE BURNET**

이 책은 실로 꿰매어 제본하는 정통적인 사철 방식으로 만들어졌습니다.
사철 방식으로 제본된 책은 오랫동안 보관해도 손상되지 않습니다.

맷돌이 제 기능을 발휘하려면
암쇠에 구멍이 있어야 한다.

―스코틀랜드 속담

Preface

머리말

이 글을 쓰는 이유는 내 변호인 앤드루 싱클레어 씨의 요청 때문이다. 이곳 인버네스에 갇힌 후 과분할 정도로 친절하게 대해 주신 분이다. 이제 살날이 얼마 남지 않았지만 어차피 가치 없는 삶이었다. 얼마 전 내가 저지른 짓은 나 자신도 용서할 생각이 없다. 이 얘기를 종이에 옮겨 적는 이유는 오로지 변호사님의 친절에 보답하기 위해서임을 밝힌다.

로더릭 맥레이의 이야기는 이렇게 시작한다. 열일곱 살의 소작인은 1869년 8월 10일 아침, 고향 로스셔 컬두이에서 세 사람을 무참히 살해했다는 이유로 기소되었다.

팬스레 독자들을 잡아 두고 싶지는 않지만 수집된 자료에 대해서 서문 형식으로 어느 정도 상황 설명이 필요하겠다 싶다. 물론 곧바로 자료를 읽고 싶다면, 얼마든지 그렇게 해도 좋다.

2014년 봄, 나는 작은 프로젝트를 기획해, 내 조부 〈방랑자〉 도널드 맥레이에 대해 알아보기로 했다. 조부께서는 1890년 애플크로스에서 태어나셨는데, 컬두이에서 북쪽으로 4~5킬로미터 거리였다. 로더릭 맥레이의 재판 관련 신문 기사들을 접한 것도 인버네스의 하일랜드* 기록 보관소에서 조사하는 와중이었다. 사서 앤 오핸런의 도움으로 원고도 찾아냈는데 이 책 대부분이 바로 그 원고로 이루어졌다.

　로더릭 맥레이의 비망록은 매우 특별한 기록이다. 1869년 8월 17일에서 9월 5일 사이쯤 인버네스 성(城) 교도소에서 재판을 기다리며 쓴 것이다. 사건이 유명해진 이유도 사실 살인 행위 자체보다 비망록 덕분이었다. 비망록은 ─ 특히 제일 자극적인 부분만 모아 ─ 후일 삼류 잡지나 소위 〈통속 소설〉에서 여러 차례 재탕되며 논란을 부추기기도 했다.

　에든버러 문학자 중 비망록의 실체를 의심하는 사람도 많았다. 로더릭의 해명 때문에 18세기 후반『오시안』에 얽힌 스캔들도 다시 한번 회자되었다. 제임스 맥퍼슨이 게일어**로 된 위대한 시를 발굴해 번역했다고 주장해 순식간에 유럽 고전 문학의 한자리를 꿰찼으나, 후일 사기였음이 드러난 스캔들 얘기이다. 캠벨 밸푸어는『에든버러 리뷰』에 기고한 글에서, 비망록을 언급하며 〈반(半)문맹〉이라는 소작인 아이가 그

---

　* 스코틀랜드에서도 산지와 고원으로 이루어진 지역. 일반적으로 스코틀랜드 북부를 의미한다 ─ 옮긴이주. 별도의 표시가 없는 주는 모두 원주이다.
　** 중세 아일랜드어에서 파생된 켈트계 언어 ─ 옮긴이주.

렇게 일관되고 유창한 작품을 쓰다니 믿기 어렵다 …… 이 작품은 날조이며, 더욱이 이 무자비한 살인을 고결한 야만 행위로 우러러보는 자들이 있으니 조만간 단단히 망신을 당하고도 남을 일이다〉*라고 주장했다. 또 다른 사람들에게는, 이 살인과 비망록이 〈장로회의 헌신적 노력과 수십 년간의 발전**에도 불구하고 여전히 근절되지 않은 채 이 나라 북부에서 흔히 일어나는 끔찍한 야만 행위를 확증해 주는 것〉***이었다.

하지만 비망록에 적힌 사건들이 하일랜드의 소작인들이 부당한 봉건제적 상황에 신음하고 있다는 반증이라고 보는 이들도 분명 존재했다. 존 머독 기자 — 후에 급진적 신문 『하일랜더』를 창간하게 된다 — 는 로더릭의 행위를 용서할 생각은 없다면서도, 그를 〈잔혹한 체제에 밀려 이성을 잃은 비극의 주인공〉으로 보았다. 〈기껏 손바닥만 한 땅뙈기를 빌려 정직하게 삶을 일구려는 사람을 노예로 만드니 그렇게 될 수밖에 없지 않은가.〉****

자료의 신빙성이라면, 사실 150년 전 애기라 대답하기가 쉽지 않다. 그토록 어린 소년이 이토록 유창하게 애기를 풀어냈으니 당연히 의심이 간다. 하지만 로더릭 맥레이가 〈반

* 캠벨 밸푸어, 「이 시대의 오시안」, 『에든버러 리뷰』, 1869년 10월, 266호.
** 하일랜드 소거Highland Clearances에 대한 언급. 18세기 말에서 19세기 중반까지 고지대 사람들을 강제로 내쫓고 양 목장을 만들었다.
*** 『스코츠맨』 사설, 1869년 9월 17일.
**** 존 머독, 「우리가 이 사건에서 배워야 할 것」, 『인버네스 신보』, 1869년 9월 13일.

문맹 소작농〉이라는 생각도 편견에 불과하다. 예전에도 센트럴 벨트*의 부유한 도시들은 북부 지방을 그런 식의 편견으로 재단하려 들었다. 하지만 1860년대 인근 록캐런 초등학교 교육 과정을 보면, 아이들은 라틴어와 그리스어, 과학을 공부했다. 로더릭 또한 인근 카머스터라치 학교에서 그 비슷한 공부를 했다고 짐작할 수 있다. 그의 비망록은 그가 이런 교육을 받았다는 사실과, 보통 아이들보다 총명했다는 사실을 보여 준다. 물론 비망록을 〈쓸 수 있다〉는 이유만으로 정말로 썼다고 단정할 수는 없다. 이에 대해서는 정신과 의사 제임스 브루스 톰슨의 증언이 있다. 자신의 비망록에 로더릭의 감방에서 자료를 봤다고 적은 것이다. 톰슨이 실제로 로더릭이 쓰는 모습을 본 적은 없지 않냐고 주장할 수도 있고(실제로 그렇게 주장한 사람도 있다), 비망록을 요즘 법정에 제출했다면 증거 대부분이 증명 불가일 것이라는 가능성도 인정해야 한다. 비망록을 다른 사람이 썼을 가능성을 온전히 부정할 수는 없으나(그게 사실이라면 유력한 용의자는 로더릭의 변호사, 앤드루 싱클레어 씨이다) 그것을 사실로 믿으려면 어쩔 수 없이 복잡한 음모론을 끌어들여야 한다. 그리고 내용 역시, 어찌나 묘사가 세세한지 컬두이 사람이 아니고서는 도저히 불가능했던 것이다. 게다가 살인에 이르기까지 로더릭이 설명한 과정은 사소한 예외를 차치하면, 대개 여타 증인들의

* 스코틀랜드에서 가장 인구가 많은 지역. 글래스고, 에든버러, 폴커크 등이 포함된다 — 옮긴이주.

증언과 일치한다. 이러한 이유들도 그렇지만, 무엇보다 원고를 직접 조사해 본 결과, 나는 로더릭이 비망록의 주인이라고 확신한다.

로더릭 맥레이의 해명 말고도 이 책은 컬두이 주민들의 다양한 진술, 피해자 부검 보고서들도 포함하고 있다. 그중에서도 가장 흥미로운 자료는 J. 브루스 톰슨의 비망록 『광기의 경계 지대에서』라고 하겠다. 그 책 일부를 발췌해 수록했는데 톰슨은 로더릭 맥레이와의 대화에 더해, 앤드루 싱클레어와 함께 컬두이를 방문했을 때의 에피소드를 들려준다. 톰슨은 퍼스에 위치한 스코틀랜드 일반 교도소 전속 의사였으며, 정신병 때문에 재판을 받지 못하는 사람들이 그곳에 수감되어 있었다. 톰슨은 자신의 지위와 기회를 잘 활용해 두 건의 주요 논문, 「범죄의 유전적 본질」과 「범죄자의 심리학」을 『정신과학 저널』에 싣기도 했다. 톰슨은 진화론과 아직 초기 단계였던 범죄 인류학 분야에 정통했다. 현대 독자들에게야 미흡한 부분이 없지 않겠지만 글을 작성한 당시의 시대적 상황을 염두에 두기 바란다. 그는 범죄의 신학적 입장을 넘어서서, 어느 개인이 어떤 이유로 심각한 범죄를 저지르게 되는지 보다 정확히 이해하고자 노력한 인물이었다.

마지막으로 재판 기록을 첨부했다. 일부는 신문 기사, 그리고 일부는 1869년 10월 에든버러의 윌리엄 케이가 출간한 「로더릭 존 맥레이 재판 종합 보고서」에서 발췌했다.

거의 150년이나 지난 지금 이 책에 기록한다고 해서 사건의 실상을 알 수는 없다. 이곳에 제시한 설명에도 모순과 자가당착, 누락이 여기저기 드러나겠지만 그래도 잘 종합해 보면 스코틀랜드 법사학(法史學)상 가장 매혹적인 사건을 그려낼 수 있으리라 믿는다. 물론 나는 내 나름대로 판단하는 바가 없지 않으나 독자 여러분의 결론은 여러분 자신에게 맡기고자 한다.

텍스트 설명

내가 아는 한, 로더릭 맥레이의 비망록 전체가 출간된 것은 이번이 처음이다. 시간이 많이 흐른 데다 그동안 별로 관심받지 못했다는 점을 감안하면, 원고는 상태가 좋은 편이었다. 처음에는 낱장으로 된 종이에 썼다가 후일 어느 시점엔가 가죽끈으로 묶었는데 그 바람에 종이 안쪽 글씨가 제본에 가려 잘 안 보이기도 했다. 필체는 깨끗한 편에 속하고, 이따금 지운 자국이나 고친 흔적도 보였다. 출판 준비를 하는 동안 내내, 나는 원고에 충실하려 애를 썼다. 텍스트를 〈고치거나〉, 어설픈 문장이나 문맥에 손을 댄 적은 결단코 없다. 내 생각에, 그런 식의 개입은 텍스트의 신빙성을 해칠 뿐이다. 이곳에 실린 텍스트는 거의 온전히 로더릭 맥레이의 작품이다. 일부 어휘가 독자에게 낯설기는 하겠지만, 문맥에 비추어 이해하지 못할 정도는 아니라고 보았다. 비망록 내내 개인의 실명과 별명을 번갈아 사용했다는 사실도 지적할 필요가 있겠다. 예를 들어 라클런 매켄지는 대개 라클런 브로드로

통하는데, 별명의 사용은 스코틀랜드 북부 고지, 특히 노년층에서 두드러진다. 아무래도 가장 널리 퍼진 가문인지라 일족끼리 구분할 필요가 있었으리라. 별명은 주로 직업이나 기행(奇行)에 바탕을 두지만, 한 세대에서 다음 세대로 넘어가면서 당사자조차 별명의 유래를 모르는 경우가 많았다.

　나의 편집은 되도록 구두점과 문단 구분에 국한했다. 원고는 거침없이 한 문단으로 적어 내려갔다. 아마도 로더릭이 하루 이틀 펜을 놓은 순간이 예외일 텐데, 가독성을 위해 부득이하게 문단을 나누기로 했다. 마찬가지로 원고는 기이할 정도로 구두점도 무시했다. 당연히 구두점 대부분은 내 개입의 소산이나, 다시 한번 강조하지만 기본 원칙은 원고에 충실하자는 것이었다. 이 문제에 대해 내 판단을 믿지 못한다면 독자 여러분께 인버네스 기록 보관소에 남아 있는 원고를 참고할 것을 요청하는 바이다.

GMB

2015년 7월

진술

컬두이와 인근 지역 주민 진술 자료

수집   윌리엄 매클라우드 경관, 웨스터 로스 경찰서, 딩월

일시   1869년 8월 12일과 13일

카미나 머치슨[카미나 스모크]

컬두이 주민

1869년 8월 12일

로더릭 맥레이는 그 애가 아주 어릴 때부터 알았어요. 어릴 때는 참 명랑했고 청소년이 된 후에도 예의 바르고 친절했는걸요. 내가 알기론 그 애 엄마가 죽은 후로 많이 변했어요. 그 애 엄마는 매력도 많고 사람들하고도 잘 어울렸죠. 이제 와서 아비를 흉보고 싶지는 않지만 존 맥레이는 성질이 못됐답니다. 로디를 어찌나 심하게 다루던지, 세상에, 어떤

아이도 그렇게 학대해서는 안 돼요.

그 끔찍한 사건이 있던 날 로디하고 얘기도 했어요. 우리 집 앞을 지나더라고요. 정확히 무슨 얘기였는지는 기억나지 않지만, 라클런 매켄지 집에 가서 무슨 일인가 한다고 말했어요. 연장도 챙겼기에 일 때문이라고 생각했죠. 그러고는 날씨 얘기도 몇 마디 했네요. 청명한 아침이었어요. 로더릭도 무척 기분이 좋아 보였어요. 초조한 기색이라곤 없었는데…… . 얼마 지나서 로디가 돌아오는 것을 봤어요. 머리에서 발끝까지 온통 피 칠갑이었어요. 난 허겁지겁 달려갔죠. 그 애가 크게 다친 줄 알았거든요. 내가 다가가니까 걸음을 멈추더니 손에 든 연장을 떨어뜨리더군요. 무슨 일인지 물으니까 망설이지도 않고 라클런 브로드를 죽였다는 거예요. 정말 표정이 밝았고 어디 갈 생각도 없는 것 같더라고요. 난 큰딸을 불러 아빠 좀 데려오라고 했죠. 남편은 그때 집 뒤 딴채에서 일하고 있었거든요. 그런데 딸애가 로디를 보고 비명을 지르는 바람에 마을 사람들이 달려 나오고 밭에서 수확하던 사람들도 놀라서 고개를 들었지 뭐예요. 뭐, 순식간에 난리가 나고 말았죠. 솔직히 고백하자면, 그 순간에도 난 본능적으로 라클런 매켄지 일가한테서 로디를 보호해야겠다고 생각했답니다. 그래서 남편이 왔을 때 로디한테 아무것도 묻지 말고 그냥 집 안으로 데려가라고 얘기했죠. 로디는 식탁에 앉아 담담하게 자기가 어떤 일을 저질렀는지 고백하더군요. 남편은 딸을 이웃집에 보내 덩컨 그레거를 불러 아이를 지키게 한 뒤, 라클런 매켄지의 집으로 달려갔죠. 그곳에서 참상을 봤고요.

케네스 머치슨[케니 스모크]

석공, 컬두이 주민

1869년 8월 12일

그날 아침 집 뒤 딴채에서 작업 중이었습니다. 그런데 마을 쪽에서 무슨 일인가 웅성거리더군요. 그래서 작업실에서 나오는데, 큰애가 달려오는 거예요. 딸아이가 어찌나 놀랐는지 무슨 일인지 제대로 말하지도 못하더라니까요. 집 밖에 사람들이 모였기에 난 그리로 달려갔지요. 아내와 나는 혼란스러운 와중에 로더릭 맥레이를 집 안으로 데려갔는데, 그때까지만 해도 사고로 다쳤다고 생각했습니다. 안에 들어가자 아내가 상황 설명을 하더군요. 로더릭한테 정말이냐고 물었더니, 아주 담담하게 그렇다고 대답하더라고요. 결국 라클런 매켄지의 집으로 달려갔다가 정말 끔찍한 장면을 보고 말았습니다. 아무튼 나는 문을 닫고 시신들을 조사했지만 숨이 붙어 있는 사람이 하나도 없더군요. 라클런 브로드의 친척 누구든 이 광경을 보는 날엔 더 끔찍한 일이 일어날 판이었습니다. 그래서 밖으로 나가 그레거 씨를 불러 그 집을 지키게 한 다음, 나는 내 집으로 달려가 로디를 딴채에 가둬 놓았습니다. 로디는 저항하지 않더군요. 그레거 씨는 라클런 브로드의 친척들을 막지 못했습니다. 기어이 집 안에 들어가 시체들을 보고 만 게지요. 로디를 가둬 놓았을 때쯤, 유족들은 성난 군중을 불러 모은 참이었어요. 간신히 설득해서 돌려보내긴 했지만 말입니다.

로더릭 맥레이의 성격에 대해서라면 글쎄, 이상한 아이이긴 했지만 원래 성격이 그런지 아니면 가족한테 학대를 당해서 그런지는 모르겠습니다. 어쨌거나 정신이 건강하다면 그런 짓을 저지르지 않았겠죠.

제임스 갤브레이스 목사

카머스터라치 소재 스코틀랜드 교회

1869년 8월 13일

최근 교구에서 벌어진 참상 때문에 이 고장 주민들의 천성적 야만성이 재발할까 두렵기만 합니다. 교회가 그다지도 어렵사리 억눌러 온 야만성이 아닙니까. 이 지역의 역사는 암울한 유혈 범죄로 얼룩졌으며, 주민들 또한 심각할 정도로 야성과 방종의 노예였다고들 하지요. 그런 식의 품성은 아무리 세대를 거듭해도 쉽사리 지워지지 않고, 장로교회의 가르침이 문명화에 도움이 되었다지만 돌이킬 수 없는 태고의 본성들이 다시 표면화하고 있는 것입니다.

어쨌든 컬두이에서 자행되었다는 끔찍한 사건 얘기에 충

격받지 않을 사람은 아무도 없을 겁니다. 그리고 교구 주민이라면 맥레이가 범인이라는 소식에 놀라지 않을 겁니다. 어렸을 때 내 교회에 다니기는 했지만, 내가 보기에 내 설교 따위는 돌밭에 떨어진 씨앗만큼이나 결실이 없었습니다. 고백하건대 그의 범죄는 어느 정도 내가 실패했다는 얘기이기도 하지만, 양 떼를 지키고자 한다면 때로 양 한 마리 정도는 희생할 필요가 있습니다. 그 아이는 늘 사악한 면모를 가지고 있었으나 유감스럽게도 나로서는 손쓸 틈이 없었어요.

아이의 모친 우나 맥레이는 경솔하고 무책임한 여자였습니다. 교회는 꼬박꼬박 다녔지만 주님의 성전을 그저 친목 장소쯤으로 여기는 듯했습니다. 교회를 오가거나 예배가 끝났을 때 노래나 불러 대고 다른 여자들과 어울려 다니면서 음담패설을 늘어놓고 키득거리기 일쑤였지요. 그래서 여러 차례 질책도 했건만.

로더릭 맥레이의 아버지에 대해서도 한마디 더해야겠습니다. 존 맥레이는 우리 교구에서도 성서에 가장 충실한 신자입니다. 성서 관련 지식은 실로 해박하며 가르침에도 신심으로 따랐습니다. 그렇기는 해도, 교구 주민들이 다들 그렇듯 성서 구절을 앵무새처럼 읊을 뿐이지, 실제로 그 뜻을 이해하지는 못한 것 같습니다. 맥레이 씨 부인이 세상을 떠났을 때 종종 그 집을 찾아가 위로도 하고 기도도 올렸는데, 그 당시에도 집 주변으로 미신에 집착하는 흔적을 많이 보았습니다. 신도의 집이라고 하기에도 민망스러울 정도였어요. 그렇지만, 흠 없는 자가 어디 있겠습니까. 존 맥레이는 좋은 사람이고 독실한 신자였으며 그런 그가 사악한 자식의 짐을 지게 되다니, 가혹한 일이 아닐 수 없습니다.

윌리엄 길리스
카머스터라치 학교 교사
1869년 8월 13일

내가 이 교구에 부임한 후 많은 학생들을 가르쳤지만 로더릭 맥레이는 특히 재능이 탁월했습니다. 과학, 수학, 언어를 이해하는 능력은 다른 급우들이 도저히 따라오지 못했어요. 아니, 그다지 노력하는 것 같지 않았고 심지어 관심도 없어 보이더라니까요. 성격 얘기라면 사실 별로 할 얘기가 없군요. 사교적인 성격이 못 되어 교우들과도 쉽게 어울리지 못했어요. 친구들도 그 아이를 의심의 눈으로 바라보았지만, 그아이도 교우들을 무시하듯 대하곤 했습니다. 이따금 경멸하는 것 같을 정도였지요. 글쎄, 굳이 이유를 추측해 보자면 그런 태도도 성적이 좋은 데서 비롯했을 것 같네요. 그런데 막상 그렇게 얘기하고 보니 늘 예의 바르고 공손했다는 생각도 드는군요. 예의에 어긋난 행동은 전혀 없었어요. 그 아이가 열여섯 살 때였는데, 성적 문제로 부친을 찾아간 적이 있었어요. 소작농으로 썩을까 걱정이 되어서, 로더릭이 학업을 계속

해서 후일 자기 능력에 어울리는 일을 찾아야 한다고 얘기했지만 유감스럽게도 벽과 얘기하는 기분이었죠. 얘기를 꺼낸 걸 후회할 정도였습니다. 아이의 부친은 말도 어눌한 데다 그다지 지적이지도 못했어요.

그 후로는 로더릭을 보지 못했습니다. 이따금 소문을 듣기는 했지요. 양치기 일을 하다가 한 마리를 가혹하게 죽였다는 얘기도 들었지만 어디까지 사실인지는 나도 모르겠군요. 내가 아는 한 로더릭은 착한 아이였어요. 그 또래 아이들과 달리 절대 잔인한 행동을 즐길 아이가 아니었습니다. 이런 이유로, 그 애가 범죄를 저질러 잡혀갔다는 소식은 솔직히 듣고도 믿기 어렵군요.

피터 매켄지
라클런 매켄지[라클런 브로드]의 사촌, 컬두이 주민
1869년 8월 12일

로더릭 맥레이는 사악한 놈이고, 도무지 상종 못 할 놈입니다. 어렸을 때도 아이답지 않게 심성이 고약했거든요. 사람들은 아예 놈이 벙어리인 줄 알았어요. 자기 누나하고는 얘기를 하는 모양이지만 그녀도 사악하기가 로더릭 못지않았어요. 교구 내에서는 다들 저능아로 여겼지만 내가 보기엔 진짜 악랄한 놈이에요. 최근에 있었던 끔찍한 일이 바로 증거예요. 어릴 때부터 동물과 새들을 괴롭히고 마을 주변을 돌아다니면서 닥치는 대로 부수곤 했거든요. 악마처럼 교활한 놈이에요. 한번은 이런 일도 있었는데, 그놈이 열두 살 정도 되었을 때 제 사촌 에이니어스 매켄지 집 딴채에 불이 난 적이 있습니다. 그래서 값비싼 연장이랑 곡물들이 다 타버렸는데, 집 근처에서 그놈을 본 거예요. 놈은 자기가 아니라고 잡아뗐고 블랙 맥레이[아버지 존 맥레이]도 자기가 아들하고 함께 있었다며 거들고 나섰죠. 그 덕에 처벌을 면하기는 했지만, 그런 사건이 자주 일어났고 범인도 분명 그놈이에요. 아비도 똑같이 머리가 나쁘지만, 성서에 미친 듯이 매달리는 데다 교구 목사님한테 굽신거리는 식으로 사람들의 이목을 속이고 있죠.

살인 사건이 있던 날, 전 컬두이에 없었고 그날 저녁에 돌아와서야 소식을 들었습니다.

컬두이와 인근 지역 지도

1875년 맥퍼슨 대위에 의해 제작된 공식 측량 지도, 1878년 각판

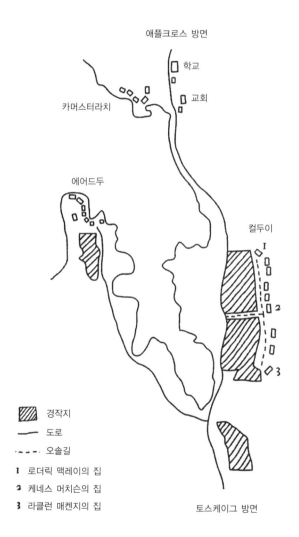

애플크로스 방면

학교

교회

카머스터라치

에어드두

컬두이

I

2

3

경작지

도로

오솔길

I   로더릭 맥레이의 집

2   케네스 머치슨의 집

3   라클런 매켄지의 집

토스케이그 방면

The Account of Roderick Macrae

로더릭 맥레이의 해명

이 글을 쓰는 이유는 내 변호인 앤드루 싱클레어 씨의 요청 때문이다. 이곳 인버네스에 갇힌 후 과분할 정도로 친절하게 대해 주신 분이다. 이제 살날이 얼마 남지 않았지만 어차피 가치 없는 삶이었다. 얼마 전 내가 저지른 짓은 나 자신도 용서할 생각이 없다. 이 얘기를 종이에 옮겨 적는 이유는 오로지 변호사님의 친절에 보답하기 위해서임을 밝힌다.

싱클레어 씨는 내게 매켄지 가족 살해와 관련해 주변 상황을 가능한 한 정확하게 기술하라고 주문했고, 그 말에 따를 생각이지만 우선 어휘 부족과 조잡한 문체에 대해 사과부터 하겠다.

내가 행동을 감행한 이유는 무엇보다 요 근래 아버지가 크게 고생했기 때문이다. 아버지를 고통에서 벗어나게 해주고 싶었다. 아버지를 괴롭힌 인물은 이웃, 라클런 매켄지였으므로, 그자를 제거해야 내 가족이 평안할 것이었다. 한 가지 덧붙이자면, 이 땅에 태어난 이후 난 아버지한테 늘 골칫거리였으며, 때문에 내가 가족을 떠난다 해도 아버지한테 효도하는 셈이 된다.

내 이름은 로더릭 존 맥레이. 1852년 태어나 줄곧 로스셔의 컬두이 마을에서 살았다. 아버지 존 맥레이는 교구 내에서도 평판이 좋은 소작인이며, 따라서 내 부끄러운 행위로 아버지의 명예에 오점이 생기지 않기를 바란다. 죄인은 오로지 나뿐이다. 어머니 우나는 1832년 컬두이 남쪽 3킬로미터 거리의 토스케이그에서 태어났다. 어머니는 1868년 동생 이언을 낳다가 돌아가셨는데, 내 생각에 우리 가족의 고통은 바로 그 사건에서 비롯했다.

* * *

컬두이는 총 아홉 가구의 마을이며 애플크로스 교구에 속한다. 카머스터라치 남쪽으로 2킬로미터쯤 떨어져 있고, 내가 다니던 교회와 학교가 모두 카머스터라치에 있다. 여인숙과 큰 시장이 애플크로스 마을에 있기에 이곳 컬두이까지 여행자가 오는 경우는 거의 없다. 애플크로스만(灣) 물목에 빅하우스가 있는데, 사냥 시즌에 미들턴 경이 머물며 손님들을 접대하는 곳이다. 컬두이에는 사람들의 발길을 끌 볼거리도 즐길 거리도 없다. 도로는 마을을 지나 토스케이그까지 이어지지만 그 뒤로는 아무것도 없다. 당연히 외부 세계와 거의 접촉이 없다.

컬두이는 바다에서 3백 미터 정도 안쪽, 카른난우어이언 발치에 위치해 있다. 마을과 도로 사이는 넓고 비옥한 땅이며 마을 사람들은 그 땅을 개간해 먹고 산다. 산 깊이 들어가면 여름 방목장들이 있고, 토탄지(土炭地)에서는 연료를 얻기도 한다. 컬두이는 에어드두 반도 덕분에 최악의 기후를 피할 수 있다. 반도는 바다로 뻗어 나가 천연 항구 역할을 한다. 에어드두 마을은 경작에 적합하지 않은 땅이어서 사람들은 생계를 주로 어업에 의존한다. 용역과 재화의 교환 상당수가 이 두 공동체 사이에서 발생하는데 사실 어쩔 수 없는 경우가 아니라면 서로 거리를 두면서 지낸다. 아버지 말에 따르면 에어드두 사람들은 게으르고 비도덕적이라, 그들과의 거래는 썩 내키지 않는다고 했다. 뱃놈들이 그렇듯 위스키를 엄청나게 마셔 대며, 여자들도 음탕하기로 이름이 높다. 이 마을 아이들과 함께 공부한 경험이 있기에 그 정도는 나도 안다. 우리 마을 사람들하고 외모는 대동소이하지만 그럼에도 어찌나 교활한지 도무지 신뢰할 수가 없다.

컬두이와 이어지는 교차로에 케니 스모크의 집이 있다. 유일하게 석판 지붕이기도 하고 어쨌든 마을에서 제일 좋은 집이다. 나머지 여덟 집은 돌을 쌓아 짓고 뗏장으로 보강했으며 지붕은 짚으로 엮었다. 집마다 더러운 유리 창문이 하나둘씩 달려 있다. 우리 집은 마을 최북단인데 방향이 다소 비스듬해서 다른 집들이 바다를 향하는 반면 우리 집은 마을을 바라보고 있다. 라클런 브로드의 집은 도로 반대편 끝이고 마을에서는 케니 스모크의 집 다음으로 큰 집이다. 위에 언급한 집들 외에는 매켄지 친척이 두 집, 맥베스 가족, 길랜더스 부부 (아이들이 모두 죽었다), 우리 이웃집 그레거 씨와 가족, 그리고 과부 핀레이슨 부인이 있다. 아홉 가구 말고도 딴채가 여럿인데 대부분이 조잡한 구조물이며 축사나 창고 등으로 사용한다. 우리 마을은 대충 그런 모습이다.

우리 집은 공간이 두 개다. 큰 곳은 외양간이고, 문 오른쪽이 주거 공간이다. 바닥이 바다 쪽으로 조금 기울어진 덕에 가축 오물이 집 안까지 흘러들지는 않는다. 외양간은 난간으로 구획했지만 사실 난간이라 봐야 해변에서 나뭇가지들을 주워 엮은 것에 불과했다. 주거 공간 한가운데 난로가 있으며 그 너머 식탁에서 가족이 식사를 했다. 식탁을 빼면, 가구는 기껏 튼튼한 벤치 두 개, 아버지의 팔걸이의자, 커다란 목재 화장대가 전부다. 화장대는 어머니가 결혼하면서 친정에서 가져왔다고 들었다. 나는 방 한쪽 끝에서 남동생, 여동생과 함께 잠을 자고, 집 뒤쪽 방에서는 아버지와 누나가 잔다. 아버지가 상자 모양의 침대를 만들어 줘서 제타는 그 안에서 잠을 잔다. 나는 누나 침대가 부러웠고 가끔 그 침대에서 누나와 함께 자는 꿈도 꿨지만, 사실 내가 자는 곳이 더 따뜻하기는 하다. 혹한에는 가축을 모두 실내에 들이는데, 가축들의 숨소리는 부드럽고 듣기도 좋다. 우리는 젖소 두 마리와 양여섯 마리를 키운다. 공용 방목장 배분에 따라 그 이상은 무리였다.

미리 언급하고 넘어가자면, 아버지와 라클런 매켄지는 내가 태어나기 오래전부터 사이가 좋지 않았다. 왜 그렇게 서로 으르렁대는지는 아버지가 말해 주지 않았기에 나도 모른다. 애초에 어느 쪽이 잘못했는지, 살면서 그런 식의 반감이 생겼는지, 아니면 과거 세대의 해묵은 감정인지도 알지 못한다. 이 지역에서는 애초의 이유마저 잊은 지 한참이 지나서야 앙금을 푸는 일도 드물지 않다. 아버지는 자존심 탓에, 그런 식의 불화를 나나 가족에게 풀 생각은 하지 않았다. 내 생각에는 아버지도 두 가문의 불화가 언젠가 가라앉기만을 바랐으리라.

어렸을 때는 라클런 브로드가 무서워, 교차로 너머 마을 끄트머리로는 감히 갈 생각도 못 했다. 그곳에 매켄지 친척들이 모여 살기 때문이다. 라클런 브로드 가족 말고도 그의 동생 에이니어스, 사촌 피터가 모여 사는데, 셋은 애플크로스 주점에서 진탕 술을 마시고 툭하면 싸움질하기로도 유명하다. 기운들도 좋아 사람들이 알아서 비키지 않으면 공연히 시비를 걸기도 한다. 한번은 이런 일도 있었다. 대여섯 살 때였는데, 아버지가 삼베옷 쪼가리로 만들어 준 연을 날리며 놀다가 연이 밭 위로 곤두박질치고 말았다. 난 별생각 없이 달려가 무릎을 꿇고 밀밭에 얽힌 줄을 풀었다. 그때 누군가 커다란 손으로 내 어깨를 잡더니 나를 도로 위로 집어던졌다. 그래도 나는 연을 꼭 끌어안고 놓지 않았다. 그러자 라클런 브로드가 연을 낚아채 바닥에 내동댕이치고는 손바닥으로 내

머리를 힘껏 때렸다. 나는 바닥에 쓰러졌다. 너무도 겁이 나 오줌보가 터져 버렸고, 그 바람에 브로드는 더욱 즐거워했다. 그러고도 브로드는 나를 마을까지 질질 끌고 가더니, 내가 작물을 망가뜨렸다며 아버지를 몰아붙였다. 바깥이 소란해지자 어머니도 뛰쳐나왔다. 브로드는 그제야 나를 풀어 주었다. 나는 겁에 질린 개처럼 집 안으로 달려 들어가 외양간에 숨었다. 그날 저녁 늦게, 라클런 브로드는 다시 찾아와 곡물값으로 5실링을 요구했다. 나는 뒷방에 숨은 채 문에 귀를 갖다 댔다. 어머니는 거절했다. 농작물에 피해가 있다면, 브로드가 나를 질질 끌어냈기 때문이라며 항변도 했다. 브로드는 치안관에게 이 일을 고발했지만 치안관도 나 몰라라 하고 말았다. 그리고 며칠 후, 아침에 아버지가 밭에 나가 보니 누군가 밤새 농작물을 짓밟아 놓았다. 누가 그랬는지 증거는 찾지 못했으나 라클런 브로드와 친척들 소행이라는 정도는 누구라도 알 수 있었다.

나이가 들어서도 마을 아래쪽으로 갈 때면 늘 불안했고 그 느낌은 끝까지 나를 쫓아다녔다.

* * *

아버지는 컬두이에서 태어나 어릴 때부터 지금 집에서 살았다. 아버지의 어린 시절에 대해서는 별로 아는 바가 없지만 학교에 간 적은 거의 없으며 우리 세대로서는 짐작도 하기 어려운 역경이 많았다는 정도는 안다. 글을 쓸 수 있다고 말은 하지만, 손으로 펜을 잡는 것도 어색해 보였고 서명하는 것 말고 실제로 글을 쓰는 모습을 본 적이 없다. 글을 쓸 이유가 없기는 하다. 그의 삶에 종이와 글이 무슨 소용이란 말인가? 아버지는 입버릇처럼 우리가 복이 많아 차(茶), 설탕, 공산품 등이 넘쳐나는 이런 시대에 태어났다고 얘기한다.

외할아버지는 목수였다. 카일오브로칼시와 스카이에서 상업용 가구를 만들어, 배에 싣고 해안 지방을 돌아다녔다. 몇 년 동안은 아버지도 어선에 3분의 1 정도 지분이 있었고 배는 토스케이그에 정박 중이었다. 다른 동업자는 삼촌과 외삼촌이었으며 둘 다 이름이 이언이었다. 배의 실제 이름은 〈가마우지〉호였으나 다들 〈더 투 이언스The Two Iains〉라 불렀다. 그 바람에 아버지가 짜증을 내기도 했다. 자신이 제일 연장자이기에 당연히 사업의 선봉장이라 여겼던 것이다. 어머니는 소녀 시절 종종 부두에 나가 〈더 투 이언스〉를 기다렸다. 겉으로야 오빠를 걱정해서였지만 진짜 목적은 아버지를 훔쳐보는 데 있었다. 배에서 내릴 때도 좋고, 배를 선창에 대기 위해 파도를 기다리는 모습도 멋이 있었다. 아버지는 계선주에 밧줄을 매고 배를 벽에 붙였는데, 그 작업을 정말 아무도 지켜보는 사람이 없는 것처럼 해나갔다. 아버지가 미남형은 아니었지만 배를 정박할 때의 느긋한 태도가 어머니 관심을 끌었다. 어머니 말을 빌리자면 아버지는 검은 눈이 너무도 매혹적이었다고 한다. 둘이 함께 있을 때면 어머니보고 수

다스럽다며 핀잔을 주기는 해도 말투만 그랬을 뿐 그리 듣기
싫다는 표정은 아니었다.

어머니는 교구에서도 대단한 미인이라 얼마든지 젊은 남
자를 고를 수 있었다. 아버지는 숫기가 없어 어머니한테 한
마디도 하지 못했다. 1850년 청어 철이 끝날 때쯤 태풍이 휘
몰아쳤다. 작은 배는 부두에서 몇 킬로미터 남쪽에서 암초에
부딪혀 박살이 났다. 아버지는 헤엄쳐서 돌아왔으나 두 명의
이언은 목숨을 잃었다. 아버지는 사건에 대해서 입도 뻥긋하
지 않았으나 그 후 다시는 배에 타지 않았고 자식들이 타는
것도 허락하지 않았다. 이 사건 때문에 마을에서는 자기 이름
을 걸고 사업하면 불길하다고 여기기 시작했다. 심지어 미신
을 믿지 않는 아버지조차 동명이인과는 절대 거래하지 않게
되었다.

장례식이 끝나고 아버지는 어머니한테 접근해 애도를 표
했다. 어머니가 너무 외로워 보인다며 기꺼이 죽은 오빠 역할
을 하겠다고 약속도 했는데, 어머니에게 말을 건 것은 그때가
처음이었다. 어머니는 아버지라도 살아 돌아와 다행이라며,
자신의 사악한 생각들에 대해 주님께 용서를 빌었다고 대답
했다. 그리고 석 달 후 두 사람은 결혼했다.

제타는 부모님이 결혼하고 1년 후에 태어났고 부모님이
피임 따위를 개의치 않은 탓에 나도 머지않아 어머니 자궁에
서 빠져나왔다. 나이 차이가 거의 나지 않아 우리는 쌍둥이라
고 해도 될 정도였다. 그러나 외모라면 남남이 따로 없을 만

큼 크게 달랐다. 제타는 어머니의 갸름한 얼굴과 큰 입을 닮았다. 눈도 어머니처럼 타원형에 푸른색이었으며, 머리카락은 모래만큼이나 샛노랬다. 누나가 나이를 먹자 사람들은 어머니가 누나를 볼 때는 마치 거울을 보는 느낌일 거라고 농담을 던지곤 했다. 나로 말하자면 아버지의 넓은 이마, 숱 많은 흑발, 작고 검은 눈을 닮았다. 게다가 체구도 비슷해서 평균보다 조금 키가 작으나 가슴과 어깨는 넓은 편이다.

성격도 부모님 각각을 빼다 박았다. 제타는 무척 명랑하고 말이 많았으며, 나는 입이 무겁고 어딘가 어두운 구석이 있다는 얘기를 종종 들었다. 외모와 성격뿐 아니라, 제타도 어머니처럼 초현실 세계에 매우 민감했다. 재능을 타고났는지, 어머니한테 교육을 받았는지는 모르겠지만 둘 다 환영을 보았고 징조와 주문에 관심이 많았다. 외삼촌이 죽던 날 아침, 식탁에 빈자리가 있었다. 아침 식사 시간이면 외삼촌은 늘 그곳에 앉아 있었다. 죽이 식을까 걱정된 어머니가 밖으로 나가 불렀지만 대답이 없었고 막상 들어와 보니 외삼촌은 흐린 회색 수의를 뒤집어 쓴 채 의자에 앉아 있었다. 어디 갔었는지 묻자 외삼촌은 내내 의자에 앉아 있었다고 대답했다. 그래서 어머니는 오늘 제발 바다에 나가지 말라고 부탁했다. 외삼촌은 웃기만 했고 어머니도 섭리를 거스를 수 없다는 생각에 그만 입을 다물었다. 어머니는 아버지가 없을 때면 종종 그 이야기를 우리에게 들려주었다. 아버지는 그런 터무니없는 일은 믿지도 않을뿐더러 입에 올리는 것조차 싫어했다.

어머니의 일상은 온통 불운을 비껴가고 사악한 존재를 떨쳐 내기 위한 의식과 주문으로 가득했다. 우리 집 입구와 창문에는 마가목과 노간주나무 가지로 꽃 줄을 엮어 걸고, 또 소모사를 땋아 아버지 모르게 당신 머리카락 속에 감추었다.

나는 여덟 살 나이부터 겨울 농한기면 카머스터라치의 학교에 다녔다. 학교까지는 매일 아침 제타와 손을 잡고 걸었다. 우리 첫 번째 선생님은 목사님의 딸인 갤브레이스 양이었다. 그녀는 젊고 날씬했으며 롱스커트와 목에 주름 칼라가 달린 슈미즈를 입고 여자 옆얼굴이 그려진 브로치로 고정했다. 허리에 늘 앞치마를 두르고는 칠판에 글을 쓴 후 손을 닦는 용도로 활용했다. 목이 아주 길었다. 고민이 있을 때면 고개를 들고 옆으로 갸웃했는데 목이 마치 쟁기 손잡이처럼 구부러졌다. 머리는 핀으로 쪽을 졌다. 수업을 하면서도 머리를 풀고 머리핀을 입에 물고 다시 묶곤 했는데 그 일을 하루에도 서너 번씩 되풀이했다. 난 몰래 그녀를 훔쳐보았다. 갤브레이스 선생은 상냥했다. 목소리도 부드러웠다. 머리 큰 애들이 버릇없이 굴면 어찌할 바를 몰라 했다. 그런 아이들은 아버지를 부르겠다고 협박한 후에야 겨우 말을 들었다.

제타와 나는 꼭 붙어 다녔다. 갤브레이스 선생은, 내가 할 수만 있다면 누나 앞치마 주머니에 들어갈 거라며 놀렸다. 처음 몇 년간 나는 거의 말을 하지 않았다. 갤브레이스 선생이나 반 친구가 말이라도 걸면 제타가 대신 대답해 주었는데, 놀랍게도 내 마음을 정확하게 짚어 냈다. 갤브레이스 선생도 우리 관계를 인정하고 종종 나 대신 제타에게 물었다. 「로디가 이 문제 답을 알까?」 당연한 얘기지만 우리가 이렇게 가까웠던 탓에 다른 급우들과는 친할 수가 없었다. 제타는 어떤지 몰라도 나로서는 누구와도 친해질 생각이 없었다. 급우들도 굳이 내게 아는 척하지 않았다.

가끔 아이들이 운동장에서 우리를 에워싸고 노래를 부르기도 했다.

여기 블랙 맥레이들이 있네, 더럽고 새까만 맥레이 남매.
여기 블랙 맥레이들이 있네, 추하고 새까만 맥레이 남매.

〈블랙 맥레이〉는 아버지 가족한테 붙은 별명이었다. 아버지 주장에 따르면 피부색이 까무잡잡하다는 게 이유였다. 싫어하는 별명이라 누군가 그런 식으로 부르면 아예 대답도 하지 않았지만, 그럼에도 불구하고 아버지는 마을에서 블랙 맥레이로 통했으며 사람들도 별명을 부르며 즐거워했다. 노란 머리카락의 어머니도 우나 블랙으로 불리게 되었다.

나도 그 별명이 달갑지 않았고 특히 누나를 그런 식으로 부르는 것이 싫었다. 휴식 시간이 끝나도 아이들이 노래를 그치지 않으면 누구든 눈앞에 있는 놈을 때렸다. 그리고 그 바람에 아이들이 더더욱 우리를 괴롭혔다. 놈들은 툭하면 나를 밀어 넘어뜨리고 발길질과 주먹질을 해댔다. 하지만 그 덕에 제타가 박해를 피할 수 있다는 생각에 싫지만은 않았다.

로디 블랙, 로디 블랙, 마디마디 지지리 궁상!

이상한 얘기지만 그런 식으로나마 관심을 받으면 기분이 좋았다. 내가 또래와 다르다는 정도는 알고 있었기에 바로 그 성격을 강조해 그들과 멀어지기도 했다. 휴식 시간이면, 제 타까지 조롱거리가 될까 봐 아예 떨어져서 운동장 모퉁이에 서 있거나 웅크리고 앉아 있었다. 아이들은 파리 떼처럼 떠들 며 공차기를 하거나 아니면 쌈박질을 했다. 여자애들 역시 놀이에 푹 빠져 있었는데 그나마 남자애들보다는 덜 폭력적이고 덜 멍청해 보였다. 남자애들과 달리 운동장에 풀어놓자마자 놀이에 뛰어들지도 않고, 갤브레이스 선생이 수업 종을 치면 곧바로 그만두고 교실로 돌아왔다. 때로는 여자애들이 모퉁이 그늘에 모여 조용히 수다를 떨기도 했는데 가끔 무리에 끼고 싶었으나 그때마다 예외 없이 퇴짜였다. 교실에서는 속으로 급우들을 비웃었다. 선생의 질문에 손을 번쩍 들어 뻔한 대답을 늘어놓거나, 쉬운 문장도 더듬거리며 읽는 꼬락서니가 한심하기만 했다. 나이가 들면서 내 지식은 누나를 뛰어넘기 시작했다. 어느 날, 지리 시간에 갤브레이스 선생이 지구를 반으로 나누었을 때 그 이름이 무엇인지 질문했다. 아무도 대답하지 않자, 선생은 제타를 보았다. 「로디가 알 것 같은 데?」 제타가 나를 보며 이렇게 대답했다. 「죄송합니다. 로디 도 모르고 저도 몰라요.」 갤브레이스 선생은 실망한 표정으로 칠판에 정답을 적으려 했다. 나는 나도 모르게 벌떡 일어나 소리쳤다. 「남반구, 북반구!」 아이들이 떠나갈 듯 웃었다. 갤브레이스 선생이 돌아섰고 나는 다시 그 단어를 되뇐 후 자리에 앉았다. 선생은 고개를 끄덕이며 내 대답을 칭찬했다. 그날부터 제타는 더 이상 나 대신 대답하지 않았다. 점점 나를 꺼려하기도 했다. 난 완전히 외톨이가 되고 말았다.

갤브레이스 선생은 결혼 후 학교를 떠났다. 미들턴 경의 영지에 사냥하러 온 사내와 눈이 맞아 에든버러로 떠난 것이다. 갤브레이스 선생을 무척 좋아했기에 이별이 서운하기만 했다. 후임으로 길리스 씨가 부임했다. 아주 젊은 남자인데, 키가 크고 말랐으며 금발은 숱이 적었다. 이 지역 사람 같지는 않았다. 이곳 남자들은 대부분 키가 작고 땅딸하며 머리는 검고 숱이 많다. 길리스 선생은 면도를 깨끗이 하고 타원형 안경을 썼다. 도시인 글래스고에서 공부한 터라 학식도 풍부했다. 독해, 작문, 산수 외에 과학, 역사까지 가르쳤다. 오후에는 이따금 그리스 신화의 괴물과 신들 얘기도 들려주었다. 각각의 신들은 이름이 있었고 결혼도 하고 아이도 낳았는데 아이들 역시 신이라고 했다. 한번은 내가 신이 왜 그렇게 여럿이냐고 물었더니 그리스 신들은 우리 유일신과 같지 않다고 대답해 주었다. 그리스 신들은 그저 불후의 존재에 불과하며, 신화는 사실과 어느 정도 다른 이야기를 뜻하는 단어였다. 요컨대, 듣고 즐기면 그만이라는 뜻이다.

아버지는 길리스 선생을 좋아하지 않았다. 당신이 감당하기엔 너무 똑똑한 데다 아이들 가르치는 일은 여자한테나 걸

맞은 일이라 생각했기 때문이다. 나로 말하자면 길리스 선생이 토탄을 가르거나 부지깽이를 휘두르는 모습이 오히려 상상하기 어려웠다. 그래도 선생과 나 사이엔 일종의 묵계가 있었다. 그가 내 이름을 부를 때는 급우들이 질문에 대답하지 못할 때뿐이었다. 내가 손을 들지 않는 이유는 답을 몰라서가 아니라 튀어 보이고 싶지 않아서임을 잘 알기 때문이었다. 길리스 선생은 종종 내게 특별한 과제를 내주었다. 나도 그를 기쁘게 하기 위해 최선을 다했다. 어느 날 오후 수업이 끝날 때쯤 길리스 선생이 잠시 할 얘기가 있다며 남으라고 했다. 그래서 다른 아이들이 왁자지껄 빠져나가는 동안 난 교실 뒤에 남아 있었다. 이윽고 그가 손짓으로 나를 불렀다. 아무리 생각해도 잘못한 일은 없었으나 이런 식으로 남으라고 할 경우 꾸중 말고는 다른 이유가 없었다. 어쩌면 내 잘못도 아닌 일 때문에 야단을 맞을 수도 있었다. 그래도 변명은 하지 않고 어떤 처벌이든 묵묵히 받아 낼 생각이었다.

길리스 선생은 펜을 내려놓고 내 계획이 무엇인지 물었다. 마을 어른들은 절대 그런 질문을 하지 않는다. 계획은 섭리에 대한 배반이기 때문이다. 내가 아무 말도 하지 않자 길리스 선생이 작은 안경을 벗었다.

「그러니까, 학교를 마치면 뭘 할 생각이냐고 묻는 거다.」 그가 물었다.

「정해진 대로 해야죠.」 내가 대답했다.

길리스 선생이 인상을 찌푸렸다. 「정해진 대로라니? 무슨 뜻이지?」

「저도 몰라요.」

「로디, 아무리 감추려 해도 주님께선 네게 특별한 재능을 주셨단다. 그 재능을 썩히면 큰 죄를 짓는 거야.」

길리스 선생이 이런 식으로 말한 적은 한 번도 없었다. 애초에 종교적인 언급 자체를 꺼리는 사람이었다. 내가 그래도 대답하지 않자 그가 좀 더 직접적으로 다그쳤다.

「계속 공부하면 어떨까? 네 능력이라면 충분히 교사나 성직자가 될 수 있단다. 아니, 원하기만 하면 뭐든지 가능해.」

물론 그런 일은 상상도 해본 적이 없었다. 나는 솔직하게 대답했다.

「그래, 네 부모님한테 말씀부터 드려야겠구나. 가서 내가 그러더라고 말씀드려라. 너한테 잠재력이 충분하다고.」

「하지만, 전 소작인이 되어야 해요.」 내가 말했다.

길리스 선생이 길게 한숨을 내쉬었다. 뭔가 더 할 말이 있었지만 입을 다물기로 한 모양이다. 나는 그가 내 말에 실망했다고 느꼈다. 집으로 돌아가는 길에 그의 얘기를 곰곰이 생각해 보았다. 무엇보다 선생님이 그런 식으로 말해 줘서 고마웠다. 카머스터라치에서 컬두이까지 돌아가는 동안 나도 모르게 내가 에든버러나 글래스고의 깨끗한 응접실에서 신사복 차림으로 중요한 문제를 두고 토론하는 모습을 상상하기도 했다. 어쨌든 길리스 선생이 잘못 생각한 거야. 컬두이의 자식인데 그런 일이 어디 가당키나 한가.

* * *

싱클레어 씨는 라클런 브로드 살해까지 이어지는 소위 〈사건의 연쇄〉를 거론하며 그 계기가 뭔지 물어보았다. 그런가? 그렇다면 연쇄의 첫 번째 고리는 과연 무엇이었을까? 어떤 사람은 내가 태어난 것 자체가 비극이라고 말할 것이다. 부모님이 애초에 만나지도 결혼하지도 말았어야 한다거나, 〈더 투 이언스〉의 침몰을 거론하는 사람도 있으리라. 그 때문에 부모님이 만났으니 왜 아니겠는가. 저 사건 중 하나만 없었다면 라클런 브로드는 아직 살아 있었을 것이고, 적어도 내 손에 죽지는 않았을 것이다. 하지만 설령 그렇다 해도 상황은 얼마든지 달라질 수 있었다. 예를 들어, 내가 길리스 선생의 충고를 따랐다면 난 사건이 일어나기 전에 컬두이를 떠났을 것이고 사건 자체가 발생하지 않았으리라. 정확히 언제부터 라클런 브로드의 죽음이 불가피해졌을까? 내 생각에 그 시점은 18개월 전쯤 어머니의 죽음에서 비롯했다. 그것이 분수령이 되어 모든 것이 연쇄적으로 폭발했다. 다시 강조하지만 이 사건을 기록하는 이유는 독자들의 동정심을 유발하기 위해서가 아니다. 누구의 동정도 바라지 않고 필요도 없다.

어머니는 활달하고 성격도 좋았으며 어떻게든 집안 분위기를 밝게 만들려고 했다. 허드렛일을 할 때도 늘 노래를 부르고, 우리들 중 누군가 아프거나 다쳤을 때도 우리가 너무 신경 쓰지 않도록 애써 대수롭지 않은 듯 행동했다. 이웃 사람들이 종종 우리 집에 방문할 때마다 어머니는 차와 샌드위치를 대접했다. 아버지도 겉으로는 손님들을 친절하게 대했지만 식탁에 함께 앉기보다 멀찌감치 서 있는 쪽을 택했다. 그러다가 이따금 당신들이야 팔자가 좋아 여기저기 놀러 다니지만 난 할 일이 많다며 초를 쳤는데, 그 바람에 손님들이 주섬주섬 자리를 파하곤 했다. 어머니가 왜 아버지처럼 멋대가리 없는 사내와 결혼했는지 도무지 모를 일이다. 어머니라면 교구 내에서 그 많은 사내 중 누구라도 고를 수 있었건만. 어쨌거나 그나마 어머니의 노력 덕분에 우리는 그럭저럭 화목한 가정을 꾸려 냈다.

어머니가 네 번째로 임신했을 때는 아버지한테도 꽤 충격이었던 듯하다. 어머니 나이가 벌써 서른다섯, 게다가 쌍둥이를 낳은 지 2년밖에 되지 않았다. 어느 날 저녁 산고가 시작된 때는 지금도 생생하게 기억이 난다. 그날 밤은 날씨도 무척이나 궂었다. 저녁 식탁을 치우는데, 어머니 발아래 물웅덩이가 생겼다. 어머니는 아버지한테 때가 되었다고 알려 주었다. 애플크로스에 사람을 보내 산파를 불러오고 나는 쌍둥이와 함께 케니 스모크 집에 가 있기로 했다. 제타는 남아서 산파를 도왔다. 집을 떠나기 전 제타가 나를 뒷방으로 부르더니 어머니한테 입을 맞추게 했다. 어머니는 내 손을 잡고 착한 아이가 되어야 한다며 형제들을 잘 돌보라고 부탁했다. 제타의 얼굴은 너무나 창백했다. 두려움 탓에 눈가에도 구름이 잔뜩 끼어 있었다. 돌이켜 보면, 그날 밤 두 사람 모두 죽음이 찾아오리라 짐작했던 것 같지만, 그렇다고 제타에게 이 얘기를 다시 꺼내지는 않았다.

그날 밤은 한숨도 못 잤다. 임시로 내준 매트리스에 누운 채 눈을 감고 꼬박 날을 새운 것이다. 아침에 카미나 스모크가 울먹이면서 어머니가 출산 합병증 때문에 돌아가셨다고 알려 주었다. 아기는 살았다. 토스케이그의 외가에서 이모가 돌보기로 되었다. 난 지금껏 그 애를 만나지 않았고 앞으로도 만날 생각이 없다. 마을은 크게 슬퍼하는 분위기였다. 햇볕이 농작물을 키우듯 지금껏 어머니의 존재가 마을의 행복을 키워 온 것이었다.

어머니의 죽음은 우리 가족에 커다란 변화를 가져왔다. 무엇보다 침울한 기운이 연기처럼 떠돌아다녔다. 제일 변하지 않은 사람은 아버지였는데 원래 웃음과 거리가 먼 사람이니 어쩌면 당연한 얘기겠다. 예전에도 식구들이 함께 웃을 때면 아버지의 웃음이 제일 먼저 꺼졌다. 심지어는 웃었다는 사실이 창피한지 눈을 내리깔기까지 했다. 이제 바람이 조각이라도 한 듯 아버지 얼굴은 늘 화가 난 표정이었다. 무정하거나 무심한 사람으로 묘사하고 싶지는 않다. 아버지도 어머니 죽음이 당연히 슬펐을 것이다. 그보다는 불행에 쉽게 적응했다고 하는 편이 맞을 것이다. 더 이상 즐거움을 가장할 필요가 없게 되었으니 차라리 다행이다 싶었을 수는 있겠다.

장례식 이후로 몇 주, 몇 달이 지났다. 갤브레이스 목사는 뻔질나게 우리 집을 드나들었다. 목사는 인상적인 인물이다.

늘 검은 프록코트를 걸치고, 흰 셔츠는 칼라까지 단추를 채우고 다녔다. 넥타이나 스카프는 하지 않고 백발은 짧게 깎았다. 두 뺨에는 구레나룻이 짙었으나 그 역시 깔끔하게 정리했다. 사람들 얘기로는, 작고 검은 두 눈으로 사람의 마음을 꿰뚫어 볼 것만 같다고 했다. 나는 그의 시선을 피했다. 그가 내 안의 사악한 생각을 읽는다고 믿었다. 목소리는 낭랑하고 리드미컬했다. 설교를 잘 이해하지는 못했지만 그다지 듣기 싫은 목소리는 아니었다.

어머니 장례 예배 때 목사는 고통 얘기를 장황하게 늘어놓았다. 인간은 죄인인 동시에 죄의 노예라고 했다. 우리가 사탄에게 굴복하고 죄의 굴레를 목에 걸고 있다고 했다. 세상을 둘러보면 무수한 불행을 볼 수 있다는 말도 했다. 「질병과 불만, 가난과 죽음의 고통은 어디에나 있습니다. 이게 무슨 뜻이겠습니까?」 그는 이러한 불행이 모두 우리 죄의 결실이라고 답을 내놓았다. 인간은 무기력해서 죄의 굴레를 벗어날 수 없다. 그 때문에 구세주가 필요하다. 구세주가 없으면 우리는 모두 멸망할 것이다.

어머니를 묻고 사람들은 장례 행렬을 지어서 광야를 걸었다. 언제나처럼 그날도 날이 궂었다. 하늘, 라세이의 산들, 사운드의 강물 역시 날씨를 닮아 온통 우중충하기만 했다. 아버지는 설교 중에도, 설교가 끝난 후에도 눈물 한 방울 흘리지 않았다. 얼굴 표정은 언제나처럼 딱딱했고 이후로도 거의 변화가 없었다. 그렇긴 해도 갤브레이스 목사의 설교는 깊이 가슴에 담았을 것이다. 내 생각에 어머니가 떠난 이유는 아버지가 아니라 내 죄 때문이었다. 나는 갤브레이스 목사의 설교를 곰곰이 생각했다. 그리고 발밑의 우중충한 땅에 대고 결심했다. 기회가 오면 아버지의 구세주가 되어, 내 죄로 이렇듯 불쌍한 지경에 빠진 아버지를 구해 주겠노라고.

몇 달 후, 갤브레이스 목사가 아버지를 교회 장로로 임명했다. 아버지가 자신의 고통이 그간 죄 많은 삶의 대가라고 인정했다는 이유였다. 아버지의 고통은 신도들에게 좋은 본보기였다. 덕분에 아버지가 교회의 모범이 된 것도 지극히 당연한 일이었다. 그러고 보면 갤브레이스 목사는 어머니의 죽음을 꽤나 반긴 듯했다. 자신이 공언한 교리를 입증한 셈이 아닌가.

쌍둥이는 계속 엄마를 찾으며 울었다. 그때를 돌이켜 볼 때면 언제나 둘의 울음소리가 들리는 듯하다. 나이 차이 때문에, 동생들에게 무관심 이상의 감정을 느껴 본 적이 없건만 이제는 오히려 울화가 치밀었다. 한 놈이 잠시 조용하면 다른 놈이 울기 시작하고 그러면 다른 놈도 따라 울었다. 아버지는 아이들의 울음을 참지 못했다. 그래서 늘 매질로 다스렸지만 그래 봐야 울음소리만 커질 뿐이었다. 아버지가 때릴 양으로 방에 다가갈 때면, 두 아이는 매트리스에 누운 채 서로를 꼭 끌어안았는데 얼굴에 두려움이 그득했다. 지금도 그 모습이 눈에 선하다. 말리는 사람은 늘 제타였다. 제타가 아니었다면 아버지는 행여 불쌍한 두 아이마저 죽음으로 몰아갔을 것이다. 쌍둥이도 토스케이그에 보내라는 얘기가 있었지만 아버지는 듣지 않았다. 제타가 충분히 엄마 역할을 할 수 있다는 이유였다.

누나 제타는 하룻밤 사이에 다른 사람이라도 된 듯 완전히 달라졌다. 매력적이고 활달한 소녀는 이제 뚱하고 암울한 인물로 변했다. 어깨도 잔뜩 웅크리고 다녔고 아버지의 강요에 과부처럼 검은 상복까지 입었다. 이제는 어머니와 아내 역할을 떠맡아, 죽은 어머니처럼 식사를 준비하고 아버지 시중을 들었다. 그즈음 아버지는 제타가 뒷방에서 자기와 함께 자야 한다고 선언하였다. 이제 어른이 되었으니 어린 동생들로부터 프라이버시를 지켜야 한다는 이유였다. 하지만 아버지는 늘 누나를 경멸했다. 엄마와 닮았다는 이유로 바라보는 것조차 괴롭다는 식이었다.

식구들 중에서 제타가 제일 활기찼기에, 집안을 휩쓴 절망을 누구보다 절감했을 것이다. 나한테 얘기한 적이 없으니 어머니 죽음을 미리 알았는지 알 도리가 없지만 어머니의 주문과 의식용품을 버리는 대신, 불행을 막는 데 전혀 도움이 되지 못했음에도 불구하고, 오히려 더욱 집요하게 매달렸다. 아무리 봐도 그 물건들이 소용이 될 리 없었건만 아무튼 제타는 이계(異界)에서의 위협을 잘 알고 있었다. 마찬가지로 아버지도 점점 미친 듯이 성서를 읽었다. 옛날과 달리 세속의 즐거움과도 거리를 두었다. 주님께서 술 때문에 당신을 벌하신다고 믿기라도 하는 모양이었다. 내가 보기엔 어머니의 죽음은 두 사람의 교의가 얼마나 터무니없는지 보여 줄 뿐이었다.

어쩌면 누군가 가볍게 장난을 치거나 노래 한 자락만 불렀던들 분위기가 바뀌었을지도 모르지만 아무도 나서지 않았으며, 시간이 지날수록 우리는 침울한 분위기에 깊이 갇히고 말았다.

* * *

어머니는 4월에 돌아가셨다. 그러고 나서 몇 주일 후 나는 혼자 방목장에 있었다. 양과 소가 풀을 뜯는 동안 지켜보는 중이었다. 무척이나 따뜻한 오후였다. 하늘은 맑고 사운드의 언덕은 어디나 보랏빛으로 물들었다. 바람도 불지 않아 파도 소리는 물론, 저 아래 마을에서 아이들이 놀며 떠드는 소리까지 들렸다. 내가 지켜보고는 있지만 가축들은 더위에 지친 터라 한 시간이 지나고 두 시간이 지나도 멀리 갈 생각을 하지 않았다. 수소들도 한가하게 꼬리로 쇠등에를 쫓아냈다.

나는 히스 밭에 누워 하늘을 보았다. 구름이 천천히 하늘을 가로질렀다. 아버지와 소작지에서 멀어지니 마음이 편했다. 집을 나설 때 보니 아버지는 쟁기에 기댄 채 파이프 담배를 뻐끔거리고 있었다. 어머니가 있었다면, 그 옆에 웅크리고 앉아 머리카락을 늘어뜨린 채 잡초를 뽑으며 노래를 흥얼거렸을 것이다. 하지만 어머니는 집이 아니라 카머스터라치 공동묘지 아래 누워 있다. 나도 동물 시체는 심심치 않게 보았다. 어머니의 시체도 벌써 썩기 시작했을지 궁금해졌다. 다시는 보지 못한다고 생각하니 문득 서러움이 복받쳐 올랐고 난 눈물을 참기 위해 두 눈을 질끈 감았다. 하늘거리는 풀밭과 양 울음소리에 집중하려 했으나 어머니 시체가 썩어 가는 환각을 떨쳐 낼 수가 없었다. 그나마 벌레 한 마리가 얼굴에 앉는 바람에 쓸데없는 상념에서 벗어나기는 했다. 나는 손으로 벌레를 쫓은 뒤 팔꿈치를 베고 옆으로 누웠다. 햇살에 두 눈이 따가웠다. 이번에는 말벌 한 마리가 팔뚝에 내려앉았다. 나는 팔을 흔들어 쫓는 대신 천천히 들어 눈앞으로 가져갔다. 작은 피조물이 저 멀리 소보다 더 크게 보였다. 예전에 길리스 선생이 칠판에 그림까지 그리며 곤충의 기관 이름을 가르친 적이 있다. 난 그 신기한 단어들을 되뇌어 보았다. 흉부, 기문, 촉각, 산란관, 하악. 말벌이 털을 더듬었다. 자신이 어디에 착륙했는지 헷갈리는 모양이었다. 나는 과학자의 예리한 눈으로 놈을 지켜보았다. 그러자 어느 순간 놈이 몸놀림을 멈추더니 불룩한 뒷배를 내 살갗에 대려고 했다. 나는 본능적으로 찰싹 때리고는 작은 시체를 팔에서 털어 냈다. 벌은 살갗에 작은 침을 남겨 두었다. 잠시 후 침 주변이 핑크빛으로 부어오르기 시작했다.

　나는 폭포 쪽으로 올라가 상처 부위를 물에 담그기로 하고는 어깨 너머로 가축을 다시 한번 살펴보았다. 자작나무 숲속에 폭포가 쏟아지고 아래쪽으로 깊은 웅덩이가 패어 있었다. 숲은 무척이나 시원했다. 수백 년 동안 물에 깎인 터라 바위가 반들반들했다. 나는 두 손으로 물을 담아 마신 다음 얼굴과 머리에도 뿌렸다. 잠시 후에는 아예 옷을 벗고 물속에 걸어 들어가 눈을 감고 물 위에 똑바로 누웠다. 눈썹 너머로 햇빛이 아른거렸다. 폭포 소리를 듣고 있자니 문득 터무니없는 생각도 들었다. 물 밖으로 나가면, 컬두이든 에어드두든 모두 사라지고, 세상에 나 혼자만 남아 있을 거야. 나는 눈을 떴을 때 제타가 저 바위 위에 서 있다가 옷을 벗고 웅덩이에 들어왔으면, 하고 바랐다. 하지만 눈을 뜨니 포말들만 폭죽처럼 하늘로 튀어 올랐다. 오후 내내 그곳에 있고 싶었으나 이제 가축을 돌봐야 했다. 나는 햇볕에 몸을 말린 뒤 옷을 입고 언덕을 내려갔다.

폭포 소리가 잦아들면서 양 울음소리가 들리기 시작했다. 그런데 이상하게도 자기들끼리 음매음매거리는 것이 아니라 혼자 고통스럽게 울부짖는 소리였다. 암양이 자식을 잃고 우는 소리 같기도 했다. 나는 작은 구릉에 올라가 언덕을 살펴보았지만 문제의 양은 어디에도 없었다. 1백 미터쯤 위로 가면 가파른 비탈이 꺾이며 고원 지대가 나온다. 아래쪽에서는 보이지 않지만, 그곳이 우리가 토탄을 채취하는 소택지다. 비탈길을 오르자 울음소리가 점점 커졌다. 그리고 마침내 산마루 너머에서 곤경에 빠진 양을 찾아냈다. 늪에 반쯤 빠진 채 옆으로 누워 있었던 것이다. 한여름인데도 늪은 여전히 물컹거려 위험하기가 그지없었다. 마을 어른들이 아이들에게 겁을 주기 위해 하는 얘기가 있다. 언덕 위 늪지에 가면 땅

속으로 빨려 들어가는데 그 안에서 트롤이 기다리다가 홀라당 잡아먹는단다. 어렸을 때는 그 말이 사실인 줄 알았다. 지금은 트롤을 믿지 않지만 늪은 여전히 신경이 쓰였다. 짐승이 맥없이 앞발을 버둥거렸으나 그래 봐야 구렁 속으로 더 깊이 빨려 들기만 했다. 나는 겁에 질린 짐승에게 다가갔다. 그나마 히스 뿌리가 나와 있어 그 위에 서면 빠질 염려는 없었다. 혀 차는 소리로 양을 달래 주었다. 놈이 내 쪽을 돌아보았다. 마치 병들고 탈진한 노파가 침대에 누운 채 간신히 고개를 드는 것만 같았다. 불쌍하다기보다는 이런 데나 빠지는 멍청함에 짜증이 났다. 커다란 까마귀 한 마리가 바로 옆 구릉에 앉아 우리를 지켜보았다. 어떻게 하지? 우선 마을로 달려가 사람들을 부를 수 있다. 마을에서 밧줄을 가져와 허리에 매고 들어가서 양을 잡으면 사람들이 끌어내 줄 수 있을 것이다. 하지만 돌아올 때쯤이면 양이 완전히 빠져 버리거나, 그렇지 않더라도 저놈의 까마귀가 자기 무리를 불러 식사를 시작할 것이다. 게다가 사람들이 내가 한눈을 파는 바람에 양이 늪에 빠졌다고 여길 것이니 나로서도 달갑지 않다. 도움 없이 양을 구하는 것밖에 방법이 없었다.

나는 주저 없이 늪 가장자리에 무릎을 꿇고 최대한 몸을 앞으로 내민 뒤 짐승 허리를 향해 손을 내밀었다. 진창에서 시큼한 냄새가 났다. 파리들이 구름 떼처럼 날아올랐다. 수면에서도 악취가 진동했다. 가까스로 양 발굽을 잡기는 했지만 힘을 쓰기에는 무리였다. 나는 바닥을 가늠해 보고 조심

조심 하늘을 향해 누웠다. 진창이 등을 타고 스며들었다. 짐승의 뿔이 손에 잡혔다. 나는 엉덩이를 지렛대 삼아 힘을 주었다. 허벅지 근육이 팽팽해졌다. 양이 겁먹은 목소리로 매애 울면서도 기운을 내 발버둥 쳤다. 그리고 마침내 늪이 걸쭉한 트림을 터뜨리며 짐승을 토해 냈다. 나는 덕분에 히스 위로 벌러덩 자빠지고 검은 진창에 나뒹굴어야 했다. 그래도 안도감에 웃음이 절로 나왔다. 구원받은 양은 두 다리로 일어서려고 했으나 소용이 없었다. 뒷다리가 탈골해 기이한 각도로 어긋나 있었다. 결국 옆으로 넘어진 채 성한 다리로 허우적거릴 뿐이었다. 우는 소리가 점점 더 커져만 갔다. 까마귀가 비웃기라도 하듯 깍깍 날카로운 소리로 울어 댔다. 나는 진흙을 공처럼 뭉쳐 사악한 새를 향해 던졌지만 놈은 진흙 공이 늪 위로 철퍼덕 떨어지는 모습을 보고는 다시 오만한 시선으로 나를 지켜보았다. 양을 가능한 한 빨리 고통에서 해방해 줄 수밖에 없었다. 사실 어른이라면 총의 방아쇠만 당기면 그만인, 간단한 일이다. 하지만 아무리 노련하다 한들, 손이나 연장으로 생명을 끊는 일은 완전히 차원이 다른 얘기다. 솔직히 나로서는 닭 한 마리 죽이는 것도 만만치가 않았다. 학식 있는 사람들이 어떻게 살생을 스포츠로 여기는지 이해도 가지 않는다. 어쨌거나 이 상황에서 짐승을 고통에서 해방하는 것은 내 책임이었다. 놈 위에 올라탄 다음 뿔을 비틀어 목을 부러뜨리는 방법을 생각해 보았지만, 나한테 그럴 힘이 있을 것 같지는 않았다. 그러다가 문득 늪지 반대편에 있는 토탄 연장이 눈에 들어왔다. 나는 그것을 가져와 이용하기로 했다. 돌아오는 길에 까마귀를 쫓으려 했지만, 놈은 잠깐 움찔하는 듯하더니 이내 명당자리에 돌아와 앉았다.

「그렇게 기분 좋냐?」내가 물었다.

까마귀는 배고파 죽겠으니 어서 할 일이나 하라는 듯 까악 소리로 대답했다.

쇠로 만들어진 연장 머리는 꽤나 무게가 있었다. 양이 나를 보았다. 언덕을 둘러보았지만 아무도 없었다. 나는 더 이상 망설이지 않고 머리 위로 연장을 들었다가 있는 힘껏 내리쳤다. 짐승이 피했거나 내가 궤적 계산을 잘못한 모양인지 연장은 기껏 짐승의 주둥이 뼈를 산산조각 내는 데 그쳤다. 짐승이 코를 색색거렸다. 피와 뼈 때문에 숨 쉬기가 어려운 것이다. 게다가 낑낑거리며 다시 일어나려고 했다. 나는 다시 겨냥을 한 다음 짐승의 머리를 향해 연장을 내리쳤다. 어찌나 힘이 들어갔던지 두 발이 땅에서 떨어질 정도였다. 피가 허공을 날고 내 얼굴에 튀었다. 연장이 두개골에 박힌 통에 빼내는 것도 여간 고역이 아니었다. 일을 마친 후에는 곧바로 돌아서서 연장에 기댄 채 한참 토악질을 해야 했다. 정신을 차릴 때쯤 까마귀는 이미 사체 두개골에 자리를 잡고 눈을 파먹는 참이었다. 잠시 후 두 마리가 더 날아와 주변을 뛰어다니며 사체를 탐색했다.

양털의 낙인을 보고 주인이 누구인지 알 수 있었다. 덕분에 마을에 돌아가면서 잔뜩 기가 죽을 수밖에 없었다.

그날 저녁 케네스 머치슨 집에서 모임이 열렸다. 머치슨 씨는 보통 케니 스모크로 통했다. 언제나 파이프를 물고 있기 때문이었다. 덩치가 큰 탓에 문을 통과할 때는 상체를 숙여야 했다. 얼굴은 크고 미남형이었으며 검은 콧수염이 빗자루만큼이나 덥수룩했다. 목소리도 평소 화통을 삶아 먹은 듯했지만 여자한테 얘기할 때는 더 크고 기운이 넘쳤다. 어머니도 케니 스모크가 부를 때면 그 어느 때보다 표정이 밝아졌다. 말주변도 좋은 데다 농한기 축제 때면 긴 시를 외워 낭송하기도 했다. 어렸을 때 나도 넋을 놓고 그의 귀신 얘기나 괴물 얘기를 들었다. 유독 아버지만은 닳고 닳은 인간이라는 이유로 케니 스모크를 싫어했다. 그의 아내 카미나는 크고 검은 눈동자에 날씬하고 매력적인 미인이었다. 그녀의 아버지는 카일오브로칼시의 상인이며 케니 스모크가 그녀를 만난 곳도 그곳 시장이었다. 그런 여자가 컬두이 같은 촌구석에 시집온 것도 커다란 화제였다. (무슨 뜻인지는 모르겠지만) 대도시 여자를 유혹하기 위해 케니 스모크가 엄청난 선물을 안겼다는 얘기도 왕왕 들렸다.

스모크 부부한테는 딸만 여섯이었다. 사람들이 보기에도 대단한 불행이었다. 마을 노파들이 너도나도 찾아가 치유법을 제시했지만, 케니 스모크는 모조리 쫓아내며 자기 딸은 다른 집 아들보다 열 배는 소중하다며 큰소리쳤다. 스모크가의 집은 크고 넓었다. 박공벽 끄트머리에 굴뚝이 하나 있었다. 케니 스모크는 대형 난로도 하나 만들고 주변에 안락의자를 몇 개 갖다 놓았다. 고급 도자기들이 서랍장 위를 장식했는데 서랍장도 로칼시의 목공이 제작해 선박으로 컬두이까지 운반한 것이다. 스모크 부부는 집 안쪽 침실에서 잠을 자고 딸들을 위해서도 각각 방을 마련해 주었다. 결혼 후 케니 스모크는 땅을 더 사들여 따로 외양간을 지었다. 가족이 가축과 한 지붕에서 살게 할 수는 없다는 이유였다. 그는 아내를 늘 자기 여자라고 불렀다. 여름 저녁이면 둘이 손을 잡고 에어드 두곳까지 산책하는 모습을 종종 볼 수 있었다. 아버지가 그 장면을 보았다면 이렇게 투덜거렸을 것이다. 「남편 손을 잡았으면 그 새끼 개지랄부터 못 하게 말렸어야지.」

　스모크가의 거실 중앙에는 가족이 식사하는 기다란 식탁이 있었다. 나와 아버지, 라클런 브로드(내가 죽인 양 주인이다)와 그의 동생 에이니어스가 식탁 주위에 앉았다. 스모크 자신은 상석을 차지했다. 스모크의 집에 모일 때는 대개 활기가 넘쳤으나, 지금의 분위기는 험악하기만 했다. 케니 스모크가 위스키를 권했지만 라클런 브로드는 거절했다. 그는 똑바로 앉아 두 손을 꽉 쥔 채(오른손이 왼손을 감쌌다) 마치 심장이 박동하기라도 하듯 주먹을 쥐었다 풀었다 반복했다. 시선은 아버지와 내 등 뒤의 서랍장을 향했다. 브로드 얘기도 해야겠다. 그는 아주 특별한 인간 종족이었다. 키는 180센티미터가 넘었고 넓은 어깨에 주먹도 두툼했다. 브로드는 남자 둘이 들기도 버거운 수사슴 사체를 끌고 마을을 활보할 정도로 힘이 좋았다. 작은 눈은 연한 청색이며, 머리는 엄청나게 크고, 금발은 숱이 많고 어깨까지 치렁치렁 흘러내렸다. 듣기로는 머리색이 노란 이유가 외가 쪽이 스칸디나비아 혈통이기 때문이었다. 추위를 타지 않는지 한겨울에도 속옷 차림으로 돌아다니기 일쑤였다. 목에 노란 스카프를 두르는 것으로도 유명했는데, 행여 사람들이 못 알아볼까 걱정이라도 한 것 같았다. 동생 에이니어스는 체격이 더 작고 통통했으며 얼굴은 늘 불그레하고 눈이 새처럼 작았다. 그다지 말이 많지는 않았지만 형이 얘기할 때면 느닷없이 파안대소를 터뜨리는 통에 주위를 무안하게 만들었다. 지금은 형 옆에 앉아 왼쪽 발목을 오른쪽 무릎 위에 올리고, 주머니칼로 구두의 오물을 긁어내느라 여념이 없었다.

케니 스모크는 아무 말 없이 파이프 담배만 뻐끔거리고 엄지와 중지로 연신 콧수염을 만지작거렸다. 아버지는 파이프를 주머니에서 꺼내지도 못하고, 두 손으로 모자를 쥐어 무릎 위에 놓은 채 식탁만 열심히 노려보았다. 지금은 케일럼 핀레이슨을 기다리는 중이었다. 그는 카머스터라치의 어부였고 당시 마을 치안관*이기도 했다. 밖은 여전히 밝았고 해도 중천이었으나, 오히려 집 안의 우울한 분위기만 강화할 뿐이었다. 잠시 후 핀레이슨 씨가 등장해 사람들과 씩씩하게 인사를

---

* 마을이나 교구 치안관은 마을 사람들이 선출한 관리로서, 마름과 마을 사람의 중개 역할을 했다. 소작농의 소작 조건을 정하고 갈등을 조정하는 것도 치안관의 역할이었다. 마름은 가령(家令)에 준하는 대리인이며, 지주를 대신해 토지를 관리했다. 대개 마름은 마을 사람들이 두려워하고 마주치기를 꺼리는 존재였다.

나누었다. 케니 스모크도 자리에서 일어나 굳게 악수를 하고 가족 안부까지 챙겼다. 치안관이 차를 들겠냐는 제안에 고맙다고 인사하자 케니가 카미나를 불렀다. 그녀는 부지런히 차를 만들고 찻잔과 받침을 준비해 한 사람 한 사람 앞에 놓아주었으나 사실 차를 마시겠다고 한 사람은 핀레이슨 씨뿐이었다. 라클런 브로드는 시장의 가축을 대하듯, 그녀를 찬찬히 훑어보았다.

카미나는 차를 따라 주고 다시 뒷방으로 돌아갔다. 케일럼 핀레이슨이 진행을 맡았다.

「자, 여러분, 어디 이 문제를 평화롭게 해결할 수 있는지 봅시다.」

케니 스모크가 열심히 고개를 끄덕였다. 「바로 그겁니다.」

라클런 브로드가 크게 콧숨을 내뿜자 동생이 여지없이 박장대소를 터뜨렸다. 케일럼 핀레이슨은 이 무례한 소음을 무시하고, 상냥한 목소리로 내게 오늘 오후에 어떤 일이 있었는지 최대한 자세하게 말해 달라고 했다. 나는 어른들 앞이라 잔뜩 긴장했지만 그래도 최선을 다해서 상황을 설명했다. 폭포에서의 막간극은 생략했다. 그 얘기를 하면 내가 의무를 다하지 못해 가축이 죽었다고 단정할 것이다. 말벌한테 물렸다는 것은 양이 무리를 벗어났을 때 눈치채지 못한 핑계로 써먹을 수 있다고 여겨서 얘기했다. 양을 찾아냈을 때 이미 눈에 생기가 없었다는 얘기도 했다. 짐승이 그만큼 고통스러워했기에 내 행동 역시 불가피했다는 점을 강조한 것이다.

보고를 마치자, 핀레이슨 씨가 수고했다며 다독여 주었다. 나는 얘기하는 내내 식탁만 바라보았으나, 이렇게 시련이 끝날지도 모른다고 자위해 보았다. 라클런 브로드가 자세를 바꾸며 개소리라는 듯 크게 콧숨을 내쉬었다. 상체를 기울이며 무슨 말인가 하려고 했지만, 그때 핀레이슨 씨가 손가락을 들어 그의 입을 막았다.

「로디, 오후 내내 양 떼 돌보는 게 네 임무 아니었니?」

「예, 맞습니다.」

「그래서 계속 지켜봤어?」

「예, 핀레이슨 씨.」 문득 겁이 나기는 했다. 내가 폭포 쪽으로 갈 때 누군가 목격했고 지금 내 증언에 반박하려고 이리로 오는 중일지도 모른다.

「그런데 어떻게.」 핀레이슨 씨의 어투는 여전히 평온했다. 「양이 길을 잃고 늪에 빠질 수 있지?」

「저도 모릅니다.」 내가 대답했다.

「네가 한눈을 판 건 아니고?」

「제가 지키는 동안 양이 길을 잃었으니 당연히 제 잘못이겠죠.」 내가 말했다. 나는 반대 증인이 나타나지 않은 것에 안도했다. 「양이 고통받은 데 대해 정말 죄송하다고 말씀드리고 싶습니다. 매켄지 씨께도 어떻게든 손해 배상을 하고 싶습니다.」

핀레이슨 씨는 내 대답에 만족하기라도 한 듯 고개를 끄덕였다. 케니 스모크가 입에서 파이프를 떼며 끼어들었다. 「언덕에 양 50마리를 풀어놓고 지켜보는 일이 어렵다는 건 우리 모두 알고 있습니다. 아이도 죄송하다고 했으니 이 정도로 마무리합시다.」

라클런 브로드가 그를 돌아보았다. 「머치슨 씨, 맞아 죽은 게 당신 양이 아니라고 쉽게 말하십니다. 넓으신 아량이야 훌륭하기 짝이 없습니다만 이번 사건과는 별로 상관없는 듯하군요.」 그의 동생이 킬킬거리며 앉은 자세를 바꾸었다.

핀레이슨 씨가 손을 들어 논쟁을 말린 다음 라클런 브로드에게 몇 마디 더했다. 「어쨌든 가축을 돌보는 일이 쉽지 않다는 머치슨 씨 말씀은 옳습니다. 실수가 있기는 했지만 말 그대로 실수 아니겠습니까? 악의는 보이지 않는군요.」

「저 꼬마에게는 악의가 넘칩니다.」 브로드가 두꺼운 손가락으로 나를 가리켰다.

핀레이슨 씨가 다시 나서서 누군가를 모욕 주려고 모인 자리는 아니다, 하지만 매켄지가 직접 질문하고 싶으면 얼마든지 해도 좋다고 말했다.

브로드는 따져 봐야 저놈이 이실직고할 리가 없다며 중얼거리기만 했다.

핀레이슨 씨는 잠시 뜸을 들였다가 지금까지의 논의에 다들 만족한다면 이제 자신이 책임지고 결론을 내리겠다고 선언했다. 「양을 잃은 데 대한 보상으로 존 맥레이는 35실링을 라클런 매켄지한테 지불하도록 해요. 그 정도면 시장에서 양 한 마리는 살 겁니다.」

「그놈을 키우기 위해 그동안 겨울 식량과 수고가 얼마나 들었는지 알아요?」 브로드가 말했다.

케일럼 핀레이슨은 잠시 그 문제를 생각했다. 「가축을 시장에 팔 때 그 비용까지 쳐주지는 않잖습니까. 게다가 35실링 말고도 양털과 고기는 남아 있고요.」

「이런, 까마귀가 이미 다 파먹은걸요.」 브로드가 투덜댔다.

핀레이슨 씨는 그 말을 못 들은 척하고 아버지한테 자신의 결정이 합당하다고 생각하는지 물었다. 아버지는 고개를 끄덕이는 것으로 대답을 대신했다.

「내가 보기에는,」 라클런 브로드가 말을 이었다. 「저놈을 그냥 풀어 주는 겁니다. 처벌이 있어야 해요.」

「어떻게 할까요?」 치안관이 되물었다. 「사람들 앞에서 매질이라도 할까요?」

이 일 때문에 이미 아버지한테 죽도록 매를 맞았지만 그 사실을 밝힐 수는 없었다. 아버지도 언급할 생각은 없어 보였다.

「더 가혹하게 다스려야겠지만, 어쨌든 저 꼬마 놈을 패면 이실직고할 겁니다.」 브로드가 나를 노려보며 으르렁거렸다.

「예, 죽도록 패서 실토하게 해야죠.」 에이니어스 매켄지가 거들었다.

케일럼 핀레이슨이 일어나 식탁 너머 두 남자를 향해 상체를 내밀었다. 「당신들의 무례한 말과 모욕을 듣겠다고 여기까지 온 줄 아시오? 솔직하게 잘못을 인정했으니, 아이는 오히려 칭찬받아 마땅하오. 그래도 난 당신들한테 유리하게 판결했소. 그게 마음에 들지 않으면 경찰서에 가서 해결하든가.」

라클런 브로드도 그를 노려보았다. 그런 터무니없는 제안이라니. 경찰서에 가려면 딩월까지 왕복 1백 킬로미터이고, 더욱이 치안관의 판결을 거부하면 마을에서도 따가운 눈총을 받을 수밖에 없다.「마름이라면 이 사건에 관심이 있을 겁니다.」

「장담하건대, 마름도 바쁜 사람입니다. 양 한 마리 따위에 오라 가라 할 수는 없습니다. 맥레이 씨가 내 제안을 받아들였으니 당신도 그렇게 합시다.」

라클런 브로드는 판결을 받아들이겠다는 표시로 손을 들어 보였다. 아버지는 내내 아무 말 하지 않더니 그제야 거친 손가락을 들어 올렸다. 치안관이 할 말이 있는지 물었다.

「지불 문제 말입니다.」아버지가 말했다.

「예?」

아버지는 한참을 미적거리다가 얘기했다. 판결은 받아들이지만 지금 당장은 35실링이 없고 그 값어치를 대신할 물건도 없다고 했다.

그 말에 라클런 브로드와 그 동생의 얼굴이 밝아졌다.「유감이군, 존 블랙. 대신 당신 딸을 받을 수도 있소. 죽을상을 하고 있던데 내가 웃음을 되찾아 줄 수 있을 거요.」

「우리 둘이 웃음을 되찾아 주겠어.」에이니어스가 멍청이처럼 키득거렸다.

케니 스모크가 의자에 일어나 식탁 너머로 몸을 내밀었다. 「내 집에서 그런 얘기를 하다니 도저히 못 들어 주겠군, 라클런 브로드.」

「당신 딸도 하나 넘기지 그러시오?」 브로드가 이죽거렸다. 「큰딸이 익을 대로 익었던데.」

케니 스모크의 얼굴이 벌게졌다. 당장이라도 브로드에게 달려들 기세였으나 케일럼 핀레이슨이 일어나 손으로 그의 가슴을 막았다.

라클런 브로드가 웃음을 터뜨리며 팔짱을 꼈다. 케니 스모크는 잠시 서서 브로드를 노려보았지만 브로드도 지지 않았다. 아버지는 눈앞의 식탁만 노려보았다. 식탁 아래로는 손으로 바지 자락을 잔뜩 움켜쥐고 있었다.

마침내 케니 스모크가 자리에 앉았다. 핀레이슨 씨가 어떻게든 이 모임을 끝내려는 듯 말을 이었다. 「맥레이 씨의 형편을 고려해, 합의금은 다 갚을 때까지 일주일에 1실링의 이자를 내는 것으로 합시다.」

라클런 브로드가 어깨를 으쓱했다. 「그럽시다.」 그는 비웃는 투로 말했다. 「그래도 이웃인데 곤경에 몰아넣고 싶은 마음은 없다고.」

토론은 그렇게 끝이 났다. 라클런 브로드는 의자에 등을 기대며 동생의 허벅지를 두 번 때렸다. 떠날 때가 되었다는 뜻이다. 두 사람이 떠나자 케니 스모크가 길게 한숨을 내쉬며 욕설을 중얼거렸다. 뭐라고 욕했는지 옮기지는 않으련다. 핀레이슨 씨는 내 조치가 옳았다며 위로해 주었다. 케니 스모크가 서랍장으로 가더니 위스키 병과 잔 네 개를 가져와 우리 앞에 놓았다. 내 잔까지 마련해 주어 고마웠지만 미처 술을 따르기도 전에 아버지가 일어나더니 핀레이슨 씨한테 공정한 판결에 감사한다며 인사를 챙겼다. 솔직히 아버지라면, 라클런 브로드가 나를 매질하겠다고 할 때 기꺼이 허락했을 것이다. 케니 스모크가 재차 잔을 권했지만 아버지는 끝내 거절하고 내 팔을 비틀었다. 우리는 그렇게 그 자리를 피했다. 집에 오면 다시 매질이 있겠거니 했는데 이번에는 저녁을 굶는 것으로 끝났다. 나는 침상에 누워, 지금쯤 위스키와 뒷담화를 나누며 우리를 비웃을 케니 스모크와 케일럼 핀레이슨을 떠올렸다. 아버지는 어두운 집구석에서 파이프만 뻐끔거렸다.

* * *

인버네스의 내 감방은 가로 다섯 걸음, 세로 두 걸음이다. 널빤지 두 개를 벽에 붙들어 매고 그 위에 밀짚을 덮어 침대로 사용한다. 모퉁이에 물통이 두 개 있는데 하나는 목욕용이고 다른 하나는 배설용이다. 사람 손바닥 크기의 유리 없는 창문이 문 반대편 벽 높이 박혀 있다. 벽은 두껍고, 그 너머 작은 사각형 하늘이라도 볼라치면 문에 등을 바짝 붙여야 한다. 짐작하건대, 수감자에게 경치를 보여 주기 위해서가 아니라 단순히 환기를 위해 창을 달았을 것이다. 그래도 다른 소일거리가 없는 터라, 작은 하늘이 천천히 변하는 모습을 지켜보노라면 그렇게 즐거울 수가 없다.

간수는 완전히 곰탱이다. 어찌나 뚱뚱한지 감방에 들어오려면 몸을 옆으로 돌려야 한다. 가죽조끼를 걸쳤으며, 더러운 속옷은 바지 밖으로 삐져나와 대롱거린다. 그가 바깥 복도를 오갈 때면 구두 딸깍거리는 소리가 먼저 들린다. 바지는 발목 부근에서 끈으로 묶고 다녔다. 신기하게도 쥐나 벌레가 전혀 보이지 않았는데 그래도 그에게 이유를 물어볼 생각은 없다. 아니, 이름조차 묻지 않았다.

간수는 특별히 잘해 주지도 않지만 괴롭히지도 않는다. 아침이면 빵 한 조각과 물 약간을 배달하고 변기통이 차면 치워 준다. 처음 며칠간 내가 먼저 대화를 시도했지만 전혀 대꾸가 없었다. 글을 쓰도록 이 책상과 의자를 가져다줄 때도 아무 말 하지 않았다. 하지만 이따금 복도에서 대화하는 소리가 들리는 걸 보면 벙어리는 아니다. 아무래도 여타의 죄수들에게 그런 것과 마찬가지로 나한테 관심을 주고 싶지 않아서일 것이다. 어쨌든 별로 할 얘기가 없기는 하다. 동료 수감자들과 만난 적은 없지만 사실 만나고 싶지도 않다. 죄수들하고 친하게 지낼 이유가 뭐란 말인가. 밤이면 이따금 수감자들이 주먹으로 문을 두드리며 고함을 치지만, 그래 봐야 다른 사람들한테 조용히 하라며 핀잔을 들을 뿐이다. 소란은 잠시 이어지다가 갑자기 잦아들고, 그 후로는 밤의 소음만 아련하게 들려온다.

우리는 이틀마다 마당에 나가 가벼운 운동을 할 수 있다. 폐쇄된 공간 바닥에 자갈을 덮은 게 마당인데 처음에는 뭘 해야 할지 난감하기만 했다. 벽이 높아 햇볕이 마당에 닿지도 못하고 자갈은 이끼 때문에 미끄럽고 잡초도 많았다. 마당 가장자리로 사람이 다닌 길이 보이기에 무작정 담벼락을 따라 걷기 시작했다. 간수는 내내 입구에 서 있지만 우리를 감시한다는 생각은 들지 않았다. 가끔 그가 불쌍하기도 하다. 이곳 생활은 간수나 나나 재미없기는 마찬가지이지만 내가 떠나도 간수는 남을 것이다. 마당 둘레는 모두 스물여덟 걸음, 허용된 시간 내에 60바퀴 정도를 돌 수 있다. 대충 컬두이에서 카머스터라치 정도의 거리라, 그곳을 걷고 있다고 상상하곤 한다.

오후 늦게 수프 한 그릇과 빵 한 조각을 받는다. 난 대부분 이 글을 쓰면서 시간을 보낸다. 내가 쓴 글에 누가 관심이 있을지 모르겠지만 뭐든 소일거리가 있어 다행이다.

수감 첫날엔 새 환경에 적응할 시간이 거의 없었다. 경찰관들이 연이어 나를 찾아오고, 툭하면 다른 방에 불려 가 신문을 받았다. 어찌나 똑같은 질문만 해대던지 나중에는 생각할 필요 없이 대답이 절로 나왔다. 사건을 다르게 해석하거나, 죄가 없다는 식으로 얘기하면 취조하는 사람들이 좋아하겠다는 생각도 들었지만 실제로 그렇게 하지는 않았다. 다들 친절하게 대해 주었기에, 뭐든 보답하고 싶기는 했지만 그렇다고 거짓말을 할 수는 없었다. 같은 얘기를 서너 번이나 반복하면서 보니 관계자들이 종종 자기들끼리 시선을 교환했다. 내 얘기가 정말 재미있거나 신기하다는 표정이었다. 하지만 지금 생각해 보면 이해 못 할 바도 아니었다. 경찰이 만나는 사람들은 대부분 자기 죄를 부인하는 쪽이었을 테니 왜 아니겠는가. 마침내 나는 기록인 입회하에 이야기를 하고 경고 사항을 잔뜩 들은 후 진술서에 서명했다.

변호사 싱클레어 씨의 면회를 제외하면 사람을 만나는 일이 거의 없다. 오늘 아침에는 글을 쓰다가 교도소 의사의 방문으로 작업을 멈췄다. 의사는 친절한 사람이었다. 두 뺨은 발그레하고 구레나룻이 지저분했다. 그는 자신을 먼로 박사라고 소개하며 내 건강 상태를 점검할 의무가 있다고 말해 주었다. 건강에 아무 문제 없다고 대답했지만 그래도 나보고 옷을 벗으라고 하고는 샅샅이 검사를 시행했다. 진찰하는 동안 그의 입에서 잘 썩은 비료 냄새가 났다. 그래서 진찰을 마치고 떨어질 때는 정말 기쁘기까지 했다. 그러고도 그는 내 범죄와 관련해 이런저런 질문을 했고 나는 습관처럼 대답을 했다. 그는 이따금 코트 주머니에서 백랍 플라스크를 꺼내 한 모금씩 마시기도 했다. 내 대답을 수첩에 적었는데 내가 뭐라고 말하든 전혀 흔들리는 기색이 없었다. 질문을 마친 다음에는 팔짱을 끼고 흥미롭다는 듯 나를 바라보았다. 그는 후회하지 않느냐고 물었다. 나는 후회하지 않으며, 후회하든 않든 이제 소용없고, 엎지른 물을 주워 담을 수도 없다고 대답했다.

「그래, 그 말이 맞다.」 한참 후 그가 이렇게 덧붙였다. 「넌 정말 재미있는 놈이구나, 로더릭 맥레이.」

솔직히 나는 나한테 관심이 없고, 오히려 선생님이 더 흥미롭다고 말했다. 내가 이렇게 대답하자 그가 화통하게 웃었다. 이번에도 마치 버터 한 조각 훔친 절도범을 대하듯 내게 호의적인 데 놀라야 했다.

* * *

길리스 선생이 아버지를 찾아온 것은 늦은 봄이었다. 초저녁이라 제타는 저녁 설거지를 하고 있었다. 학교 선생이 문간에 나타나자 아버지는 움찔했다. 선생이 조랑말 고삐를 쥐고 있기에 내가 나가서 조랑말을 묶었다. 나는 몇 분 동안 목을 다독이거나 귀엣말을 속삭여 주었다. 안으로 들어갔을 때 길리스 선생은 식탁에 앉아 있고 제타가 차를 내왔다. 선생 앞에는 빵도 한 조각 놓였다. 아버지는 방 한가운데 어정쩡하게 서서 파이프만 만지작거렸다. 윗사람 앞이라 앉기가 어려운 것이리라. 길리스 선생은 제타에게 이런저런 질문을 하고 아버지한테는 제타를 가르칠 수 있어서 행복했다고 얘기했다. 내가 문간에 나타나자, 그가 쾌활하게 맞이했다. 「오, 드디어 주인공이 나타났군!」

그가 아버지도 자리에 앉을 것을 권했다. 아버지는 상석에 자리를 잡았다.

「개학했는데도 로디가 학교에 오지 않더군요.」

아버지는 파이프만 연신 빨아 댔다. 「아들놈은 이제 아이가 아닙니다.」

「예, 맞습니다. 아이가 아니니 더 이상 학교에 오라고 할 수도 없겠죠. 하지만 지난 학기 말에 로디와 한 얘기가 있는데, 아버님께서도 들으셨겠죠?」

아버지는 들은 얘기 없다고 대답했다. 그러자 길리스 선생이 나를 보더니 나도 와서 앉을 것을 권했다.

내가 자리에 앉자 그가 이야기를 이어 갔다. 「아드님 미래 얘기였습니다. 그러니까, 계속 공부하는 문제였죠. 그런 얘기 않던가요?」

「듣지 못했습니다.」아버지가 대답했다.

길리스 선생이 나를 보며 인상을 찡그렸다가 다시 밝은 말투로 얘기했다. 「음, 아드님은 공부에 탁월한 재능이 있습니다. 제가 보기에 썩히기엔 너무나 아쉬운 능력이에요.」

아버지는 내가 마치 등 뒤에서 비겁하게 학교 선생과 음모라도 꾸몄다는 투로 나를 노려보았다.

「썩혀요?」아버지가 처음 듣는 단어라도 된다는 듯 되물었다.

길리스 선생이 어두운 방 안을 둘러보았다. 아버지가 그를 위해 어떤 함정을 놓았는지 잘 알고 있는 사람 같았다. 그가 차를 한 모금 홀짝인 후 입을 열었다.

「제 말씀은, 이 아이가 계속 공부하면 미래에 선택할 진로가 많아진다는 뜻입니다.」

「진로라뇨?」 길리스 선생이 어떤 의미로 진로를 거론했는지 아버지도 잘 알고 있었다. 아버지는 막연하나마 내가 학교에서 잘한다는 소문은 들었으나, 지금껏 성적에 관심을 보인 적도 없었고 칭찬은 더더욱 없었다.

「로디라면 충분히……」 여기에서 선생은 잠시 시선을 들어 서까래를 보았다. 그 질문을 처음 생각해 보는 사람 같았다. 「……성직자나 교사도 될 수 있습니다. 원한다면 뭐든지.」

「선생님처럼 된다고요?」 아버지가 무뚝뚝하게 되물었다.

「맥레이 씨, 제 말은 어떤 선택이든 가능하다는 뜻입니다.」

아버지가 벤치에서 자세를 바꿨다. 「소작농보다 나은 사람이 될 수 있다는 뜻이겠죠.」

「더 낮다고 말하지는 않겠습니다만, 맥레이 씨, 분명 다른 사람은 될 수 있습니다. 이 말을 하는 이유는 맥레이 씨가 아드님한테 어떤 기회가 있는지 분명히 알았으면 해서입니다.」

「이곳에서 기회 따위는 아무 소용 없습니다. 저놈은 소작인이 되어 가족을 먹여 살려야 해요.」

길리스 선생은 나한테도 뭘 하고 싶은지 물어보면 어떻겠느냐고 제안했다. 그 말에 아버지가 자리에서 일어났다.

「그런 건 필요 없습니다.」

길리스 선생은 일어나지 않았다. 「돈 문제라면, 어떻게든 방법이 있을 겁니다.」

「자선은 바라지 않습니다, 선생님.」

길리스 선생은 뭔가 얘기하려다가 입을 다물었다. 그는 용건이 끝났다는 듯 고개를 끄덕이며 자리에서 일어났다. 선생이 다가가 손을 내밀었으나 아버지는 악수를 거절했다.

「기분 나쁘게 할 생각은 없었습니다, 맥레이 씨.」

아버지는 대답하지 않았다. 길리스 선생은 나와 제타에게 좋은 저녁 되라며 인사했다. 제타는 대화 내내 그릇을 치우고 설거지하느라 바빴다. 선생이 떠났다.

나도 조랑말을 가져다준다는 핑계를 대고 함께 밖으로 나갔다. 사실 방문해 주셔서 감사하다는 뜻을 전하고 싶었지만, 만일 질문을 받았다면 아버지 말에 동의한다고 했을 것이다. 나는 가족을 위해 일해야 하고 그런 식의 호강은 우리 같은 놈들한테 어울리지도 않는다고. 마을 또래 중에 학교에 다니는 아이는 없었다. 나 혼자 학교에서 어린아이들 틈에 앉아 있는다면 그보다 바보 같은 일도 없을 것이다. 게다가 솔직히 나약한 외모에 힘이라고는 하나도 없는 손을 가진 길리스 선생처럼 되고 싶지도 않았다. 조랑말을 가져다주자, 선생은 고맙다고 인사하고는 행여 학교에 돌아오고 싶으면 언제든 환영이라는 말을 덧붙였다. 수업료를 내지 않게 신경 쓰겠다는 얘기도 했다. 선생도 나를 다시 보리라고는 기대하지 않았을 터인데, 옳은 판단이었다. 그는 조랑말을 타고 천천히 마을 밖으로 빠져나갔다. 두 다리가 거의 땅에 닿을 정도라 무척이나 우스꽝스럽게 보였다. 조랑말은 하일랜드 토종답게 터벅터벅 걸었는데 나무에 머리를 들이받을까 불안한지 고개를 잔뜩 숙였다.

72

아버지는 내게 일을 시키고 수입을 올릴 심산이었지만 여의치 않았다. 길리스 선생이 다녀간 후 아버지는 사냥 시즌 동안 할 일을 마련해 주었다. 그래서 나는 동이 트자마자 사냥꾼 가이드부터 만나야 했다. 가이드는 키가 크고 눈은 작고 턱수염은 숱이 많고 뻣뻣했으며 여기저기 희끗거렸다. 트위드 바지에 두꺼운 면양말과 생가죽 구두를 신었다. 조끼 단추는 풀고 다녔으며 왼손에는 S자 모양의 파이프를 들었다. 내 이름을 묻기에 컬두이의 로더릭 맥레이라고 대답했다. 그가 나를 위아래로 훑어보더니 빅하우스 뒷마당에서 기다리라고 지시했다.

마당을 어슬렁거리는 동안, 가이드의 허가를 받았음에도 불구하고 괜히 침입자가 된 기분이었다. 아무튼 시비를 거는 사람은 없었다. 뒷마당에 가려면 정문 오른쪽에 있는 돌문을 통과해야 했다. 자갈 마당 한쪽을 따라 가축우리가 늘어서 있고 반대편 벽은 창문이 줄줄이 붙어 있었다. 창문 안은 부엌으로 보였다. 유리창에 코를 붙이고 들여다볼 생각까지는 없었지만 부엌은 무척 분주해 보였다. 나는 부엌문 오른쪽 벽에 기댄 채 짐짓 그곳 사람처럼 행세했다. 마구간 말들이 움직이거나 히히힝 우는 소리가 들렸다. 모르긴 해도 대단한 순종 말들이리라. 우리 안에 들어가 직접 보고도 싶었지만 야단맞을까 겁이 나 포기했다. 잠시 후 한 소년이 다가왔는데 나보다 조금 나이가 많은 듯 보였다. 소년은 아무 말 없이 나를 빤히 쳐다보았다. 그는 마구간 벽에 기대더니 오른발 바닥을 벽에 갖다 붙였다. 소년의 이러한 태도는 주변 환경과 너무나 자연스럽게 어울렸고 그래서 나도 똑같이 흉내 냈다. 잠시 후 소년이 재킷 주머니에서 작은 파이프를 꺼내, 찬찬히 살펴보고는 설대를 입에 물더니 어적어적 소리가 날 정도로 깨물었다. 대통에 담배는 없는 듯했다. 아니, 있는지도 모르지만 불을 붙일 시도는 하지 않았다. 아무튼 내 눈에는 굉장히 멋져 보였다. 잠시 후 함께 좁은 길을 걸으며 얘기했을 때 그는 군이 파이프에 담배가 있을 필요도 없다고 설명했다. 이전에 사용한 적이 있기에 그저 열심히 빨기만 하면 된다는 얘기였다.

잠시 후 두 남자가 마구간으로 들어갔다. 사람들이 부지런히 말을 준비 중이었는데, 실망스럽게도 모두 조랑말이었다. 이런, 종마인 줄 알았건만. 마을에서 기르는 것과 같은 종류라, 몸은 땅땅하고 머리를 낮게 늘어뜨린 채 걸어다녔다. 부엌에서도 다양한 식자재와 요리 도구를 꺼내 자갈밭에 늘어놓았다. 파이프 소년과 나는 첫 번째 조랑말에 짐을 실어야 했다. 두 번째 말에는 짐을 싣지 않았는데 산에서 짐승을 잡으면 그 수레에 싣고 온다고 했다. 준비가 끝나자 앞치마 차림의 덩치 큰 여자가 차 네 잔을 쟁반에 들고 나왔다. 바로 라클런 브로드의 아내 미미였다. 미미는 봄철 동안 미들턴 경집에서 일했다. 나를 보더니 〈안녕〉이라고 인사까지 챙겼는데 내가 그곳에 있는데도 전혀 놀랍지 않다는 투였다. 아버지가 차는 여자나 마시는 물이라고 해서 평소에는 차를 마시지 않았지만 이곳에서까지 유별나게 보이고 싶지 않아 찻잔을 받아 들었다. 함께 차를 마시자, 사람들과 유대감도 커지는 기분이었다. 차는 설탕을 넣어 달콤했으나 기대만큼 맛이 좋지는 않았다. 차를 마시는데 남자 한 명이 처음으로 내게 말을 걸었다.

「그래, 네가 블랙 맥레이의 아들이냐?」

컬두이의 존 맥레이 아들이라고 대답하자 두 사람이 알 수 없는 의미의 시선을 교환했다. 낯선 사람들이 아버지 이름을 아는 것도 주눅 들었지만, 아버지를 두고 나를 평가하려는 것도 맘에 들지 않았다.

미미 브로드가 잔을 회수하러 와서 내게 하루 종일 언덕에 있는다는 얘기는 들었냐며 먹을거리를 싸 왔는지 물었다. 그렇잖아도 제타가 감자 두 알을 싸 주었고, 미미는 고개를 끄덕이는 것으로 잘했다는 말을 대신했다. 우리는 조랑말들을 자갈 마당 건너 집 앞까지 끌고 가 그곳에서 사냥 팀을 기다렸다. 한 남자가 커다란 나무 궤를 가리켰다. 내가 운반할 물건이라는 얘기였다. 상자는 가로 90센티미터, 세로 60센티미터의 크기이며, 남자 손 넓이의 가죽끈을 이용, 모퉁이를 수직으로 묶어 놓았다. 내용물이 꽤 무거웠다. 나는 한 손으로 궤를 머리 위로 들어 올린 다음 가죽끈을 어깨에 걸쳤다. 남자는 자칫 내용물이 깨질 수도 있기 때문에 어디 부딪혀도 안 되고 한쪽으로 기울어도 안 된다고 했다. 뭐가 들었는지 물어보지는 않았으나 굉장히 중요한 일을 맡았으니 제대로 해내야겠다고 결심했다. 가이드가 합류할 때쯤 벌써 어깨끈이 불편해졌으나 내색하지 않았다. 가이드는 조랑말들을 대충 점검하고 남자들한테 한두 마디 지시를 내렸다. 총 한 자루가 그의 팔꿈치에 걸쳐 있었다. 몇 분 후 신사 넷이 집에서 나왔는데, 모두 트위드 차림에 총을 든 자세도 가이드와 비슷했다. 이곳 사람들하고는 외모부터가 달랐다. 길리스 선생처럼 다들 키가 크고 허리가 곧았으며 머리카락은 금발에 안색도 발그레했다. 가이드가 제일 나이 많은 사람과 악수했다. 아마도 미들턴 경일 것이다. 가이드는 다른 사람들과도 차례로 인사하고는 사냥하기 좋은 날입니다, 반드시 사슴을 잡을 수 있을 겁니다, 라며 큰소리를 쳤다. 그 밖에는 그날 일정을 알려 주고, 무기를 어떻게 다루고 산에서는 어떻게 행동해야 하는지 따위를 안내해 주었다. 신사들은 귀담아들었다. 나도 크게 감동했다. 고급 옷을 입기는 했지만 가이드 역시 하일랜드 사람이다. 그런데 전혀 기죽지 않고 귀족들을 상대하다니. 간단한 안내가 끝나자, 미들턴 경이 가이드의 어깨를 두드려 주고 동료들을 돌아보았다. 「겁먹지 말아요. 이 친구 뺑이 이 집 뺑보다 더 구리다오.」 그 말에 사냥 팀이 큰 소리로 웃었다. 가이드는 웃지 않고, 조끼 주머니에서 은시계를 꺼내더니 드디어 떠날 시간이라고 선언했다. 우리는 골짜기를 향해 출발했다. 가이드와 미들턴 경이 선두에 서고 신사 셋이 그 뒤를 따랐으며 그다음으로 마구간지기들이 조랑말 두 필을 이끌었다. 우리 소년 둘이 마지막이었다. 아침은 따뜻하고 구름이 짙었다. 그리고 머지않아 나무 궤가 허벅지를 때리기 시작했다. 동료도 비슷한 상자를 짊어졌으나 확실히 나보다 가벼워 보였다. 그가 어깨를 뒤로 젖히고 두 손으로 상자를 잡아 흔들리지 않게 해보라고 요령을 가르쳐 주었다. 덕분에 어색한 분위기도 깨졌다. 그의 이름은 아치볼드 로스, 여섯 형제 중 장남이었다. 나도 그에게 얼마 전 어머니가 막내를 낳다가 돌아가셨으며 그 때문에 크게 고생하고 있다고 얘기해 주었다. 아치볼드는 우리 같은 놈들에게 부족하지 않은 건 고생뿐이라며 이죽거렸다. 나는 그 대답에 만족했다. 지금껏 만난 사람 중 이번 새 친구만큼 똑똑한 사람은 아무도 없었다.

골짜기 길이 끝나면서는 언덕을 오르기 시작했다. 이제 나무 궤는 어쩔 수 없이 이쪽저쪽으로 흔들리기 시작했다. 이러다가 내용물이 망가지면 가이드한테 크게 혼나고 말 것이다. 아치볼드 로스는 계속 혼잣말을 했다. 주로 애플크로스에 있는 형제들과 이웃을 흉보는 내용이었다. 자기 아버지가 포인트 사람들을 게으르고 천하게 여긴다는 얘기도 대놓고 했다. 특히 에어드두는 더러운 데다 사람들이 거짓말을 밥 먹듯 한다지만, 자신은 아버지 얘기를 믿고 싶지 않다며 발을 뺐다. 나는 에어드두가 아니라 컬두이 출신이지만 그 사실을 지적하지는 않았다.

아치볼드는 어느 정도 나이가 들고 돈을 저축한 후에 캐나다로 떠날 계획이라고 했다. 그곳이라면 우리 같은 아이들도 부자가 될 수 있다는 게 그의 말이었다. 부모들이야 평생 소작을 부쳐 먹어도 살기가 버겁지만, 그곳은 넓디넓은 옥토가 얼마든지 있기에 그 정도 돈쯤은 1년 안에 벌 수 있다더군. 사촌도 달랑 오트밀 가방 하나 들고 떠났는데 지금은 미들턴 경보다 두 배나 큰 집에 산다니까. 우리도 같이 가서 큰돈을 벌어 보자. 난 그 말에 크게 들떴다. 아치볼드는 이런 말도 해 주었다. 오늘 저 신사들 마음에 들면 일이 끝날 때 1페니 동전을 찔러줄지도 몰라. 아니, 어쩌면 1실링까지도. 그 말을 듣고 나는 나무 궤의 고통을 어떻게든 이겨 내자고 굳게 다짐했다.

두 시간쯤 후 일행은 골짜기가 훤히 내려다보이는 고원에 도착했다. 이렇게 산 깊숙이 들어온 적은 한 번도 없었다. 애플크로스만 너머 라세이와 스카이의 산들까지 전망이 기가 막혔다. 마구간지기들이 첫 번째 조랑말에서 넓은 깔개를 두 개 내려 바닥에 깔았다. 내 궤도 벗기더니 그 안에서 그릇, 유리잔, 와인 병들을 꺼냈다. 커다란 쟁반마다 냉육, 채소, 조미료, 빵 등이 펼쳐졌다. 신사들은 산해진미가 따로 없다며 감사 기도도 하지 않고 먹기 시작했다. 마구간지기들은 음식을 차려 놓고 조랑말 옆에서 어슬렁거렸다. 나도 둔덕에 앉아 천천히 감자 하나를 먹었다. 나머지도 해치울까 했으나 산에 오래 머무를지도 모른다는 생각에 나중을 위해 남겨 두기로 했다. 아치볼드도 옆에 앉더니 재킷 주머니에서 빵 덩어리를 꺼내 씹기 시작했다. 내게도 한 조각 건넸지만 받았다간 나중에 감자를 나눠 주어야 할 것 같아 사양했다. 가이드는 신사들과 함께 식사했지만 대화에 끼지는 않았다. 와인도 거부했다. 신사들은 마음 놓고 와인을 벌컥벌컥 들이켰고, 눈앞의 장관을 마치 경쟁이라도 하듯 돌아가며 그럴싸하게 읊어 댔다. 신사한 명이 관자놀이를 문지르더니 전날 밤 미들턴 경의 자비를 너무 많이 누렸다며 엄살을 부렸다. 그의 동료가 잔을 들며 선언했다. 「술병에는 술이 약!」 나로서는 무슨 뜻인지 이해할 수가 없었다. 미들턴 경이 작은 와인 잔을 들고 가이드에게 낮은 목소리로 무슨 말인가를 했다. 가이드가 신사들에게 술을 너무 많이 마시면 사슴을 잡기 어려울 거라고 말했다. 농담처럼 말하긴 했으나 물론 진담이었다. 신사들의 행동이 마음에 들지 않는다는 뜻이었다. 하지만 신사들은 가이드의 불평 따위 개의치 않고, 셋이서 와인 세 병을 비웠다.

귀족들이 끝났다고 선언한 후에 그릇과 음식을 다시 챙겼다. 다행히도 궤는 더 이상 들고 다닐 필요가 없었다. 그 자리에 두었다가 귀갓길에 회수해 돌아가면 된다는 얘기였다. 그덕분에 다시 길을 떠날 때는 하늘을 날 것만 같았다. 게다가마구간지기가 파이프에 담배를 넣기 위해 조랑말을 맡긴 덕에 더욱 신이 났다. 임무가 상향 조정되기도 했고, 동행의 인정을 받았다는 점에서도 자부심이 컸다. 우리는 남쪽으로 돌아가 봉우리 사이를 지났다. 어쩐지 탐험대에 끼어 미지의 땅으로 들어가는 기분이었다. 미들턴 경의 손님들은 술에 취해서로 큰 소리로 떠들었다. 가이드는 목소리를 낮추지 않으면오늘 사냥은 글렀다며 경고했다. 신사들에게 무례한 말투인지라 내가 다 움찔했으나 미들턴 경은 전혀 개의치 않는 듯보였다. 신사들도 멋쩍은 표정을 짓고는 그 후로 입을 다물었다. 이제 가이드가 선두를 잡고 1백 미터마다 손을 옆으로 내미는 식으로 일행에게 정지를 명했다. 우리가 걸음을 멈추고 숨을 죽이면 그는 산허리를 살피고 바람 냄새를 맡은 뒤 조용히 손짓으로 진행 방향을 지정해 주었다. 한 시간쯤 후 산마루에 이르렀을 때 가이드가 머리를 숙이라고 지시했다. 나는 배를 깔고 히스 밭에 엎드렸다. 일행의 분위기는 무척이나 심각했다. 저 아래 30~40마리의 사슴이 풀을 뜯고 있었다. 암사슴들은 모두 다리를 한 방향으로 하고 고개를 숙이고는, 마치 여자들이 씨를 뿌리듯 천천히 앞으로 움직였다. 턱을 돌리는 모습까지 보일 정도로 가까운 거리였다. 사슴 떼 앞에 수사슴도 한 마리 보였다. 뿔이 하늘을 향해 거친 손을 펼친 것처럼 보였다. 아직 우리가 있는 것은 눈치채지 못했다.

가이드는 신사 한 명에게 앞으로 오라고 지시했다. 신사는 노련하게 무기를 장전하고 수사슴을 겨냥한 다음 머리를 개머리판에 댔다. 너무도 근엄한 순간이었다. 신사 바로 옆에 있었기에 손가락이 방아쇠를 향해 움직이는 것도 볼 수 있었다. 나는 수사슴을 다시 보았다. 이 남자가 거실 벽에 사슴 머리를 걸려고 한다는 이유로 저 불쌍한 짐승이 죽어야 한다고 생각하니 너무나 끔찍했다. 신사의 손가락이 방아쇠를 감아쥐었다. 그때 나는 부지불식간에 일어나 산마루 아래로 뛰어가며 거대한 새처럼 팔을 젓고 수탉처럼 꽥꽥거렸다. 사슴 떼가 달아나기 시작했고 신사가 쏜 총도 빗나갔다. 가이드가 달려와 내 팔을 잡더니 바닥에 내동댕이쳤다. 그 순간 나도 가이드만큼이나 내 행동에 놀랐고, 곧바로 크게 후회했다. 가이드는 한차례 험한 욕설을 퍼부었다. 행여 무기 개머리판으로 때릴까 봐 두 팔로 얼굴을 감싸기도 했는데 다행히 더 이상의 폭력은 없었다. 히스 밭 가운데 엎드려 있는데 창피해서 죽을 것만 같았다. 마구간지기 둘이 웃다가 가이드가 노려보자 입을 다물었다. 미들턴 경의 얼굴은 그야말로 보랏빛이었으나 산바람이 차가워서인지 화가 나서인지는 알 수가 없었다. 신사 셋은 황당해하며 나를 노려보았다. 문득 섬뜩한 생각도 들었다. 가이드가 나를 골짜기에서 달리게 하고 손님들에게 사냥하라고 시키지는 않을까? 내가 사냥을 망쳤으니까? 다행히 그런 일이 일어나지는 않았다. 미들턴 경이 앞으로 나와 가이드에게 내 이름을 물었다.

「로더릭 맥레이입니다. 컬두이의 존 맥레이 아들이죠.」 그가 대답했다.

「다시는 영지 내에서 일하지 못하게 해라.」 미들턴 경이 고개를 끄덕이며 이렇게 지시하고 곧바로 돌아서서 손님들에게 사과했다. 나도 사과하고 싶었으나 당장 산을 내려가라는 지시가 떨어졌다. 궤를 부엌에 갖다 놓으라는 지시도 함께였다. 나는 낑낑거리며 일어나, 미들턴 경에게 관대한 처분에 감사한다고 인사했다. 무리를 떠나는데 아치볼드 로스가 시선을 피했다. 나 같은 천치 놈과 엮이고 싶지 않은 것이다.

그날 저녁, 산에서 있었던 사건 얘기는 꺼내지도 않았다. 다음 날 아침에도 아무 일 없었다는 듯 주머니에 감자 두 알을 챙겨 나와 카른의 연못들을 오가며 빈둥거렸다. 저녁에 돌아오니 아버지가 어디선가 얘기를 듣고는 죽도록 매질했다. 하긴, 맞을 짓을 했다.

* * *

양 사건이 있고 얼마 후 라클런 브로드가 마름을 찾아갔다는 소문이 들렸다. 소문의 출처는 불확실했다. 브로드가 마름 집 쪽으로 걸어가는 모습을 애플크로스에 사는 사람 여럿이 목격했다고는 하나 그것만으로 증거가 될 수는 없었다. 지금껏 누군가 무턱대고 마름을 찾아간 경우는 없었고, 마름을 방문하려면 치안관을 통해 미리 통지해야 하지만 케일럼 핀레이슨은 그런 식의 통지서를 발부한 적이 없었다. 아버지는 라클런 브로드가 일부러 헛소문을 흘렸다며 중얼거렸다. 어쨌든 소문이 퍼지다 보니 어느샌가 사실로 굳어지고 말았다.

분명한 사실은 소문 직후 케일럼 핀레이슨이 직접 마름을 만났다는 것이다. 몇 달 후면 그의 치안관 임기가 끝나게 되었는데, 그는 예외적으로 주민들과 별다른 불화 없이 성공적으로 임무를 마쳤다. 마름의 일꾼이기도 한 치안관은 그다지 탐나는 자리가 아니다. 법 집행에 실패할 경우 마름의 분노를 사고, 소작 조건을 지나치게 깐깐하게 적용하면 마을 사람들과 마찰을 빚고 만다. 핀레이슨이 마찰을 피할 수 있었던 까닭은, 사건이 일어나는 대로 쪼르르 마름에게 달려가는 대신 당사자에게 조용히 위반 사항을 알려 주었기 때문이다. 이왕이면 소작인들끼리 갈등을 조정하도록 유도했으며, 중재가 필요할 경우에는 공정하게 일을 처리하는 편이었다. 때문에 다들 그가 치안관직을 유지했으면 하고 바라면서도, 사퇴하는 것 또한 그의 성격에 어울린다고 인정했다.

마름과의 면담 이후, 케일럼 핀레이슨은 자신이 임무를 충실하게 수행하지 못했다는 얘기를 들었다고 사람들에게 알렸다. 라클런 브로드가 마름에게 고자질한 탓인지는 따져 볼 일이나, 요는 잔여 임기 동안 엄중하게 법을 집행해야 한다는 얘기였다. 게다가 마름은 어느 수준까지 벌금을 더 거두라는 지시까지 내렸다. 액수를 채우지 못할 경우 치안관이 자기 주머니에서 차액을 내놓아야 할 판이었다. 상황이 그렇게 되자 핀레이슨 씨는 크게 스트레스를 받았다.

결국 케니 스모크의 집에서 회의가 열리고 마을 사람 대다수가 참석했다. 그리고 핀레이슨 씨가 마을 사람들에게 강제 징수하는 상황을 만들지 않도록, 최대한 규칙을 지키겠다고 결의했다. 그 밖에도 마름의 요구액을 채우기 위해 경제 사정이 좋은 가족이 5실링씩 더 내기로 했다. 사정이 어려운 사람들은 형편에 맞게 움직여도 되었다. 케니 스모크 말마따나 마름 주머니만 불린다며 반발하는 사람도 있었지만, 그래도 회의가 끝나자 사람들은 기분이 좋다며 노래도 부르고 위스키도 흠뻑 마셨다.

라클런 브로드와 친척들은 회의에 불참했고 나중에는 모

금 운동도 거절했다. 아버지도 계획을 탐탁하지 않게 여겼다. 권세가들의 기만과 잔망이 극에 달했다며 투덜대기도 했다. 그래도 1실링을 보태기는 했는데, 순전히 케일럼 핀레이슨을 존중하기 때문이었다. 규칙을 위반했다고 이름에 먹칠을 하고 싶은 사람은 없었기 때문에 벌금은 가구마다 똑같이 징수했다고 기록하기로 했다. 그 덕분에 어느 특정한 가족이나 개인이 따로 징계받는 경우는 없었다. 여름이 깊어졌다. 비록 추가 지출로 생활이 어려워지기는 했지만 사람들은 그 계획 덕분에 의외의 즐거움을 얻기도 했다. 벌금은 너무나도 사소한 위반에 부과되었다. 아버지의 기부는 수탉이 한밤중에 운 데 따른 벌금으로 기록되었다. 케니 스모크는 마름의 안부를 묻지 않았다는 이유였고 카머스터라치의 과부 매기 블라인드는 교회에 갈 때 왼발 먼저 출발하는 바람에 벌금을 냈다. 핀레이슨이 벌금을 넘겨줄 때 마름도 뭔가 찜찜했을 테지만, 치안관이 일을 열심히 했다는 이유로 비난할 수는 없었다. 사람들도 음모가 성공했다며 크게 기뻐했다. 그 사건을 권위에 대한 작은 승리로 여긴 것이다. 하지만 아버지는 돈을 마름한테 빼앗기고 좋아할 이유가 어디 있냐고 했고, 솔직히 내 생각도 그렇다.

여름이 끝날 무렵, 라클런 브로드가 곧 공석이 될 차기 치안관에 입후보하겠다고 선언했다. 치안관은 골치 아픈 임무이기에, 자원했다는 얘기는 한 번도 들어 보지 못했다. 심지어 권력을 좋아하는 사람들도 그 일만은 애써 피하려 하지 않았던가. 브로드라면 분명 마을 사람들에게 완장질을 할 것이기에 사람들은 노골적으로 제2의 후보를 물색했다. 아버지가 인기는 별로였지만 그래도 공동체 내에서 존중받는 인물임은 분명했고, 어느 날 케니 스모크를 위시해 마을 사람들이 찾아와 아버지에게 후보로 나서 줄 것을 간청했다. 아버지는 한 사람 한 사람에게 라클런 브로드가 치안관이 되는 걸 반대한다면 왜 직접 나서지 않냐고 물었다. 사람들은 저마다 변명거리를 늘어놓았다. 그리고 마지막 사람이 대답할 때쯤 아버지는 더 이상 거부할 필요가 없어졌다. 사실 라클런 브로드와 마름의 면담이 사실인지 거짓인지 모르겠지만, 바로 그이유 때문에 사람들은 이미 브로드가 마름의 하수인이라고 믿었다. 요컨대 아무도 그와 맞서고 싶지 않다는 뜻이었다. 결국 마지막으로 설득할 사람이 있다면, 바로 머도 콕이었다. 에어드두의 오두막에 사는 백치인데 듣기로는 왕겨 죽과 삿갓조개만 먹고 산다고 했다.

투표소는 카머스터라치에 있는 목사관이었다. 투표일 저녁, 세 개 마을 사람들이 공간을 가득 메웠다. 모자는 재킷 주머니에 구겨 넣거나 아니면 두 손으로 꼭 쥔 채였다. 갤브레이스 목사가 일일이 유권자들을 맞으며 가족 안부를 챙기고, 최근 교회에 나오지 않은 사람들한테는 이유를 물었다. 분위기는 무거웠다. 마름은 두 명의 후보자 사이에 서서 유권자를 상대로 간단하게 연설했다. 투표에 참여해 주어서 고맙다, 땅을 제대로 관리하려면 치안관의 역할이 정말 중요하다 운운하는 내용이었다. 어느 후보자를 지지하지는 않았고 다만 두 사람의 공공 정신을 치하하며 여러분이 유능한 후보자를 선택하리라 믿는다고 말했다. 갤브레이스 목사가 나서서 기도를 이끌었다. 투표 시간이 되자, 라클런 브로드에 반대해 손을 드는 사람은 한 사람도 없었다.

브로드는 곧바로 완장질을 시작했다. 임명 직후 어느 날 저녁, 그는 우리 집을 찾아왔다. 제타가 막 설거지를 끝내고 뜨개질을 시작한 터였다. 아버지는 창가 의자에 앉아 있었다. 아직 날이 밝았기에, 열린 문 밖으로 라클런 브로드 형제가 다가오는 모습이 보였다. 두 사람이 이웃집을 지나치는 걸 보고 나서야 목적지가 우리 집임을 깨달았고, 그때쯤엔 아버지한테 알리기에도 이미 늦었다. 브로드의 거대한 체구가 문을 가득 채웠다. 인사도 하지 않았기에, 아버지가 책에서 눈을 뗀 것도 순전히 빛이 달라졌기 때문이었으리라. 신임 치안관은 그제야 인사를 했다. 아버지는 자리에서 일어났지만 어서 오라는 식의 위선을 부리지는 않았다. 에이니어스 매켄지는 들어오지 않았다. 팔짱을 하고 버티고 선 모양새가 정말로 우리 집을 지키는 것처럼 보였다. 라클런 브로드가 집 안으로 한두 발짝 들어오더니, 직책이 직책인지라 담당 구역 가구를 일일이 찾아보고 있다고 얘기했다.

「이제 우리가 당신 관할이 된 거로군요.」아버지가 비꼬듯 말했다.

「관할은 지주 어르신이오. 그분 마름이 토지를 관리하고 지금은 내가 마름의 대행자이니…… 오, 그렇군, 당신은 내 관할이오.」

라클런 브로드가 대답하고는 오른손으로 테이블을 가리켰다. 「그러니, 이제 환영해 주실 텐가?」

아버지는 자리에 앉으라 하고 제타에게 뜨개질은 다른 곳에 가서 하라고 지시했다. 손님이 오면 늘 마실 것을 내왔건만, 마실 것을 권유하지도 않았다. 라클런 브로드는 제타가 뒷방으로 떠나는 모습을 빤히 지켜본 후에야 자리에 앉아 나한테까지 인사했다. 나는 최대한 공손하게 인사에 답했다. 속마음을 드러냈다면 틀림없이 벌금을 때렸을 것이다.

아버지는 상석에 자리를 잡고 앉았다. 라클런은 먼저 마을 사람들의 지지 덕분에 치안관 자리에 앉았다며 고마움을 표하고는 소작인들이 소작 조건에 순응해야 한다는 얘기를 길게 늘어놓았다. 규칙이란 지주 나리가 심술궂거나 돈에 눈이 멀어서가 아니라, 공동체를 위해 존재하는 것이라고 했다. 「규칙이 없다면 마을은 완전히 무정부 상태가 되겠지, 안 그래요?」

말을 하면서 엄지와 소지를 제외한 세 손가락으로 연신 식탁을 두드리는 통에 멀리서 조랑말이 달려오는 것만 같았다. 손가락은 두껍고 거칠었으며, 손톱은 씹은 자국에 더러운 오물까지 끼어 있었다. 화장대 꼭대기와 지붕 사이 어딘가에 시선을 붙박아 마치 마을 회의에서 연설하는 것처럼 보였다. 그가 잠시 말을 끊었다. 아버지에게 반응할 기회를 주는 듯했으나 아버지가 가만히 있자 다시 말을 이어 갔다.

브로드의 얘기는 이랬다. 최근 마을이 규칙을 잘 지키지 않는 데다 나태하기가 이를 데 없어 창피하다. 선생이 잠시 등을 돌린 틈을 타 아이들이 장난치는 것 같지 않은가. 이게 다 전 담당자가 눈치를 보느라 사람들에게 너그럽게 대한 탓이다. 그래서 마을 꼴이 개판이 된 거다. 사람들이 나를 치안관으로 뽑아 준 것은 마을 질서를 바로잡아 달라는 신호이다. 이제부터는 소작 조건하에서 소작인들이 책임감을 상기하도록 본때를 보여 줄 참이다. 그는 잠시 입을 다물었다가 갑자기 생각이라도 난 듯, 마름의 권위를 빌려 한 말이니 깊이 명심하라고 덧붙였다.

브로드가 얘기하는 동안 아버지 표정은 전혀 변화가 없었다. 지금은 입에서 파이프를 빼고 담배 주머니를 열어 파이프를 다시 채우고 있었다. 파이프를 채운 후에는 불을 붙이고 천천히 몇 모금을 빨았다.

「나한테 책임을 상기시킬 필요 없소이다, 라클런 매켄지. 지금껏 어떤 규칙도 어긴 적 없고 내 이름에 오점을 남긴 적도 없으니까.」

「맥레이 씨, 당신 그 대답으로 요 근래 마을이 얼마나 엉망진창이었는지 분명해지는군. 얼마나 우습게 알았으면 자신이 규칙을 어겼다는 사실조차 모르니 말이오. 하기야 이름에 먹칠을 해놓고 모르는 양반이 당신뿐은 아닐 테지.」

아버지는 담담하게 파이프만 빨아 댔다. 아버지가 무슨 생각을 하는지는 모르겠지만 눈빛이 딱딱해지는 것으로 보아 기분이 언짢은 것만은 분명했다. 라클런 브로드가 손가락 연주를 멈추더니 무릎에서 왼손을 떼어 식탁 위에 올려놓았다. 그 바람에 이제 일어나 떠날 모양이라고 생각했는데 그렇지는 않았다. 아니, 오히려 그때까지 한 말은 서론에 불과했다.

「자, 일반론은 이 정도로 하고, 당신 가족에 관련된 문제가 하나 있소.」

그가 다시 손가락 연주를 시작했다. 아무래도 죽은 양 문제로 시비를 걸어 벌금을 올리거나, 보상금을 즉시 지불하라고 요구할 줄 알았는데, 이번에도 내 생각은 빗나갔다.

「당신 소작지를 축소하기로 결정했소.」

아버지 표정은 변하지 않았다.

「당신 아내가 죽었으니 가족 수도 줄었고, 재혼할 생각도 없는 듯하니 이번 조치는 항구적인 것이 되겠지. 소작지를 5분의 1 정도 줄입시다. 식구가 더 많아도 당신네보다 소작지가 작은 집이 있으니, 그 땅은 그 사람들한테 할당할 것이오.」

「당신이 차지하겠다는 얘기군.」 아버지가 말했다.

라클런 브로드가 가볍게 혀를 차며 고개를 저었다. 마치 그 말에 상처라도 받았다는 투였다. 「내가 차지한다는 게 아니오, 맥레이 씨. 그렇게 말하면 내가 섭섭하지. 그 땅은 적절한 가족을 찾아 배당할 거요.」

「마을 사람 중에 받을 사람이 없을 것 같소.」 아버지가 말했다.

라클런 브로드가 혀를 삐죽 내밀었다. 「그건 두고 봐야지. 땅을 묵혀 봐야 좋을 것 하나 없지 않소?」

「나 이전에 아버지와 할아버지가 일군 땅이오.」

「그야 그렇지. 그렇다고 그 양반들 땅도 아니고 당신 땅도 아니잖소. 주인은 엄연히 지주 어르신이시니 그 땅에서 일하고 말고는 그분이 결정할 일이오.」

「그럼 소작료는?」

난 속으로 아버지를 원망했다. 이번 질문은 소작지 축소를 인정하겠다는 의도로 보였기 때문이다. 어머니가 살아 있었다면 라클런 브로드는 욕을 실컷 먹고 집에서 쫓겨났을 테지만 아버지는 그런 일에 영 재간이 없다.

「소작료?」브로드가 되물었다.

「소작지가 줄면 당연히 소작료도 줄어야 하지 않겠소?」아버지가 말했다.

치안관은 질문 자체가 터무니없다는 듯 가볍게 코웃음을 쳤다.

「내가 알기에 당신은 벌써 몇 년째 소작료가 밀렸소. 충고 한마디 하자면, 괜히 삭감 운운했다가 윗사람한테 찍히지나 마시오.」

아버지가 자리에서 일어나 두 주먹을 식탁에 대더니 라클런 브로드에게 상체를 들이밀었다.

「마름 어르신과 만나 이 문제를 얘기하겠소.」

브로드는 앉은 채로 두 손을 들어 보였다. 「얼마든지. 난 지금 마름 어른의 권위를 빌려 얘기하는 거요. 괜히 설치다가 마을 사람들을 선동하는 자로 찍히고 싶지 않을 텐데. 다시 한번 얘기하지만 토지 관리는 개인이 아니라 공동체를 위한 일이오. 당신도 말했듯이 당신 이름에 더 이상 먹칠하고 싶지는 않을 것 아니오.」

라클런 브로드는 그 시점에서 일어나며 담담하게 덧붙였다.「재분배는 봄에 있을 테니 올해 수확 작물은 당신 마음대로 하시오. 어느 땅을 포기할지도 당신이 결정하고. 나한테는 적당한 때에 알려 주기만 하면 되니까.」

그리고 다음부터는 매켄지 치안관님이나 치안관님으로 부르라고 하며, 이는 자신이 공무로 일하고 있음을 잊지 않도록 하기 위한 조치라고 덧붙였다.

아버지는 마름을 만나지 않았고, 이듬해 봄, 집에서 가장 먼 곳의 소작지가 이웃 덩컨 그레거에게 넘어갔다. 그는 늙은 어머니와 아내, 그리고 네 아이와 살고 있었다. 그레거 씨는 아버지를 찾아와, 아버지 소작지를 빼앗을 생각도 없고 아버지 희생을 대가로 이익을 얻고 싶지도 않다며 두 가구가 공동으로 경영해 수확을 나누자고 제안했다. 아버지는 제안을 거부했다. 남의 땅에서 농사짓고 싶지 않으며, 그레거 씨 집이 자기보다 더 쓸 곳이 많을 거라는 이유를 덧붙였다. 그레거 씨가 이런저런 제안을 내놓았지만 아버지는 꿈쩍도 하지 않았다. 이미 잃은 땅, 어떤 보상도 원치 않는다는 얘기였다.

* * *

　머지않아 라클런 브로드의 지배가 본성을 드러냈다. 과거에는 누가 치안관이 되든 마지못해 맡은 자리였고, 피치 못할 경우가 아니면 개입하려 들지 않았다. 하지만 라클런 브로드는 마치 닭장에 뛰어든 여우처럼 자기 역할에 몰두했다. 관할 마을을 순회할 때면 걸음도 거만해졌다. 손에는 수첩을 들고 귀에는 연필까지 꽂았는데, 대개는 칠푼이 동생이나 사촌, 아니면 둘 다 끌고 다녔다. 소작지 운영과 도로, 도랑, 농로 관리는 모두 그의 점검을 받아야 했다. 그의 사찰은 공공 지역에 국한하지 않았다. 예고도 없이 아무 집에나 쳐들어가 수첩에 뭔가를 적어 대는데 내용은 아무한테도 보여 주지 않았다. 당장 벌금이 날아오는 것도 아니지만 아무튼 그가 뭔가 적으면 언젠가는 해코지로 돌아올 수 있다고 여길 수밖에 없었다. 결국 라클런 브로드도 감을 잡았다. 자기 소작지에서 일을 시키거나, 완장질 핑계로 일을 떠넘겨도 사람들이 순순히 응하기 시작한 것이다.

　라클런 브로드는 마을과 집들을 잇는 도로와 농로가 엉망이라며 대대적인 보수 계획을 수립했다. 치안관이 지정한 시간에 마을 장정들이 나와 열흘간 노동을 해야 했다. 몇몇 용감한 사람들이 나서서 무보수 노동 요구에 항의해 보기도 했지만, 소작 조건에 공공 도로와 농로에 물이 고이지 않게 하고 보수도 제때 해야 한다는 조항이 있다는 말만 들어야 했다. 이미 예전에 했어야 하는 일을 늦게나마 처리하게 된 것이라며, 태만으로 벌금까지 부과해야 정신을 차리겠냐며 겁박했다. 라클런 브로드의 고압적인 태도가 맘에 들지 않았지만 보수 공사가 공공의 이익을 위한 일이라는 데는 더 따질 명분도 힘도 없었다.

치안관은 명성을 유지하기 위해 관할 구역의 친척들을 대거 동원했다. 다른 일족들과 마찬가지로 매켄지 가문도 어떻게든 자기 친척을 옹호하고 나섰다. 누군가 브로드를 흉보려 하면, 대뜸 무슨 소리냐며 들고 일어났던 것이다. 아니면 브로드에 대한 비난을 그에게 전달할지도 모르는 일이었다. 결국 마을 사람들도 치안관에 대한 불만을 가슴속에 묻을 수밖에 없었다.

어느 날 저녁, 아버지가 집 밖 벤치에서 바람을 쐬고 있었다. 케니 스모크가 놀러 와 두 사람은 아무 말 없이 파이프 담배를 피웠다. 라클런 브로드가 마을 진입로를 따라 걸으며 여기저기 도랑들을 점검하고 있었다. 케니 스모크가 입에서 파이프를 빼더니 아버지 귀에 이렇게 속삭였다.「라클런 브로드는 개새끼지만 덕분에 마을이 좋아진 건 부인할 수 없군.」

아버지는 대답하지 않았다. 칭찬에는 도무지 젬병인 양반이 아닌가.

라클런 브로드의 영향력은 마을 생활 곳곳으로 뻗어 나갔다. 이 부근에서 겨울은 늘 토탄 채취로 끝이 나며 채취는 날씨가 풀리자마자 시작한다. 유일하게 마을이 일치단결하여 벌이는 작업인데, 한 가족이 자신들만의 몫을 위해 토탄을 채취한다는 건 애초에 불가능하기 때문이다. 일은 힘들지만 작업은 대개 화기애애한 분위기에서 이뤄지며 노래나 여흥도 곁들여진다. 하지만 올해는 달랐다. 유사 이래로 토탄 채취가 문제된 적이 없음에도 불구하고 이번에는 치안관이 공정 전체를 통제하고 나선 것이다. 작업 순번을 정하고 십장을 임명해 자기 관할 마을을 하나하나 감시하게 했다. 십장은 모두 브로드의 친척이었다. 십장들은 작업도 면제였다. 하루 종일 늪지를 오가며 채취꾼들에게 소리를 지르거나, 〈잠시 휴식〉이라고 외치기만 하면 그만이었다. 지금껏 자발적으로 일했던 사람들은 갑자기 권력자의 명령에 따라야 하자 크게 반발했다. 그 바람에 노래와 농담도 완전히 사라졌다. 나는 양 사건 때문에 믿을 수 없는 놈이라며 특별 감시를 받았다. 다른 사람들과도 어느 정도 거리를 두고 일해야 했다. 행여 이마의 땀이라도 닦을라치면 에이니어스 매켄지가 달려와 어디서 농땡이냐며 뻑뻑거렸다. 솔직히 말하면 연장으로 그놈 두개골을 박살 내고 싶었으나 그렇게 되면 아버지가 또다시 곤란을 겪게 되므로 난 죽어라 일했다. 매일 저녁 산에서 돌아올 때면 팔과 허벅지가 떨어져 나갈 것만 같았다.

토탄 채취를 시작한 지 며칠이 지난 어느 날 아침, 제타가 빵을 준비해 주었건만 깜빡 잊고 챙겨 오지 못했다. 나는 늪지 가장자리에서 쉬고 있는 동료들에게 사정을 알리지 않고 언덕 아래로 내려갔다. 맑고 따뜻한 날이라 오전 일만으로도 등엔 땀이 흥건했다. 나는 집에 가는 김에 집 밖 벤치에서 잠시 쉬며 우유나 한 잔 마셔야겠다고 생각했다. 마을은 고요했다. 남자들은 대부분 산에 가고 여자들도 집안 허드렛일을 하느라 바빴다. 그때쯤 많이 쇠약해져 있던 아버지는 토탄 일은 빠지고 소작지에서 쟁기질을 했다. 나는 아버지의 연약한 모습을 보며 토탄 채취가 끝나면 남은 땅이나마 제대로 가꿔야겠다고 다짐했다.

　나는 잠시 문간에 서 있었다. 밝은 햇빛 속에 있다가 들어간 터라 어두운 실내에 적응하는 데 어느 정도 시간이 필요했다. 희미한 불기가 난로에서 스며 나오고 가느다란 빛줄기가 창문 틈을 비집고 들어왔다. 난 순간 움찔했다. 그림자 하나가 문을 등진 채 식탁 끝에 서 있었던 것이다. 체구도 체구지만 목에 두른 노란 스카프로 보아 놀랍게도 라클런 브로드가 분명했다. 브로드는 끙끙거리며 식탁을 옮기는 듯 보였다. 두 손으로는 식탁 가장자리를 잡고, 다리와 팔에 잔뜩 힘이 들어가 있었다. 치안관이 왜 우리 가구를 옮기려고 하는지 도무지 알 수가 없었다. 더욱이 라클런 브로드 같은 거한이 끙끙댈 정도로 무거운 물건이 아니다. 그래서 내가 아는 체를 하려는 순간, 라클런 브로드의 엉덩이 양쪽으로 두 다리가 삐져나온 것이 보였다. 무릎을 살짝 굽힌 채 허공에 떠 있는 두 다리는 흙마루와 거의 평행을 이루었다. 나는 누나의 검은색 구두를 알아보았다. 그때 식탁 중간의 모습도 눈에 들어왔다. 또 다른 손 두 개가 역시 식탁 가장자리를 움켜쥐고 있었다.

나는 조용히 문간에 서서 지켜보았다. 라클런 브로드의 몸놀림이 점점 강렬해졌다. 이윽고 짐승처럼 신음을 터뜨리더니 갑자기 동작을 멈췄다. 식탁이 몇 센티미터 정도 앞으로 떠밀렸다. 그가 식탁에서 물러나며 창문을 향해 돌아섰다. 나는 바지 밖으로 나온 그의 성기를 보았다. 잔뜩 흥분한 터라 빗자루 손잡이처럼 크고 딱딱했다. 브로드는 손으로 성기를 잡고 바지 안으로 밀어 넣었다. 힘이 들었는지 숨을 거칠게 몰아쉬었다. 이마에는 땀까지 송글거렸다. 나는 아무 소리 하지 않았다. 그가 나를 향해 고개를 돌렸다. 내내 내가 왔다는 사실을 알고 있었다는 표정이었다. 심지어 안녕이라며 인사까지 챙겼는데 자기가 우리 집에 있는 게 아무렇지도 않다는 투였다. 그가 스카프를 풀어 이마와 목의 땀을 닦고 느긋하게 머리카락을 뒤로 넘기더니 제타를 힐끔 내려다보았다. 누나도 이제 식탁을 잡고 있던 손을 놓았다. 브로드가 내게 다가왔다. 나는 그가 지나갈 수 있도록 옆으로 물러섰다.

브로드가 문가에 멈추더니 물었다. 「꼬마, 토탄 채취장에 있어야 하는 것 아니냐?」

꼬마라는 호칭은 딱 질색이다. 아버지도 화가 나면 나를 그런 식으로 불렀다. 「꼬마 아니에요, 매켄지 씨.」

난 곧바로 후회했다. 이자는 내가 건방지게 굴었다고 아버지한테 고자질하고 벌금 1실링을 뜯어낼 것이다. 그는 그렇게 하지 않는 대신에 내 뒷머리를 잡고 얼굴을 바짝 들이대며 말했다. 「네놈도 나이를 먹으면 알게 될 거다. 사내는 어디

서든 욕구를 해소해야 하지. 게다가 이젠 네 잘난 어미도 없잖아.」 그러고는 큰 소리로 웃으며 마을을 향해 성큼성큼 걸어가기 시작했다. 스카프는 오른손에서 대롱거렸다. 역겹기 짝이 없는 인간 같으니.

제타는 식탁에 그대로 있었는데 역시 숨이 거칠었다. 내 눈은 자연스레 벌린 다리 사이 검은 부위로 이끌렸다. 그녀는 식탁에서 상체를 들지 않은 채 치마와 페티코트를 끌어내렸다. 허리까지 치켜올라갔던 터라 옷은 잔뜩 구겨져 있었다. 그녀는 애써 자리에 앉아 또 그렇게 몇 분을 가만히 있었다. 두 발이 마루 위에서 대롱거렸다. 얼굴은 붉게 상기했고 이마엔 땀방울이 송글송글 맺혔다. 난 무슨 말을 해야 할지 몰랐기에 가만히 바라보기만 했다. 이윽고 그녀가 일어나 옷매무새를 고치며, 왜 돌아왔는지 물었다. 나는 빵을 두고 갔다고 대답했다. 누나는 화장대에서 빵을 챙겨 내가 있는 곳까지 들고 왔다. 달리기를 하거나 춤을 춘 사람처럼 두 뺨이 새빨갰다. 그녀는 아버지한테 아무 말도 하지 말라고 부탁했다. 나는 고개를 끄덕인 뒤 우유 한 잔 마실 수 있는지 물었다.

나는 빵을 들고 집 밖 벤치에 나가 앉았다. 제타가 우유 한 잔을 들고 왔다가 아무 말 없이 돌아갔다. 아버지는 집을 등진 채 돌아보지도 않았다. 쟁기와 씨름하는데 툭하면 발이 지지대에서 미끄러졌다. 열심히 일하기는 했지만 땅은 거의 파지 못했다. 라클런 브로드가 집에 들어가거나 나올 때 아버지가 봤을까? 모르겠다. 몇 분이나 지켜보고 있건만 아버지는 단 한 번도 삽에서 눈을 떼지 않았다.

토탄 늪에 돌아갔을 때 에이니어스가 부르더니 내가 땡땡이 친 사실을 형한테 보고하겠다고 으름장을 놓았다. 나는 이미 만났으니 그럴 필요 없다고 대답했고 그 문제에 대해서 더 이상 얘기는 없었다.

* * *

라클런 브로드의 장녀, 플로라 매켄지를 알게 된 것도 이즈음이었다. 과거 학교에 함께 다니기는 했지만 내가 사교적이지 못한 탓에 어느 모로 보나 처음 만난 것과 진배없었다. 플로라는 나보다 한 살 정도 어렸다. 나이도 달랐지만 가족 간의 불화도 커서 그전에는 거의 접촉이 없었다. 학교에 다닐 때 플로라가 늘 앞줄에 앉았기에 얼굴을 보지 못했으나 그 때문에라도 난 그녀가 꽤나 예쁘장하다고 상상했다. 그녀는 제일 먼저 나가서 칠판을 닦았고 길리스 선생이 무슨 일이든 시키면 지나칠 정도로 자랑스러워했다. 그 바람에 내 기억에서는 힘 있는 사람한테 아부 잘하는 멍청한 여자애였다.

어느 날 오후, 나는 라클런 브로드의 소작지에서 삽질을 하고 있었다. 플로라는 마당 청소를 하고 어린 동생 도널드를 돌보았다. 등을 지고 있었어도 그녀가 지켜보고 있다는 정도는 느끼고 있었다. 일하면서 내내 그녀의 시선을 의식했다. 나는 잠시 삽질을 멈추고 그쪽으로 돌아섰다. 플로라는 빗자루에 기대어 있었다. 나를 지켜봤다는 사실도 굳이 감추려 하지 않았다. 나도 그녀를 따라서 삽자루에 기댄 채 노려보았고, 둘이 게임이라도 하듯 한참을 그렇게 서 있었다. 이윽고 그녀가 어깨를 으쓱하더니 안으로 들어갔다. 뭔가 급한 일을 잊기라도 한 사람 같았다. 잠시 후 그녀가 다시 나오더니 내게 우유 한 잔을 건넸다.

「목마를 것 같아서.」 그녀가 말했다.

나는 우유 잔을 받아 단숨에 벌컥벌컥 들이켰다.

「고맙다.」 난 손등으로 입을 훔쳤다. 플로라가 잔을 받아 집으로 돌아갔다. 밭고랑을 지날 때 엉덩이가 씰룩거렸다.

며칠 후 저녁, 나는 집 뒤 헛간에 나와 있었다. 나무 문을 들어 올리고 썩은 문설주에 밧줄을 감는데, 문득 누군가 있다는 생각이 들었다. 난 일부러 모르는 체하며 밧줄을 마저 묶었다. 왜 하찮은 일에 굳이 허세까지 부렸는지는 모르겠다. 아마도 내가 은밀한 일을 한다고 생각할까 봐 그랬는지도 모르겠다. 제타라고 생각했을지도 모른다. 아니, 누나가 나를 몰래 지켜볼 리는 만무하다. 아버지는 분명 아니다. 아버지는 점심을 먹은 후 이미 창가에 자리를 잡았는데, 일단 그 자리에 앉으면 잠자리에 들 때까지 거의 움직이는 법이 없다. 나는 플로라 브로드가 그레거의 집 근처에 서 있으리라고는 솔직히 생각도 하지 못했다. 내가 놀라는 표정을 했는지 그녀가 키득거리며 입에 손을 가져갔다. 애초에 나를 놀라게 만들 심산이었고 계획이 성공해 기쁘다는 투였다.

난 무슨 말을 해야 할지 몰라 그냥 보기만 했다. 플로라는 학창 시절 이후 크게 변해 있었다. 외모는 꼬마티를 벗었고, 코와 입은 더 커졌다. 머리는 어른처럼 쪽을 지어 소녀 시절의 꽁지머리와도 달라 보였다. 전체적으로 처녀 분위기인 데다 이제는 드레스 위쪽도 봉긋해졌다. 치마는 발목에서 3~4센티미터 올라와, 페티코트 주름이 드레스 아래로 보일락 말락 했다. 발에는 깨끗한 검정색 부츠를 신었다. 저 구두는 죽은 양 배상금으로 샀을까 궁금해졌다. 플로라는 내가 서커스단의 신기한 동물이기라도 한 듯 머리를 갸웃하며 살펴보았다.

플로라가 인사를 하고 뭐 하는 중이냐고 물었다. 네가 알바 아니잖아? 그러는 너는 뭐 했는데? 내 대답은 그랬다. 헛간에서 무슨 일 했는지 대답하지 않으면 곤란한 일이 생길 거야. 아버지가 그러시더라. 넌 나쁜 애니까 절대 가까이 하지 말라고. 플로라가 위협했다. 솔직히 놀랄 일도 아니었다. 라클런 브로드는 언제나 나를 미워했다. 조금 의외이기는 했다. 플로라가 찾아온 이유가 모욕을 주기 위해서가 아니라 아버지에 대한 반발심 때문이라고 생각했던 것이다.

「지금 나하고 얘기하고 있다는 사실을 알면 좋은 소리 못 들을 텐데?」

플로라는 무슨 대수냐는 듯 어깨를 으쓱이고 눈을 동그랗게 떴다.

「네 아버지한테 두들겨 맞을 수도 있어.」 내가 말했다.

「어쩌면 나보다 너를 팰지도 모르지.」 플로라가 대답했다.

「하긴, 날 때려죽이고 싶어 안달이 났을 텐데.」

플로라가 키득거렸다. 내가 맞아 죽는 상황이 그렇게 재미있나 보다. 헛간에서 뭘 하고 있었는지 그녀가 다시 물었다. 문득 그녀와 일종의 유대감이 느껴져서 어린 새를 돌보고 있다고 대답해 주었다. 2~3일 전 플로라가 서 있는 바로 그곳 풀밭에서 발견한 아기 새였다. 나는 플로라의 머리 위에 있는 박공벽을 가리키며 그 위에서 떨어졌다고 말했다.

「둥지에 되돌려 놓지 그랬어?」

그 질문에는 솔직히 할 말을 잊었다. 정말로 작은 새를 구할 생각이었다면 그 방법이 제일 간단했을 것이다. 지금껏 다친 새나 짐승을 종종 돌봤지만 모두 비밀이었다. 아버지가 알았다면 시간 낭비이자 심지어 신의 의지에 반하는 행동이라며 노발대발했으리라. 어쨌든 이따금 죽기도 했다. 2년 전 토탄을 들고 언덕을 내려오다가 어린 새를 발견해 키운 적이 있다. 깃털이 자라고 보니 까마귀였기에 이름도 깜치라고 지었다. 어느 날 저녁 모이를 주려고 헛간에 갔더니 어디론가 떠난 후였다. 아마도 충분히 건강해져서 자기 세상으로 날아간 모양이었다. 새들이 태어난 곳 주변을 기억하는지는 모르겠으나, 까마귀가 소작지 그루터기에서 깡충거리거나 토스케이그 도로 둑길에 앉아 있노라면 저 아이가 깜치일까, 아직 나를 기억하고 있을까 궁금해진다.

이 지역 사람들은 까마귀를 불운의 전조로 보고 싶어한다.

에어드두 사람들이 대개 어업에 종사하는 탓에 더 그렇다. 행여 까마귀가 배에 앉기라도 하면 놀라서 야단법석들이다. 그냥 앉아만 있어도 어부들은 커다란 돌을 집어 던지는데, 전조를 몰아내면 전조가 경고한 불행까지 피할 수 있다고 생각하는 식이다. 하기야 에어드두 원주민이든 아니든, 까마귀가 경고했다고 출항까지 포기하는 경우는 한 번도 보지 못했다. 어차피 불운은 피할 수 없다고 체념하는 심정일까? 고기잡이를 포기해도 오후에 지붕 서까래가 떨어져 머리가 깨질 수도 있다. 불행이 어떤 식으로 닥칠지 누가 알겠는가. 결국 애초 의도대로 움직이는 수밖에. 어쨌거나, 불운을 경고하러 왔는데, 그 전달자에게 돌을 던지는 행위는 도무지 말이 되지 않는다. 게다가 이 지역은 까마귀가 정말로 많다. 모조리 쫓아내려면 모르긴 몰라도 하루 종일 돌을 던져야 할 것이다. 운이 좋지 않으면 그날 아침 까마귀 한 마리가 지붕에 앉아 있었다는 사실을 떠올릴 수도 있지만, 그렇다고 두 사건 사이에 무슨 연관이 있다고 믿을 이유는 또 어디 있다는 말인가.

다친 새를 보고 싶은지 묻자 플로라는 그렇다고 대답했다. 나는 재빨리 주변을 둘러보았다. 이를테면 이번 일은 그녀만 알고 있어야 한다는 시위인 셈이다. 나는 밧줄을 풀고 플로라를 안으로 데려가 다시 문을 닫았다. 빛이 들어올 곳이라고는 석판 틈새와 박공벽 높이 달린 작은 창이 전부였다. 문득 새가 있는 곳까지 플로라의 손을 잡고 데려가고 싶었지만 참기로 했다. 그래도 눈이 어둠에 익숙해질 때까지 꼭 붙어 있기는 했다. 플로라의 숨소리가 가볍게 들렸다. 나는 모퉁이로 걸어가 새를 돌볼 때 올라서는 착유용 의자를 꺼냈다. 여기 올라서면 작은 새가 보일 거야, 라고 내가 말했다. 플로라는 의자에 올라서서는, 까치발로 서서 손을 내밀어 중심을 잡았다. 작은 구두. 신발 끈이 깔끔하게 발목에 매여 있었다. 그녀의 손은 잠시 내 손에서 머물다가 마침내 모두 서까래 위로 떠났다. 둥지는 작은 가지와 잡초로 만들고 안에 닭털을 깔아두었다. 작은 새가 어미의 온기를 느끼도록 헝겊 쪼가리도 덮어 주었다. 플로라가 살짝 한숨을 내쉬며, 누더기 사이로 삐죽 나온 어린 새의 머리를 보았다. 그렇게 한참을 있었지만 사실 새가 자는 터라 별로 볼거리는 없었다.

「모이는 뭐야?」 플로라가 속삭이듯 물었다.

「벌레. 밭에서 나온 지렁이랑.」

그녀가 등 뒤로 손을 내밀었다. 나는 그 손을 잡고 그녀가 의자에서 내려오게 해주었다. 아버지가 보면 왜 의자가 서까래 아래 있는지 이상해할 것이므로, 그녀가 문으로 돌아가는 동안 의자를 맞은편 구석으로 치웠다. 플로라와 더 오래 있고 싶었지만 딱히 그래야 할 이유는 없었다. 나는 문을 열고 고개를 내밀어 누가 있는지 살핀 다음에야 플로라를 내보냈다.

「보여 줘서 고마워.」

「보여 줄 수 있어서 기뻐.」

플로라가 한 걸음 멀어졌다. 「가야겠어. 내가 어디 갔는지 아버지가 이상해할지도 몰라.」

「들어가면 두들겨 맞겠네.」

「어디 있었는지 말하면 매 맞는 건 네가 될걸.」 그녀가 가볍게 웃었다.

그렇게 그녀는 집 모퉁이 너머로 사라졌다. 나는 다시 문설주에 밧줄을 묶고 집 앞으로 나와 벤치에 앉은 뒤, 플로라가 마을로 돌아가는 모습을 계속 지켜보았다. 걸을 때마다 플로라의 몸이 노래를 하는 것 같았다. 그때쯤 날이 어둑해지고 안개가 물 위에 낮게 앉았다. 잠시 후 제타가 뜨개질할 거리를 들고 나와 내 옆에 앉았다. 조용한 저녁. 제타의 바늘이 움직이는 소리가 듣기 좋았다. 뭘 뜨는 거냐고 내가 물었지만 제타는 대답 대신 헛간에서 누구하고 얘기했는지 물었다. 나는 얼굴이 빨개졌다.「아무하고도.」

제타는 뜨개를 무릎에 내려놓고 심각한 표정으로 나를 보았다.

「로디, 알잖아. 네가 누구랑 얘기했는지. 내가 그걸 안다는 사실도 잘 알고.」

「알고 있으면서 왜 물어?」 내가 발끈했다.

「네 입으로 듣고 싶어.」

나는 문을 힐끔 살피고는 조용히 대답했다.

「플로라 브로드.」

「플로라 브로드!」 제타는 마치 대단한 비밀이라도 털어놓은 듯 소리쳤다.「이쁜이 플로라 브로드!」

나는 얼른 말렸다.「쉿, 아버지가 들으면 어쩌려고!」

「그래서 이제 플로라 브로드를 쫓아다니는 거니? 제타 누나로 모자라서?」

「쫓아다닌 적 없어.」

「어쨌든 이제 알았잖아. 그 애가 얼마나 예쁘고 또 얼마나 가슴이 커졌는지.」

「그런 거 몰라.」 내가 대답했다. 다시 얼굴이 붉어졌다.

제타가 웃었다. 요즘에는 통 웃는 모습을 보인 적이 없었기에 문득 다행이라는 생각이 들었다. 하지만 금세 표정이 어두워졌는데 뭔가 불길해할 때면 늘 그런 식이었다.

「불쌍한 로디, 네 잘못은 아니겠지만, 잘 들어. 이 일은 절대 좋게 끝나지 않아. 그러니 플로라 브로드는 가까이 하지 말아야 해.」

나는 고개를 떨구었다. 제타가 갑자기 분위기를 험악하게 만든 게 마음에 걸렸다. 물론 이번 충고도 저세상으로부터의 위협 때문이겠지만, 내가 무슨 짓을 한들 미래가 어떻게 바뀌겠는가. 더욱이 그 순간에는 바뀌기를 바라지도 않았다.

* * *

며칠 후, 아버지와 나는 썰물을 잡기 위해 일찍 일어났다. 습하고 조용한 아침. 집집마다의 악취가 수의처럼 거리를 덮고 있었다. 밭갈이가 끝난 소작지에는 이슬이 두껍게 깔렸다. 그날 아침은 해초를 모을 생각이었다. 해초는 겨울 가축 분뇨와 함께 퇴비로 이용할 수 있다. 해안선 가까이는 바위가 미끄러웠다. 아버지가 류머티즘으로 거동이 불편한지라 바위에서 해초를 끊어 내는 일은 당연히 내 몫이었다. 나는 곧바로 작업에 착수했다. 일은 고됐다. 호미가 무딘 탓에 해초 한 무더기를 끊어 내는 것만도 보통 고역이 아니었다. 아버지는 갈퀴에 기댄 채 내 작업을 지켜보며 연장을 그렇게 잡으면 안 된다, 일할 때 허리를 펴라, 시시콜콜 잔소리를 해댔다. 난 대꾸하지 않았다. 내가 한 짐을 모으면 아버지가 물에서 오물을 제거했다. 갈퀴 한 번 휘저을 때마다 절반 이상이 빠져나갔지만 아버지는 작업을 멈추지도 않고 회수할 생각도 하지 않았다. 중심을 잃어 해초를 허공에 날리고 자신은 바위에 엉덩방아를 찧은 것도 여러 번이었다. 어렵게 모은 해초이기는 했지만 그럴 때는 나도 웃음을 참을 수가 없었다. 아버지는 뒤집힌 게처럼 한참을 버둥거리다가 간신히 몸을 일으켜 세웠다.

그런 와중에 해는 중천에 뜨고 우리도 어느 정도 리듬을 찾았다. 조수가 바뀌면서 그에 따라 작업 위치도 해변 위로 점점 올라가고 아버지가 걷는 거리도 짧아졌다. 아버지는 심지어 흥얼흥얼 노래까지 읊조렸다. 노래는 정말 이상했고, 음악보다는 혼잣말에 가까웠으며 가사는 도무지 알아들을 수가 없었다. 하지만 그래도 노래는 노래인지라 기분이 나쁘지는 않았다. 정오쯤 1미터 높이까지 모을 수 있었다. 이 정도면 소작지 절반을 덮을 양이었다. 밭까지는 손수레로 운반하는

데, 상대적으로 단순노동이다. 아버지는 더미 옆 바위에 앉아 재킷 주머니에서 파이프를 꺼내 불을 붙였다. 오전 작업이 끝났다는 신호인 셈이다. 우리는 잠시 휴식을 취했다. 저 정도면 흡족한 성과라 할 수 있었다. 잠시 후 아버지가 입을 열어 내게 집에 가서 빵과 우유 좀 가져오라고 했다.

집에 들렀다 해안으로 돌아가는 길에 보니 라클런 브로드 형제가 아버지 쪽으로 걸어가고 있었다. 둘은 걸음을 멈추고 인사를 했지만 아버지는 대답하지 않았다. 아니, 했는데 내가 못 들었을 수도 있겠다. 나를 등지고 앉은 터라 내가 볼 수 있는 건 파이프의 가느다란 담배 연기뿐이었다. 바람이 불지 않아 연기가 모자 주변을 맴돌았다. 나는 그가 나와 자기 딸의 관계를 따지러 왔을까 두려워서 허겁지겁 달려갔다. 그리고 아버지한테 우유 잔을 건넸다.

「해초를 모으는 중이오?」 라클런 브로드가 묻고 있었다.

아버지는 대답하지 않았다.

「이유는? 이유를 물어봐도 됩니까?」

「해초를 모으는 이유가 뭐가 있겠소?」 아버지가 대답했다. 눈은 정면, 바다만 노려보았다. 바다표범 한 마리가 물 밖으로 고개를 내밀고 그 광경을 보다가 조용히 물속으로 자맥질했다.

라클런 브로드가 손짓으로 해초를 모으는 이유가 어디 한두 개냐는 시늉을 하고는 잠시 뜸을 들인 후 다시 채근했다.

「그래서 대답하지 않을 셈이오?」

「내가 아는 이유는 하나뿐이오. 그러니 질문에 답할 이유도 없고.」아버지가 대답했다.

치안관은 황당하다는 표정으로 동생을 돌아보았다. 아버지가 왜 이렇게 깐깐하게 구는지 이해할 수 없다는 표정이었다. 에이니어스 매켄지가 양처럼 앵앵거렸다.

「나보고 알아서 생각하라는 말씀 같은데…… 밭에다 뿌릴 생각이라고 보면 되는 거요?」치안관이 집요하게 물고 늘어졌다.

「똑똑하군, 치안관.」아버지는 〈치안관〉이라는 단어를 씹듯이 발음했다.

라클런 브로드가 입술을 삐죽 내밀고 고개를 끄덕였다. 오히려 이 대답 때문에 더 곤란해졌다는 투였다.

「잘 아시겠지만 말이오, 해초를 포함해 해변의 산물도 지주님 재산 아니던가?」

아버지는 입에서 파이프를 뺐지만 대답은 하지 않았다. 라클런 브로드가 다시 대답을 재촉했다.

「그걸 모르는 거요, 맥레이 씨?」

아버지는 우유를 벌컥벌컥 들이켰다. 우유 거품이 콧수염 위에 노란 풀쐐기를 만들었는데, 풀쐐기는 대화가 끝날 때까지 그대로 남아 있었다.

「지주님께서 해초 몇 다발에 신경이나 쓰시겠소?」아버지가 대답했다. 시선은 내내 지평선을 향했다.

라클런 브로드가 고개를 저었다. 아버지가 자기 말을 오해했거나, 아니면 제대로 설명하지 못한 자기 탓이라는 표정이었다.

「지주님께서 해초를 가져다 뭐에 쓰시겠소? 내가 하고 싶은 말은 해초도 지주님 재산이라는 얘기요.」 그가 잠시 뜸을 들였다. 「설마 당신처럼 독실한 사람한테, 다른 사람 물건을 훔쳐 가면 안 된다는 말까지 할 필요는 없을 것 같소만.」

아버지가 그를 쏘아보았다.

「라클런 브로드, 당신도 알다시피, 사람들은 늘 해초를 뜯어다 밭에 뿌렸소. 당신도 그랬고 당신 아버지도 그랬고.」

「맞는 말이오. 다 지주님의 아량이 있었기 때문이지. 그런데 허락도 구하지 않고 땅과 해변의 결실을 가져간다면 소작 조건을 어기는 격이 아니고 뭐겠소?」

아버지가 바위에서 벌떡 일어나더니 브로드를 향해 한 발짝 다가섰다.

「허락 따위 개나 줘버리라는 뜻이오?」 치안관이 다시 물었다.

아버지는 브로드보다 15센티미터 이상 키가 작았으나 그래도 턱을 라클런의 얼굴에 바짝 디밀었다. 가슴도 브로드와 불과 1~2센티미터 거리였다. 에이니어스 매켄지도 형 어깨에 한 발짝 다가가 멍청하게 키득거렸다. 아버지가 조금만 더 다가가면 저들은 기꺼이 아버지를 바위 위로 내동댕이칠 것이다.

라클런 브로드는 아버지의 도발을 전혀 개의치 않았다.

「맥레이 씨, 내가 이 마을 치안관이 되었을 때 한 말이 있소. 규칙을 지켜야 우리 삶도 지킬 텐데 부끄럽게도 어디나 불법이 만연하다고. 기억이 맞는다면, 그때 당신도 내 선출을 반대하지 않았지. 나와 의견이 같다는 뜻 아니었겠소?」

「난 당신이 그렇게 집착하는 그놈의 규칙이 뭔지 모르오.」

브로드가 혼자 킬킬거렸다. 「우리 둘 다 규칙을 잘 알잖소. 당신이 모르는 척하니 좀 우습군.」

아버지가 코로 크게 숨을 들이마셨다. 파이프를 어찌나 세게 쥐었던지 손가락 관절이 새하얗게 변했다.

「오전 내내 고생한 모양이라 미안하오만, 어쨌든 해초를 원래 자리로 돌려놓아야겠소.」

「그렇게는 못 하겠소.」 아버지가 말했다.

라클런 브로드가 천천히 숨을 내쉬더니 혀를 쯧쯧 찼다.

「마을 치안관으로서 말하는데 시키는 대로 하는 게 좋을 거요. 특별히 벌금 없이 눈감아 주겠다는 얘기니까. 벌금 낼 돈도 없을 테고. 게다가 이런 문제에 마름이 개입해 봐야 당신한테 좋을 리가 없잖소?」

그가 한 걸음 물러나며 아버지 어깨를 두드렸다. 「아무튼 당신이 알아서 하시오. 괜한 짓 하지 않으리라 믿으리다.」

그가 동생한테 손짓했고 둘은 마을로 돌아갔다. 아버지는 파이프를 반으로 꺾어 해변에 내동댕이치고 발로 짓밟기까지 했다. 잠시 후 아버지가 해초를 돌려놓으라고 지시하고 집을 향해 터덜터덜 걸어갔다.

그날 저녁, 라클런 브로드가 우리 집을 방문했다. 아버지는 의자에 앉아 창밖을 보고 있었으니 당연히 브로드가 오는 것을 알고 있었겠지만 브로드가 문간을 넘어서자 아예 모르는 척 무릎 위의 책으로 시선을 피했다. 제타는 바느질을 하다가 고개를 들더니, 그를 보자마자 눈을 크게 뜨고 입을 벌린 채 헉 숨을 삼켰다. 라클런 브로드는 누나를 빤히 바라보기만 할 뿐 인사를 건네지는 않았다. 이윽고 그가 문설주를 노크해 아버지의 관심을 끌고 잠시 얘기 좀 할 수 있는지 물었다. 아버지는 다시 책을 보며 읽던 페이지를 마무리하는 척했다. 이윽고 아버지가 일어나 브로드에게 다가갔다.

「들어오지 못하게 하면 이 집 주인은 내가 아니라 지주님이라 우기겠지. 나한테 막을 권리가 없다고 말이오.」아버지가 으르렁거렸다.

라클런 브로드는 아버지가 기막힌 농담이라도 한 듯 껄껄거리며 웃었다. 「설마 우리가 서로 놀러 오지 못할 정도로 사이가 나빠진 건 아니겠죠?」

그러고는 절친이라도 된 듯 아버지의 팔을 찰싹 때리고 다시 아버지 어깨를 잡더니 식탁 쪽으로 이끌었다. 「오늘 아침 대화로 사이가 틀어졌다고 생각하고 싶지 않군요.」

아버지는 대답하지 않았지만, 브로드의 행동을 거부하지도 않았다. 두 사람이 식탁에 앉았다. 아버지는 상석, 브로드는 문을 등진 위치였다. 아버지 얼굴에 오렌지색 불빛이 비친 것도 그래서였다. 브로드는 어떻게든 분위기를 밝게 만들려고 했다. 나는 화장대를 등진 채 서 있었는데, 그가 내 안부도 물었다. 기분을 나쁘게 하고 싶지 않았기에 잘 지낸다고 대답했다. 함께 앉을 생각 없냐고 묻기에 아버지를 보니 아버지도 반대하지 않았다. 나는 자리에 앉았다. 브로드가 난로를 가리키며 짐짓 쾌활한 목소리로 말했다.「제타, 이 지친 손님을 위해 차를 한 잔 준비해 주겠어?」

제타는 아버지를 보았으나 아버지는 가타부타 말이 없었다. 제타는 차를 준비하라는 뜻으로 알아듣고 준비를 시작했다. 그동안 브로드가 그녀를 향해 이런저런 질문을 해댔는데 말투가 너무도 사근사근했다. 제타도 공손하게 대답했지만 말수는 최대로 줄이고 고개도 들지 않았다. 그래도 손님 앞에 잔을 놓을 때 보니 두 뺨이 완전히 진홍빛이었다. 제타는 아버지 명령에 따라 뒷방으로 물러났다. 브로드는 차를 한 모금 홀짝이더니 만족한 듯 한숨을 내쉬었다. 정말로 먼 여행 끝에 이곳에 당도한 사람 같았다.

그가 상체를 숙이며 말했다.「존, 오늘 해변에서의 일 때문에 아직 마음이 언짢을 것 같군요. 아무래도 내 입장을 얘기하는 게 나을 듯싶소. 이해하겠지만 사실 나도 어쩔 수 없어요.」아버지가 대답이 없자 브로드가 계속 이어 갔다.「그런 식으로 해초를 모으면 결과가 어떨지 생각해 봤소?」

「이 마을에서는 누구나 옛날부터 해초를 모았지만, 결과든 뭐든 그런 건 없었소.」아버지가 항변했다.

「틀린 말은 아니오만,」브로드가 말했다.「아무래도 내가 설명을 제대로 못한 모양이군. 이봐요, 문제는 해초 채집 자체가 아니라, 해초 채집과 관련해서 권위가 안 서는 데 있어요. 아무도 막지 않는다면 다들 제멋대로 해초를 채집해도 된다고 생각하지 않겠소? 당신보다 부주의한 자들도 부지기수인데 말이오. 당신한테 얼마든지 가져가라고 해놓고 다음 날 그레그 씨한테 안 된다고 할 수는 없는 노릇이잖소. 당연히 항의하겠지. 맥레이한테는 허락해 놓고 왜 자기는 안 되느냐? 잘 알겠지만 규칙은 모두에게 공평하게 적용해야 하오.」

그리고는 자신의 말이 반박 불가라는 듯 두 손을 앞으로 벌려 보였다.

「물론, 해초를 돌려놓자니 번잡스러운 일이겠지, 알아요. 그런데 그렇게라도 하지 않으면 사람들이 마구잡이로 채취해도 그냥 쳐다볼 수밖에 없을 거요. 당신도 말했듯이, 해초 채취는 오랫동안 아무도 건드리지 않았으니까. 그래서 무슨 대수냐고 할지 모르겠지만 그런 식으로 나가다간 규칙은 예전처럼 개판이 되고 말 거요. 지난번 치안관에 당선했을 때 질서를 회복하겠다고 선언했는데, 오늘 아침 모르는 척했다면 결국 내 발을 도끼로 찍는 격 아닌가?」

브로드는 잠깐 말을 끊고 차를 한 모금 마신 뒤 잔을 조심스레 접시에 내려놓았다. 아버지의 눈이 그의 손동작을 따라갔다. 침묵의 순간. 그렇다고 아버지가 이 침묵을 깰 리는 없다. 라클런 브로드가 나를 보더니 말했다. 「네 아버지는 원칙의 사나이다, 로디. 그런데도 내 선의를 이해 못 하실까 걱정이구나.」

나는 대답 대신 시선을 떨구었다. 그러자 브로드가 다시 아버지를 보았는데, 말투에서 신경질이 배어 나왔다.

「내가 광적으로 법 집행에 매달린다거나 아니면 권력에 맛이 들어 똥오줌 가리지 못한다고 생각해요? 절대 아니라고 할 수 있소. 해초 채취 자체야 사소한 문제지만, 그렇다고 넋 놓고만 있으면 사람들이 강에서 물고기를 잡고 산에서 사슴을 잡아도 아무 문제 없다고 생각하지 않겠소?」

「그건 별개의 문제요.」

브로드가 검지를 저으며 아버지의 말을 막았다.

「아니, 별개가 아니지. 당신같이 독실한 사람과 신학 논쟁을 벌일 생각은 없지만 십계명의 여덟 번째만 봐도 바늘 도둑과 소도둑을 구분하지 않잖소.」

「지금 나를 도둑으로 몰아세우는 거요?」 아버지가 조용히 되물었다.

「몰아세우는 게 아니오. 하지만 남의 물건을 가져가는 자를 달리 어떻게 부를 수 있겠소.」

아버지는 잠시 생각하다가, 할 말 다 했으면 돌아가라고 퉁명스럽게 내뱉었다.

치안관은 꿈쩍도 하지 않고 차를 마저 마신 다음 손등으로 입술을 훔쳤다. 그러고도 한참을 가만히 있다가 콧수염을 매만졌다.

「당신 죄를 묻자는 게 아니오, 존. 제대로 뜻을 전하지 못했다면 사과하리다. 난 오히려 화해하려고 온 거요. 정상적으로 한다면 오늘 아침 문제로 벌금 10실링은 때렸을 거요. 하지만 당신 말마따나 해초 채취는 옛날부터 해왔고, 또 지적을 받은 후 해초를 되돌려 놓았기에 이번만큼은 못 본 척하기로 했소.」

그래서 아버지가 넓은 아량에 감사한다고 말할 줄 알았다면 브로드는 멍청이다.

「당신한테 빚을 지느니 차라리 10실링을 내겠소.」

라클린 브로드가 고개를 끄덕였다. 「어련하실까. 어쨌든 10실링이 없을 테니 고마워할 필요도 없고 빚졌다고 생각할 필요도 없소이다.」

브로드는 다시 한번 손가락으로 탁자를 두드렸다. 문제가 만족스럽게 해결되기라도 했다는 투였다. 그가 떠나려고 하다가 갑자기 무슨 생각이 났는지 우뚝 멈추었다.

「그러고 보니 해초 더미가 필요할 테죠?」

「남의 물건 도둑질할 생각 없소.」

「내 참, 지금까지 설명했잖소. 남의 물건이냐 아니냐의 문제가 아니라, 적절한 절차를 거쳤느냐 거치지 않았느냐, 이게 문제라고.」

「절차와 규칙 얘기라면 지난 몇 달간 물리도록 들었소.」

「그럴지도 모르지. 어쨌든 절차는 중요하니까 반드시 따라야 해요. 이 경우, 신청서를 제출해, 소작지에 사용할 목적으로 해변에서 해초를 채취한다고 하면 그만이오. 물론 신청은 마름의 대변자를 통해서 해야겠지.」

「당신이로군.」 아버지가 지적했다.

브로드는 고갯짓으로 그렇다고 대답했다.

「오늘 저녁 충분히 대화한 걸 감안하면, 구두 신청을 받아들이지 않을 이유도 없겠군. 신청하면 호의적으로 검토해 보리다.」

아버지는 입술을 삐죽일 뿐 말은 하지 않았다. 잠시 후 통통한 수탉이 문간에 나타나 그림자를 드리우더니, 동료라도 찾는지 집 안으로 고개를 불쑥 들이밀었다. 왼쪽 다리를 들고 꼼짝도 하지 않는 모습이 흡사 쪼그라든 손을 가슴에 묻은 것처럼 보였다. 닭은 찾기를 포기한 듯 금세 시야에서 사라졌다. 라클런 브로드가 어깨를 으쓱하더니 이렇게 말했다. 「그럼 신청 의사가 없는 것으로 여기리다.」

그는 마치 즐거운 대화라도 나눈 듯이 경쾌하게 저녁 인사를 하고 떠났다. 모르긴 몰라도 꽤나 자신에게 만족한 표정이었다. 난 순간 그에게 처절한 증오를 느꼈다. 더할 나위 없이 교활한 작자다. 아버지가 상대하기엔 당연히 역부족이다.

아버지는 저녁 내내 식탁에서 꿈쩍도 않고 텅 빈 축사만 멍하니 바라보았다. 나 또한 할 말이 없어 밖으로 나가 벤치에 앉았다. 조금 전 문에 나타났던 수탉은 이제 마당에서 벌레를 쪼며 돌아다녔다. 잠시 후 라클런 브로드가 그레거의 집에서 나왔지만, 이쪽은 돌아보지도 않고 마을 쪽으로 걸어갔다. 이제 케니 스모크의 집을 방문할 차례일 것이다.

다음 날 아침, 썰물이 되자, 마을 사람들이 공동으로 해초를 채취해 저녁까지 소작지에 뿌렸다. 우리 소작지만은 예외였다. 아버지는 아무 일 없었다는 듯 묵묵히 자기 일을 했다. 며칠 후, 아버지와 케니 스모크가 집 밖에서 함께 담배를 피웠다. 그때 아버지가 하는 얘기를 들었는데, 대충 이런 내용이었다. 해초가 농작물에 좋다는 근거가 어디 있나? 사람들도 그저 습관이니까 하는 거 아닌가? 아버지와 할아버지들이 해왔으니까? 케니 스모크는 우리가 하는 일이 다 그런 식이라고 대답했다.

* * *

싱클레어 씨는 이곳에 자주 찾아오는데, 나도 이제 그의 면회를 반기게 되었다. 처음 내 방에 들어온 날, 그에게 침대를 내주며 앉으시라고 했지만 그는 침대를 보며 인상을 쓰더니 그냥 문을 등지고 서서 얘기했다. 대신 나보고 앉으라 했는데 윗사람 앞에서 그럴 수는 없었기에 난 방구석 창문 아래 섰다. 변호사는 트위드 정장에 갈색 가죽구두를 신었는데, 이 황량한 교도소와 너무도 이질적이었다. 외모도 깨끗하고 분홍색 손도 부드러웠다. 나이는 대충 마흔 정도로 보였다.[*] 말할 때도 신사답고 신중하고 기품도 있었다.

싱클레어 씨는 자신이 내 변호사로 임명되었으며 최선을

[*] 앤드루 싱클레어는 그 당시 62세였다.

다해 변호하겠다고 일러 주었다. 나를 알게 되어 무척 기쁘다는 말도 덧붙였는데, 신사가 나 같은 쓰레기한테 그런 식으로 말하자, 솔직히 너무 우스워 난 미친 듯이 웃기 시작했다. 변호사는 내가 진정할 때까지 기다렸다가, 내가 무슨 말을 하든 절대 비밀이라고 했다. 〈절대 비밀〉이 어떤 의미인지 설명하는 모습은 흡사 선생이 수업 부진 학생을 가르치는 듯했다.

나는 단어 뜻까지 설명할 필요는 없으며, 변호도 필요 없다고 말했다. 그는 다른 변호사를 원하면 얼마든지 바꿀 수 있다고 했다. 하지만 나는 변호사가 누구인지는 아무 상관이 없고, 변호 자체를 원하지 않는다고 설명했다. 혐의를 부인할 생각이 전혀 없으니까. 싱클레어 씨는 심각한 표정으로 나를 보더니, 내 입장은 충분히 인정하지만 법적으로 반드시 변호사가 있어야 한다고 설명했다.

「법이 어떻게 되어 있든 관심 없습니다.」 내가 대답했다. 「법 따위는 아무래도 좋아요.」

그렇게 버르장머리 없이 얘기하다니 당시 뭔가에 홀린 모양이었다. 나한테 이래라 저래라 하는 게 싫기는 했다. 더욱이 내가 싼 오물이 발 옆 들통에서 출렁거리는데 신사가 방 안에 있다는 사실 자체가 수치스러웠다. 어서 가버리고 혼자 있으면 좋겠건만.

싱클레어 씨는 입을 굳게 다물고 천천히 고개를 끄덕였다.

「의무에 따라 조언하자면, 변호를 거절하면 네 의사와 완전히 반대로 갈 수도 있단다.」

변호사는 침상에 앉더니 좀 더 사근사근한 목소리로 얘기했다. 말인즉슨, 몇 마디 질문에 대답하면 큰 도움이 된다는 얘기였다. 그렇잖아도 조금 미안했기에 나는 알았다고 대답했다. 그도 기뻐하는 표정이었다. 신사가 지극히 상냥하게 대해 주었기에 나도 굳이 문제를 일으킬 이유가 없었다.

싱클레어 씨는 마치 또래 둘이 서로를 알아 나가는 과정같이 내 가족과 생활 환경 등 일반적인 질문부터 했다. 나는 솔직하게 질문에 대답했다. 장황하게 꾸밀 생각은 없었다. 싱클레어 씨든 누구든, 컬두이에서의 내 삶이 관심거리가 될 리 없지 않는가. 그래도 싱클레어 씨의 태도가 친절하고 유쾌했기에 함께 있는 게 싫지는 않았다. 대화가 그날의 단조로움을 달래 주기도 했다. 대화를 하면 할수록 그가 나하고 얘기하는 것 자체가 이상했다. 하기야 상황 자체가 비정상이기는 했다. 고귀한 신사 양반이 무식한 살인자와 대화하고 있다니. 그런데, 내가 어떤 죄를 저질렀는지 알고는 있는 걸까? 아니면 여기가 교도소가 아니라 정신 병원이고, 싱클레어 씨는 나처럼 갇혀 있는 환자인 걸까? 하지만 일반적인 대화가 끝에 이르자, 싱클레어 씨가 면회 목적을 분명히 했다.

「자, 로더릭 군, 며칠 전에 자네 마을에서 끔찍한 범죄가 발생했네.」

「예, 제가 라클런 브로드를 죽였습니다.」 내가 대답했다. 그 사실을 다른 사람의 입으로 듣기는 싫었다.

「다른 사람들은?」

「그들도 제가 죽였죠.」내가 대답했다.

싱클레어 씨가 천천히 고개를 끄덕였다.「누군가를 대신해 죄를 뒤집어쓰려고 하는 얘기는 아니지?」

「절대 아닙니다.」

「자네 혼자 한 일인가?」

「예, 전적으로 저 혼자 한 일입니다. 부인할 생각도 전혀 없으니 변호사는 필요 없습니다. 제가 한 행동을 후회하지도 않고, 앞으로 어떻게 되든 상관없습니다.」

싱클레어 씨는 말이 끝난 후 한참 나를 바라보았다. 도대체 무슨 생각을 하는 걸까? 이렇게 고상한 계급과 만난 적이 별로 없지만 이 사람들 태도는 마을 사람들과 사뭇 달랐다.

결국 그는 솔직하게 대답해 줘 고맙다고 인사하고 다음 날 또 와도 좋은지 물었다. 나도 언제든 환영이며 변호사님과의 대화가 즐거웠다고 대답해 주었다. 그도 나와의 대화가 좋았다고 대답했다. 이윽고 그가 손바닥으로 문을 두 번 두드리자, 간수가 자물쇠를 열고 그를 나가게 해주었다. 간수는 내내 밖에서 기다리고 있었다.

싱클레어 씨는 실제로 계속 면회를 왔고 솔직히 말하면 나역시 그와의 만남을 기다리게 되었다. 첫날 무례하게 대한 것도 후회했다. 나의 무례함을 기꺼이 용서해 준 것도 그가 상류층이라는 표식이었다. 싱클레어 씨의 고집에 따라 내 감방에는 테이블과 의자가 생겼다. 내가 글을 쓸 곳이다. 우리가 함께 있는 시간도 보다 편안해졌다. 싱클레어 씨는 테이블 옆

낡은 의자에 앉고 나는 침상이나 창문 아래 바닥에 주저앉는다. 변호사는 종종 내 글이 있는 쪽을 바라보기도 한다. 두 번째인가 세 번째 면회 때, 그가 범죄가 일어나기까지의 일들을 기록해 보라고 제안했는데 내가 성실하게 임하자 꽤나 기쁜 눈치였다. 어느 날 오후, 그가 엄지로 페이지를 대충 넘기며 이 안에 어떤 내용이 적혔는지 알고 싶다고 고백했다. 고상한 귀족이 내 조잡한 글을 읽는다고 생각하니 마음이 편치 않았지만, 그래도 이 글을 쓰는 이유는 그가 요청했기 때문이었으므로 원하시면 언제든 가져가셔도 좋다고 대답했다. 그는 다 쓸 때까지 기다리겠으며, 무엇보다 싱클레어 씨 자신을 비롯해 누군가를 위해 쓴다는 생각을 버려야 한다고 조언했다.

싱클레어 씨는 참을성이 대단한 사람 같다. 매일 아침 만날 때면 생활하기 괜찮으냐, 아침 식사는 먹을 만하느냐 등등 잊지 않고 안부부터 챙긴다. 부근 식당에서 음식을 배달해 주겠다는 제안도 여러 번 했으나, 나는 소박한 식사에 익숙해졌으니 일부러 애쓰실 필요 없다고 대답했다. 그런데 오늘 아침은 대화 분위기가 사뭇 달랐다. 싱클레어 씨는 보통 살인 자체의 상세한 내용은 피해 왔다. 그런데 오늘은 사건 당시 어떤 생각을 했는지 집요하게 물었다. 나는 라클런 매켄지 때문에 아버지가 곤경에 빠졌으며 그저 아버지를 구해야겠다는 생각뿐이었다고 대답했다. 싱클레어 씨는 잠시 고민하다가, 질문의 형식을 거듭 바꿔 가며 물었다. 아마도 뭔가 끌어내고 싶었던 모양인데, 결국 수포로 끝나고 말았다.

그러자 싱클레어 씨는 재판에서 무죄 청원에 들어간다면 어떻게 생각할 거냐고 물었다. 나는 그건 말이 안 되는 소리며, 분명 나는 유죄고 그 사실을 숨기려고 한 적은 한 번도 없다고 말했다. 그러자 싱클레어 씨는 법의 눈으로 볼 때 범죄가 성립하려면 물리적 행동과 정신적 행동이 둘 다 필요하다며 설명을 이어 갔다. 이 사건의 경우 물리적 행동은 존재하는데, 정신적 행동 — 그의 표현에 따르면 사악한 의도 — 이 있었는지는 여전히 미지수라고 했다. 얌전히 싱클레어 씨의 설명을 듣고 있자니 그가 너무 열심히 이런저런 궁리를 하느라, 진짜 명백한 사실들을 놓친 것 같다는 느낌이 강하게 들었다. 하지만 그의 얘기가 이 사건과 무슨 관계가 있는지 모르겠다고만 대답했다.

싱클레어 씨는 말투를 바꾸며, 내 기분을 상하게 하고 싶지 않다는 뜻을 전했다. 「그 당시 네 생각이 이러저러했다고 믿겠지만, 실제로는 그렇지 않았다고 가정한다면?」

너무나 터무니없는 얘기라 난 실소를 짓고 말았다. 「다른 생각을 했다면 제가 모를 리가 없잖아요. 그렇지 않았으니까 제가 모르는 거죠.」

싱클레어 씨는 내 대답에 미소 짓고는 고개를 갸웃하는 식으로 내 의사를 인정했다. 내가 매우 똑똑한 젊은이라는 말도 했다. 솔직히 그 말에 우쭐하기는 했다. 그 말을 이곳에 적는데 얼굴까지 붉어지니.

그가 말을 이었다. 「로디, 미친 사람이 자기가 제정신이라고 믿는 게 실제로 가능한 일일까?」

처음에는 이 말도 조금 전 가설만큼이나 터무니없다고 생각했는데 문득 에어드두의 백치, 머도 콕 생각이 났다. 종종 닭장에서 자며 수탉처럼 운다고 하지 않는가. 만일 그에게 〈너 미쳤니?〉라고 물어보면 과연 뭐라고 대답할까? 이제 알겠다. 비록 조심스럽기는 하지만, 싱클레어 씨는 내가 머도 콕과 비슷하다고 생각한 것이다. 잘못 대답하면 정말로 미친 놈처럼 보일 수 있다는 걸 깨달았으므로 나는 대답하기 전에 잠시 뜸을 들였다.

「믿어도 됩니다. 제 정신은 제가 완벽하게 통제하고 있어요.」

「네가 확실하다고 믿는다는 사실 자체가 정확히 그 반대를 뜻할 수도 있어.」 그가 대답했다. 솔직히 그 말에 상처를 받기도 했다. 그러자 그가 이렇게 덧붙였다. 「로더릭, 네가 이해해야 한다. 너를 변호하기 위해 모든 길을 더듬는 게 내 의무란다.」

「하지만 저는 저를 변호할 생각 없어요.」 내가 쏘아붙였지만, 이번에도 무례하게 끼어든 터라 곧바로 후회해야 했다.

싱클레어 씨가 짧게 고갯짓을 하고 일어섰다. 다소 슬픈 표정이었다. 내가 기분을 상하게 한 셈이니 어떻게든 보상하고 싶었다.

「아무튼 어떤 신사분이 검사하러 올 텐데 기꺼이 만나 주려무나. 역시 너를 무척 알고 싶어 하는 분이야.」

나는 말도 안 되는 상황에 다시 한번 충격을 받았다. 살인자가 되고 나니, 신사들이 나를 만나겠다고 저렇게 안달이라니. 어쨌든 싱클레어 씨가 원하신다면 누구든 만나 보겠다고 짧게 대답했다.

「잘 생각했다.」 그는 그렇게 대답하곤, 평소처럼 간수에게 신호를 보내 문을 열게 했다.

* * *

해초 사건이 있고 며칠 후 다시 플로라 브로드를 만났다. 나는 도로와 소작지를 가르는 둑길에 앉아, 기다란 줄에 생쥐를 매달아 까마귀들을 희롱하고 있었다. 나는 마을을 등진 탓에 플로라의 접근을 눈치채지 못했다. 플로라도 내가 장난에 몰두하고 있음을 알았던지 가까이 오자마자 지금 뭐 하느냐고 물었다. 유치한 장난이나 하고 있다는 사실이 창피해 나는 줄을 놓고 아무것도 아니라고 발뺌했다.

「넌 볼 때마다 아무것도 하지 않느라 바쁘구나. 그렇게 빈둥거리다간 유혹에 넘어가기 십상이래.」 플로라가 말했다.

「어떤 유혹일까?」

플로라는 어깨를 으쓱하며 하늘을 올려다보곤 내 옆에 와서 앉았다. 들고 있던 바구니는 무릎에 놓았는데 그 위를 체크무늬 천이 덮고 있었다. 치맛자락이 내 다리를 스쳤다. 잠시 후 내가 버린 줄이 뱀처럼 풀밭 사이로 달아나기 시작했다. 까마귀 한 마리가 미끼를 물고 깡충깡충 뛰어갔다.

「네 아버지한테 들키는 게 무섭지 않아?」내가 물었다.

「걱정이야 네가 해야 하는 것 아니야? 내가 매를 맞을 것도 아니니까.」

그렇지만 플로라는 어깨 너머로 자기 집을 돌아보았다.

「에어드두의 매클라우드 부인한테 계란 가져가는 길이야.」그녀가 천을 들어 바구니 안을 보여 주었다. 브로드 매켄지한테는 닭이 엄청나게 많아서 애플크로스의 여인숙에 계란을 독점 공급할 정도였다. 매클라우드 부인은 나이 든 과부로, 옷을 겹겹이 입고 또 입기 때문에 별명이 양파다. 소문에 따르면 남편이 죽은 이후로 한 번도 옷을 벗어 본 적이 없다고 한다.

플로라가 같이 가겠느냐고 묻기에 나도 좋다고 대답했다. 가는 길에 그녀가 너무 천천히 걸어 난 몇 걸음마다 멈춰 서서 가까이 오기를 기다려야 했다. 에어드두 어귀에 이르자 나보고 바구니를 들라고 해서 시키는 대로 했다. 그때부터 플로라도 걸음걸이가 빨라졌으나 걷기에 방해될 만큼 계란이 무겁거나 하지는 않았다.

「환자는 어때?」그녀가 물었다.

그날 아침에 보니, 새는 서까래 아래 바닥에 죽어 있었다. 플로라가 얼굴을 찡그리고는 너무도 슬픈 소식이라고 안타까워했다.

「하느님께서 우리를 시험하기 위해 내려 보내신 아이일

거야.」 그녀가 노래하듯 말했다.

나는 곁눈으로 그녀를 보았다. 이 지역 사람들이 입버릇처럼 중얼대는 얘기였다.

「하느님은 우리를 시험하는 데만 관심이 있는 모양이지.」 내가 투덜댔다.

플로라가 나를 빤히 바라보았다.

「그럼 왜 그런 일이 일어나겠어?」

「무슨 일?」 내가 물었다.

「나쁜 일.」

「목사님 말로는 우리가 사악해서 벌하는 거랬어.」

「네 생각은 어떤데?」

나는 잠시 머뭇거리다가 대답했다.

「내가 보기엔 그냥 일어나는 거야.」

플로라가 그 대답에 별로 개의치 않는 듯 보여 난 조금 더 용기를 냈다. 「신이 나한테 관심이나 있겠어? 다른 사람들도 마찬가지겠지만.」

플로라는 그런 말 하면 못쓴다고 했지만 내 생각에 반대하는 것 같지는 않았다. 그저 생각만 하고 입 밖으로 내지는 말라는 뜻이리라.

「어쩌면 신은 길리스 선생이 수업 시간에 해줬던 신화 같은 이야기일 거야.」 나는 그렇게 말하며 다시 플로라를 곁눈질했다. 산들바람에 머리카락 한 올이 이마를 덮자 그녀가 귀 뒤로 쓸어 넘겼다. 그녀는 똑바로 앞만 보고 걸었고 그 뒤로는 둘 다 아무 말 없이 걷기만 했다.

에어드두에 도착하자 플로라가 바구니를 빼앗더니 양파 할머니 집 안으로 고개를 디밀었다. 곱사등이 할머니가 문간에 나타났다. 목이 크게 뒤틀린 탓에 닭처럼 목을 옆으로 비튼 다음 사팔눈으로 우리를 올려다보았다. 따뜻한 저녁인 데다 집 안에서 장작 때는 소리가 요란했지만 노파는 두꺼운 외투의 단추를 목까지 채우고 기다란 노끈으로 허리를 단단히 묶었다. 플로라를 보고는 무척 기뻐하며 안으로 불러들였다. 플로라는 계란을 조금 가져왔다며 노파에게 바구니를 넘겼다.

「그런데 같이 온 아이는 누구냐?」 노파가 물었다.

「존 블랙 아저씨 아들이에요.」 플로라가 답했다.

「이름은 뭔데?」 노파 목소리가 갈매기마냥 거칠었다.

「로디예요.」 플로라가 대답했다.

양파 할머니는 잠시 나를 보더니 어머니가 죽어서 고생이 많겠다며 위로했다. 돌아가신 지가 1년도 넘었건만. 노파는 플로라한테 바구니를 받아 연기 자욱한 안쪽으로 사라졌다. 기다리는 동안 플로라가 조용히 노래를 흥얼거렸다. 문득 들판에서 일하실 때면 늘 노래를 불렀던 어머니 생각이 났다. 노파가 빈 바구니를 들고 돌아와 플로라한테 계란 고맙다고 인사했다.

컬두이로 돌아오는 길에 바구니 들어 줄까 했더니, 플로라는 바구니가 무거워서가 아니라 내가 대신 들어 주기를 바랐기 때문이라고 설명했다. 어쨌든 계란이 없으니 대화도 더 자유로웠다. 플로라는 매클라우드 부인한테서 악취가 난다며 흉을 보았고 나는 아버지가 에어드두 주민들을 좋아하지 않는다고 고자질했다. 더러운 데다 삿갓조개까지 먹기 때문이라고 하자 플로라가 그 말을 듣고 크게 웃었다. 그녀가 한참을 웃고 난 후 이렇게 말했다. 「너희 아버지는 아무도 좋아하지 않는 것 같더라.」

「그래, 맞아.」내가 대답했다. 그리고 허리를 굽히고는, 아버지가 지팡이를 짚고 절룩거리는 흉내를 내며, 구부러진 손가락을 플로라 눈앞에서 흔들었다. 「꼬마 아가씨, 넌 네 죄로 천벌을 받을 게야. 지옥의 불이 기다리고 있어!」

플로라는 도로 위에서 멈추더니 손으로 입을 막고 웃음을 참았다. 난 자세를 바로 했다. 이런 식으로 아버지를 조롱하다니, 문득 내 행동이 부끄러웠다.

「다시 해봐.」플로라가 말했으나 난 창피해서 그냥 걷기만 했다.

마침내 처음 둘이 만난 동네 어귀에 다다랐다. 사람들 눈에 뜨일지도 모르니 이제부터 따로 걷자고 얘기했는데 플로라도 반대하지 않았다. 우리는 잠시 동안 서서 서로를 바라보았다. 그녀는 언젠가 저녁에 다시 만날지도 모른다는 얘기를 하고 돌아섰고, 나도 돌아서서 도로를 따라 걷기 시작했다. 텅 빈 바구니가 그녀의 손에서 흔들렸다. 이윽고 우리 소작지 기슭의 둑길로 올라갔다. 기분이 좋았다. 마치 무거운 토탄

지게를 갑자기 벗어 버리기라도 한 기분이었다. 발육 부진의 농작물을 가로질러 걷는데 라클런 브로드의 집에서 제타가 샛길을 따라 황급히 걸어오고 있었다. 머리를 스카프로 매고 마치 과부처럼 잔뜩 몸을 웅크린 자세였다. 도대체 무슨 용무로 마을 아래까지 갔을지 짐작이 가지 않았다. 집 밖에서 기다렸으나 제타는 본 척도 않고 지나쳐 버렸다.

아버지는 창가 의자에서 저녁 담배를 피우고 있었다. 나를 보면 분명 어디 싸돌아다니다 왔느냐고 다그칠 거라고 생각했는데 아니나 다를까 예상은 빗나가지 않았다. 의자가 창문에서 살짝 벗어나며 현관의 빛 자락이 그가 읽던 책을 비추었다. 당연히 동네 어귀에서 헤어지는 모습을 보았겠기에 솔직하게 플로라 브로드와 에어드두에 다녀왔다고 이실직고했다. 아버지는 달걀을 누구에게 가져다줬는지도 물었다. 달걀을 어디 가져다줬는지 왜 궁금할까 싶었지만 그래도 똑바로 대답했다. 아버지는 내 대답에 아무 반응도 보이지 않았다. 즉 내가 어디 다녀왔는지 잘 알고 있으며, 질문하는 이유는 단지 내가 거짓말하는지 확인하기 위해서일 뿐이었다. 그가 파이프를 힘껏 빨아들였다. 제타는 뜨개질거리를 집어 들고 애써 우리 대화를 외면했다.

이런 식으로 취조를 받으니 기분이 좋지는 않았다. 그런데 제타한테는 왜 아무 질문도 안 하는 거지? 아버지는 입에서 파이프를 빼더니, 플로라 브로드는 물론 그 집 누구와도 어울려 다니지 말라고 경고했다. 보통은 말대꾸를 하지 않지만 이번에는 나도 참을 수가 없었다. 아버지를 괴롭힌 사람이 플로라는 아니잖아요. 그리고 내가 바구니를 들어 줘서 고맙다고 한 것뿐이에요. 아버지와 말다툼할 생각은 없었다. 아버지도 마찬가지였으리라. 대신 아버지는 자기한테 아직 매질할 힘이 남아 있다며 으르렁거렸다. 나는 고개를 떨구어 분을 삭였다. 아버지 지시를 따를 생각은 추호도 없었다. 지금껏 나와 형제들에게 지나치게 엄격했지만, 아버지 말을 거부하기로 한 것은 그때가 처음이었다. 하긴 이제 와서 돌이켜 보면, 그때 아버지 충고를 따랐어야 했다. 그것만큼은 분명하다.

나는 밖으로 나가 벤치에 앉았다. 누나가 따라오리라 기대했지만 그렇지는 않았다. 다음 날 아침 아버지가 나간 후 제타에게 전날 저녁 어디 다녀왔는지 물었다. 제타는 허드렛일에서 눈도 떼지 않고 카미나 스모크를 만났다고만 대답했다. 분명 카미나 스모크의 집 너머에서 걸어왔으니 그건 거짓말이었다. 그래도 나는 그렇게 말하지 않고 케니 스모크가 집에 있었는지 물었다. 제타는 하던 일을 멈추고 심각한 표정으로 나를 바라보았다.

「아버지는 하나면 충분해. 더는 필요 없어. 네가 신경 쓸 일이 아냐, 로디.」 그러고는 빵 한 덩어리를 건네며 당장 꺼지라고 명령했다. 슬펐다. 지금껏 비밀이 없었건만. 아니, 사실 숨기는 경우가 다반사라 해도 난 눈치조차 채지 못했을 것이다. 그래, 어쩌면 내내 나를 속이고 있었을지도 모른다.

그 후 며칠간 플로라 브로드를 보지 못했다. 나도 라클런 브로드의 일정에 맞추느라 바빴지만 한가한 저녁 시간에도 아버지가 어떻게든 일거리를 만들어 주었다. 벌을 주기 위해서인지 아니면 플로라를 만나지 못하게 하려는 건지는 모르겠으나 아무튼 효과는 충분했다. 마침내 아버지가 나를 풀어 주자, 나는 사흘 내내 저녁마다 둑길에 앉아 플로라가 지나가기를 기다렸다. 심부름을 갈 수도 있고, 나를 보기 위해 어떻게든 구실을 만들 거라고 생각했는데, 그녀는 결국 오지 않았다. 솔직히 고백하지만, 몇 번 만나지도 않았건만 나도 모르게 자꾸 생각이 났다.

　밤에 싸돌아다니기 시작한 것도 그즈음이었다. 쉽게 잠을 이룰 수가 없는 데다 잠이 들려 하다가도 창밖에서 나뭇가지나 짐승이 움직이는 소리라도 나면 화들짝 잠이 깨고 말았다. 고요한 밤이면 깜부기불이 딱딱거리거나 어린 소가 음매거릴 때마다 온갖 환상이 머릿속을 헤집고 다녔다. 이따금 연기 속에서 그림자를 보거나, 밖에서 누군가 속삭이는 소리를 듣기도 했다. 그러면 나는 침상에서 덜덜 떨면서 끔찍한 공포가 덮치기를 기다렸다. 침상을 벗어나 언덕을 쏘다닌 것도 그래서였다. 나 자신을 환각의 일부라고 상상하기도 했다. 이를테면 어둠 속의 모호한 그림자 같은 것이다. 곁눈으로 힐끔 보고 식겁했다가 마침내 헛것을 보았군, 하고 안심하는 그런 존재 말이다. 나는 습관적으로 건물과 건물 사이로 빠져나가 카른 언덕으로 어느 정도 올라가서 마을을 내려다보았다. 봄철이면, 이곳은 밤에도 그다지 어둡지 않다. 그보다 세상이 완전히 탈색한 것처럼 보인다. 달이 높을 때면 마치 동판에 새기기라도 한 듯 삼라만상이 은색이다. 어느 집 창가에 가까이 가면 잠든 사람들을 부러워하며 바라보곤 했다. 그렇게 방황하는 이유는 마음속에서 잡념을 씻어 내기 위해서였는데, 지칠 때까지 언덕을 헤매다 보면 목적을 이루기도 했다. 내 야밤 산책을 남한테 들키고 싶지는 않아서 아버지나 누나가 아침에 깨기 전에 돌아와 몽롱한 상태에서 바쁜 하루를 버텨 냈다. 한두 번은 일을 하다가 잠이 들어 내가 기절한 줄 알고 제타가 헐레벌떡 달려오기도 했다.

　나는 야밤 산책을 활용해 플로라가 빅하우스로 돌아갔는지 여부를 확인하기로 했다. 그녀를 보고 싶기도 했지만 다른 한편으로는 다시 미들턴 경 집으로 일하러 간 것이었으면 싶었다. 그랬다면 적어도 의도적으로 나를 피한 건 아니기 때문이다. 어느 날 밤, 달이 구름에 가려 희미한 빛을 내뱉었다. 나는 별채 사이를 지나 언덕 중턱쯤 올라갔다. 계획이 계획인지라 더욱더 사람들의 시선을 피할 필요가 있었다. 등을 잔뜩 굽힌 채 조심조심 발을 내디뎌 마침내 마을을 완전히 벗어난 뒤, 언덕을 가로지르고 브로드의 집이 있는 곳을 지나갔다. 그때까지 양 한 마리밖에 마주치지 않았음에도 피가 머리 위로 거꾸로 솟구치는 기분이었다. 라클런 브로드의 사유지에는 대낮에 들어오는 것도 끔찍하지만 어두운 밤을 틈타니 기분이 훨씬 섬뜩했다. 행여 들키기라도 하는 날엔 그곳에 온 이유조차 말하지 못할 것이다. 어릴 때부터 거짓말은 정말 젬

병이었다. 대여섯 살 때쯤 헛간에 달걀을 가지러 간 적이 있다. 달걀 담을 그릇을 깜빡했지만 난 집으로 돌아가는 대신 그까짓 거 없어도 되겠다고 마음을 정했다. 그렇게 달걀을 두 손으로 안고 헛간을 떠나는데 새 한 마리가 푸드득 나는 바람에 놀라서 그만 짐을 떨어뜨리고 말았다. 망연자실 흰자위와 노른자위의 난장판을 바라보다가 문득 땜장이가 달걀을 훔치려다가 나한테 들켰다고 말하면 된다는 생각이 떠올랐다. 하지만 어머니가 찾으러 왔을 때 난 그냥 눈물을 터뜨리며 그릇을 가져가지 않아 달걀을 모두 떨어뜨렸다고 실토했고, 어머니는 눈물을 닦아 주며 괜찮아, 내일 또 달걀이 나올 거야, 하고 달래 주었다. 식사 시간에도 아버지한테 오늘은 달걀이 없다고 얘기하고는 내게 윙크를 했다. 하지만 라클런 브로드가 어머니처럼 나를 동정해 줄 리가 없고, 이 어두운 밤에 내가 자기 집 뒤에서 알짱댄다는 사실을 안다면 가만있지 않을 것이다.

하지만 일단 벌인 일, 끝을 봐야 했다. 언덕을 내려가다가 핑곗거리도 떠올랐다. 밤에 잠에서 깨지 않은 채로 일어나 마구 돌아다니는 사람들 얘기를 들은 적이 있다. 누가 건드리기라도 하면, 마치 눈앞에 다른 세상이 있기라도 한 듯 멍하니 앞만 바라본다고 했다. 몽유병 환자. 그러니까 누군가한테 걸리면 몽유병 환자 시늉을 하면 그만이다. 나는 그런 생각을 하며 느긋하게 부지에 들어갔다. 집의 구조는 잘 모르지만, 뒷벽에 작은 창문이 두 개 있었다. 분명히 침실일 것이다. 놀랍게도 두 번째 창문에 희미하게 불빛이 보였다. 문득 플로라가 잠옷을 입은 채 촛불을 켜놓고 나를 기다리는 모습이 떠올랐다.

나는 벽에 바짝 붙어서 한 발짝 한 발짝 첫 번째 창을 향해 움직였다. 돌 벽에 이끼가 덮이고 습한 탓에 손이 미끄러웠다. 나는 잠시 멈추고 숨을 죽인 후 천천히 유리창을 향해 고개를 디밀었다. 방은 어두웠다. 잠시 후 침대 하나, 그 위에 담요를 뒤집어 쓴 사람들 윤곽이 보였다. 아무것도 움직이지 않았다. 침대 발치 요람에서, 어린 동생의 노란 머리카락이 보였다. 내 호흡 때문에 유리창에 김이 서렸다. 나는 세 발짝 이동해 두 번째 창으로 건너갔다. 이제는 아예 긴장도 벗어던지고 창문 바로 앞까지 다가갔다. 촛불 하나가 깜빡이고 커다란 의자에는 한 여인이 담요를 두른 채 앉아 있었다. 플로라가 아니라 노파였다. 라클런 브로드의 병든 어머니는 몇 년 동안 집 밖에 나온 적이 없었다. 눈을 동그랗게 뜨고 창을 노려보고 있었으나 내 존재를 알아챈 것 같지는 않았다. 시체처럼 보여 순간 모골이 송연해지기도 했다. 노파의 오른쪽에 침대가 있지만 텅 빈 채였다. 아마도 플로라의 침대일 것이다. 잠시 지켜보는데 문득 노파의 담요가 꿈틀거렸다. 잠시 후 시력을 회복하기라도 한 듯 노파가 천천히 눈을 끔벅이더니, 손가락 하나가 담요 아래서 나와 정확히 나를 가리켰다. 입술이 소리 없이 움직였다. 나는 뒤로 돌아서서 언덕 위로 번개처럼 달아났다. 어딘가에서 개가 짖기 시작했다. 라클런 브로드가 잠을 깨서 침대에서 기어 나와 침입자를 찾아 나서면 어쩌지? 나는 히스 수풀 뒤 축축한 잔디에 몸을 던지고 한참을 기다리며 호흡을 가다듬었다. 마을에서는 아무도 움직이지 않았다. 다행히 아무한테도 들키지 않고 집에 돌아올 수 있었다. 그 후로 동이 틀 때까지 난 침상에 누워 플로라의 빈 침대 생각을 했다. 모험이 성공한 것도 아주아주 기뻤다.

* * *

여름, 우리 농작물 작황은 형편없었다. 밭에 해초를 뿌리지 않아서인지 아니면 다른 이유가 있는지는 모르겠다. 아버지는 올해는 흉작이라면서도 작물을 돌보는 데 별로 신경을 쓰지 않았다. 케니 스모크가 밭고랑에 잡초뿐이라고 해도 아버지는 어깻짓만 하고 이렇게 말할 뿐이었다. 「뽑으면 뭐 해? 땅에 기운이 없는데.」

내가 보기에 기운이 없는 건 땅이 아니라 아버지였다. 나는 여러 날 라클런 브로드의 공공사업 일을 했다. 처음 며칠은 내가 당번이었다. 하지만 아버지 건강이 좋지 않아 힘든 노동이 어렵기에 대신 나가기도 하고, 또 더 수지맞는 일로 바쁜 사람들이 있으면 일당 반 실링을 받고 대신 일해 주기도 했다. 번 돈은 모두 아버지한테 주었고 조금이나마 가계에 보탬이 되어 기뻤다. 그럼에도 불구하고 라클런 브로드 일을 할 때면 짜증이 머리끝까지 치솟았다. 치안관 형제가 돌아다니면서 쉴 새 없이 수탉처럼 짖어 대는 통에, 도무지 숨을 고르거나 이마의 땀을 씻을 짬조차 없었다. 심지어 브로드 형제가 없을 때도 우리는 미친 듯이 일했다. 언제 갑자기 나타나, 농땡이를 부렸으니 하루 더 일하라고 명령할까 봐 불안했기 때문이다. 일이 끝도 없기에 당연히 우리 농작물을 돌볼 틈도 없었다. 이런 식이라면 겨울철에 굶어 죽기 딱 십상이었다.

어느 날 저녁, 라클런 브로드가 찾아와서는 우리 소작지 상태가 엉망이라 신경에 거슬린다고 투덜댔다. 이러저러한 일을 두고 〈신경 거슬린다〉라고 하는 것은 이제 그의 입버릇이 되다시피 했다. 누가 어떤 일을 하거나 어떤 말을 하든, 자기 수첩에 기록하거나 자신에게 보고되므로, 누구든 자신이 내건 규칙에 철저히 순응해야 한다는 의미와 다를 바 없었다. 그 바람에 마을 사람들도 서로 이웃을 의심하고 감시하기 시작했는데 지금껏 유래가 없던 일이었다. 브로드는 이번에 아버지한테 벌금 10실링을 때리며, 소작지를 최상의 상태로 유지하는 것이 소작 조건임을 재차 강조했다. 의무를 이행하지 않으면 마름도 어쩔 수 없이 경작권을 재고할 수밖에 없다는 얘기였다. 결국 벌금을 지불하기 위해 나는 도로든 어디든 더 많이 일을 해야 했고, 그 결과 소작지는 훨씬 처참한 상황으로 곤두박질치고 말았다.

치안관이 다녀가고 며칠 후, 제타가 식탁을 치운 후에도 아버지는 꼼짝도 않고 앉아 있었다. 아무래도 뭔가 할 말이 있나 보다 했는데 예상은 틀리지 않았다. 아버지는 파이프를 채우고 불을 붙인 후, 마름을 찾아가 면담을 요청하겠다고 선언했다. 나는 무슨 일 때문이냐고 물었다. 아버지는 질문은 무시한 채 나도 같이 가야 한다고 얘기했다. 내가 똑똑하니까 마름의 말에 넘어가지 않으리라는 이유였다. 아버지가 갑자기 나약한 말을 하니 오히려 당혹스러웠다. 나는 마름이든 누구든 아버지가 하등 뒤질 게 뭐냐고 항변했다. 아버지는 고개를 저으며 이렇게 말했다. 「그렇지 않다는 걸 너도 알잖느냐, 로더릭.」 그러고는 이틀 후에 애플크로스에 갈 생각이라며, 혹시 라클런 브로드 일을 하기로 약속했으면, 대신해 줄 다른 사람을 물색하든가 아니면 미리 양해를 구하라고 덧붙였다. 그 말을 끝으로 아버지는 창가 의자에 건너가 앉았다.

처음부터, 나는 아버지 계획이 좋게 끝날 리 없다고 생각했다. 마름과 면담을 시도한 사람은 지금껏 아무도 없었으며 누구든 그에게 불려 갈 때면 끔찍한 두려움에 떨어야 했다. 아버지는 이제 더 이상 잃을 게 없다고 생각했겠지만, 행여 이번 계획이 라클런 브로드의 귀에 들어가기라도 하면, 어떤 식으로든 복수하려 들 것이다.

아버지와 나는 아침 일찍 애플크로스를 향해 출발했다. 나중에 알았지만 라클런 브로드도 이런저런 일로 카일오브로칼시에 갔는데, 아버지가 거사일을 정할 때 모르긴 몰라도 그 점도 염두에 두었을 것이다. 그날은 그 지역의 평소 날씨와 확연히 달랐다. 카머스터라치에 다다를 즈음엔 갑작스러운 폭우에 흠뻑 젖었지만, 어느덧 하늘이 활짝 개더니 이번에는 햇볕이 옷을 말려 주었다. 그리고 애플크로스에 도착하자 하늘은 다시 어두워지고 비도 폭포수처럼 쏟아졌다. 아버지는 날씨 급변에도 전혀 반응이 없었다. 아니, 아버지가 그 변화를 느꼈는지조차 잘 모르겠다. 걸음걸이도 꾸준하고 두 팔은 옆구리에 붙인 채 몇 미터 앞 도로만 연신 노려보았기 때문이다. 당면 문제에 대해 입도 뻥긋하지 않았기에, 마름한테 무슨 말을 하려는지, 내가 어떤 역할을 하기 바라는지 전혀 감을 잡을 수가 없었다. 은근히 마름이 집에 없거나, 우리를 그냥 돌려보냈으면 하는 마음도 들었다. 그러면 적어도 권력자의 심사를 건드리지 않아도 될 텐데.

마름의 집은 빅하우스 뒤편에 있었다. 우리는 마당을 에둘러 돌아갔는데, 아버지도 지주의 경내에 침범하고 싶지 않았을 것이다. 2층짜리 회색 석조 건물에 도착하자 아버지가 황동 노커를 두드렸다. 면담을 하려는 사람치고는 지나치게 조심스러웠다. 잠시 후 하녀가 나타났다. 여자는 뜸장이라도 대하듯 아래위를 훑어보더니 용건을 물었다. 아버지는 모자부터 벗었다. 여자도 하녀이니 아버지보다 높지도 않건만, 자기는 컬두이의 존 맥레이라는 사람인데 마름님과 만나고 싶다고 공손하게 대답했다. 하녀는 약속을 했는지 물었다. 여자는 비쩍 마른 데다, 입술은 가늘고 코는 매부리코였으며, 마름 집에서 일한다는 사실만으로도 소작농 따위는 우습게 보는 부류 같았다. 아버지는 약속을 잡지 않았다고 대답했다. 여자는 아무 말 없이 문을 닫았고 우리는 문간에 서서 기다려야 했다. 비가 여전하기에 우리는 작은 처마 밑으로 들어갔다.

그곳에서 얼마나 있었는지 모르겠다. 마름이 집에 없기를 바랐던 내 소망이 이루어졌다고 확신할 만큼 시간이 흐른 것만은 분명했다. 아버지한테도 그렇게 말하려는데 문이 다시 열리더니 하녀가 우리를 집 안으로 인도했다. 하녀는 나무 벽널의 서재로 우리를 데려가 그곳에서 기다리게 했다. 난로에서 불이 활활 타올랐으나 감히 다가가 옷을 말릴 생각은 하지도 못했다. 그저 우리 존재가 거추장스럽지 않도록 방 중앙에 서 있을 뿐이었다. 난로 양쪽 벽에는 고급 옷을 입은 귀족 신사들의 초상화가 걸려 있었다. 적어도 미들턴 경은 알아볼 수 있었다. 경은 팔걸이의자에 앉아 있었고 발치에 사냥개도 한 마리 보였다. 가까운 곳에 크고 육중한 경목 책상이 있었다. 그 위로 필기도구와 가죽 장정의 두꺼운 장부들이 잔뜩 쌓여 있었다. 왼쪽 벽은 완전히 책장으로 뒤덮여 있었다.

마침내 마름이 들어왔는데, 놀랍게도 아버지를 따뜻하게 맞아 주었다. 아버지는 그 앞에서 굽실굽실 절했다. 초조한 탓에 모자는 두 손에서 완전히 찌그러지고 말았다. 나는 모자를 구겨 들고 아버지 옆에서 최대한 편안해 보이려 애를 썼다. 마름은 내 기억보다 덩치가 작았지만 인상은 밝고 너그러웠다. 뺨에는 짙게 구레나룻을 길렀다. 머리는 대머리에 가까웠는데, 남은 머리카락도 뻣뻣하고 단정하지 못했다. 지금껏 만난 신사들과는 사뭇 딴판이었다.

「그래, 이 친구는 누구신가?」 그가 나를 가리키며 물었다.

아버지가 소개하자 마름은 호기심 가득한 얼굴로 나를 바라보았는데, 나에 대해 무슨 얘기든 들은 사람 같았다. 물론 그렇지 않기를 진심으로 바랐다. 마름은 책상 안쪽 의자에 앉아 아버지를 바라보았다. 왜 찾아왔는지 설명을 기대하는 표정이었다. 아버지가 아무 말도 하지 않자 마름이 이번에는 나를 보았으나, 아버지가 어떻게 얘기하라고 말해 준 바가 없기에 대신 나설 수도 없었다. 잠시 침묵이 흘렀다. 곁눈으로 보니 아버지도 고개를 숙인 채 마름을 힐끔거렸다.

「맥레이 군, 설마 우리 집 난로가 따뜻하다고 컬두이에서 예까지 걸어오지는 않았겠지?」 결국 마름이 재촉했다. 목소리는 여전히 밝았으며 자신의 농담에 가볍게 웃기까지 했다. 「나도 스무고개를 좋아하네만 자네가 무슨 일로 왔는지 도무지 모르겠구먼. 그러니 자네 입으로 말해 줘야겠네.」

아버지가 나를 보았다. 기가 완전히 죽거나 아니면 질문 자체를 이해하지 못한 사람 같았으나 마침내 아버지는 목을 가다듬고 낮은 목소리로 대답했다. 「혹시 컬두이에서 지금 벌어지는 갈등에 대해 들어 보셨는지요?」

「갈등?」 마름이 말했다. 「갈등 얘기는 금시초문이네만. 어떤 갈등인가?」

「하나둘이 아닙니다요, 나리.」

「갈등에 대해서는 못 들었다네. 오히려 자네 마을이 크게 좋아지고 있다는 보고는 여러 차례 들었지. 그 〈갈등〉에 대해 치안관과 상의는 해보았던가?」 마름은 〈갈등〉을 마치 외국어를 발음하듯 특별히 강조하며 물었다.

「아뇨, 아닙니다.」

마름이 미간을 좁히며 아버지를 흘겨보았다.

「갈등이 있다면, 매켄지 군한테 얘기해야 하네. 그 친구, 자기한테 묻지도 않고 나를 찾아왔다는 사실을 알면 꽤나 섭섭해할 텐데. 문제가 생기면 문제를 해결하는 게 치안관의 임무 아니겠나. 내가 사소한 것까지 챙길 수야…….」마름은 말꼬리를 흔들고 대신 손짓으로 우리를 내보내려 했다.

아버지는 아무 말도 하지 않았다. 마름이 손가락으로 책상을 두드렸다.

「그래서?」

아버지가 살짝 고개를 들었다.

「매켄지 씨한테 말하지 않은 이유는 그가 갈등의 원인이기 때문입니다요.」

그 말에 마름이 큰 소리로 웃었다. 내가 보기엔 진짜 우스워서가 아니라, 아버지의 말이 얼마나 터무니없는지 강조하기 위해서였다. 그는 한참을 그렇게 웃은 다음 크게 한숨을 내쉬었다.

「그래, 어디 자세히 얘기해 보겠나?」마름이 물었다.

놀랍게도 아버지는 마름의 비웃음에도 그다지 주눅 들어 보이지 않았다. 「소인과 매켄지 씨 사이에 문제가 없지는 않지만 나리를 그런 일로 괴롭힐 생각은 없습죠.」

「맥레이 군, 그럴 생각은 없네. 내가 이해하기로는 매켄지 군이 근래 보기 드물 정도로 성실하게 의무를 수행하고 있다더군. 게다가 기억이 맞는다면, 그 친구는 만장일치로 선출됐고 당연히 자네 마을의 지지를 받으며 일하는 줄 아네만. 자네와 치안관 사이에 사적인 문제가 있다면, 그러면…….」 그가 소리가 날 정도로 허공으로 크게 두 손을 던졌다.

「당연하신 말씀입니다요.」 아버지가 대답했다.

「그래, 개인적인 은원이 아니라면, 오늘 왜 왔는지 이유를 말해 주게나.」 마름의 사람 좋은 인상도 점점 굳어지기 시작했다.

아버지는 두 손을 모자를 비틀었다. 그러다가 그런 행동이 별로 좋은 인상을 주지 못한다는 생각에 얼른 그만두고 양손을 양쪽 옆구리로 돌렸다.

「그저…… 규칙을 보고 싶습니다요.」 그가 말했다.

마름은 신기하다는 듯 잠시 아버지를 보다가 시선을 내게 돌렸다. 마치 내가 아버지의 말을 설명해 주리라 기대하는 것 같았다.

「규칙을 보고 싶다고?」 그가 천천히 되뇌며 손으로는 구레나룻을 어루만졌다.

「예, 그렇습니다, 나리.」 아버지가 대답했다.

「어느 규칙을 말하는 건가?」

「우리가 지켜야 할 규칙들입니다요.」

마름이 짧게 고개를 저었다. 「미안하네만, 맥레이 군, 잘 이해를 못 하겠군그래.」

아버지는 이제 완전히 혼란에 빠졌다. 이렇게 당혹스러울 줄은 예상하지 못했을 테니, 당연히 자신이 설명을 제대로 하지 못했기 때문이라고 한탄하고 있으리라.

「아버지 말씀은 토지 소작이 어떤 조건하에서 이루어졌는지 알고 싶다는 뜻입니다.」내가 말했다.

마름은 심각한 표정으로 나를 보았다.「그렇군. 그런데 대체 왜 그〈규칙〉을 보고 싶다는 겐가?」

마름은 나와 아버지가 난감해하는 모습이 흥미로운 듯 우리를 번갈아 보았다.

「그래야 우리가 어떻게 규칙을 위반했는지 알지 않겠습니까.」아버지가 마침내 용기를 내어 말했다.

마름이 고개를 끄덕였다.「그게 왜 알고 싶은 건가?」

「그래야 불명예도 피하고, 위반에 따른 벌금도 내지 않을 수 있겠죠.」

그 말에 마름은 의자에 등을 기대더니 크게 혀를 찼다.

「내가 제대로 이해하고 있다면,」그가 턱 밑에서 깍지를 꼈다.「자네가 규칙을 보려는 이유는 규칙을 위반해도 처벌은 피하고 싶어서가 아닌가?」

아버지는 기어이 눈을 내리깔고 말았다. 내가 보기에 두 눈에 눈물이 고이고 있었다. 나는 아버지를 원망했다. 바보같이 도끼로 자기 발을 찍다니.

「맥레이 군, 참으로 대단한 용기로군그래.」마름이 두 팔을 벌리며 말했다.

「아버지 말씀은, 규칙을 어기자는 게 아닙니다. 그보다는 규칙을 제대로 알아야 앞으로 어기지 않을 수 있기 때문이에요.」이번에도 내가 나섰다.

「내가 보기에 누군가 규칙을 확인하려 할 경우는 대개 자신이 어디까지 비행을 저질러도 되는지 확인하고 싶어서라네.」

아버지는 그때쯤 완전히 절망감에 빠졌다. 난 아버지의 고통을 덜어 주기 위해, 대신 나서서, 우리가 잘못 찾아왔으며 더 이상 마름을 괴롭히지 않겠다고 말했다. 하지만 마름은 손을 저으며 아직 얘기가 끝나지 않았음을 분명히 했다.

「아냐, 아냐, 아냐, 그렇게는 안 되지. 무엇보다 자네들은 나를 찾아와서 마을 치안관을 비난했어. 두 번째는 규칙을 어기고 처벌을 피하겠다는 속셈을 드러냈고. 그런데 그런 식으로 문제를 회피할 수는 없지.」

아버지와는 더 이상 논쟁이 어렵게 되자 마름은 아예 온전히 내게 말했다. 이제 그는 의자를 바짝 당기더니 장부 하나를 찾아 펼쳤다. 그리고 몇 쪽을 넘긴 뒤 손가락으로 항목을 찾아 몇 줄 읽고 다시 나를 보았다.

「그래, 로더릭 맥레이, 너는 사는 목적이 무엇이더냐?」

나는 오로지 아버지를 도와 소작을 하고 형제들을 돌보는 것뿐이라고 대답했다.

「훌륭하군. 요즘 사람들은 대부분 자기 분수를 잊고 살지. 어쨌든 그래도 이 마을을 떠날 생각도 해보긴 했겠지? 다른 곳에서 운명을 개척할 마음은 없느냐? 너같이 똑똑한 아이라면 이곳에 미래가 없다는 것쯤은 알 텐데?」

「컬두이를 떠날 생각은 없습니다.」

「만약 미래가 없다고 해도?」

그 말에 뭐라고 대답할지 난감했다.

「솔직하게 말하겠다, 로더릭. 이곳에 선동가나 범죄자를 위한 미래는 없어.」

「전 선동가도 범죄자도 아닙니다.」 내가 대답했다. 「아버지도 마찬가지입니다.」

마름은 다시 장부를 확인하더니 고개를 한쪽으로 갸웃했다. 이윽고 그가 탁 소리를 내며 장부를 닫았다.

「아직 소작료를 내지 않았군.」

「마을 사람들이 다 그럴 겁니다.」 내가 대답했다.

「그래. 하지만 다른 사람은 조금 손해를 봤다고 이렇게까지 찾아오진 않는다. 네가 그 땅에서 쫓겨나지 않는 건 오로지 지주 어른의 자비 덕분이야.」

나는 그 경고를 시련이 끝났다는 신호로 여기고 팔꿈치로 아버지를 찔렀다. 아버지는 몇 분간 마치 몽환경에 빠지기라도 한 듯 멍하니 서 있기만 했다. 마름이 일어났다.

나도 가려고 돌아섰지만 아버지는 꿈쩍도 하지 않았다.

「저희가 규칙을 볼 수 없다는 말씀으로 이해해야 합니까요?」

마름은 아버지 질문에 역정을 내지 않았다. 오히려 즐거운 듯 보였다. 그는 거대한 책상에서 몇 발짝 돌아 나와 이제 우리 앞에 서기까지 했다.

「규칙은 아주 옛날부터 지켜져 오던 것이고, 지금껏 아무도 그것을 〈볼〉 필요를 느낀 적이 없었네.」

「하오나……」 아버지가 말끝을 흐리더니 고개를 들어 마름의 눈을 보았다.

마름은 고개를 저으며 가볍게 코웃음을 쳤다.

「맥레이 군, 자네가 오해 때문에 고생하는 건 알겠네. 하지만 이웃의 작물을 가져가지 못하는 건 규칙 때문이 아니야. 도둑질이 나쁜 일이기 때문이지. 자네가 규칙을 〈보지〉 못하는 이유는 그런 게 없기 때문일세. 적어도 자네가 생각하는 식은 아니야. 차라리 우리가 숨 쉬는 공기를 보는 쪽이 쉬울 걸세. 규칙은 있지만 볼 수는 없네. 규칙이 존재하는 이유는 우리 모두가 규칙의 존재를 인정하기 때문이고 규칙이 없으면 난장판이 된다고 믿기 때문이라네. 마을 치안관은 바로 그 규칙을 해석하고 신중하게 집행하는 매개자일세.」

그는 손을 저어 우리에게 그만 떠날 것을 종용했다. 문득 나는 이곳에 온 이상 고통을 제대로 설명하지도 못하고 쫓겨날 수는 없다는 생각이 들었다.

「아버지가 말씀하는 갈등에 대해 좀 더 말씀드리고 싶습니다. 아버지가 정말 하고 싶은 말은 라클런 브로드 씨가 규칙을 집행한다는 구실로 우리 가족을 죽도록 괴롭히고 있다는 겁니다.」

마름은 이게 무슨 개소리인가 하는 표정으로 나를 보았다. 「죽도록 괴롭혀?」 그 말을 반복하면서 마름은 오히려 신이 난 듯 보였다. 그가 몇 걸음 물러나 책상에 기댔다. 「대단히 위험한 주장이야, 아주아주 위험한 주장이라네. 권력자는 공권력을 남용하지 못하게 되어 있잖아? 물론 상급자를 두고 근거 없는 주장을 해서도 안 되지. 따라서 구체적으로 어떻게 〈죽도록 괴롭히는지〉 소상히 말해 줘야겠다.」

나는 마름의 대답에 기운을 얻고 나도 모르게 책상 쪽으로 한 걸음 다가갔다. 그러고는 하나하나 라클런 브로드의 만행을 고발했다. 첫째, 우리 땅을 줄였다. 그다음엔 땅에 비료로 쓸 해초를 채취하지 못하게 해서 작황이 크게 나빠졌다. 그러고는 소작지를 제대로 관리하지 못했다며 벌금을 매겼다.

마름은 나를 빤히 바라보며 내 말을 들었다. 「그밖에는?」

우리가 얼마나 억압적인 분위기에서 고생하는지 설명하고 싶었으나 솔직히 어떻게 얘기를 꺼내야 할지 깜깜하기만 했다. 그렇다고 누나 문제를 거론할 수도 없었다. 무엇보다 아직 아버지도 모르는 일이 아닌가.

마름은 내가 말을 못 하자 크게 실망하는 눈치였다.

「그 정도가 〈죽도록 괴롭히는〉 게냐?」 그가 물었다.

「예, 나리.」 내가 대답했다.

「그러니까 자네들이 여기 온 진짜 목적은 중상모략이로군. 개인 사정이야 어떻든 간에, 네 말을 들어 보면, 치안관은 오히려 양심적으로 임무를 수행하는 것처럼 들리는구나. 네 말을 기록해 두었다가 매켄지 군을 만나면 오히려 성실하게 임무를 수행했다고 치하해야겠어.」

나는 가슴이 철렁 내려앉았지만 이제 와서 따져 봐야 소용 없는 일이었다.

마름은 이제 아버지에게 말했다. 「이번 기회에 뭘 잘못했는지 깨닫고 다시는 이런 문제로 찾아오지 않았으면 좋겠군. 자네 소작 조건은 미들턴 경의 판단에 따라, 다시 말해 그 대리인의 판단에 따라 조정될 걸세.」

그는 고개를 저으며, 손짓으로 우리를 서재에서 쫓아냈다.

아버지는 돌아오는 길에 한 마디도 하지 않았고 표정으로도 무슨 생각을 하는지 알 수가 없었다. 비는 그쳤다. 그날 저녁 나는 집 주변을 배회하며 라클런 브로드를 기다렸지만 나타나지 않았다. 그다음 날 저녁, 또 그다음 날 저녁에도 오지 않았다. 그래서 아무래도 이렇게 언젠가 닥칠 재앙을 두려워하며 지내도록 하려는 심사라고 결론지었다. 며칠 후, 에어드두로 가는 도로 도랑에서 일하는데 라클런 브로드가 지나갔다. 그는 걸음을 멈추고 몇 분간 내 작업을 지켜보았으나 아무 말 없이 갈 길을 갔다. 면담이 끝난 후 마름이 제일 먼저 우리 얘기를 치안관에게 할 줄 알았지만, 그마저 하지 않았다는 것을 알게 되자, 결국 높은 사람들에게 우리 사정 따위는 아예 관심 밖이라는 걸 깨달았다.

* * *

며칠 후 저녁 식사를 마치고 집 밖으로 나갔다. 침울한 분위기를 견딜 수가 없었다. 아버지 기분이 최악이라 집 전체에 어둠의 장막이라도 드리운 것만 같았다. 며칠, 몇 주 동안 제타가 웃는 모습을 보지 못했다. 그녀도 매일매일 자기 안으로 움츠러들어 이젠 정말로 케케묵은 노파를 보는 것만 같았다. 아이들도 잘 놀지 않았다. 행여 놀 때도 너무 조용해 다른 사람들이 보기에 저게 무슨 놀이인가 싶을 정도였다. 제타도 아이들한테 말할 때 거의 속삭이다시피 했다. 아버지가 아이들 존재를 의식하지 않도록 하기 위해서였다. 나 또한 플로라 브로드를 보지 못해 미칠 지경이라 집안 공기는 더욱 무거울 수밖에 없었다.

집을 나서자 기분은 금세 좋아졌다. 플로라가 토스케이그 도로 둑길에 앉아 있었던 것이다. 당장 뛰어가고 싶었으나 순간 조심해야겠다는 생각도 들었다. 그래서 마을길을 포기하고 대신 샛길을 뚫어 둑길에 오른 다음 플로라가 앉은 곳 2~3백 미터 앞에서 도로에 진입했다. 누가 보더라도 난 그저 특별한 목적 없이 빈둥빈둥 돌아다니는 한량이어야 했다. 그럼 플로라도 이번 만남은 우연이라고 여길 것이다. 가까이 다가가도 플로라는 고개 한 번 들지 않고, 무릎 위 물건만 열심히 노려보았다. 그러고 보니 플로라는 놀랍도록 우아해졌다. 산들바람에 머리카락이 무심코 얼굴 위로 흩날렸다. 내가 몇 발짝 앞에서 멈추었지만 그녀는 여전히 딴짓에 정신이 팔려 있었다. 아니면, 일부러 모르는 척하는 걸까? 그녀는 민들레 꽃잎을 하나하나 뜯어내고 있었다. 치마 위에 노란 꽃잎이 어지럽게 널렸다.

내가 인사하자 그제야 그녀가 고개를 들었다.

「안녕, 로디.」

그러고 보니 난 거짓말에 젬병이었다. 「며칠 동안 너 찾아다녔어. 그런데 통 볼 수가 없더라.」

「그래?」

입가에 여린 미소가 감돌더니 그녀가 다시 치마 위의 꽃잎으로 시선을 돌렸다. 내 말에 기분이 좋아진 모양이었다.

「그동안 빅하우스에서 일했어.」

그동안 왜 보이지 않았는지 설명해 주니 나 역시 기분이 좋았다.

나는 고개를 끄덕이고 조금 더 가까이 갔다.

「어디 가는 거야?」 그녀가 물었다.

「아무 데도.」

「아무 데도 가지 않는데, 우연히 이곳을 지나갔으니 운이 좋다고 해야겠네.」

「그래, 아주 운이 좋았어.」

「그럼, 너하고 어디든 산책할 수도 있겠구나.」

그녀는 그렇게 말하며 둑길에서 일어나 치마의 꽃잎을 쓸어 냈다. 우리는 조용히 조금 걷다가, 의논도 없이 에어드두 쪽으로 방향을 잡았다. 우리 사이에 이런 습관이 생겼다고 생각하니 마치 오래된 부부 같아 그것도 기분이 좋았다. 바람은 잦고 사운드의 강물도 잔잔하기가 그지없었다. 서로 꼭 붙어서 걸었기에 대화도 속삭이듯 하면 그만이었다. 문득 잠시 일손을 쉬고 연장을 내려놓던 예전으로 돌아간 기분이 들었다. 마술을 부려 지금 당장 집으로 순간 이동한다면 제타와 아버지는 일하던 대로 굳어 있고 아이들의 놀이도 모두 그대로 멈춰 있을 것만 같았다.

잠시 후, 빅하우스에서 무슨 일을 했는지 물었다. 플로라는 대규모 사냥 파티가 있어 부엌에서도 일손이 필요했고 연회 서빙도 했다고 대답했다. 고기, 채소, 디저트 접시들이 수도 없이 등장하고 와인도 엄청나게들 마셨는데, 그렇게 기막힌 광경은 처음이었다고 했다. 너나 할 것 없이 모두 미인이었던 숙녀들 드레스 얘기도 했다. 진짜 멋있는 검은 머리의 신사가 있었는데 여자들이 시선을 거둘 줄을 몰랐다, 그가 지도자처럼 나서서 미들턴 경의 환대에 감사하다며 건배사를 했다 운운하는 얘기들. 플로라는 한 주 동안 재미도 있었지만 2실링까지 벌었다고 덧붙였다. 그러자 문득 우리 사이에 비밀이 없어야 한다는 기분에, 내가 잠깐 동안 미들턴 경 집에서 일했을 때의 얘기를 해주었다. 플로라는 웃지 않고 아주 심각한 표정으로 나를 보았다. 「그건 정말 어리석은 짓이었어, 로디.」

「그러게. 그것 때문에 아버지한테 죽도록 얻어맞았거든.」

이번에도 플로라는 내 농담에 웃지 않았고 인상까지 찡그리는 바람에 나도 당혹스러웠다. 그래서 단지 신사들의 여흥을 위해 멋진 수사슴이 죽는 꼴을 보고 싶지 않았다고 얘기했다. 플로라는 사슴이 신사들 즐기라고 산에 있으며, 미들턴 경은 그런 이벤트를 만들어서 돈을 번다고 대답했다. 난 미들턴 경이 어떻게 돈을 벌든 관심 없다고 했다. 플로라는 사람들을 먹여 살리는 이가 지주님이시니까 당연히 신경을 써야 한다고 우겼다.

「미들턴 경의 자비가 아니면 우린 다들 땅을 파먹고 있을 거야.」

플로라의 대답에 바보가 된 기분이었지만 분위기를 망치고 싶지는 않아 더 이상 그 문제를 거론하지 않았다. 우리는 말없이 에어드두에 도착했다. 둘의 관계가 조금 어색해진 기분이었다. 우리는 꾀죄죄한 가옥들과 별채 사이를 돌아다녔다. 양파 할머니는 집 밖 벤치에 앉아, 작은 파이프를 시끄럽게 빨아 대고 있었다. 플로라는 걸음을 멈추고 인사했다.

「계란은 안 가져온 거야?」노파가 물었다.

플로라는 고개를 저으며 죄송해요, 오늘은 안 가져왔어요, 라고 대답하고 노파 안부도 챙겼다. 매클라우드 부인은 안부에는 대답도 없이 입에서 파이프를 뺀 다음 나를 보았다. 축 늘어진 입술에서 짝짝 바위 때리는 파도 소리가 났다.

「얘는 블랙 맥레이 아들이지?」노파가 물었다.

「예.」플로라가 대답했다.

노파는 미간을 찌푸리며 나를 보았다.

「네놈은 입이 없느냐, 로디 블랙?」

나는 딱히 할 말이 없어 가만히 있었다. 노파는 파이프를 다시 물고 시끄럽게 빨아 댔다. 담뱃불도 붙어 있지 않았다.

「얼마 전에 네 누나 보았다.」

나는 누나가 에어드두에 올 이유는 없다고 생각했고 노파에게도 그렇게 말했다.

「아니, 왔다. 설마 쌍둥이는 아니겠지? 미인이야, 제 어미를 꼭 닮았더군.」 마지막 말을 할 때는 비아냥거리는 말투였다. 행여 나를 화나게 만들 요량이었다면, 그래, 솔직히 성공했다. 플로라만 아니었다면 사악한 노파라고 욕을 해주었겠지만 난 그냥 입을 다물었다.

「너도 네 아빠를 빼다 박았어.」

「아버지를 모르시잖아요.」 내가 따졌다.

「잘 안다, 잘 알고 말고. 옹이처럼 단단한 놈이지.」 노파는 혼자서 키득거리며 웃었다. 난 더 듣고 싶지 않아 돌아섰다. 플로라도 노파한테 인사하고 곧바로 따라왔다.

「누나한테 전해라. 몸조리 잘하라고.」

못들은 척했지만, 어느 정도 걸었을 때 플로라가 그 말이 무슨 뜻이냐고 물었다. 나는 노파가 정신 나간 모양이니 신경 쓰지 말라고 해주었다.

머도 콕의 집을 지날 때 콕이 우리 발소리를 듣고 문을 열고 나왔다. 콕은 우리를 보고 입술을 비틀어 하나밖에 없는 이를 드러냈다. 그러고는 갈매기 소리를 내며 둥지를 찾는 짐승처럼 안으로 사라졌다. 플로라가 살짝 몸서리를 쳤다. 나는 조금 더 다가가 손등으로 그녀의 소매를 스쳤다. 플로라가 손을 잡아 주기를 기대했으나 반응이 없었다. 난 원래 자리로 돌아왔다. 잠시 후에는 곶에 도착해 그곳 바위에 앉았다. 여기저기 배들이 큰 파도를 타고 있었다. 나는 아버지의 어선과 두 명의 이언이 익사한 사건을 얘기해 주었다. 그때 어머니는 선창에 나가 아버지가 배를 끄는 모습을 지켜보았는데…….
그런데 왜 이런 얘기를 한 거지? 어쩌면 플로라의 동정심을 자극하고 싶었는지도 모른다. 그런 식으로라도 마음을 끌고 싶었지만, 얘기를 마치자 플로라는 너무 슬프다고만 말했다. 괜히 얘기했나 보다.

아무래도 서먹서먹한 기분을 깨야겠기에 나는 그녀에게 빅하우스에서 다시 일할 생각인지 물었다.

「또 부르면. 시간도 맞아야겠지만.」 문득 학교에서 보았던 소녀 생각이 났다. 그때도 늘 길리스 선생 비위를 맞추려 했는데, 어쩌면 그 후로 별로 변하지 않았을지도 모르겠다. 그녀는 내년에 열여섯이 되면 글래스고의 상인 집에서 일하기로 했다고 말했다. 어머니가 빅하우스 하녀를 꼬드겨 일자리를 마련했다는 얘기였다. 나보고도 글래스고에 가본 적이 있는지 묻기에, 아버지가 물을 무서워해서 카일오브로칼시까지밖에 못 갔다고 대답했다. 플로라는 넓은 도로, 시장, 고급 주택에 대해 한참을 떠들더니 나보고 컬두이를 떠날 생각이 없는지 물었다. 난 아버지 대신 소작지를 돌봐야 하기도 하지만 어쨌든 다른 곳에 가고 싶지 않다고 대답했다. 컬두이는 내가 태어난 곳이니 이곳에서 살고 싶다고 이유도 댔다. 플로라는 세상은 넓고 넓으니 나도 조금은 맛볼 필요가 있다고 주장했다.

나는 대답하지 않았다. 사실 플로라와 가까워진 이후, 집 근처 말고는 아무것도 바라지 않았다. 플로라는 글래스고에 가면 잘생긴 남자를 만나 결혼할 생각이라고 했다. 그래서 나는 컬두이에도 너와 결혼하고 싶어 하는 남자가 많을 거라고 대답했다.

플로라가 당혹스러운 표정으로 나를 보았다.

「설마 네 얘기는 아니지?」

나는 먼바다로 시선을 돌렸다.

「네가 아니면, 누구 얘긴데?」 그녀가 장난치듯 되물었다.

나는 그녀를 돌아보았다. 그리고 나도 모르게 얼굴을 들이댔고 그 바람에 입술이 그녀의 뺨을 스쳤다. 플로라가 몸을 피하며 자리에서 일어났다.

「로디 블랙!」 그녀가 소리치더니 바보처럼 키득거렸다. 나도 웃었다. 그냥 장난으로 그랬다는 뜻의 웃음인 셈이다.

잠시 후 플로라가 다시 내 옆에 앉았다. 우리는 아무 말도 하지 않았다. 난 그저 멀리 달아나 엉엉 울고만 싶었다.

플로라가 장난치듯 내 팔을 밀면서 세상 물정을 하나도 모르는 바보라고 했다. 사실 컬두이에도 케니 스모크의 여섯 딸이 있고 그중 하나를 골라 쫓아다니면 그만이다. 하지만 더 이상 멍청하게 보이고 싶지 않아 속내를 말하지는 않았다.

컬두이로 돌아오는데, 플로라가 컬두이를 떠난다니 마음이 무거웠다. 그러고 보니 마음속으로 먼 미래에 플로라와 함께 살리라 믿었던 모양이다. 그런 망상이 언제부터 생겼는지는 모르겠지만 헛간에서 만나기 전까지만 해도 결혼 따위는 아예 안중에도 없었다. 그때까지 내 삶은 아버지와 제타가 전부였고, 플로라를 만나기 전까지는 다른 친구를 원하지도 않았다. 나는 그런 망상이나 꿈꾼 나 자신을 욕했다. 플로라에게 난 그저 기분 전환용 놀잇감에 불과했고 도시에 나가면 나 같은 놈은 곧바로 잊고 말 것이다.

플로라도 내가 풀이 죽은 걸 알고 자꾸 말을 걸면서 장난스럽게 어깨를 부딪쳐 왔다. 나는 바지 주머니에 두 손을 깊이 파묻고 대꾸도 하지 않았다.

* * *

여름 축제일이 되었건만 아무도 즐길 기분이 아니었다. 하지만 제타가 시장에 내다 팔 양으로 숄을 엄청나게 떠놨기에 가지 않을 수는 없었다. 아버지는 동행을 거부하고, 나한테 사고 치지 말라는 경고만 중얼거렸다. 나는 말썽 따위 관심도 없다고 대답했는데, 정작 출발하고 보니 아버지가 없다는 사실만으로도 기분이 가벼웠다.

제타는 상품을 손수레에 쌓고 그 위에 쌍둥이를 앉혔다. 당연히 둘 다 신이 났다. 도로는 우리 같은 무리로 번잡했다. 여기저기 노랫소리도 들리고 분위기도 한창이었다. 제타도 쌍둥이를 위해 노래를 따라 불러, 모르는 사람들 눈에는 실제로 행복한 가족처럼 보였을 것이다. 나로 말하자면, 플로라 브로드 때문에 울적했지만 역시 형제들을 위해 기운을 내기로 했다. 카머스터라치 가까운 곳에서 양파 할머니를 만났는데 어찌나 천천히 움직이는지 저 속도라면 이틀 전에 집을 떠났을 거라고 말했다. 할머니를 지나면서 제타는 발걸음을 재촉하며 코를 잡고 인상을 찌푸렸다. 쌍둥이는 웃으며 노파의 동작을 흉내 냈다. 조금 더 가자 스모크 가족이 보였다. 제타는 잠시 그 집 맏딸과 수다를 떨었다. 카미나 스모크가 아버지 안부를 묻기에 집에 남아 소작지를 돌보고 있다고 대답해 주었다. 그녀는 이상하다는 듯 나를 보았지만 더 이상 따지지는 않았다. 목적지에 도착할 때까지 난 무리 뒤를 터덜터덜 쫓아가기만 했을 뿐, 아무와도 말을 하지는 않았다.

애플크로스 오두막집들과 해변 사이에 도로가 있는데 치즈, 목공예 조각, 담배 파이프, 싸구려 장식품, 옷가지 등의 가대가 발 디딜 틈 없이 빽빽하게 들어섰다. 제타는 마을 끝에 자리를 마련하고 장사 물건을 수레에 전시했다. 쌍둥이는 제타 발밑에서 놀고, 나는 한동안 어슬렁거리다가 마을 안으로 들어갔다. 마을 사람 전부가 이 좁은 길에 모여든 것만 같았다. 부인들은 최고 좋은 옷을 차려입었다. 소녀들도 머리를 예쁘게 빗고 꽃으로 장식했다. 플로라 브로드를 만나지 않을까 했지만 더 이상은 나한테 관심이 있을 것 같지 않았다. 소작인들도 빅하우스 손님들과 섞여, 큰 소리로 떠들거나 함부로 전시 상품들을 건드렸다.

나는 고급 옷차림의 신사 둘 뒤에 서서 대화를 엿들었다.

첫 번째가 큰 소리로 〈그런 야만인들이 우리 나라에 아직도 많은데 다들 쉽게 잊는단 말이야〉라고 외쳤다. 동료가 심각한 표정으로 끄덕이며 뭐든 조치가 있어야 한다고 덧붙였다. 그러자 첫 번째 신사는 스스로 아무것도 하지 않는 한 아무리 돕고 싶어도 어렵다는 견해를 내놓았다. 두 사람은 플라스크의 술을 한 모금씩 하고 지나가는 여자들을 훔쳐보았다. 난 두 사람이 하는 말을 더 이상 듣지 않고 도로를 따라 내려갔다.

아치볼드 로스가 주막 문간에 기대서 있었다. 지금은 깨끗한 트위드 정장과 바지를 입고 바짓단을 양말 속에 갈무리했다. 신발은 갈색 생가죽 구두였다. 나는 멈춰 서서 잠시 지켜보았다. 어느 모로 보나 사냥 파티에 나온 젊은 신사 같았다. 불과 몇 미터 거리이건만 그는 나를 알아보는 것 같지 않았다. 마지막으로 만난 지가 벌써 1년이로군, 이라고 생각하며 나는 한두 발짝 다가갔다. 오른손에 파이프를 들었는데 자세히 보니 담배도 들어 있고 불도 붙은 채였다. 어쩌면 언덕에서의 일도 있고 해서 나와 얽히기 싫어할 수도 있겠다. 그렇게 생각하고 돌아서려는데 그가 갑자기 눈을 동그랗게 뜨더니 손을 내밀며 소리쳤다. 「로디, 내 친구!」 우리는 기쁘게 악수를 나누었다. 나를 나쁘게 보지 않는 것 같아 고마웠다.

「지금쯤 캐나다에 있는 줄 알았는데.」 내가 말했다.

「캐나다?」

「사촌하고.」

그가 파이프로 현란한 동작을 취했다. 「캐나다에 요즘 할 일이 없대. 여기보다 상황이 더 안 좋다더군. 게다가 난 지금 가이드님과 함께 일해.」

나는 고개를 끄덕이고 옷이 잘 어울린다고 말해 주었다. 로스는 여봐란 듯이 파이프를 저어 내 칭찬을 내치고는 다시 파이프를 입에 물고 열심히 빨았다. 그때 나도 파이프가 있으면 정말 좋겠다고 생각했다. 그런데 그가 갑자기 내 팔을 잡더니 주막 안으로 끌고 갔다. 나는 누가 볼까 겁이 나 어깨 너머를 힐끔거렸다. 술집에 발을 들인 적은 한 번도 없었다. 아버지는 주점이 악의 소굴이며, 이곳에 드나들면 누구든 영원히 지옥 불에 빠질 거라며 저주했다. 술집 안에서는 속옷 차림의 사내들이 잔뜩 모여서 시끄럽게 떠들어 대고 있었다. 아치볼드는 무리 사이를 비집고 구석에 있는 작은 테이블로 나를 데려갔다. 잠시 후, 체크무늬 드레스의 억센 여자가 오더니 테이블 위에 에일 맥주 두 잔을 내려놓았다. 아치볼드가 하나를 잡고 다른 잔에 크게 부딪쳤다. 「우리 같은 사람들을 위해!」

나도 잔을 들었다. 돌 잔이 어찌나 무거운지 하마터면 떨어뜨릴 뻔했다. 나도 건배사를 따라 하고 아치볼드를 따라 맥주를 마셨다. 에일 맛은 끔찍해서, 나 혼자였다면 바닥에 뱉고 말았을 것이다. 아치볼드가 다시 벌컥벌컥 들이켜더니 팔꿈치로 내 갈빗대를 찔러 똑같이 마시라고 했다.

「너 처음 봤을 때 정말 물건이다 싶더라.」

아치볼드 로스같이 좋은 친구와 함께 있다는 사실이 정말 기분 좋았다. 그래서 잔을 들어 입에 댄 다음 거의 절반을 식도 안에 쏟아부었다. 내가 술집에 있다는 사실을 알면 아버지가 뭐라 할까 불안했지만, 맥주가 위에 닿을 때쯤엔 그마저 상관없었다. 옆자리의 덩치 둘이 어깨동무를 한 채 기분 좋게 노래를 불러 제꼈다.

우리가 코일 머리드에 있을 때
그때 우리를 깨운 건 안내인이 아니라
앵앵대는 아기 사슴과 으르렁 수사슴,
그리고 봄날 뻐꾸기의 노랫소리였지.

잠시 후 손님들이 모두 합창했다. 아치볼드 로스도 일어나 빽빽 소리를 질러 댔다.

고향은 아름다워,
자유롭고 자애롭고 자연스러운 곳,
돌아가는 어귀마다 사슴이 뛰노네,
수사슴과 암사슴, 들꿩과 연어.

그때 남자 둘이 몸을 흔들다 내 무릎을 치는 바람에 에일을 쏟고 말았다. 아치볼드는 둘을 밀쳐 내고는 주인 여자한테 두 잔 더 내오라고 소리쳤다. 이제 노래는 잦아들고 몸싸움과 웃음소리가 그 자리를 대신했다. 두 잔이 더 나왔다. 아치볼드도 자리에 앉았는데 무척이나 흡족한 표정이었다.

「자, 맥레이, 우리와 우리 동지들을 위해!」

「동지들을 위해!」 내가 따라 했다.

두 번째 에일은 첫 번째보다 훨씬 맛있었고 나는 틀림없이 첫 잔이 김빠진 맥주였을 거라고 생각했다. 아치볼드의 설명에 따르면, 지난해 사냥 시즌이 끝날 무렵 가이드가 그에게 도제 자리를 제안해 지금은 빅하우스 뒤 숙소에서 살고 있단다. 보통 하루에 1실링을 버는데 미들턴 경의 손님들 심부름을 하면 보너스도 생긴단다. 나한테는 굉장히 큰돈이기에 아치볼드에게도 그렇게 얘기했다.

「네 자리가 있는지 물어보고는 싶은데 가이드님이 널 나쁘게 기억하고 있을 것 같아 걱정이야.」 그러더니 두 팔을 펄럭이고 꽥꽥거리며 산에서의 행각을 흉내 내고는 깔깔 웃었다. 덕분에 내가 풀이 죽자 곧바로 웃음을 그치고 장래 계획을 물었다. 나는 지금 도로 공사를 하고 아버지 소작지를 돌보는데, 그 일에 만족한다고 대답했다. 아치볼드의 표정이 심각해지더니, 넌 야망도 없느냐며 나무랐다. 그를 실망시키고 싶지 않았다. 그래서 오래 하지는 않을 참이며, 돈이 모이면 글래스고에 가서 돈을 벌겠다고 대답했다. 아치볼드는 이 거짓말을 듣고서야 고개를 끄덕였다.

「그곳에도 야심가를 위한 기회가 많다고 하더라.」

나도 동의했다. 더 이상 묻지 않는 것도 고마웠다. 그가 에일을 더 주문했다. 우리는 크게 취했다. 아치볼드는 영지를 찾는 신사들 얘기를 하며 습관과 말버릇 흉내를 잘 냈다. 가이드는 인상과 달리 꽤나 자상한 사람이라, 저녁이면 가끔 숙소에 찾아와 함께 난롯가에 앉아 파이프를 피우며 그날 얘기를 한다고 했다. 사냥 팀이 없을 때면 추적 기술을 가르쳐 주었기에, 지금은 아치볼드도 풀이 잘린 자국이나 히스 숲이 흐트러진 정도만 보아도 사슴이 근처에 있는지 또 어느 방향으로 움직이는지 알 수 있었다. 언덕과 계곡을 자기 집보다 더 잘 안다고 자랑도 했다. 나는 그의 새로운 삶이 부럽다고 솔직하게 고백했다. 그가 파이프에 담배를 채우며 내게 왜 파이프가 없는지 물었다. 글래스고에 가려면 돈을 모아야 하기에 담배 따위에 낭비할 돈이 없다고 대답했다. 아치볼드는 그런 습관이면 부자가 될 거라며 칭찬해 주었다. 잠시 부유한 상인이 된 모습을 상상했다. 거대한 저택, 나는 난로 옆에 앉아 있고 플로라가 옆에서 바느질을 하고 있었다.

얼마나 오래 주막에 있었는지, 에일을 얼마나 많이 마셨는지 통 기억이 없다. 그러던 중 구경꾼들이 갑자기 거리로 쏟아져 나가기 시작했다. 그날의 가장 중요한 행사, 애플크로스와 포인트 대항 신티* 경기의 선수들이 오고 있었다. 아치볼드가 계산했다. 나한테 돈이 있을 리 없기에 다행이었다. 아치볼드는 인사도 뿌리치고는, 자기가 한잔하자고 불렀는데 날강도가 아닌 다음에야 어떻게 나한테 계산을 떠넘기느냐고 말했다.

  * 하키와 비슷한 스코틀랜드 전통 스포츠 ─ 옮긴이주.

에일 때문에 몸이 휘청거렸지만 창피하거나 하지는 않았다. 비틀비틀 거리를 걷다가 여기저기 부딪히는 바람에 사람들이 한심하다는 듯 흘겨보았다. 아치볼드가 내 어깨에 팔을 둘렀다. 우리는 함께 모자를 벗고 세상에서 제일 즐거운 친구들이라 생각했다. 도로 끝에 이르자, 제타가 내 꼬락서니를 보고 기겁했다.

「아버지가 이 꼴을 알면 어떻게 하려고 그래?」 제타가 목소리를 낮췄다.

나는 제타의 말을 무시하고 친구를 가리켰다. 「내 친구, 아치볼드 로스 씨를 소개하오.」

아치볼드가 세련되게 절했다. 「만나게 되어 영광입니다, 맥레이 양. 가히 마을 최고의 미녀시군요.」 그리고 제멋대로 제타의 손을 잡고 입을 맞추었다. 제타는 놀라서 그를 바라보았다. 동생이 어떻게 이런 매력남과 알고 지내는지 의아한 것이리라. 아치볼드는 한 걸음 물러나 제타의 물건들을 보더니, 마치 감식가라도 되는 듯, 하나하나 손으로 만져 보고 이해한다는 듯 중얼거렸다. 제타는 그의 관심에 기뻐하며 10분도 채 되지 않아 빅하우스 숙녀에게 1실링 받고 숄 하나를 팔았다고 자랑했다.

「1실링!」 아치볼드가 소리쳤다. 「아가씨, 이런 예술품을 헐값에 팔다니요!」

그는 어머니께 선물하겠다며 제타에게 2실링을 건넸다. 제타는 크게 기뻐하며 몇 번이고 고맙다고 인사했다. 아치볼드가 가대에서 물러나자, 제타는 내게 1실링을 주며 아버지한테는 얼마 받았는지 얘기하지 말라고 속삭였다. 나는 돈을 주머니에 넣고 아치볼드를 쫓아 무리 속으로 들어갔다. 후에 그를 주점에 초대해 에일을 더 마실 수 있다고 생각하니 기분도 좋았다. 우리는 마을을 지나 시합이 벌어지고 있는 빅하우스로 향했다.

「누나가 기막힌 미인인데 노파처럼 옷을 입었더라.」 아치볼드가 상냥한 말투로 말했다. 「그런 허접쓰레기 옷으로는 남편감을 찾지 못해. 마대 자루를 뒤집어쓰고 있으면, 누구라도 여자가 몸을 감출 이유가 있다고 생각하거든, 하하.」

그가 전처럼 파이프로 현란한 동작을 만들어 냈는데, 이제 보니 자기 말에 토 달지 말라는 선언과도 같은 의미였다. 그 말도 일리는 있었다. 객관적인 눈으로 제타를 보면 전혀 매력적이지 않다. 그 점을 확인이라도 해주듯 주변에는 매력적인 소녀들이 예쁜 드레스를 입고 다녔다. 다들 머리에 핀을 꼽아 올려서 부드럽고 가녀린 목을 드러냈다.

아치볼드는 돈을 주고 산 숄을 꾸깃꾸깃 접더니 수풀 속에 밀어 넣었다. 난 너무나 놀라 무슨 짓이냐고 물었다. 아치볼드가 어깨를 으쓱이더니 씩 웃으며 나를 보았다.

「친구, 저런 쓰레기는 개도 덮지 않아. 내가 이걸 산 이유는 자네 누나한테 돈을 주어 덜 끔찍한 옷이라도 사 입으라는 뜻이었다.」

나는 누나가 저 숄들을 만들기 위해 얼마나 많은 시간을 보냈는지 떠올리며 친구의 무심한 말에 크게 상처를 입었다. 게다가 풀숲에 버리면 자칫 제타가 볼 수도 있었다. 나는 되돌아가 숄을 되찾았다. 가시에 잔뜩 엉킨 터라 빼내는 데만도 꽤나 시간이 필요했다. 당연히 다 망가졌지만 그래도 최대한 정성껏 접어 재킷 안에 집어넣었다. 아치볼드가 흥미롭게 지켜보았다.

「뭐 하려고?」 내가 돌아가자 그가 물었다. 「완전히 망가졌잖아.」

난 대답하고 싶지 않았다. 우리는 몇 분 동안 아무 말 없이 걸었다. 신티 경기는 지주 나리께서 직접 당부한 행사이며, 경기장은 빅하우스 앞 경사지였다. 지금은 톱밥으로 선을 그려 놓았고 구경꾼들도 주변으로 몰려들고 있었다. 잠시 후 아치볼드를 향한 반감도 잦아들었다. 아치볼드도 그 점을 느꼈는지 다시 친밀한 말투로 수다를 떨기 시작했다.

「솔직히 나는, 몇 년 동안은 신붓감 따위 구할 생각 없어. 나 같은 젊은이들이 왜 요리 하나에 만족하겠냐? 먹을 음식이 쌔고 쌨는데.」 그가 소녀들을 힐끔거리며 선언했다. 「만일 네 누나가 돈을 현명하게 쓴다면, 주점 뒤로 데려가 한번 돌아보게 하고는 싶어. 2실링이나 주었으니 그 정도는 요구할 수 있잖아?」

그가 팔꿈치로 옆구리를 찔렀는데, 솔직히 무슨 뜻인지 몰랐기에 무심코 고개만 끄덕였다. 미들턴 경의 손님들이 경기장 끝 쪽에 자리를 잡고 앉아 있었다. 그곳은 신사 전용이고,

마을 사람들은 나머지 세 면 여기저기 널브러져 앉았다. 천막도 하나 세워 두었다. 아직 시작 전이라 사람들은 대부분 입구에서 빈둥거렸다. 아치볼드는 나를 천막 안으로 데려가 위스키 두 잔을 샀다. 우리는 건배를 하고 한 번에 털어 넣었다. 술이 위장에 닿을 때쯤 숄 사건도 완전히 잊고 말았다. 선수들이 경기장 안으로 들어온 뒤 우리도 구경꾼 사이에 자리를 잡았다. 사람들이 경기장 주변을 이미 빽빽하게 둘러싸 톱밥으로 그린 선은 거의 필요도 없었다. 사방에서 구경꾼들이 함성을 질렀다.

라클런 브로드가 당연하다는 듯 포인트 팀 주장을 맡았다. 그가 팀원들의 어깨를 거칠게 때리며 사기를 북돋았다. 경기장 중앙으로 나갈 때도 가슴을 앞으로 쭉 내밀고 스틱은 도끼처럼 어깨에 걸쳤는데, 무척이나 당당해 보였다. 그와 케니 스모크를 빼면 나머지 선수들은 초라하고 추레하기 그지없었다. 대개는 당장 달아나고 싶은 표정 같기도 했다. 나도 어렸을 때부터 모든 시합을 끔찍이도 싫어했다. 신티는 특히 폭력적이고 무의미하게 보였다. 학교 다닐 때도 경기장 가장자리에서 빈둥거리다 공이 오면 반대 방향으로 달아나곤 했다. 마을에 체격 좋은 청년들이 없었는데도 한 번도 선수로 이름을 올리지 못한 이유는 바로 내가 부적응자였기 때문이다.

시합은 경기장 중앙에서 스틱을 한 번 부딪는 것으로 시작했다. 금세 두 사람이 다쳐 실려 나갔건만 그 와중에도 경기는 점점 더 거칠어졌다. 라클런 브로드가 미드필드에서 공을 잡아 애플크로스 골대를 향해 힘껏 때렸다. 그리고 성큼성큼 잔디 구장을 지나더니 패스를 받지 못했다는 이유로 이제 겨우 열두 살인 덩키 그레거를 호되게 꾸짖었다. 그사이 공은 우리 진영으로 넘어갔다. 스틱과 몸이 뒤죽박죽 부딪는 와중에 어느 순간 공이 골대를 관통했다. 라클런 브로드는 덩키 그레거를 패대기쳤고, 그러자 관중들이 폭소를 터뜨렸다. 브로드는 자기 진영으로 달려가 다른 선수까지 갈구었다. 애플크로스 선수들은 골을 자축하며 골대 뒤에서 위스키를 마셔 댔다. 시간이 지날수록 시합은 점점 폭력적으로 변하고, 관중들은 상대방을 공격하라며 자기편을 부추겼다. 신사들도 경기에 만족했는지 신나게 선수들을 응원했다. 아치볼드도 선수들이 폭력을 휘두를 때마다 점점 더 흥분해 박수를 쳤다. 한 노파가 스틱으로 옆머리를 맞아 의식을 잃고 쓰러지면서 관중의 흥분도 절정에 달했다. 결국 공은 완전히 잊고, 선수들은 필드 한가운데 모여 스틱으로 서로 머리와 다리를 때리는 데 몰두하고 관중들이 주변을 빽빽하게 에워쌌다. 이윽고 갑자기 싸움이 그치더니 관중들은 서로 제 팀이 승리했다고 공언했다. 선수들은 피를 흘리면서도 헹가래를 받고 서로 위스키 잔을 돌렸다. 아치볼드와 나도 그들을 따라다녔다. 아치볼드는 특히 야만적인 행동에 환호를 보냈다. 우리 손에도 술잔이 넘어왔고 그때마다 벌컥벌컥 들이켰다. 주변 관중들이 빙글빙글 돌았다. 주점에 가서 에일을 더 마시자고 제안했지만 아치볼드는 그냥 천막에 있겠다며 고집을 부렸다. 마을 처녀들이 모두 그곳에 있으니 재수만 좋으면 톡톡히 재미를 볼수 있다는 얘기였다.

우리는 천막 안으로 밀려 들어가 에일을 더 마셨다. 아치볼드는 여자들을 감정하기 시작했다. 남자들은 천막 한가운데 스크럼을 짜고는 서로의 귀에 무슨 말인가를 속삭였다. 대단한 경기가 끝난 직후라 얼굴이 흥분으로 벌겋게 달아올랐다. 신티 경기장 가장자리를 서성이고 있는 플로라 브로드를 본 것은 그즈음이었다. 어느 키 큰 소녀와 함께였는데 난 처음 보는 얼굴이었다. 둘은 두 젊은 신사와 대화에 몰두한 듯 보였다. 플로라도 두 구애자의 얼굴을 열심히 올려다보았는데, 그 표정이 영 마음에 들지 않았다. 오른손으로는 머리카락 몇 올을 꼬느라 바빴다. 이때를 위해서인지 머리도 예쁘게 단장한 터였다. 사실 그다지 관계를 회복할 생각이 없었기에 나는 아치볼드를 끌고 군중 속으로 들어가려 했다. 그런데 갑자기 아치볼드가 한 무리의 소녀를 향해 움직였다. 플로라와는 반대 방향이기에 나도 기꺼이 뒤를 따랐다. 그때쯤엔 이미 발을 내딛기도 쉽지 않았다. 내가 따라잡았을 때 아치볼드는 젊은 여자 셋에게 매력적인 인사로 자기소개를 하던 참이었다. 여자들은 모두 수를 놓은 흰 드레스 차림이었다. 아치볼드가 온갖 수식어를 붙여 나를 소개했다. 나도 모자를 벗고 비슷하게 인사했으나, 여자들은 키득거리며 웃기만 했다.

「둘은 왜 선수로 뛰지 않았어요?」 제일 큰 소녀가 물었다.

아치볼드가 파이프를 흔들었다. 「우리는 스틱보다 재치로 상대를 제압하는 쪽입죠.」

그가 내 옆구리를 찔렀다. 그럴듯한 말로 자기를 지원하라는 요구이겠으나 바보같이 씩 쪼개는 것 이상은 나한테 무리였다. 하지만 아치볼드는 낙담하지 않고 내가 곧 글래스고의 상인으로 대성할 인물이라고 소개하였다.

「그런데 아버지가 블랙 맥레이 씨 아니에요?」 키 큰 소녀가 나를 가리키며 비아냥거리듯 물었다.

「맞습니다. 블랙 맥레이 집안이죠. 하지만 조상의 평판이 우리와 무슨 상관이겠습니까?」 아치볼드가 당당히 선언했다.

대화의 흐름에 뭐든 기여해야 하는 분위기였지만 이번에도 허공에 손을 흔들며 비틀거리기만 했다. 아치볼드가 내 팔꿈치를 잡았다. 그러다가 여자들 사이에서 쓰러질 것 같았기 때문이다.

이윽고 아치볼드는 소녀들에게 함께 영지를 한 바퀴 돌아보자고 제안했다. 술주정뱅이들 사이에서 제대로 대화가 어렵다는 이유였다. 소녀들이 거절하자 아치볼드는 가볍게 절하고 내 팔을 끌고 나왔다. 아무리 퇴짜를 맞아도 전혀 기가 죽지 않는 친구였다. 하지만 그는 내가 에일을 좀 더 마셔야혀가 풀리고 위스키 취기를 씻어 내릴 수 있다고 고집을 부렸다. 결국 천막으로 돌아온 나는 에일 잔을 들고는, 저 여자애들한테 관심이 없고 이미 마음속에 여자가 하나 있다고 고백했다. 아치볼드는 그 소녀가 누구인지 물었고 나는 플로라브로드와의 관계를 조금 얘기해 주었다. 얘기를 마치자 아치볼드는 심각한 고민이라도 하듯 파이프를 연신 빨아 댔다. 그러다가 갑자기 내 옷깃을 잡더니 자기 쪽으로 끌어당겼다.

「조언을 조금 하자면, 글래스고로 떠난 후에는 이곳에 대한 미련을 싹 벗어 버리도록 해. 도시의 부에 취하면 그런 여자 정도는 금세 잊을 거야.」

나는 그에게 플로라를 잊을 수도 없고 잊고 싶지도 않다고 대답했다.

아치볼드가 천천히 고개를 끄덕였다. 그러다가 갑자기 결심한 듯 파이프를 번쩍 들며 선언했다. 「그럼 그 여자한테 마음을 전해야 해.」

난 가장 창피한 부분은 생략하고, 에어드두곳에서의 대화를 들려주었다.

「네 감정이 그렇게 진지하다면,」 아치볼드가 내 어깨에 팔을 둘렀다. 「어떻게든 고백해야 해. 적어도 가능성이 어느 정도인지 알 수는 있잖아. 쉽게 낙담할 필요 없다. 여자야 원래 사내놈의 구애를 퇴짜 놓는 존재이니까. 그러다 거부당하면 그냥 툴툴 털어 버리면 되지 뭘 그래. 첫 번째 시도에 넘어오지 않으면 오히려 너를 존중하기 때문이라고 보면 돼. 네 결의를 시험해 보자는 얘기거든. 닭장에서 수탉 봤지? 수탉은 꼬리와 볏을 한껏 자랑하지. 젊은 여자는 암탉과도 같아. 구애를 받아야 하니까. 그러니까 너도 뭔가 과시를 해야 해, 로더릭.」

아치볼드는 수탉 흉내를 내며, 팔꿈치를 날개처럼 펄럭이

170

고 고개를 뒤로 젖힌 채 꽥꽥 울어 댔다. 주변 사람들이 술을 마시다 말고 돌아보았다. 그가 흉내를 마치더니 나를 향해 손가락을 저었다. 「수탉이 될래? 아니면 닭 쫓던 개가 될래?」

나는 내 마음이 받아들여진다고 해도 두 가족이 원수지간이라고 대답했다. 우리가 함께 살겠다고 하면 플로라의 아버지가 나를 죽이려 할 것이다.

「가만 보니까 네 마음속에 장벽이 너무 많아. 싸움도 시작하기 전에 항복부터 하고 있잖아.」 그는 손가락으로 내 이마를 거칠게 찌르더니 머리가 아니라 몸을 쓸 생각부터 하라며 꾸짖었다. 바로 그 순간, 아치볼드의 어깨 너머로 플로라가 보였다. 플로라는 구애자들과 헤어지고 지금은 친구와 팔짱을 낀 채 황량한 신티 경기장 둘레를 돌고 있었다. 내가 아무 대답 없이 멍한 표정을 짓자 아치볼드도 상황을 눈치챘다.

「뺨이 발그레해지는 걸 보니 문제의 여신께서 나타나셨군. 당장 문제를 해결하자.」 그가 파이프 줄기로 두 여자를 가리키며 선언했다.

어떤 문제든 해결할 생각은 없었다. 무엇보다 애초에 플로라에 대한 마음을 괜히 드러냈다고 후회하고 있건만, 아치볼드는 벌써 자리에서 일어나 팔로 내 양어깨를 단단히 붙들었다. 두 소녀에게 다가가는 동안 지금 제대로 대화할 형편이 아니라며 저항했지만 소용이 없었다.

아치볼드는 내 의사를 깡그리 무시했다. 「헛소리. 네 형편이 어려워진 것은 마음을 표현하지 못했기 때문이야. 에일 덕분에 혀도 유들유들해졌잖아? 차라리 잘됐다.」

우리는 경기장을 관통했다. 그래서 플로라 일행이 모퉁이를 돌 때쯤 마치 우연히 만난 것처럼 보였다. 둘은 대화에 열중한 터라 몇 미터 이내로 접근할 때까지 눈치도 채지 못했다. 일부러 달아나지 않는 한 만남을 피할 방법은 없게 된 것이다. 아치볼드는 큰 소리로 경치가 대단하다는 둥, 인간이 얼마나 왜소한 존재냐는 둥 헛소리를 하다가 목표와 거의 충돌할 뻔하자 짐짓 놀라는 시늉을 했다.

「안녕, 로디.」 플로라가 인사했다.

플로라는 우리의 등장에도 전혀 불편한 기색을 보이지 않았다. 우리 사이에 아무 일이 없었다는 생각까지 들었다. 아니면, 아치볼드같이 세련된 친구와 있는 것을 보고 나에 대한 편견을 버린 걸까?

아치볼드는 플로라와 내가 아는 사이라는 사실에 놀란 척하고는 자기를 소개하라고 졸라 댔다. 내가 그렇게 하자, 플로라도 자기 친구 이슈벨 파쿼를 소개했다. 아치볼드는 누나에게 했던 것처럼 90도로 절하고 컬두이에 이렇게 예쁜 꽃들이 피는 줄 알았다면 진작 이사했을 거라는 둥 헛소리를 했다. 두 소녀는 서로를 보며 눈짓으로 비밀스러운 생각을 나누었다. 아치볼드가 산책에 동행해도 되는지 물었지만 두 소녀는 거절하지 않았다. 아치볼드는 가이드와의 관계를 얘기한 다음, 건물의 특징을 설명하고 사람들이 어떻게 지내는지 등을 재미있게 묘사해 주었다. 플로라도 여름에 어머니를 따라가 자신도 부엌에서 거들었다는 얘기를 해주었다. 플로라가 그런 식으로 아치볼드와의 인연을 지적하니 기분이 좋지는 않았다. 두 사람은 이런저런 식솔들에 대해 얘기를 시작하고, 플로라는 내 친구의 설명과 일화에 크게 즐거워했다. 이슈벨과 나는 조용히 따라갔다. 플로라가 아치볼드의 얘기에 킥킥거리며 좋아할수록 기분은 점점 가라앉았다. 경기장 끄트머리에 다다르자 아치볼드가 갑자기 얘기를 끊더니 개울까지 가보지 않겠느냐고 제안했다. 이맘때가 제일 아름답다는 이유도 댔다. 다들 동의해 우리는 딴채들을 지나 숲을 향해 걸음을 이어 갔다. 강은 그 너머에 있다. 아치볼드는 나와 플로라가 서로 안 지 얼마나 되었는지 물었다. 플로라는 어렸을 때부터 한 마을에 살았지만 내가 늘 혼자 지냈기에 실제로는 몇 개월 되지 않는다고 대답했다. 아치볼드는 내가 대단한 사람이라는 식으로 얘기했다. 요즘 아이들은 자신밖에 모르지만 나는 무척 신중한 성격이라면서. 그는 플로라와 내가 서로 좀 더 가깝게 지내면 좋으련만 내가 곧 글래스고로 떠나서 안타깝다는 얘기까지 덧붙였다. 그 말에는 플로라도 놀라는 눈치였다.

「아버지 소작지는 어쩌고?」

「얼마 전에 마음이 바뀌었어.」 내가 중얼거렸다.

플로라가 나에게 눈을 흘겼다. 「그래서? 글래스고에서 뭘 하려고?」

아치볼드가 대신 대답했다. 「로디같이 진취적인 청년이라면 기회도 무궁무진할 겁니다.」

그 말에 플로라와 이슈벨이 서로를 바라보다 웃기 시작했다. 우리는 개울 돌다리에 도착했다. 햇빛이 숲을 비집고 나와 물 위에서 반짝였다. 우리 넷은 자연스럽게 길에 멈춰 서서 잠시 서로를 보았다. 그러다가 갑자기 아치볼드가 이슈벨의 팔을 잡더니 꼭 보여 주고 싶은 게 있다며 다리 위로 끌고 갔다. 잠시 후 둘이 나란히 붙은 채 다리 난간에 기대 개울을 내려다보았다. 아치볼드가 물 위 어딘가를 가리키며 무슨 말인가 속삭였다. 플로라와 나는 서서 서로를 보았다. 마음이 무척이나 불편했다. 술에 취한 것도 크게 신경 쓰였다. 플로라의 어깨 너머로, 아치볼드가 나를 보고는 어서 행동을 취하라며 재촉했다.

플로라에게 함께 조금 더 걷겠느냐고 물으니 거부하지 않았다. 그래서 우리는 개울가 길을 따라 걸었다. 잠시 후 유혹을 이기지 못하고 어깨 너머로 다시 아치볼드를 보았다. 그때쯤 이슈벨과 어찌나 가깝던지 입술이 그녀의 목에 닿을 정도였다. 플로라도 친구한테서 멀어지기 불안한 듯 자꾸만 고개를 돌렸다. 함께 걸어 본 적이야 전에도 있지만 이런 조바심은 난생처음이었다. 플로라가 뭐든 먼저 얘기를 꺼냈으면 했으나, 그녀도 아무 말이 없었고 나도 머릿속이 새하얗기만 했다. 길이 좁아 꼭 붙어 걸어야 했기에 플로라의 소매가 내 팔을 스쳤다. 문득 아치볼드의 조언이 떠올라, 드레스가 잘 어울린다고 칭찬을 해주었다. 잠시 후 길이 진창으로 변했다.

플로라는 기회라고 생각했는지 이제 돌아가자고 했다.

나는 대신 잠깐 앉자고 제안했다. 개울가에 큰 바위가 있기에 우리는 그곳으로 향했다. 난 침묵이 이어지기를 원치 않아, 주점에서 아치볼드와 에일 몇 잔을 마셨다고 실토했다.

「취한 것 같더라. 네 아버지가 알면 가만있지 않을 텐데?」

나는 아버지가 알 리 없다고 대답했다. 그리고 아치볼드 같은 친구와 어울리려면 그 정도 일탈은 가치가 있다고 덧붙이기도 했다.

플로라는 아치볼드가 마음에 들지 않으며, 나한테도 좋은 친구라고 생각하지 않는다고 대답했다. 친구를 비난하는 통에 기분은 상했지만 그 말은 하지 않았다. 덕분에 다시 정적 속에 빠지고 말았다. 플로라는 내 마음이 상했다고 생각했던지 먼저 입을 열었다.

「그래서 마음이 바뀌었다고?」 조금 전의 대화를 기억해 낸 것이다. 「네가 컬두이와 결혼이라도 할 줄 알았는데?」

내 혀를 풀어 준 것은 그녀가 쓴 〈결혼〉이라는 단어 때문이었으리라. 문제는 즉흥적으로 기분을 고백하고 만 것이다.

「결혼하고 싶은 상대는 컬두이가 아니라 너야. 글래스고든 캐나다든 너와 함께 있고 싶어서 가려는 거고.」

그 말에 플로라가 기겁했다. 나도 두 뺨이 새빨개져 즉시 고백을 후회했다.

「로디, 나이가 들면 너도 당연히 결혼을 하겠지. 그래도 그 상대는 내가 아니야.」

문득 눈에 눈물이 고였다. 난 플로라한테 들키지 않기 위해 그녀의 어깨를 끌어안고 머리카락에 얼굴을 묻었다. 플로라의 목 살갗이 입술에 닿았다. 그녀의 향기를 들이켜자 사타구니가 딱딱해졌다. 플로라는 팔꿈치로 내 가슴을 거칠게 밀어내더니, 찰싹 얼굴을 있는 힘껏 때렸다. 나는 너무 놀라 바위에서 미끄러지고 이끼 위로 벌러덩 넘어졌다. 플로라는 벌떡 일어나 숲속으로 달아났다. 나는 뺨에 손을 댄 채 그대로 누워 있다가 한참 후에나 일어났다. 그리고 셔츠 소매로 눈물을 훔친 다음 터덜터덜 길을 따라 걸어갔다. 아치볼드가 다리 옆에서 파이프를 피우며 기다리고 있었다. 다행히, 플로라와 이슈벨은 보이지 않았다.

나로서는 끔찍할 정도로 비참했지만 아치볼드는 상황을 즐기는 표정이었다. 마을로 돌아가는데 그 얘기를 하고 또 하는 데다 그때마다 점점 과장하는 통에, 괜히 얘기했다 싶기도 했다. 나는 발밑 도로만 노려보았다. 플로라 말이 옳다, 난 멍청이에 불과하다. 아치볼드는 내가 풀이 죽었다는 사실을 눈치 챘는지 조롱을 그만두고 어깨동무를 해왔다.

「이런, 이봐, 글래스고에서 새출발하는 데 거치적거리지 않아서 좋잖아.」

동정을 받아들일 기분이 아니었다. 위로의 말이 공허하기도 했지만 솔직히 내가 버림받기까지 그도 어느 정도 책임이 있었다. 팔을 뿌리치려 했지만 그가 놓아주지 않았다. 눈물 때문에 눈이 따가웠다. 아치볼드가 갑자기 멈추고는 나를 자기한테 돌려세웠다. 나는 고개를 돌렸다. 놀리려는 줄 알았는데 그건 아니었다. 오히려 〈섬세한 감수성〉을 함부로 대했다며 연신 사과하는 것이 아닌가. 나는 다소 마음이 풀려 손등으로 눈물을 훔쳤다.

「이봐, 지금 너한테 꼭 필요한 게 있다.」 그가 내 어깨를 때리며 말했다. 「에일 한 잔.」

나는 억지 미소를 짓고 다시 주점으로 향했다. 제타한테서 받은 동전도 꺼내 아치볼드한테 보여 주었다.

「그래, 오늘 한번 진탕 취해 보자.」 아치볼드가 선언했다.

주점은 아까보다 사람이 많았지만 아치볼드는 내 재킷 소매를 잡고 쉽게 무리 속을 헤쳐 나갔다. 바이올린과 아코디언 연주자들이 구석에서 춤곡을 연주 중이었다. 잠시 후 우리는 두 손에 잔을 들고 테이블에 앉았다. 그때쯤 기분도 무척 좋아졌다.

「우리 같은 족속을 위해!」 아치볼드가 소리쳤다.

주변 사람들이 저마다 잔을 들고 아치볼드의 건배사를 복창했다. 이렇게 멋진 친구와 함께라는 사실이 더없이 자랑스러웠다. 글래스고로 떠나겠다고 말한 것이 후회스러웠다. 계속 친구가 되어 매일 저녁 주점에서 만나 에일을 실컷 들이키고 싶었던 것이다. 우리는 곧 합창을 하고 맥주로 나발을 불었다. 그때까지 에일 한 잔에 얼마인지, 내 돈으로 계산이 가능한지 전혀 몰랐지만, 그런 걱정은 안중에도 없었다. 아치볼드는 의자 위에 올라가 노래를 선창하고 돌아가며 건배를 했다. 순간순간 어느새 손에는 채운 술잔이 들려 있었다. 난 술꾼들을 향한 동료애로 가슴이 터질 것만 같았다. 플로라와의 사건과 가족의 불행은 완전히 잊고 대신 사나이들의 우애를 확인한 셈이었다. 나도 벅찬 감정을 보여 주기 위해 테이블에 올라가 맥주를 통째로 머리에 부었다. 그러고는 바이올린 연주에 맞추어 춤추며 두 손을 머리 위로 올리고 팽이처럼 돌았다. 사람들이 발을 구르고 테이블을 쾅쾅 두드리는 통에 중심을 잃고 바닥으로 곤두박질치기도 했으나, 그 뒤로도 박수갈채를 받으며 얼빠진 짓을 이어 갔다. 라클런 브로드를 본 것도 그때쯤이었다. 어느 순간 친척 몇 명과 함께 내 앞에 서 있었다. 난 순간 광대 짓을 멈추었다. 나를 따라 발을 구르던 소리도 잦아들었다. 사람들이 왜 멈추느냐며 짜증을 냈지만 더 이상 구경거리가 될 생각은 없었다. 셔츠는 에일로 흠뻑 젖고 머리카락은 떡 진 채였다.

라클런 브로드가 한 발짝 다가왔다.

「계속해라, 로디 블랙. 날 위해서라도 멈추지 말아.」

그는 밴드에 손짓해 연주를 지시했다. 주변 사람들이 손뼉을 치기 시작했으나 난 그 자리에서 꼼짝도 하지 않았다. 라클런 브로드는 친척한테서 에일 잔을 받아 내 얼굴에 뿌렸다. 사람들이 환호를 보냈다.

「춤춰, 꼬마!」 그가 외쳤다. 에이니어스 매켄지가 그의 뒤에서 발을 굴러 박자를 맞추며 돼지처럼 씩씩거렸다. 라클런 브로드가 두 팔을 흔들자 사람들이 미친 듯이 환호를 보냈다.

나는 그를 향해 몸을 던졌다. 라클런이 손으로 밀쳐 나는 사람들 발 위로 나가떨어졌다. 사람들이 일으켜 세우더니 다시 브로드 쪽으로 들이밀었다. 이번에는 그가 주먹으로 얼굴을 때렸고 나는 바닥에 쓰러졌다. 그러고는 벌떡 일어나 미친 듯이 주먹을 휘둘러 댔다. 환호와 웃음소리가 술집을 흔들었다. 치안관이 내 횡경막을 강타했고, 내가 앞으로 무너질 때는 부츠로 다리 사이를 가격했다. 숨이 헉 하고 막혔다. 나는 바닥에 쓰러진 채 컥컥 숨을 몰아쉬었다. 아치볼드가 도우러 왔으나 라클런 브로드는 그마저 거칠게 밀쳐 냈다. 이윽고 그가 옆에 무릎을 꿇더니 귀에 대고 속삭였다.

「올해가 가기 전에 기필코 네 아비를 소작지에서 쫓아내겠다. 더러운 어스* 새끼.」

그가 나를 일으키더니 옷깃을 잡아 술집 저편으로 집어던졌다. 나는 테이블 위에 등부터 떨어졌다. 에일이 사방으로 튀었다. 나는 낑낑거리며 일어났다. 다시 덤빌 줄 알았는데 놈은 유희를 마쳤는지 친척 무리한테로 돌아갔다. 친척들이 매켄지 가문을 위하여 큰 소리로 건배하고는 벌컥벌컥 술을 들이켰다.

다음 날 아침, 애플크로스에서 얼마 떨어지지 않은 길가 도랑에서 정신을 차렸다. 옷은 흠뻑 젖었고 머리도 지끈거렸다. 그대로 한참을 누워 있었으나 지금까지 적은 것 외에는

* 아일랜드와 스코틀랜드 지역에서 사용하는 게일어를 가리키며, 여기에서는 아일랜드인을 의미한다—옮긴이주.

아무 기억이 나지 않았다. 까마귀 한 마리가 길 가장자리에서 지켜보았다.

「뭘 봐.」

「그 눈으로 아침 식사를 해볼까 하고.」 까마귀가 대답했다.

「실망시켜서 미안하구나.」 내가 말했다.

나는 도로 위로 기어 나와 두 발로 일어났다. 까마귀가 아쉬운 듯 내 뒤를 쫓아왔다. 식사를 놓쳤다는 사실이 믿기지 않는 모양이었다. 발길질도 해봤지만 놈은 조금 날아오르는가 싶다가 다시 제자리에 내려앉았다. 아주 이른 시간이라 풀잎마다 이슬이 대롱대롱 매달렸고 대기에는 바람 한 점 없었다. 나는 컬두이를 향해 걸었다. 돌아가서 어떤 처벌을 받든 상관없었다. 두렵지도 않았다. 추운 날씨는 아니지만 젖은 옷 때문에 전신이 오들오들 떨렸다. 전날 일을 생각하면 창피해서 죽고만 싶었다. 어떤 벌이든 군말 없이 받을 참이었다. 도로에는 사람이 한 명도 없었다. 컬두이에 거의 다 왔지만 아직 밭일하러 나온 사람은 보이지 않았다. 혹시 아버지가 자고 있다면 들키지 않고 들어갈 수도 있겠으나 아니, 절대 그럴 리는 없었다. 소작지 끄트머리를 따라 터덜터덜 걷는데 팔 아래 뭔가 걸렸다. 재킷을 열어보니 제타의 숄이 아직 남아 있었다. 나는 해변으로 걸어가 아무도 없는지 확인한 뒤 숄을 바다에 던졌다. 숄은 물 위에서 풀어지다가 해초에 걸려 파도에 흔들렸다.

문간에 들어섰을 때 아버지는 아침 식사 중이었다. 나를 보지도 않고 말도 걸지 않았다. 나로서도 할 일이 없었다. 나는 그대로 침상에 누워 하루 종일 꼼짝도 하지 않았다.

* * *

오늘 아침, 싱클레어 씨가 찾아와 언제나처럼 안부를 챙긴 후, 전에 언급한 신사를 만날 수 있겠느냐고 물었다. 나를 보기 위해 멀리서 왔다고 했다.

「나 같은 범죄자가 뭐가 좋다고 신사분들이 갑자기 만나려 하죠?」

싱클레어 씨는 희미하게 웃고는 그 신사를 만나면 나한테도 좋을 거라고 덧붙였다. 나는 물론 그렇게 하겠다고 대답했다. 변호사를 실망시키고 싶지도 않았지만 죄수가 뭐가 잘났다고 면회 손님을 거절하나 싶기도 했다. 싱클레어 씨는 대답에 기꺼워하며 곧바로 면회자가 기다리고 있는 통로로 나갔다. 잠시 후 남자 둘이 들어왔다. 두 사람 다 내 집필 책상에 앉지 않으려 해서 우리 셋은 그대로 서 있었다. 나는 창문 아래, 싱클레어 씨는 책상 옆, 신사는 문 오른쪽에 있는 침상 발치였다. 싱클레어 씨는 방문자를 톰슨 씨라고 소개했다. 이 분야에서 가장 유명한 전문가라고 했으나 그 분야가 어느 분야인지는 밝히지 않았다. 솔직히 말하면 신사의 인상은 별로였고 그도 그렇게 느꼈던지 나를 바라볼 때는 노골적으로 불쾌감을 드러냈다. 키가 커서 문을 통과할 때 허리를 굽힐 정도였다. 전체적으로는 예민해 보였으며 눈은 작고 파란색이었다. 옷은 검은 정장이었으며 흰 셔츠의 단추를 끝까지 잠근 탓에 늘어진 턱살이 옷깃 너머로 흘러내렸다. 모자는 쓰지 않았는데 은발 머리숱은 적은 데다 정수리 부분은 대머리였다. 두 손을 가슴에서 깍지 끼고 오른손 중지로는 왼손 약지의 두꺼운 반지를 연신 어루만졌다. 반지 한가운데 녹색 보석이 박혀 있었다.

그가 싱클레어 씨에게 말했다. 「생각한 대로 삐쩍 말랐군요. 변호사님이 방문할 때도 늘 이렇게 각을 세웁니까? 잠은 잘 자나요?」

싱클레어 씨는 그런 식의 질문에 심기가 불편한 것 같았다. 「예, 신경이 예민하긴 합니다. 잠든 모습을 본 적은 한 번도 없어요.」

방문객은 가볍게 혀를 찼다. 「자물쇠 돌아가는 소리에도 깰 것 같군요.」

그가 조심조심 두 걸음 정도 다가왔다. 마치 내가 덤벼들기라도 할까 봐 불안한 사람 같았다. 그다음에는 고개를 숙이고 몇 분 정도 내 얼굴과 몸을 훑어보았다. 나는 조용히 서 있었다. 이런 무례한 행동 뒤에도 내가 이해 못 하는 뭔가가 있으려니 생각한 것이다. 그렇다 해도 가축이 된 기분이기는 했다. 이윽고 그가 물러서서 집필 책상 쪽으로 돌아가더니, 왼손으로 그곳에 쌓아 둔 원고들을 두드리기 시작했다.

「그러니까 저 친구가 쓴다는 원고가 이건가요?」

「그래요.」싱클레어 씨가 대답했다.「요즘 열심히 쓰나 봅니다.」

톰슨 씨는 가볍게 코웃음을 쳤다.「별로 흥밋거리가 있을 것 같지는 않네요. 싱클레어 씨, 당신도 의뢰인한테 너무 순진하게 접근한 것 같은데, 뭐, 하긴 그게 당신 장점이긴 하죠.」

그가 원고를 몇 페이지 넘겼다. 문득 방을 가로질러 가 저 손에서 원고를 낚아채고 싶은 충동이 일었다. 저 사람한테 보여 주고 싶지도 않았지만, 행여 본다 해도 내 엉망진창 문장들을 비꼬기만 할 것이다. 물론 난 가만히 있었다. 가뜩이나 나를 나쁘게 보는 모양인데 그 인상을 확인해 줄 마음도 없었다.

그가 양손 손가락 끝을 맞대더니, 싱클레어 씨한테 잠시 둘만 있게 해달라고 부탁했다. 변호사가 알겠다고 하고 방을 떠나려는데, 톰슨 씨가 손짓으로 붙잡았다.

「죄수가 위험하거나 하지는 않습니까?」그가 목소리를 낮추며 물었다.

싱클레어 씨는 씩 웃으며 그렇지 않다고 대답했다. 그래도 톰슨 씨는 간수를 불러 문 옆을 지키게 한 다음, 아주 천천히 내 책상에서 의자를 꺼내 앉았다. 한 발은 침상 위에 올리고 팔꿈치는 무릎에 기댔다.

「자, 로더릭, 보아하니 싱클레어 씨를 기막히게 속인 것 같구나.」

나는 대답하지 않았다. 대답을 듣고자 질문한 것 같지도 않았다.

「유감이지만 난 저 고상한 변호사와는 질적으로 다르다. 너 같은 놈은 수백 번, 수천 번도 봤다. 네가 어떤 놈인지 잘 알고 있어. 나를 속이려면 애 좀 써야 할 게야.」

톰슨 씨가 싱클레어 씨를 모욕해 기분이 나빴지만 그렇다고 논쟁을 벌이고 싶지는 않았다.

「어쨌거나 네놈을 보러 먼 거리를 달려왔으니 할 일은 해야겠지.」

신사가 일어나더니 나를 꼼꼼히 조사하며 일일이 수첩에 기록했다. 수첩은 이럴 목적으로 가져온 모양이었다. 일을 하는 동안에는 혼자서 계속 중얼거렸다. 시장에 팔려 나온 짐승도 이런 식으로 조사하지는 않겠지만, 그가 함부로 찔러 대고 질문하는 동안 공손히 따라 주었다.

조사가 끝나자 그가 다시 자리에 앉아 침상에 발을 얹었다. 「몇 가지 질문을 할 텐데 최대한 자세하게 대답해 주면 고맙겠다. 싱클레어 씨 얘기로는 말도 잘하고 자기 의사도 분명하다던데, 어디 한번 보자꾸나.」

나도 모르게 시선이 간수를 향했다. 지금은 톰슨 씨 뒤에 장승처럼 서 있는데 신사의 대화를 엿듣는 것 같지는 않았다. 시선도 내 머리 위 작은 창문을 향했다. 이 좁은 감방에 갇혀 있자니 나도 불쾌하기 짝이 없는데 간수는 어떨까? 창문 쪽으로 시선을 돌리다가 문득 톰슨 씨의 질문을 놓쳤다는 생각이 들었다. 나는 얼른 그를 보았다. 등이 불편한지 지금은 침상에서 발을 빼고 똑바로 앉아 있었다. 그가 아무 말도 않다가 불쑥 자리에서 일어났다. 간수가 옆으로 물러서자 톰 슨 씨는 인사도 없이 감방 문을 빠져나갔다. 간수가 문을 닫고 자물쇠를 잠갔다. 그래서 내가 무례하게 신사를 대했나 보다 싶었지만 후회하지는 않았다. 처음부터 그가 마음에 들지 않았다. 싱클레어 씨가 실망했으리라 생각하니 조금 후회가 되기는 했다.

* * *

축제 이후 아버지는 며칠간 내게 말도 걸지 않았다. 주점에서의 추태를 전해 들었는지 모르겠으나, 이 마을에서 사람들이 듣지 못하거나 모르고 넘어가는 사건은 거의 없다. 제타도 필요할 때만 말을 걸고 그것도 딱 필요한 말만 했는데 도무지 익숙해지지가 않았다. 내 행동에 실망해서인지 아니면 다른 고민이 있어서인지는 모르겠다. 식사 중에는 누구도 입을 열지 않았다. 집안 분위기는 더욱더 어두워졌다. 전체적으로 불안감도 팽배했다. 이제 곧 대참사가 일어나 우리를 끝장내고 말리라는 사실을 모두가 알고 있는 것만 같았다.

밤이면 라클런 브로드가 나타나기를 기대했지만 오지 않았다. 하지만 마름을 찾아간 데다 내가 딸한테 어리석은 짓을 했으니 그냥 넘어갈 리 없으리라. 그 생각으로 마음이 무겁기만 했다. 정작 매를 맞을 때보다 맞기까지가 더 두려운 법이다. 불안감은 하루하루 더 커가기만 했다. 라클런 브로드의 공공사업에 일하러 오라는 기별도 없고 그의 친척들이 마을 어귀 너머 발을 디디지도 않았다. 분명히 징벌은 벌금 몇 푼 정도가 아니라, 치안관의 반(反) 블랙 가족 정책의 결정판이 될 것이다.

나는 거의 집에 붙어 있지 않았다. 대개 잡초를 뽑거나 김을 맸으나 사실 그마저 건성이었다. 연장을 내려놓고 빈둥거려도 아버지는 채근하지도 때리지도 않았다. 저녁이면 언덕에 올라가 앉아 컬두이를 내려다보았다. 위에서 보면 마을은 어린아이의 장난감 같았다. 사람과 가축은 작은 얼룩만큼이나 작아 도대체 그곳에서 뭔가 의미 있는 일이 일어날 것 같지도 않았다. 나는 산 너머에 무엇이 있을까, 남쪽의 대도시들, 서쪽 광활한 대서양을 건너면 나온다는 캐나다를 생각했다. 그러고 보니 나 혼자 새로운 삶을 개척해야 한다는 생각을 하고 있었다. 플로라의 말이 적어도 하나는 옳았다 — 컬두이에는 아무것도 없다. 그런데 내가 왜 여기 살아야 하지? 그냥 아침에 떠나 돌아오지 않으면 그만 아닌가. 처음에는 그저 막연한 상상에 불과했는데 시간이 흐를수록 그 생각은 점점 더 나를 사로잡기 시작했다. 당시는 죄수가 아니었다. 떠나지 못하도록 벽이 막아서지도 않았다. 그저 한 발 두 발 내딛기만 하면 되는 일이 아닌가. 우선 카머스터라치, 그리고 애플크로스, 그다음에는 패스를 지나 대도시 진타운*까지.

* 진타운은 록캐런의 옛 이름이다.

그곳에서 배를 타도 좋고 그냥 계속 걸어도 된다. 작별 인사도 필요 없고 계획을 세울 필요도 없다. 패스 너머 세상이라면 어차피 아무것도 모르지 않는가. 날이 갈수록 생각은 강해져 급기야 거스를 수 없는 흐름처럼 보였다.

어느 평범하기 그지없는 아침, 그렇게 상상은 현실이 되었다. 나는 집을 나와 샛길을 따라 걷고 둑길 위로 기어 올라갔다. 사실 떠난다는 사실조차 의식하지 못했다. 스스로는 그저 카머스터라치에 가보자고 얘기했을 뿐이다. 그곳에서 계속 갈 수도 있고 돌아올 수도 있다. 여비는커녕 먹을 것도 없었는데, 그런 것까지 챙기면 나 스스로 인정하는 꼴이 되기 때문이었다. 제타에게도 말하지 않았다. 제타가 죽을 젓는 모습을 보면서 다시 못 본다는 생각은 애써 머릿속에서 밀어냈다. 산마루를 넘으면 다시는 컬두이를 보지 못하겠지만 난 충동을 억누르고 끝내 돌아보지 않았다. 큰 소리로 걸음을 세며 마음을 비우고 그렇게 카머스터라치까지 몇 킬로미터를 걸었다. 길에서 갤브레이스 목사를 만났다. 그는 나한테 인사도 하지 않았다. 후일 내가 돌아오지 않으면, 길에서 만났다는 사실을 기억이나 할까?

처음에는 속도도 빠르지 않았으나 카머스터라치를 지나면서 걸음을 재촉했다. 컬두이에서 멀어질수록 마음이 가벼워졌다. 애플크로스에 도착할 때는 어느새 달리다시피 했기에, 오히려 시선을 끌지 않기 위해 속도를 늦추어야 했다. 마을을 지날 때, 집 밖 벤치에 앉아 있던 노파들 몇 명과 마주쳤다. 주점 근처에서 아치볼드 로스를 보았다. 대장장이로 보이는 털북숭이와 얘기 중이었으며, 개 한 마리가 두 사람을 맴돌았다. 그를 만나고 싶지 않아 두 집 사이 골목으로 들어갔고, 모퉁이에서 고개만 살짝 내밀고 지켜보았다. 이제 아치볼드가 이쪽으로 걸어오고 개도 그 뒤를 따랐다. 집 뒤쪽으로는 숨을 곳도 없고, 그렇다고 집 사이에 숨어 있다 들키고 싶지도 않았다. 나는 소변이라도 본 것처럼 바지를 추스르며 밖으로 나왔다. 내가 그런 식으로 나타났는데도 아치볼드는 전혀 개의치 않았다.

「오, 주먹왕 돌아오다! 비록 한 방에 나가떨어졌지만 어쩌겠냐? 그놈이 너보다 두 배는 크던데.」그가 웃으며 말했다.

나는 아무 말 하지 않았다.

「애플크로스에는 웬일이야?」

아버지 심부름이라고 대답했다.

「심부름?」그가 되물었다. 「무슨 심부름?」

「집안일.」

「그렇군. 이제 친구도 믿지 못하겠다는 얘기지? 아니, 괜찮다. 그래도 함께 에일 한잔하는 기쁨까지 빼앗지는 않겠지?」그가 엄지를 들어 주점을 가리켰다.

주점에 들어가는 순간 결심이 순식간에 무너지고 말리라는 것을 알고 있었으므로 나는 결국 초대를 거부하기로 했다.

「진타운에 가야 해.」내가 말했다.

「거기까지 거의 30킬로미터야. 설마 패스 너머까지 걸어

갈 생각은 아니겠지.」아치볼드가 놀라 물었다.

「오늘 거기서 잘 거야.」

「거기에 가야 거기서 자지.」아치볼드는 잠시 내 딜레마를 고민하더니 내 팔꿈치를 잡고 걷기 시작했다.「이렇게 하자, 조랑말을 하나 빌려줄게. 진타운에 갔다가 돌아오는 길에 돌려주면 돼. 내일 돌아온다고?」아치볼드는 자기 계획에 감탄한 듯 보였다.

내가 멍하니 고개를 끄덕였다.

「잘됐어!」

「하지만 조랑말 빌릴 돈 없어.」

그가 손짓으로 반대를 뿌리쳤다.

「그런 건 아치볼드 로스한테 맡겨. 후일 어떻게든 갚을 날이 있을 테니까.」

아마도 다음 날 저녁 내가 조랑말을 돌려주고 나면 주점에서 같이 에일을 마실 수 있다고 생각한 모양이다.

「그때가 되면 집안 심부름이 뭔지 얘기할 기분도 생길지 모르고.」

빅하우스의 뒷마당까지 아치볼드를 따라갔다. 예전에 처음 그를 만난 곳. 아치볼드는 씩씩하게 자갈 마당을 지나 마구간 안으로 고개를 들이밀었다. 이윽고 돌문 뒤에서 사람 하나가 나타났다.

「여기 맥레이 군을 위해 조랑말에 안장 좀 준비해 줘요.」아치볼드는 설명도 빼고 지시했다.

쉰 살쯤 되어 보이는 마구간지기는 나를 힐끗 보았지만 반대하지는 않았다. 마당에서 기다리는 동안 아치볼드가 파이프를 채우고 불을 붙였다. 개는 발치에 앉아 애정 가득한 시선으로 주인을 바라보았다. 문득 플로라가 부엌에서 일하고 있을지도 모른다는 생각에 창문에서 보이지 않도록 후다닥 벽에 기댔다. 아치볼드는 돌아오기 전에 말을 잘 먹이고 물도 줘야 한다고 일러 주었다. 잠시 후 마구간지기가 늙은 잡종 말을 한 마리 끌고 나왔다. 아치볼드는 조랑말의 등을 찰싹 때리고는 내게 올라타 보라고 했다. 처음이라 쉽지는 않았다. 조랑말 타보는 것이 평생소원이다시피 했으니 평소라면 더할 나위 없이 신이 났으리라. 다만 상황이 상황이다 보니 별 느낌은 없었다. 아치볼드는 빅하우스 앞까지 조랑말을 끌고 나가 말 엉덩이를 찰싹 때리며, 다음 날 주점에서 함께 술을 마시겠다고 선언했다.

조랑말은 터덜터덜, 천천히 걸어갔다. 솔직히 내가 걷는 속도와 다를 바 없었다. 다른 사람들이 그러는 걸 본 적은 있어서 발꿈치로 연신 옆구리를 때려 보았지만 놈은 전혀 속도를 낼 생각이 없었다. 상관은 없었다. 마을로 돌아가며 생각해 보니 딱히 정해진 계획도 없었다. 제일 처음 든 생각은, 마을 어귀에 조랑말을 묶어 놓고 걸어서 패스로 가는 것이었다. 하지만 조랑말을 버려두면 금세 사람들 눈에 뜨일 것이다. 그럼 추적대를 소집해 잡으러 오겠지? 내가 도망자가 아니라는 사실을 자주 까먹는 것도 문제다. 원하면 어디든 갈 수 있잖아? 법이나 규칙을 어길 생각도 없다. 친구한테 조랑말을 빌렸다고 해서 권력자든 누구든 신경 쓸 일이 아니다. 사실 라클런 브로드도 내 가출에 흡족해할 것이다. 심지어 아버지한테도 축복일지 모른다. 내가 있다고 해서 시련과 고통이 줄어든 것도 아니지 않는가. 오히려 고통의 대부분은 내가 어리석게 군 탓에 일어났다. 컬두이에 머문다고 해서 앞으로 닥쳐올 불행을 막을 수 있을 것 같지도 않았다. 나는 그런 생각들을 하며 말을 타고 마을 어귀를 지나 천천히 패스를 향해 올라가고 있었다.

역시 아치볼드의 말이 맞았다. 그건 분명했다. 패스 너머 30킬로미터를 걷는 건 완전히 비현실적이었다. 거리가 멀기도 하지만 걸어서 갈 경우 사람의 이목을 끌 수밖에 없다. 늙어 비틀거리기는 해도 조랑말을 타면 그나마 합리적으로 보인다. 길에서 마주친 사람들도 그저 인사를 하거나 모자를 건드려 예를 표했다. (내 예상과는 달리) 나보고 어디 가는지 묻거나, 말을 훔쳤다고 비난하는 사람은 아무도 없었다. 산으로 깊이 들어갈수록 아치볼드의 개입이야말로 신의 한 수였다는 생각까지 들었다. 결국 신이 나를 위해 안배하신 운명인 거야. 인적이 뜸해지면서는 진타운 너머 뭐가 있을까 상상하기 시작했다. 아치볼드가 말했듯이, 남쪽 대도시에는 기회가 무궁무진할 것이다. 그곳에서 자리를 잡을 수도 있다. 그렇게 하면 집에서 죽치며 운명을 기다리는 것보다 가족한테도 훨씬 도움이 될 것이다. 집에 돈을 부치면 가족이 지금의 비참한 상태에서 벗어날지도 모르지 않는가. 그래, 머지않아 제타도 합류하면 좋겠어. 그럼 우리도 편안하고 행복하게 살 수 있어. 불행하게도 그런 생각은 얼마 가지 못했다.

패스 근처에 이르니 바람이 엄청 차가웠다. 강풍에 길옆 풀밭이 완전히 드러누웠다. 조랑말도 고개를 숙이고 걸음도 무거워졌다. 그때쯤 나도 춥고 배가 고팠다. 집을 떠나기 전 빵이라도 잔뜩 챙길걸, 바보 같은 놈. 나는 모자를 잔뜩 눌러쓴 채, 조랑말의 고삐를 잡고 걸어서 이동했다. 몇 시간이 지나자 마침내 패스 어귀였다. 나는 바위에 앉아 저 앞 스산한 잿빛 풍경을 바라보았다. 길은 바위투성이 골짜기 사이로 굽이굽이 이어지고 그 너머에 시냇물이 있었다. 이런 풍경을 기대하지는 않았지만 막상 마주하니 두려움이 밀려들었다. 그러고 보니 어디로 가는지 전혀 모르고 있었다. 진타운에 도착한다 해도 그곳에서 뭘 어떻게 하겠다는 생각이 없었다. 주머니의 1실링으로는 멀리 갈 수도 없다. 어디 헛간을 찾아 잠을 청하고 구걸하면 배는 채우겠지만 딱히 기쁠 것 같지 않았다. 컬두이에서의 삶이 처참하기는 했지만 그렇다고 거지처럼 살 수는 없지 않은가. 제타 생각도 났다. 지금쯤 보고 싶어할 텐데. 내가 떠나면 누나는 훨씬 더 불행해질 것이다. 그러고 보니 가출이 얼마나 멍청한 짓인지도 알 것 같았다. 결국 묶여 있는 개처럼, 나는 내 영역의 한계에 다다른 것이다. 조랑말에 올라타 발등으로 옆구리를 때렸으나 말도 지친 탓에 꼼짝하지 않았다. 말에서 내려 한참을 달래고 나서야 놈은 나를 따라 패스를 향해 돌아가기 시작했다. 애플크로스에 돌아온 것은 오후 늦게였다.

아치볼드 로스를 만나고 싶지 않았기에 빅하우스에 가까워지면서 더욱 불안해졌다. 진타운에서 보기로 했던 친구를 도중에 만난 덕에 당일에 돌아올 수 있었다고 이야기까지 만들어 냈다. 얘기를 믿든 안 믿든 상관은 없었으나 아무튼 아치볼드를 만나지는 않았다. 마구간지기가 조랑말 말발굽 소리를 듣고 나와 아무 말 없이 고삐를 건네받았다. 나는 말을 사용하게 해주어서 고맙다고 인사했다.

컬두이에 다다를 때쯤엔 끔찍할 정도로 지쳐 있었다. 하루 종일 고생도 했지만 어느 곳이든 탈출구가 없어졌다는 생각 때문이었다. 아버지가 가출 문제로 무슨 말을 하든 상관없었다. 그저 침상에 누워 자고 싶은 마음뿐이었다. 문지방을 넘어서는데, 놀랍게도 검은 옷차림의 남자가 문을 등진 채 식탁에 앉아 있었다. 짧게 깎은 머리로 보아 분명 갤브레이스 목사였다. 아버지는 상석에 앉고 제타는 검은 유령처럼 화장대 주변을 어슬렁거렸다. 조명이 어두웠지만 누나의 얼굴이 창백했다. 목사가 오늘 아침 카머스터라치에서 나를 봤다고 고자질하러 왔을까 했지만 그것도 아니었다. 식탁 위에 양피지 한 장이 놓여 있었다. 서류는 세 번 접혀 있고 밀봉은 깨진 채였다.

목사는 나보고 앉으라고 하고는 이렇게 말했다.

「네 아버지가 오늘 아침 이 편지를 받았다.」

그가 식탁 위에서 편지를 손끝으로 밀어 주었다. 손가락

관절이 비틀리고 퉁퉁했다. 서류를 펼쳤으나 조명이 어두워 읽기가 어려웠다. 나는 서류를 들고 난로 앞으로 갔다. 필체는 깔끔했다. 머리에 〈퇴거 명령서〉라고 적히고 밑줄까지 있었다. 정확한 내용은 기억나지 않지만 도입부에 아버지(〈소작인〉) 이름을 적고 소작지, 집, 딴채의 규격을 나열했다. 마름은 지주에게 부여받은 권한에 따라 소작인이 1869년 9월 30일까지 해당 부지에서 퇴거할 것을 통보했는데 그 날짜는 소작인이 소작지에서 곡물을 수확할 시간을 갖도록 배려한 것이었다. 그다음은 퇴거 이유였다. 소작지를 적절한 수준으로 유지, 관리하지 못했으며, 건물과 딴채의 운영에도 게을렀다. 지주의 재산을 전유하고 마을 치안관의 공직 수행을 방해하고 선동했다. 지대와 벌금을 지불하지 못했다. 그리하여 이런 저런 비용을 합산하니 우리 가축과 가구 등속의 가격을 초월했다. 서류는 마름이 서명하고 날짜를 적었다.

　나는 식탁으로 돌아가 서류를 내려놓았다. 아버지는 계속 앞쪽만 바라보았다.

　「편지 내용을 아버지한테 설명해 드렸다. 할 말이 없구나. 일을 이 지경으로 방치해서 이런 조치들을 강구하게 만들다니.」 목사가 나를 보며 말했다.

　「강구?」 내가 되물었다.

　목사가 나를 보며 멋쩍게 웃었다. 「누구한테나 관리 책임은 있다. 어느 지주가 자기 땅을 공짜로 부려 먹도록 내버려 두겠느냐. 저렇게 무심하게 방치하는 것도 마찬가지고.」 그가 고개를 저으며 가볍게 혀를 찼다.

아무리 생각해도 목사는 지금 상황을 즐기고 있었다. 이건 그에게 중재를 부탁해 봐야 소용이 없다는 뜻이었다. 게다가 그는 지난 몇 달간 나와 누나가 교회에 나오지 않았다는 사실까지 지적했다.

「너희들이 영적 복지에 신경을 썼다면 이 지경까지는 오지 않았을 게다.」

「이 일과 교회가 무슨 관계인지 잘 모르겠습니다.」 내가 말했다.

「아니, 그게 정확히 핵심이야. 넌 네 아버지의 수치야.」

그러고 나서 목사는 어떻게든 대안을 찾아보겠다는 취지로 얘기를 했다. 아버지가 고맙다고 인사를 하고 목사가 떠났다. 목사가 사라지자 아버지는 서류를 집어 박박 찢어 버렸다. 그가 주먹으로 식탁을 내리치자 종잇조각들이 허공으로 튀어 올랐다. 흡사 부상당한 짐승이 덫에 갇혀 발악하는 것만 같았다. 쌍둥이가 잠이 깨는 바람에 제타가 달래러 갔다. 아버지가 일어나더니 제타의 목덜미를 움켜쥐고 다시 식탁으로 끌고 와 내 옆 의자에 주저앉혔다. 쌍둥이가 빽빽 울어 대며 제타를 따라왔다.

「네놈들이 타락한 덕에 이 꼴이 됐어.」 그가 조용히 뇌까렸다.

제타는 고개를 숙이고 두 손을 맞잡아 무릎에 놓았다. 손가락 사이엔 색실 노끈이 감겨 있었다.

「그렇지 않아요.」제타가 반박했다.

아버지 기분이 나쁠 때 반박하는 건 바보짓이라고 생각했건만, 신기하게도 제타의 표정은 매우 담담했다.

아버지가 벌떡 일어나더니 순식간에 제타의 뒷머리를 낚아채 자기 얼굴 가까이 끌어당겼다.

「노친네처럼 꽁꽁 싸매면 네년 상태를 숨길 수 있다고 생각했더냐? 난 장님이 아니야.」

제타가 거칠게 머리를 흔들었다.

「창녀 같은 년.」

아버지는 누나의 머리를 잡더니 연신 식탁에 찧어 댔다. 제타는 소리치지도, 비명을 지르지도 않았다. 나는 아버지 손목을 잡고 누나를 빼내려 했으나 그의 손가락은 더욱 거세게 머리칼을 감아쥐었다. 내가 아버지와 씨름하는 동안 제타는 마치 파도 위 배처럼 두 사람 사이에서 흔들렸다.

「어느 놈 짓인지 말해.」그가 으르렁거렸다.

제타는 굳게 입을 다물었다. 두 눈에는 눈물이 흘러내렸다. 누나를 놓으라고 애원했으나, 오히려 아버지는 두 발이 땅에서 떨어질 정도로, 있는 힘껏 누나 머리를 식탁에 내리찍었다.

「어떤 놈이냐고 물었잖아!」아버지가 소리쳤고, 그 입에서 침이 흘러내렸다. 제타는 고개를 저으며 절대 대답하지 않겠다는 뜻을 밝혔다. 난 저러다 누나가 죽겠다는 생각에 그만 불쑥 터뜨리고 말았다.「라클런 브로드 짓이에요!」

아버지가 나를 쏘아보는데 눈동자가 마구 흔들렸다. 나는 그 순간을 노려 식탁 너머로 몸을 던진 다음 제타의 머리에서 그의 손을 떼어 냈다. 머리카락이 한 움큼 뜯겨져 나왔다. 우리 셋은 함께 바닥에 쓰러졌다. 나는 아버지 위에 올라탄 채 버둥거리고 아버지는 내 손을 뿌리치려 했으나 그것도 건성에 불과했다. 아버지를 안고 보니 정말 뼈밖에 남지 않았구나 싶었다. 아버지에겐 힘이 하나도 없었고 싸울 의지도 금세 사라진 듯했다. 제타는 집에서 뛰쳐나갔다. 쌍둥이들도 개새끼들처럼 울부짖었다. 식탁을 바로 세우는 동안 아버지는 그냥 바닥에 누워 있었다. 그 와중에 식탁까지 넘어지는 통에 바닥에 온갖 물건이 쏟아졌다. 나는 하나하나 주워 제자리에 놓았다. 아버지가 주섬주섬 일어나 맥없이 옷을 털었다. 그리고 자리에 앉아 두 손에 얼굴을 파묻었다. 나는 제타를 찾으러 나갔다.

제타는 헛간에 앉아 있었다. 얼마 전 서까래에 아기 새 둥지를 마련해 주려고 사용했던 바로 그 착유 의자였다. 머리 왼쪽은 피범벅이고 왼쪽 눈도 퉁퉁 붓고 잔뜩 충혈되어 있었다. 그녀는 무릎에서 기다란 노끈을 꼬는 중이었다. 내가 들어가자 그제야 고개를 들었는데 충혈된 눈이 씰룩거렸다.

「안녕, 로디.」 누나가 슬픈 목소리로 인사했다.

「안녕.」 달리 할 말이 생각나지 않았다. 누나에게 다가가 옆에 섰다. 누나는 머리에 손을 대고 손끝으로 조심스레 상처를 건드렸다. 손에 묻은 피를 보면서도 마치 자신과 아무 상관 없다는 투였다. 나는 누나 옆에 무릎을 꿇고 앉았다. 누나가 내 쪽으로 머리를 숙였으나 그 동작만으로도 아픈지 움찔했다.

「이번 세상은 별로 행복하지 않지, 로디?」 누나가 물었다.

「그런가 봐.」

「아버지가 다시는 집 안에 들이지 않을까 무서워.」

「어차피 아무도 오래 있지 못하잖아.」

누나가 천천히 고개를 끄덕였다.

「토스케이그에 가는 건 어때?」 내가 물었다.

「이런 상태로는 어디 가도 환영받지 못해.」

「그럼 어떻게 하지?」

누나는 씁쓸한 미소와 함께 고개를 저었다. 자신도 모르겠다는 뜻이다. 그러고 보니 누나 코가 완전히 짓이겨진 채였다. 망가진 얼굴을 보는 것만으로도 가슴이 아팠다.

「나는 이미 끝났어. 네가 더 걱정이구나. 차라리 이곳을 떠나. 여긴 네가 할 일이 아무것도 없어.」

나는 무모한 패스 유람에 대해서는 얘기하지 않았다. 그런 식으로 달아났다는 사실만으로도 창피했다.

「아버지는 어쩌고?」

「고통스러울 때가 제일 행복한 분이야. 네 자신을 그 양반 팔자에 묶으면 안 돼.」 누나가 말했다.

「그럼 쌍둥이는?」

제타의 성한 얼굴 쪽으로 왕방울만 한 눈물이 흘러내렸다.

「누군가 어떻게든 해주겠지.」

「어떻게든 해줘야 하는 놈은 라클런 브로드야.」

「라클런 브로드의 잘못이 아니야.」 제타가 손을 망가진 얼굴로 가져갔다.

「모두 라클런 브로드 짓이야.」 내가 항변했다. 「기필코 복수하겠어.」 그때까지는 공허한 말일 뿐이었다. 아무 의미 없는. 그 순간까지 복수 생각은 해본 적이 없었다. 복수를 어떤 식으로 해야 하는지도 몰랐다.

제타가 단호하게 고개를 저었다.

「그런 말 하면 안 돼, 로디. 세상을 좀 더 이해하면 라클런 브로드 책임이 아니라는 것도 알게 될 거야. 너도 나도 아버지도 라클런 브로드만큼은 책임이 있단다.」

「내가 양을 죽이지 않았다면, 어머니가 죽지 않았다면, 이언 삼촌들이 익사하지 않았다면?」 내가 따지고 들었다.

「하지만 다 죽은걸?」

「라클런 브로드가 존재하지 않았다면…….」 내가 말끝을 흐렸다. 그때만 해도 그 생각이 어디까지 갈지 알지 못했다.

「하지만 살아 있어. 자기가 원해서 세상에 나온 것도 아니잖아. 너나 나도 마찬가지고.」

「그럼 떠나는 방법도 자기가 선택하지 않을 수 있어.」 내가 말했다.

제타가 크게 한숨을 내쉬었다. 「그래도 바뀌는 건 없어, 로디. 어쨌든 라클런 브로드까지 신경 쓸 필요는 없다.」 누나가 목소리를 낮추어 속삭였다. 「어차피 세상에 오래 있지 못해.」

나는 고개를 젖혀 제타를 자세히 보았다. 누나는 손짓으로 다시 가까이 오게 했다.

「그 사람한테서 수의를 두 번이나 봤어.」

처음에는 누나가 무슨 말을 하는지 이해하지 못했다. 그리고 마침내 의미를 깨닫자 온몸에 전율이 흘렀다. 라클런 브로드가 세상을 떠나면 우리도 근심에서 풀려날 수 있다. 제타에게도 그렇게 말했다.

누나는 그런 일을 기대하면 안 된다며 나를 꾸짖었다. 한 여자가 과부가 되고 아이들이 고아가 되는 일이라면서. 하지만 나도 지지 않고, 라클런 브로드의 자식으로 사느니 차라리 고아가 되는 게 낫다고 말했다.

「그런 감정은 너한테 안 어울려. 라클런 브로드가 어떻게 되든 내 사정은 좋아지지 않아. 마름의 편지를 무효로 할 수도 없고.」

나는 자리에서 일어났다. 누나 말을 믿고 싶지 않았다. 나는 흥분해서 헛간 주변을 서성였다. 누나의 환영과 라클런 브로드의 죽음 얘기를 더 들려 달라고 했으나, 누나는 한사코 거부했다. 치안관의 운명이 우리 상황과 아무 관계가 없다는 이유였다.

제타가 갑자기 크게 지쳐 보이더니 눈을 감고 고개를 떨구었다. 나는 그 앞에 무릎을 꿇고 손으로 뒷머리를 받쳤다. 누나 마음을 정확히 알지는 못했지만 어떤 일을 하려는지 느낄

수는 있었다. 누나한테 대안이 없다는 사실도 알았다. 누나는 눈을 뜨고 두 손으로 내 손을 잡더니 어서 가라고 떠밀었다. 눈물이 내 두 뺨을 타고 흘러내렸다. 나는 안녕을 고하고 누나를 착유 의자에 남겨 둔 채 떠났다. 문도 단단히 닫고 썩어 가는 문설주까지 노끈으로 묶었다. 그런 식으로 누나와 작별한 것이다.

집에 돌아가고 싶지는 않았다. 나는 소작지를 지나 해변으로 갔다. 저녁 날씨는 차분하고 섬 위의 하늘도 붉은 노을빛을 머금었다. 이맘때 이 지역은 밤이 짧기 때문에 다른 곳에서 온 사람들은 종종 잠을 설치고 만다. 해변에 왜가리가 꼿꼿하게 서 있었다. 잠시 지켜보는데 새가 조용히 날아올랐다. 왜가리치고 그다지 우아한 모습은 아니었다. 새는 낮게 만을 건너가 에어드두의 곶에 착륙했다. 나는 제타의 말을 생각해 보았다. 그녀는 보통 자신이 본 환영을 얘기해 주지 않았으나, 이따금 얼굴이 어두워지면 누나가 이계와 대화 중인 모양이라고 생각했다. 그런 면에서 제타는 컬두이에 완전히 속한 적이 없었다. 설령 누나가 떠난다 해도 오로지 물리 세계에서만 사는 우리보다는 더 작은 죽음이 될 것이다.

라클런 브로드를 죽이겠다고 처음 생각한 것도, 그렇게 해변에 앉아 느린 파도를 바라볼 때였다. 나는 얼른 그 생각을 떨쳐 냈다. 아니, 떨쳐 내려고 했다. 그런데 다른 일을 생각하려 들수록 그 생각은 계속 나를 옭아매기만 했다. 라클런 브로드가 곧 죽는다는 얘기에 제약이 느슨해진 것도 사실이다.

섭리 때문에라도 오래 살지 못한다면 어떻게 떠나든 무슨 상관이겠는가. 내 손에 죽는 것 또한 너무나 합당해 거부할 수 없을 듯 보였다. 그 생각에 이르자 온몸에 전율이 일었다. 갤브레이스 목사가 어머니 장례식에서 얘기했듯이, 내가 바로 구세주가 되는 것이다. 라클런 브로드의 죽음에 매개가 된다 해도 기껏해야 예정된 운명을 앞당기는 것밖에 더 되겠는가?

제타가 수의 얘기를 했지만 라클런 브로드가 어떻게 죽는지 어떻게 알겠는가. 어쩌면 알고 있을지 모르지만 나한테 얘기해 주지 않았다. 그 누구보다 건강해서 급환에 걸릴 것 같지도 않았다. 치명적 불운에 당한다는 것도 상상하기가 어렵다. 그렇다면, 브로드의 종말이 내 손에 결정될 수도 있는 걸까? 그 생각에 마음이 무거워졌다. 자리에서 일어날 때쯤 해는 수평선 아래로 저물고 어둠이 나를 감쌌다.

집에 돌아왔을 때 아버지는 잠자리에 들어 있었다. 쌍둥이도 깊이 잠들어 있었다. 저들의 태평이 부러웠다. 나는 그날 밤 잠을 설쳤고 툭하면 잠에서 깨기도 했다. 그럴 때마다 제타의 환영이 빚어낸 상념들이 마음속에서 활활 불타올랐다. 잠으로 상념을 재우고 싶었으나 어느새 새벽 여명이 밝으며 그도 불가능해졌다.

* * *

아버지가 방에서 나오기 전에 집을 나왔다. 전날 밤 사건 때문에라도 아버지 기분이 좋지 않을까 겁이 났다. 더욱이 누나를 그런 식으로 취급한 터라 아버지 얼굴을 보고 싶지도 않았다. 나는 빵 두 개를 들고 나와 천천히 씹으며 소작지 경계까지 걸었다. 샛길은 잡초가 무성했다. 사실 다른 집 길과 비교해 창피한 수준이었다. 바람은 언제나처럼 조용하고 구름 몇 조각이 양털처럼 물 위에 낮게 걸렸다. 다른 사람은 보이지 않았다. 소리라고 해봐야 새들 지저귀는 소리와 멀리 방목장 가축 소리가 전부였다.

라클런 브로드를 죽여야 한다는 생각이 눈처럼 녹기를 바랐으나 그 반대로 더욱 강해지기만 했다. 그렇다 해도 아직까지 안이한 유희에 가까울 뿐 실제로 실행할 생각은 없었다. 수학자가 대수 문제에 접근하는 심정이 이와 비슷할까? 길리스 선생이 언젠가 이런 얘기를 했다. 과학자가 문제를 해결하는 방식은, 첫째로 가설을 세우고, 둘째로 관찰과 실험을 통해 검증하는 것이다. 나도 그런 식으로 문제에 접근했다.

라클런 브로드같이 크고 힘센 사람을 죽이는 일이니 간단할 리가 없다. 사람이 사람을 죽이는 방법이 하나둘이겠느냐마는 다 나름대로 어려움이 있다. 예를 들어 도끼로 머리를 때려 죽인다고 하자. 그렇게 하려면 은밀한 곳에 숨어 상대가 지나가기를 기다려야 한다. 칼로 찌르는 것도 다르지 않다. 라클런 브로드에게 충분히 가까이 접근하는 것도 자신이 없지만, 상처 정도가 아니라 치명적인 부상을 입힐 힘이 나한테 없다. 화기를 사용할 수도 있다. 총은 멀리서도 살상이 가능하지만 설령 그런 무기를 손에 넣는다고 해도 — 빅하우스에서 훔칠 수도 있겠다 — 어떻게 장전하고 발사하는지조차 모르지 않는가. 독약을 이용하려 해도 무엇보다 독을 잘 아는 노파를 찾아가 부탁해야 하고, 또 상대에게 독을 주입할 방법까지 찾아야 한다. 이런저런 방법을 고민하다 보니, 그때까지 생각하지 못했던 문제가 떠올랐다. 목표는 그냥 라클런 브로드를 이 세상에서 제거하는 것이 아니다. 그건 내 손을 빌리지 않아도 얼마든지 가능하다. 하지만 그가 죽는 순간 자신의 생명을 끊은 자가 바로 나 로더릭 맥레이라는 사실을 알아야 한다. 가족을 괴롭힌 대가로 벌을 받고 있다는 사실을 분명하게 깨달아야 한다.

아버지가 집에서 나왔다. 도대체 얼마나 이런 생각에 빠져 있었는지 모르겠다. 발밑에 호미가 있기에 김을 매기 시작했다. 아버지는 논길을 따라 다가오더니 지금 뭘 하는지 물었다. 얼굴이 잿빛에다 초췌하기가 그지없었다. 걸음걸이도 평소보다 거북해 보였다. 아직은 수확할 만한 거리가 남아 있다고 대답했다. 소작지를 제대로 돌보지 않으면 이번 겨울엔 쌍둥이들도 굶어야 할 거라는 말도 덧붙였다. 아버지는 주님께서 알아서 죽이든 살리든 하신다고 중얼거렸으나, 확신 있는 말투는 아니었다. 그러고는 더 이상 아무 말도 하지 않고 자리를 떠났다. 그해 수확이 바닥이라는 정도는 아버지도 나도 정확하게 알고 있었다.

이웃 사람들도 그때쯤 집에서 나와 하루 일과를 시작했다.

그날 아침도 무척이나 평온해, 곧 일어날 참극이 아니라면, 사람들도 그날을 회상하거나 여타의 아침과 구분하기가 쉽지 않았으리라. 그렇다, 내 마음을 사로잡은 끔찍한 음모를 빼면 지극히 평범한 날이었다. 지극히 평범한 날, 나는 여기저기 흩어진 집들을 보며, 라클런 브로드를 제거하면 우리 마을도 오랫동안 무겁게 짓눌렀던 억압에서 자유로워지겠다는 생각을 하고 있었다.

나는 자리에서 일어나 터덜터덜 집을 향해 걸어갔다. 라클런 브로드를 어떻게 죽이느냐의 문제는 더 이상 변명거리가 되지 못했다. 어떤 생각을 하든, 어떤 계획을 짜든 중요하지 않았다. 라클런 브로드가 내 손에 죽을 운명이라면 그렇게 죽으면 그만이다. 계획의 성패는 내 능력 밖이다. 그런 의미에서 라클런 브로드를 죽이려면 우선 그의 집부터 가야겠다고 마음을 정했다. 뭐든 무기가 될 만한 것을 가져가야 했다. 그래야 임무를 완수하지 않겠는가. 호미. 신께서 지금 막 내 손에 점지해 주셨으니 이보다 좋은 무기가 어디 있단 말인가? 소작지에 이르자 삽 하나가 박공벽에 기대 있었다. 그 삽도 챙겼다. 마침내 마을을 향해 떠날 시간이었다. 난 마음을 다독였다. 라클런 브로드를 죽이러 가는 게 아니잖아. 그저 이렇게 무장한 채 일단 그의 집에 가보는 거야. 그 후에 어떻게 될지는 그때 가서 확인하고.

나는 평소의 걸음으로 길을 따라 걸었다. 카미나 스모크가 집에서 나오며 인사했다. 의심을 사고 싶지 않아 나도 걸음을 멈추고 인사를 받았다. 카미나는 내가 들고 있는 삽을 보고 땅을 파기엔 시기상 너무 늦지 않았느냐며 웃었다. 별생각 없이 라클런 브로드 집 뒤에 팔 땅이 있다고 대답했다. 거기 작은 수로를 낼 거라고 했다. 거짓말이 어찌나 술술 나오던지 계획이 정말 성공할 거라고 믿게 되었다. 카미나 스모크는 수로 얘기는 처음 듣는다면서도 더 이상 질문하지 않았다. 나는 아침 인사를 하고 계속 가던 길을 갔다. 나를 지켜보고 있다는 건 알았지만 돌아보지도 않았다. 괜스레 음모를 들킬 것만 같았다. 다른 집들을 지날 때는 아무와도 얘기하지 않았다. 낯익은 불안감이 느껴졌다. 매켄지 집의 부지에 침입할 때마다 늘 그랬다. 연 사건이 떠오르자 심장이 더 빨리 뛰기 시작했다. 나는 브로드의 집 밖에 서서 삽자루에 기댔다. 남들이 보면 오늘의 작업 현장을 살펴보는 줄 알 것이다. 어린 도니 브로드가 문간 몇 미터 앞 흙 마당에서 놀다가 나를 힐끔거렸다. 내가 아무렇지도 않게 인사하자, 아이는 다시 하던 놀이를 이어 갔다. 마을을 돌아보았다. 카미나 스모크는 보이지 않았다. 마을 사람들은 자기 일에 바빴다. 이제 곧 큰일이 일어나건만 아무도 그 사실을 알지 못했다. 브로드의 굴뚝에서 가는 연기 자락이 피어올랐다. 나는 도니 브로드를 지나 문안으로 들어갔다.

집 안은 어두워, 눈이 적응하는 데 잠시 시간이 필요했다. 햇빛이 흙마루에 사각의 빛을 수놓고 내 다리를 실루엣으로 비추었다. 플로라는 식탁에서 감자를 깎아 물그릇에 넣고 있었다. 내가 안으로 들어가자 그녀가 고개를 들더니 여기 웬일이냐고 물었다. 그녀의 이마에 땀이 송글거렸다. 그녀가 오른손을 들어 얼굴에 흘러내린 머리카락을 쓸어 올렸다. 어떤 용무로 이곳에 왔는지 핑계를 댈 수도 없고 거짓말할 이유도 찾지 못했다. 그래서 네 아버지를 죽이러 왔다고 대답했다. 플로라는 깎던 감자를 내려놓고 하나도 웃기지 않는다며 꾸중했다. 농담이라고 얼버무릴 수도 있었으나 그렇게 하지 않았다. 그 순간부터 내 행동은 분명해졌다. 나는 플로라에게 아버지가 어디 있는지 물었다. 플로라가 눈을 크게 뜨더니 몇 차례 숨을 몰아쉬었다. 내가 몇 걸음 더 들어가자 플로라가 식탁 끝으로 달아났다. 우리는 식탁을 가운데 두고 대치했다. 플로라는 아버지가 돌아오기 전에 떠나지 않으면 내가 큰 곤경에 빠질 거라며 위협했다. 나는 이미 곤경에 빠져 있으며, 그건 네 아버지 탓이라고 말했다. 플로라는 내가 무섭다는 얘기도 했다. 나도 미안하지만, 상황을 바꾸고 싶어도 이제는 불가능하다고 대답했다.

그때 플로라가 왼쪽으로 몸을 틀더니 문을 향해 달리기 시작했다. 그녀가 식탁 끄트머리를 지날 때 난 삽을 휘둘러 그녀의 무릎 근처를 강타했다. 그녀는 줄이 끊긴 꼭두각시처럼 풀썩 바닥에 널브러졌다. 충격에 어찌나 놀랐던지, 비명을 지르거나 소리를 내지도 못하고 그저 낑낑거리며 흐느껴 울기만 했다. 나는 연장을 둘 다 내려놓고 허리를 굽혀 그녀의 치마를 들쳐 보았다. 무릎이 부서져 아주 기이한 각도로 꺾였다. 플로라의 눈이 마구 흔들리는 게, 정말 올가미에 갇힌 짐승이 따로 없었다. 나는 잠시 머리를 쓰다듬어 달래 주었다. 불필요하게 고통을 주고 싶지는 않았다. 그래서 두 발로 그녀의 엉덩이 양쪽을 받친 다음 삽을 머리 위로 들었다. 토탄 늪에 빠졌던 양을 떠올리며 조심스레 겨냥했다. 플로라는 저항할 시도도 하지 못했다. 나는 삽날로 힘껏 두개골을 내리쳤다. 연장은 깨끗하게 뼈를 끊었다. 느낌은 그저 달걀 껍질을 깨는 정도였다. 플로라의 팔다리가 잠시 씰룩거리다가 완전히 늘어졌다. 더 이상 내려칠 필요가 없어 다행이었다.

나는 한 걸음 물러나 잠시 시신을 내려다보았다. 플로라는 치마가 들추어진 채였다. 두 팔은 양쪽으로 늘어져, 두개골이 박살 나지 않았다면 벼락에 맞은 것처럼 보였을 것이다. 시신은 그늘 속에 누워 있었기에 누군가 들어오다가 밟을 수도 있었다. 그냥 둘 수는 없었다. 나는 삽을 벽에 기대 놓고 시신을 식탁으로 끌고 갔다. 조금 전 그녀가 감자를 깎던 곳이다. 무겁지는 않았지만 들어 올릴 때 두개골 뒤통수에서 뇌수가 바닥으로 흘러내렸다. 감자 그릇이 뒤집히는 바람에 바닥에 물웅덩이가 생겼다. 나는 감자를 다시 그릇에 주위 담고 제자리에 놓았다. 그리고 벽에서 삽을 회수하고 손에 호미를 든 다음, 문 안쪽 그늘로 들어가 몸을 숨겼다.

잠시 후, 도니 브로드가 문가에 나타났다. 누나 이름을 불렀지만 대답이 있을 리 없었다. 아이가 방 안으로 들어오다가 플로라의 두 다리가 식탁에서 대롱거리는 것을 보았다. 아이가 아장아장 그쪽으로 가려다가 누나의 뇌수를 밟고 넘어져 얼굴을 바닥에 찧고 말았다. 아이가 울기 시작했다. 나는 앞으로 나와 삽으로 옆머리를 후려쳤다. 아이를 해칠 생각은 없었으나 울게 내버려 둘 수도 없었다. 그때는 아이를 죽였는지, 기절시켰는지도 몰랐다. 그렇게 힘껏 때린 것 같지 않은데 아이는 꼼짝도 하지 않았다. 잠시 후에는 결국 죽었다고 결론을 내렸다. 나는 아이를 그대로 두고 다시 그림자 속에 숨었다.

얼마나 시간이 흘렀을까? 마치 보이지 않는 실로 잡아당기기라도 하듯 바닥의 사각 햇빛이 점점 길어졌다. 점점 불안했다. 별 이유 없이 플로라와 아이를 죽였다는 사실 때문에 슬펐을 수도 있다.

잠시 후 집 근처에서 개 짖는 소리가 들렸다. 라클런 브로드가 도착했다는 뜻이다. 그가 문가에 모습을 드러냈다. 덩치가 어찌나 큰지, 내내 바닥을 기어다니던 햇빛을 전부 막아섰다. 걸음을 멈춘 이유가 방이 어둡기 때문인지, 아니면 아이들 시신을 보았기 때문인지는 모르겠다. 빛을 등진 탓에 그의 표정을 볼 수도 없었다. 잠시 후 그가 아들이 쓰러져 있는 흙바닥을 향해 서너 걸음 걸어 들어왔다. 무릎을 꿇고 아이의 몸을 뒤집어 보았지만 이미 죽은 후였다. 그가 거칠게 방 안을 둘러보았다. 나는 어둠 속에 숨어 숨도 쉬지 못했다. 그가 자리에서 일어나 이번에는 플로라의 시체가 있는 식탁으로 고개를 돌렸다. 플로라도 이 세상 사람이 아니라는 것을 알게 되자, 그는 손으로 입을 막고 탁한 울음을 터뜨렸다. 이제 막 도살당하는 가축과 비슷한 소리였다. 그는 두 팔을 벌리고 두 주먹을 식탁에 대 중심을 잡았다. 전신에서 울음소리가 배어 나왔다. 잠시 후 정신을 다잡았는지, 그가 식탁에서 물러나 뒤로 돌아서서 두세 걸음 문을 향해 움직였다. 그리고 나도 어둠 속에서 나왔다. 그가 우뚝 멈춰 섰다. 둘 사이는 겨우 2미터 거리. 솔직히 그의 덩치에 놀라기는 했다. 다른 사람이라면 몰라도 도저히 내 능력으로는 처치가 불가능할 정도였다. 그가 자기 앞에 누가 서 있는지 알아보는 데 잠시 시간이 흘렀다. 그는 상체를 세우며 차가운 목소리로 물었다. 「네 짓이냐, 로디 블랙?」

나는 그렇다고 대답하고, 아버지를 괴롭힌 대가로 그를 이 세상에서 풀어 주기 위해 왔다고 덧붙였다. 그가 한 걸음 다가서며 힘껏 몸을 날렸다. 나도 본능적으로 오른발을 뒤로 빼며 삽을 앞으로 쭉 내밀었다. 삽날이 브로드의 갈비뼈에 걸렸으나 워낙 덩치가 큰 탓에 둘 다 나가떨어지고 말았다. 나는 연장을 놓지 않은 채 오른손을 휘둘러 호미 옆면으로 브로드의 관자놀이를 가격했다. 브로드는 맞은 부분에 손을 대며 일어나 큰 소리로 울부짖었다. 아무래도 상대의 분노만 키운 모양이라 무서웠다. 더 이상 겨룰 힘도 없건만. 나는 잠시 뒷걸음으로 기어가다 자리에서 일어났다. 라클런 브로드가 주변을 돌아보았다. 필경 무기를 찾는 중이리라. 내가 달려들며 삽을 휘둘렀다. 그러나 이번에는 공격을 눈치채고 팔을 들어

막아 냈다. 삽날 아래쪽 자루를 잡고 손을 비틀어 삽을 빼앗기까지 했다. 그가 잠시 나를 노려보았다. 가느다란 핏줄기가 그의 관자놀이에서 흘러내렸다. 그가 두 손으로 삽을 잡고 삽날을 겨냥한 다음 덤벼들었다. 나는 슬쩍 옆으로 피했다. 그가 관성을 억제하지 못한 채 나를 지나쳐 갔다. 그런 다음 곧바로 돌아서려 했으나 조금 전의 부상 탓인지 동작이 자연스럽지 못했다. 이제 내가 문을 등진 위치였다. 달아날 수도 있었지만 목적을 이루지 않고 떠나고 싶지 않았다.

라클런 브로드가 재차 공격해 왔다. 문득 어렸을 때 생각이 났다. 케니 스모크의 수소가 풀려나 미친 듯이 마을을 휘젓고 다녔는데 남자 여섯이 나서서 간신히 진압했다. 브로드가 삽을 휘두르자, 나는 삽의 궤적 안쪽으로 들어가 왼손으로 그의 어깨를 잡은 뒤 호미로 뒤통수를 찍었다. 호미가 두개골을 꿰뚫지는 못했으나 그 충격에 그도 무릎을 꿇어야 했다. 브로드는 삽을 떨구고 크게 당혹스러운 표정으로 두 손을 바닥에 댄 채 가만히 있었다. 나는 뒤쪽으로 돌아가 조랑말을 타듯 그의 몸에 걸터 섰다. 일을 미룰 생각은 전혀 없었다. 나는 호미를 들고 힘껏 내리쳤다. 그 충격에 브로드는 완전히 뻗어 버렸으나 이번에도 뼈를 꿰뚫지는 못했다. 인간 몸의 탄력은 감탄스러울 정도였다. 브로드는 얼굴을 땅에 댄 채 눈을 동그랗게 떴다. 육지에 올라온 물고기처럼 그의 가슴이 퍼덕거렸다. 마침내 정확하게 타격할 여유가 생겼다. 이윽고 다시 무기를 휘둘렀다. 호미가 정확히 두개골을 파고들며 장화가 늦에 빠질 때처럼 기분 나쁜 소리를 토해 냈다. 머리에서 호미를 빼내는 데도 힘깨나 들여야 했다. 그의 두 손이 씰룩거렸지만 숨이 남아 있는지는 알 도리가 없었다. 어쨌든 난 호미 자루로 최후의 일격을 가했고 이번에는 두개골이 완전히 바스러졌다.

시체에서 떨어져 나와 내 위업을 감상했다. 나도 관자놀이에서 맥박이 쿵쿵거려 어지러웠다. 그래도 계획을 완수한 터라 기분은 좋았다. 구경꾼이 있다면 집 안 풍경은 분명 끔찍했을 것이다. 고백건대 죽은 아이는 나도 차마 바라볼 수가 없었다.

방 안쪽의 어두운 곳, 안락의자에 앉아 있는 매켄지 할머니를 본 것은 바로 그때였다. 너무도 조용한 탓에 노파 역시 세상을 떠났다고 오해할 정도였다. 얼굴에는 어떠한 표정도 나타나 있지 않았다. 완전히 정신이 나갔거나, 아니면 주변을 의식하지 못하는 것 같았지만 정확히 알 수는 없었다. 죽은 사람을 찾아다니거나 집 앞에서 길을 잃는 노인들 얘기는 전부터 많이 들었다. 나는 노파에게 접근했다. 호미는 아직 오른손에 있었다. 노파의 눈은 촉촉했고 지금까지의 참상에 충격을 받았는지 크게 흔들렸다. 왼손을 들어 눈앞에서 좌우로 움직였으나 반응이 없었다. 이 정도면 해치울 이유까지는 없었다. 라클런 브로드를 세상에 데려온 것 말고는 나한테 해를 끼친 적도 없다. 어머니가 아들의 책임까지 물어야 한다면, 아버지도 내 행동에 책임이 있는 셈이다. 어차피 계획은 완수했으며 책임을 외면할 생각도 없기에 노파를 죽인다고 나한테 득이 될 일도 없었다. 아무튼 무력한 할머니를 죽이는 건 무자비한 짓이고 나한테 그럴 배짱은 없었다.

부검 보고서

피해자 부검   찰스 매클레넌 박사(진타운),

외과의 J. D. 길크리스트 박사(카일오브로칼시)

애플크로스, 1869년 8월 12일

보안관 윌리엄 쇼, 지방 검사 존 애덤의 요청에 따라 금일 라클런 매켄지(로스셔 컬두이의 소작인이자 마을 치안관, 38세)의 시신을 부검했다. 부검을 시행한 장소는 케네스 머치슨 씨의 별채였으며, 머치슨 씨의 증언에 따르면 시신을 발견 직후 그곳으로 옮겼다고 한다. 시신은 테이블 위에 놓이고 삼베 천으로 덮여 있었다.

피해자 안면은 심한 변색 및 경직 상태에 피범벅이었다. 안면 우측은 협골에서 측두까지 완전히 함몰했으며 비골 또한 골절 상태였다. 후두골은 함몰 후 떨어져 나가 대뇌 상당 부위가 소실되었다. 사건 현장에서 머치슨 씨가 두개골과 대뇌 조각들을 회수해 용기에 담아 두었다. 그 용기를 확인한 결과 뼛조각이 소실 부분과 일치하였다. 우측 외이는 거의 뜯겨 나갔다. 두개골 잔해를 검사한 결과, 분쇄 골절 파편이 대뇌 조직에 박혔다. 부상은 커다란 둔기나 연장으로 힘껏 가격했을 때 발생한 것으로 보인다.

흉부에도 타박상이 있었으며 특히 흉골 좌측 부위가 심했다. 15센티미터 길이의 자상이 늑골 하부 사이에 발생하였으며 확인한 바로는 늑골 두 개가 골절되었다. 내장 조직은 손상이 없었다. 자상은 넓고 무딘 날에서 비롯했는데 현장에서 수거한 삽과 일치했다. 삽은 우리도 확인했다.

우측 하박, 팔꿈치 아래에서 10센티미터가량의 좌상을 관찰하였다. 좌우 손바닥에도 열상(裂傷)이 다수 존재하며 다수의 지저깨비가 박혀 있었다. 좌수 약지는 골절 상태였다.

다른 신체 부위에서는 별다른 부상이 발견되지 않았다.

부검 결과 후두골에 가해진 타격만으로도 즉사가 가능했다고 판단하였으며, 따라서 이를 사인으로 규정한다.

영혼과 양심에 따라 증언함

찰스 매클레넌

J. D. 길크리스트

애플크로스, 1869년 8월 12일

보안관 윌리엄 쇼, 지방 검사 존 애덤의 요청에 따라 금일 플로라 매켄지(15세, 라클런 매켄지의 딸, 로스셔 컬두이 거주)의 시신을 부검했다. 부검을 시행한 장소는 케네스 머치슨 씨의 별채였으며, 증언에 따르면 시신을 발견 직후 그곳으로 옮겼다고 한다. 시신은 테이블 위에 놓이고 수의로 덮여 있었다.

후두골은 완전히 함몰되었고 뼛조각들이 연조직(軟組織)을 깊이 관통하였다. 두발은 상당량의 응혈 때문에 엉켜 있었다. 안면 윤곽은 망가지지 않았고 두개골 손상은 단 한 차례 둔기나 연장으로 강하게 가격한 데서 비롯한 것으로 보인다.

성기 부근에서도 열상과 좌상을 다수 관찰했으며 외피는 완전히 파괴되고 치골 좌측은 골절 상태였다.

왼쪽 다리는 골절 상태이며 무릎 외피는 심한 타박상을 입었다. 이는 둔기에 따른 것으로 우리가 확인한 삽과 상처 부위가 일치했다. 부상 이후 보행은 불가능했으리라 사료된다.

다른 신체 부위에서는 별다른 부상이 발견되지 않았다.

부검 결과 후두골에 가해진 타격이 사인으로 보이나 즉사 여부는 확인할 수 없다.

영혼과 양심에 따라 증언함

찰스 매클레넌

J. D. 길크리스트

애플크로스, 1869년 8월 12일

보안관 윌리엄 쇼, 지방 검사 존 애덤의 요청에 따라 금일 도널드 매켄지(3세, 라클런 매켄지의 아들, 로스셔 컬두이 거주)의 시신을 부검했다. 부검을 시행한 장소는 케네스 머치슨 씨의 별채였으며, 증언에 따르면 시신을 발견 직후 그곳으로 옮겼다고 한다. 시신은 테이블 위에 놓이고 수의로 덮여 있었다.

두개골의 측두에서 외이까지 커다란 좌상이 있었다. 이 부분의 두개골은 함몰했으나 뼛조각이 발견되지는 않았다. 좌상 주변의 피부는 파열 상태로 혈액 일부가 흘러 응고했다.

다른 신체 부위에서는 별다른 부상이 발견되지 않았다.

두개골 부상은 둔기 타격이 원인이며 상처 부위는 우리가 확인한 상기의 삽과 일치하나 라클런 매켄지와 플로라 매켄지의 경우만큼 강한 타격으로 볼 수는 없다. 이 정도의 부상은 단단한 표면에 추락할 경우에도 발생이 가능하다. 부검 결과 이 부상을 사인으로 보고 있으나 부상 원인은 불분명하다.

영혼과 양심에 따라 증언함

찰스 매클레넌

J. D. 길크리스트

Travels in the Border-Lands of Lunacy

광기의 경계 지대에서

J. 브루스 톰슨

제임스 브루스 톰슨(1810~1873)은 퍼스 소재의 스코틀랜드 일반 교도소 전속 외과의였다. 그는 이 시설에서 6천여 명의 수감자를 검사 했으며, 당시 초기 단계였던 범죄 인류학 분야에서 정평 있는 권위자 였다. 1870년에는 『정신과학 저널』에 「범죄자의 심리학: 연구 논문」과 「범죄의 유전적 본질」이라는 중요한 논문 두 편을 발표했다. 회고록 『광기의 경계 지대에서』는 1874년 사후 출판되었다.

인버네스에 도착한 때는 1869년 8월 23일이었다. 그날 밤은 여인숙에서 묵었고 그곳에서 앤드루 싱클레어 씨를 만났다. 마을 사람 셋을 살해한 죄로 기소된 어린 소작인을 변호하고 있다고 했다. 싱클레어 씨는 얼마 전 편지를 보내, 내가 최고의 전문가이기 때문에 의뢰인의 정신 상태와 관련해 내 의견을 듣고 싶다고 했다. 누가 칭찬에 흔들리지 않겠는가. 더욱이 사건 자체에 몇 가지 흥미로운 점도 있었는데, 특히 범죄자의 지능이 그랬다. 나는 초대에 응하기로 하고 일을 마치자마자 퍼스를 떠났다.

싱클레어 씨는 대단한 역량이 있는 사람으로 보이지 않았다. 인버네스 같은 오지에 지적 대화의 기회가 충분할 리 없으니 대가(大家)를 기대하기도 어쩌면 무리이겠다. 범죄 인류학 분야의 현대적 경향에도 완전히 무지해, 그날 저녁은 대륙에 있는 동료들의 최근 연구 결과를 설명하면서 보내야 했다. 그는 의뢰인 얘기를 하고 싶어 했지만 내가 입을 막았다.

이야기를 미리 듣지 않은 이유는, 편견에 사로잡히지 않고 내 나름대로 결론을 내리고 싶어서였다.

다음 날 아침 싱클레어 씨를 따라 인버네스 교도소를 방문, 죄수를 조사했다. 이번에도 직접 확인하고 싶어 변호사한테 의뢰인 얘기를 하지 못하게 했다. 싱클레어 씨는 나보다 먼저 감방 안에 들어갔다. 의뢰인에게 만날 의향이 있는지 묻기 위해서라지만 참으로 희한한 경우가 아닐 수 없었다. 감방에 들어갈지 말지를 죄수 따위한테 묻다니, 어디 가당키나 한 얘기인가. 변호사가 이런 부류의 사건을 많이 다뤄 보지 못한 탓이리라. 싱클레어 씨는 몇 분 후에 감방에서 나와 간수에게 박사님을 모셔도 좋다고 알렸다. 처음부터 변호사와 의뢰인의 관계가 매우 이례적이었다. 그러니까 전문가와 범죄자가 아니라, 둘이 무슨 음모라도 꾸미는 것처럼 대화를 했다. 어쨌든, 검사를 시작하기 전 둘의 대화를 들으며 죄수를 관찰할 수는 있었다.

RM의 첫인상은 그다지 부정적이지 않았다. 체격이나 체력은 좋아 보이지 않았다. 대부분의 범죄자 부류와 달리 느낌도 그다지 나쁘지 않았는데, 아마도 아직 도시 또래들의 타락상을 경험하지 못했기 때문으로 보였다. 안색은 창백하고 눈은 모들뜨기였다. 눈매는 예리하고 눈썹이 짙었다. 턱수염도 거의 자라지 않았지만 나이가 많지 않아서일 뿐 유전적 결함으로 보이지는 않았다. 싱클레어 씨와의 대화를 보면 매우 영민한 듯했으나, 변호사가 유도 신문을 하는 경향도 있어서 죄수는 변호사의 질문을 그저 확인하기만 하면 되었다.

　나는 변호사를 내쫓고 간수 입회하에 죄수에게 옷을 벗으라고 지시했다. 죄수는 반발하지 않았다. 내 앞에 서면서도 전혀 위축된 모습이 아니라, 나도 꼼꼼하게 신체검사를 할 수 있었다. 키는 158센티미터로 평균 신장보다 작았다. 가슴은 기형적으로 돌출했으며 — 속칭 〈새가슴〉이라고 한다 — 두 팔은 평균보다 길었다. 상박과 하박 모두 잘 발달했는데 지금껏 육체노동을 한 결과일 것이다. 손은 크고 못이 박혔으며 손가락은 매우 길었다. 물갈퀴 등 기형의 기미는 보이지 않았다. 상체는 치골에서 유두까지 털이 많았으나 등과 어깨에는 없었다. 성기는 큰 편이나 정상 범위에 속하며 고환도 적당히 늘어졌다. 두 다리는 앙상했다. 감방 끝까지 걸어 보라고 하자(물론 거리가 짧았다) 걸음걸이는 한쪽으로 기울어지는 편이었다. 자세가 불균형하다는 뜻이다. 어릴 적에 어떤 부상을 당했을 수도 있지만 죄수는 질문에 제대로 대답하지 못했다.

　죄수의 두개(頭蓋)와 골상도 자세히 조사했다. 이마는 크고 넓었으며 두개골 상부는 평평하고 뒤통수는 현저하게 돌출했다. 전체적으로는 모양이 이상하긴 해도 교도소 전속 의사로서 지금껏 진단한 죄수들과 특별히 다르지는 않았다. 귀는 평균보다 상당히 큰 편이며 귓불도 크고 평평했다.*

---

　* 이종 교배를 겪지 않은 범죄자들의 생리적 유사 구조를 연구하는 것은, 향후 범죄 인류학의 발전을 위해서라도 분명 대단한 가치가 있을 것이다 — 제임스 브루스 톰슨의 주.

외모에 대해: 전술했듯 눈은 작고 깊었으며 예리하고 민첩했다. 코는 뾰족한 동시에 아주 가지런하고 입술은 가늘고 해쓱했다. 마찬가지로 광대뼈도 나왔는데, 최근에 지적한 바 있듯, 범죄자상이 대부분 그렇다. 치아는 아주 건강하고 송곳니는 이상할 정도로 발달하지 않았다.

RM은 일반 교도소 재감자들과 생김새가 비슷했다(주로 기형의 두개골, 별 볼 일 없는 이목구비, 새가슴, 기다란 두 팔과 큰 귀가 그렇다). 하지만 그 외의 특성들로 보면, 건강하고 잘 발달한 인간군에 속하며, 일반 환경에서 만날 경우 그가 범죄자 유형에 속한다는 사실을 쉽사리 알아채지 못할 것이다. 이런 견해로 볼 때 분명 흥미로운 대상이며 조금 더 살펴보고 싶었다.

나는 죄수에게 옷을 입게 한 뒤 몇 가지 간단한 질문을 했다. 대답은 신통치 않았다. 종종 질문을 듣지 못하거나, 아니면 듣지 못한 척했는데, 내가 보기엔 질문의 취지를 정확히 이해하고 있었다. 나름의 이유 때문에 대답을 거부하는 것이다. 그런 식의 전략은 죄수가 바보가 아니며, 제대로든 아니든, 나름 추론 능력이 있음을 보여 준다. 아무튼 비협조적인 태도와 씨름할 이유가 없으므로 간수를 불러 감방에서 빠져나갔다.

싱클레어 씨가 밖에서 기다리다가 내가 나오자마자 질문 공세를 폈다. 그런 태도는 전문가라기보다는, 아이 건강을 염려하는 아버지에 더 가까웠다. 통로를 걸으면서 내 감상을 설명했다.

「그런데, 정신 상태는 어떤가요?」 그가 물었다.

변호사가 이 질문에 매달리는 이유는 정신 감정서를 법정에 제출해 의뢰인을 교수대에서 구하고 싶기 때문이다. 그렇게만 된다면 변호사로서 그야말로 세상에 명성을 떨치게 될 것이다. 하지만 그 점에 대해 나는 의견을 보류했다.

나는 과학자로서 억측은 금물이라고 설명했다. 중요한 것은 사실이죠, 사실과 실례! 내 주장은 그랬다.

「당신의 의뢰인은 이미 제가 익숙하게 보아 온 범죄형의 생리학적 특징을 다수 드러내고 있습니다. 하지만 죄수의 태생을 모르기에 그 특징들이 유전에서 비롯했는지 여부는 아직 말씀드리기 어렵군요. 물 한 잔이 오염되어 있다면 그 우물은 유독할 수밖에 없겠죠. 그리고 정말로 우물이 오염된 게 맞다면, 그가 자기 행동에 책임을 져야 하는지 아닌지 여부도 다시 따져 봐야 할 것입니다.」

우리는 악취가 진동하는 통로 끝에 다다라 잠시 대화를 중지했다. 문은 열린 채였다. 싱클레어 씨는 내 우월한 지식과 지성에 압도된 터라 태도가 훨씬 공손해졌다. 우리는 말없이 바깥문으로 걸어갔다. 교도소를 나온 다음엔 따뜻한 여름 공기를 깊이 들이마셨다.

싱클레어 씨는 내 제안에 따라 여인숙까지 함께 가기로 했다. 변호사에게 몇 가지 질문을 하고 싶었다. 테이블에 자리를 잡고 몇 가지 요깃거리를 주문한 뒤, 싱클레어 씨가 내게 앞으로 어떻게 할 생각인지 물었다. 나는 다음 날 아침 교도소를 재방문해 죄수를 다시 조사하고 싶다고 말했다.

「그리고 우물도 확인해 봐야죠.」

싱클레어 씨는 내 말뜻을 이해하지 못했다.

「제 말씀은, 저 불쌍한 인간이 어떤 저주받은 집에서 튀어나왔는지, 직접 찾아가 확인해야 한다는 뜻입니다.」 내가 설명했다.

「알겠습니다.」 변호사가 대답했지만, 말투로 보아 그다지 달갑지는 않은 듯했다.

「의뢰인의 배경에 대해 알고 계십니까?」 내가 물었다.

싱클레어 씨는 에일을 길게 쭈욱 들이켰다. 틀림없이 정보를 제공할 기회를 마련해 주어 고마웠으리라.

「부친은 소작농이고 괜찮은 사람이죠. 어머니도 훌륭한 여성이었는데 1년 전쯤 아이를 낳다가 숨을 거두었어요. 형제는 셋입니다. 아니 셋이었죠. 누나와 어린 쌍둥이 동생들.」

「셋〈이었다〉니요?」

「살인이 있던 바로 그날 저녁, 누나가 헛간에서 목을 맨 채로 발견됐어요.」

나는 잠시 생각에 잠겼다. 이 정보는 분명 큰 의미가 있다.

「사건 이전에 누나 정신이 건강했던가요?」 내가 물었다.

「모르겠습니다.」 그가 대답했다. 「살인 직후에는 혼란 와중이라 전혀 신경을 쓰지 못했죠. 그러다가 사람들이 찾기 시작했고, 말씀드린 대로 헛간에서 발견했어요. 검시관도 정확한 사망 시간을 알아내지 못했더군요.」

내가 천천히 고개를 끄덕였다. 자살은 가족의 심리 상태가 좋지 못하다는 증거다. 게다가, 이 시대에 여성이 출산 중 사망했다면 필경 선천적으로 허약했을 가능성도 농후하다. 요컨대, 건강하고 건전한 혈통은 아니다.

「어린 쌍둥이는?」

「모르겠습니다. 아직 갓난애들이잖아요.」 변호사가 천천히 고개를 저으며 대답했다.

「아버지 성격이 좋다고 하셨는데 특별히 근거가 있습니까?」

「RM과 대화하면서 추측해 보건데…….」

「분명한 사실은, 당신의 의뢰인처럼 일탈적이고 폭력적인 개인의 말을 인정할 수는 없단 겁니다. 이해하시리라 믿습니다만. 무엇보다 객관적인 관점으로 배경이 어떠했는지 실상을 밝혀야 해요. 사실과 실례, 싱클레어 씨, 우리는 사실과 실례에 집중해야 합니다!」

변호사는 의뢰인이 절대 일탈적이지 않다고 항변했으나 난 그 말마저 무시했다.

「내일모레 컬두이에 가보죠. 준비는 변호사님께 일임하겠습니다.」

그날 밤 싱클레어 씨가 식사를 제안했지만 거절했다. 다음 며칠간 어차피 오랜 시간을 함께 보내야 할 것이기 때문이다. 나는 퍼스의 교도소와 아내에게 전보를 보내 며칠간 돌아가지 못한다고 알려 주었다. 그다음엔 싱클레어 씨한테 받은 목격자 진술서와 부검 보고서를 꼼꼼히 읽고 그날 일을 기록했다. 저녁 식사는 객실에서 했는데, 식당 손님들하고 마주치고 싶지 않았다. 퍼스 교도소 수감자들과 하등 다를 바가 없는 자들이 아닌가. 음식은 적당했다. 와인도 충분히 마신 덕에 매트리스가 불편한 것도, 아래층에서 흥청거리는 소음도 잊고 잠들 수 있었다.

다음 날 아침 싱클레어 씨에게 부탁해, 먹을 만한 요리와 와인 한 병을 주점에서 교도소로 배달하게 했다. 변호사는 의뢰인에게 여러 번 배달 음식을 제안했지만 번번이 거부당했다고 알려 주었다. 그 이유는 죄수가 식당 음식을 싫어해서가 아니라 변호사한테 빚을 지고 싶지 않아서였다. 변호사한테도 그렇게 말해 주었다. 아무리 정직하고 친절한 행동이라고 해도, 범죄자 부류들한테는 이질적으로 보일 수 있고, 의심이 따르기 마련이다. 하지만 솔직하게 고백하건대 나 자신의 제안은 친절과는 거리가 멀었다. 죄수를 굶길 경우, 반항, 불안에 심지어 공격성까지 유발할 수 있다. 교도소에 도착했을 때 RM이 맛난 음식을 먹고 느긋해져 있기를 바랐다. 그래야 신문에 보다 도움이 되기 때문이다. 식사가 정오에 배달되도록 했기에 싱클레어 씨와는 식사가 효과를 나타낼 쯤인 1시에 교도소에서 만나기로 약속했다.

교도소에는 약속한 시간보다 조금 일찍 도착했다. 무엇보다 변호사 부재하에 간수한테 몇 가지 질문을 하고 싶었다.

그간의 가볍지 않은 경험으로 볼 때, 저토록 천한 노동에 종사하는 자들은 처음 만난 지식인에게 충성을 바치는 경향이 있다. 어미를 잃은 양이 처음 먹이를 주는 사람에게 달라붙는 것과 같은 이치다.

간수는 게으른 사람이었으나, 솔직히 이 나라 교도소와 수용소 직원 중 그렇지 않은 경우가 얼마나 되랴. 키는 중키에 상체가 다부지고 어깨와 팔뚝도 굵었다. 얼굴은 혈색이 좋은데 반해 연주창 흉터가 많았다. 두개골은 다소 기형이고 두 귀는 돌출형이었다. 머리카락은 검고 뻣뻣했으며, 이마가 벗겨지고 있었다. 그와 반대로 구레나룻은 덥수룩했다. 인상이라면 멍청하고 잔인해 보였다. 수감자들이 대개 그렇기에, 그를 감방 안에서 본다 해도 그저 그러려니 했으리라. 의심할 바 없이 현재의 직업에 딱 어울리는 인물이라는 얘기이나, 지금으로서는 딱히 그에게서 재치나 지혜를 구할 필요가 없었다. 머리의 눈구멍 두 개. 내가 바라는 기능은 오직 그뿐이다.

아직 감방에 들어갈 생각이 없다고 얘기했지만 간수는 전혀 놀라는 눈치가 아니었다. 이런 종자는 전적으로 현재밖에 모른다. 과거는 개의치 않고 미래를 걱정하지도 않는다. 당연히 그 어떤 상황에도 놀라는 법이 없다. 마찬가지로 따분함을 느끼지 못하기에 반복적이고 힘들지 않은 노동에 적합하다. 나는 그 얼뜨기를 통로 끝으로 끌고 갔다. 당사자가 대화를 엿들을 필요는 없지 않겠는가. 우선 RM이 수감 이후 내내 간수의 감시하에 있었는지부터, 죄수에게 음식을 가져다주고 배설물을 처리하고 규칙적으로 문의 개구로 살펴보는지부터 확인했다. 간수가 질문을 제대로 이해하지 못해, 거듭거듭 설명하고 또 설명해야 했다.

그때 죄수의 행동과 관련, 이런저런 질문을 했는데 이곳에 간수의 대답을 적어 본다.

죄수는 잠이 많지 않으며 이따금 불안한 듯 주변을 살펴본다. 식욕은 좋은 편이고 음식 맛이나 양에 불만을 얘기한 적은 없었다. 마찬가지로 감방이 춥다거나 불편하다고 투덜댄 적도 없고 여분의 담요나 다른 물품을 요구하지도 않았다. 가족 안부를 묻거나 바깥세상을 궁금해 한 적도 없었다. 요컨대, 두 사람 간에 의미 있는 대화는 없었다는 얘기다. RM은 종종 햇빛에 의지해 테이블에서 글을 썼지만 간수는 그 내용에 관심을 두지 않았다. 환각에 사로잡혀 헛소리를 하거나 비명을 지른 적은 없었다. 밤이면 깊이 잠들었고 악몽이나 환영에 시달리는 것 같지도 않았다.

대화 말미에 간수 손에 1실링을 쥐여 주었다. 간수는 잠시 멍하니 바라보다 아무 말 없이 지저분한 조끼 주머니에 집어넣었다. 그때쯤 싱클레어 씨가 나타났다. 내가 간수 같은 야만인과 대화하는 광경에 적잖이 놀라는 눈치였다. 비록 지적으로 부족하다 하나, 죄수와 가장 지적에 있는 사람을 이용한다는 생각은, 그로서는 상상도 못할 일이었음이 분명하다. 법조계 인물이 대개 그렇듯, 그 역시 증거보다 가정과 추측을 선호할 것이다. 물론 내 행동을 그에게 해명할 이유도 없었고, 그렇다고 그가 용감하게 나에게 질문하지도 않았다.

감방에 들어가니 RM은 반대편 벽을 등진 채 서 있었다. 나름대로 신중을 기하기는 했지만, 혹시 통로에서의 대화를 듣고 우리를 경계하는 것이 아닌가 염려도 되었다. 그래서 싱클레어 씨와 죄수의 유대감을 이용하기로 했다. 그를 먼저 들여보내고 우스꽝스러운 안부를 늘어놓는 동안에 입을 다물기로 한 것이다. 주점에서 배달한 음식 쟁반은 테이블 옆 바닥에 놓여 있었는데, 수프를 담았음 직한 그릇만 비었을 뿐 양고기와 감자 접시는 손도 대지 않았다. 와인 병 역시 코르크를 따지 않았다.

나는 RM에게 친절한 어조로 저렇게 맛난 음식을 왜 남겼는지 물어보았다. 그는 고급 음식에 익숙하지도 않지만 충분하게 먹었다고 대답하더니, 혹여 시장하시면 드셔도 좋다고 덧붙였다. 당연히 난 사양했다. 이제부터 내가 몇 가지 질문을 할 것이며, 성심껏 자세히 대답하면 크게 도움이 될 거라고 싱클레어 씨가 사전 설명을 했다. RM은 자기한테 도움 될 일이야 없겠지만 싱클레어 씨가 원한다면 어떤 질문이든 대답하겠다고 말했다. 나는 테이블 옆 의자에 앉고 죄수에게도 침상에 앉을 것을 권했다. 죄수가 앉았다. 싱클레어 씨는 문을 등지고 서서, 두 손은 깍지를 하고 배 위에 올렸다.

지금까지 내가 모은 정보 — 죄수를 신체검사하고 간수와 대화도 나눴지만 — 만으로 죄수의 정신 상태와 관련해 결론을 끌어낼 수는 없었다. 그가 저지른 범죄의 도덕적 책임에 대해서도 마찬가지였다. 이번 죄수는 지금껏 내가 관리해 온 멍청이들과 대부분 일치했으나, 전반적인 섬세함, 일을 처리할 때의 능력 등은 여타 죄수들과 확연히 달랐다. 요즘 열심히 글을 쓴다고 했는데, 범죄자가 쓰는 글이라니 기껏 헛소리와 횡설수설에 불과하겠지만, 그렇다 해도 저렇게 집중한다는 사실 자체는 인상적이라 하겠다. 범죄자들을 수도 없이 만났으나 미적 감상이 가능한 자는 한 번도 본 적이 없다. 문학이나 예술 작품을 만들어 내는 일은 더더욱 아니다. 보통 죄수들의 문학적 야심이란 감방 벽에 추악한 낙서나 긁적이는 것 이상을 넘지 못했다. 과학자라면 당연히 자기 분야의 이론과 선례에 정통해야 하지만, 그렇다고 이론에 눈이 멀어 증거를 보지 못하거나, 기대와 다르다는 이유로 깎아내리거나, 관계가 없다는 식으로 무시하는 일은 없어야 한다. 아무리 새롭고 충격적이라 해도 증거는 언제나 객관적으로 받아들일 것. 피르호 박사가 언급했듯, 〈사물을 우리가 원하는 대로가 아니라 있는 그대로 받아들여라.〉*

RM은 대중들이 흔히 생각하는 광란의 미치광이가 아니다. 그것만은 분명하다. 프리처드 박사**를 비롯, 다양한 연구가 밝혔듯, 전혀 다른 차원의 광기도 존재한다. 〈도덕적 광기.〉 따라서 본성, 애착, 습관들이 아무리 왜곡되고 전도되어

* 루돌프 피르호(1821~1902)는 독일의 과학자이며, 〈현대 병리학의 아버지〉로 알려져 있다.
** 제임스 콜스 프리처드 「정신에 영향을 미치는 광기 및 여타의 질병 연구」, 1835년.

도, 지능과 추론 능력을 교란하지 않은 채 얼마든지 공존 가능하다. 지금까지 관찰한 결과 RM은 분명 어느 정도 지성이 있다. 어느 모로 보나 기만이나 사악한 목표에 경도될 수밖에 없는 지성이지만, 그럼에도 불구하고 열등한 존재들과는 분명 차이가 있다. 따라서 취조를 시작하기 전, 죄수의 추론 능력이 어느 정도인지 확인해야 했다.

대화에 참여하는 당사자가 우리 둘뿐이라는 인상을 심어 주기 위해, 나는 어떠한 기록도 하지 않았다. 이 글은 여인숙에 돌아오자마자 기억을 더듬어 재구성한 것이다.

우선 RM이 쓴다는 글에 호기심을 표하는 것으로 이야기를 시작했다. 그는 싱클레어 씨의 권유로 쓰고 있을 뿐이라고 대답했다. 무척 열심이라고 들었는데, 단지 시켜서만은 아닌 것 같다고 반박했다. 그러자 죄수는 손으로 감방을 가리키며 이렇게 대답했다. 「보시다시피, 이곳엔 소일거리가 거의 없습니다.」

「그래, 글 쓰는 일이 재미있더냐?」

죄수는 질문에 대답하지 않았다. 그냥 똑바로 앉아 있기만 했다. 그가 보고 있는 대상은 내가 아니라 정면 벽이었다. 나는 이곳에 갇히게 된 상황에 대해 몇 가지 묻고 싶다고 말했다. 그가 작은 눈을 깜빡이며 나를 보았지만 태도는 아무 변화가 없었다.

「싱클레어 씨 얘기로는, 범죄 사실을 전혀 부인하지 않는 다던데?」

「예, 부인하지 않습니다.」 시선은 여전히 정면의 벽을 고수했다.

「왜 그렇게 폭력적인 행동을 했는지 말해 주겠나?」

「아버지가 최근에 시련을 많이 겪으셨는데, 고통에서 풀어 드리고 싶었습니다.」

「그래, 어떤 시련이지?」

RM은 지난 몇 개월간 아버지와 피해자 사이의 사소한 갈등을 하나하나 나열하기 시작했다.

「그런 일들 때문에 매켄지 씨를 살해했다고? 그게 정당하다고 생각한 거냐?」

「제겐 그 방법밖에 없었습니다.」 RM의 대답이었다.

「마을에서 힘 있는 사람을 찾아 문제를 중재해 달라고 부탁할 수는 없었을까?」

「매켄지 씨가 마을의 권력자였죠.」

「너도 꽤 머리가 좋은 것 같은데 매켄지 씨와 대화로 해결해 볼 생각은 없었나?」

RM은 그 말에 씁쓸하게 웃었다.

「매켄지 씨와 얘기해 볼 생각은 했겠지?」

「아니요.」

「왜?」

「매켄지 씨를 만난 적이 있다면, 저한테 물어볼 필요도 없을 겁니다.」

「매켄지 씨를 살해하라고 아버지가 시켰나?」

RM이 맥없이 고개를 저었다.

「살인 계획을 다른 사람과 얘기한 적은?」

「계획을 한 것까지는 아닙니다.」

「하지만 매켄지 씨 집으로 갈 때 넌 무기를 가지고 있었어. 당연히 해치울 생각이 있었다는 얘기겠지.」

「맞습니다.」

「그럼 계획이 있었다는 얘기 아닌가?」 난 지극히 사근사근하게 대화를 풀어 나갔다. 그저 서로의 관심 분야를 두고 가볍게 수다라도 떠는 분위기였는데, 행여 공격하는 것처럼 보이면 반감을 드러낼 수도 있었다.

「매켄지 씨를 살해할 목적으로 그 집에 가기는 했지만 그렇다고 계획을 한 건 아닙니다.」

난 그 말의 미묘한 차이를 잠시 궁리하는 척하다가 무슨 뜻인지 설명해 줄 수 있겠냐고 물었다.

「해칠 의도는 있었습니다만, 어떻게 해치겠다는 계획은 만들지 않았죠. 매켄지 씨 집에 갈 때는, 일단 가보자, 그럼 무슨 일이든 일어나겠지 하는 심정뿐이었습니다.」 죄수가 〈의도〉라는 단어를 강조했는데, 그러고 보니 아랫것과 상대하는 사람이 내가 아니라 그가 된 기분이었다.

「그러니까 매켄지 씨의 사망이 네 책임만은 아니고 어느 정도는 우연이었다고 믿고 있군.」

「그보다 상황 전체가 우연이라고 말하고 싶습니다.」 죄수가 말했다.

「우연히 네 손에 호미가 들리고 우연히 매켄지 씨 집에 들어갔다고?」

「떠나기 전에 내 손에 호미가 들린 것이 우연이었습니다.」

「그럼 두 번째 무기는…….」

「삽입니다.」 싱클레어 씨가 끼어들었다.

「그럼 삽을 든 건 우연이 아니었을 텐데.」

RM은 따분한 목소리로 대답했다. 「삽은 우리 집 벽에 기대 있었습니다.」

「하지만 넌 삽을 집어 들었어. 네 손에 삽이 들린 건 우연이 아니었지?」

「아닙니다.」

「매켄지 씨를 살해할 계획이었으니까.」

「분명히 매켄지 씨를 내 손으로 죽이고 싶었습니다. 그걸 계획이라고 하고 싶으면 그렇게 하세요. 전 그저 내 행동을 매순간의 우연한 성공이라 부르고 싶을 뿐입니다.」

나는 그의 궤변에도 현자답게 고개를 끄덕여 주었다. 「그래, 성공해서 기쁜가?」

「슬프지는 않습니다.」 RM이 대답했다.

「감방에 갇혀 있으니 기쁠 수도 없겠군.」

「그건 사소한 문제입니다.」 그가 선언했다.

「희생자들을 잔혹하게 살해한 데다 자네의 진술까지 일치하니, 그 사건으로 교수대에 오를 수 있다는 것 정도는 이해하겠지?」

RM은 대답하지 않았다. 얌전한 태도가 거짓인지, 무의미한 허세 때문인지는 모르겠다. 이 시점에서라면 이런 식의 사무적인 대답이 실제로 본모습인지, 아니면 정신병자로 보이기 위한 계략인지도 분간하기 어렵다. 어쩌면 야만적인 살인을 솔직하게 인정하면 사람들이 제정신이 아니라고 여길 가능성까지 계산했을 수 있다.

나는 다른 피해자들에게로 화제를 돌렸다.

「매켄지 씨를 죽이고 싶었다고 했고, 그래, 그 문제는 나름대로 정당성이 있는 행동이었을 테니 이해하겠다. 그런데 어린 소녀와 그 동생까지 죽인 건 완전히 다른 문제야. 플로라나 도널드 매켄지에 대해서도 앙금이 있었더냐?」

「아뇨.」

「그런데도 그들을 죽인 건 극악무도한 짓이었어.」

「피치 못한 행동이었습니다.」

「피치 못해?」 내가 되물었다. 「너같이 힘센 사내가 어린 여자와 꼬마애 하나 제압하지 못할 것 같았더냐?」

「지나간 얘기니까 그렇게 보일 수도 있겠죠. 선생님, 말씀대로 저한테 계획이 있었다면 가능했을 겁니다. 그렇지만 실제로는 그냥 그렇게 흘러가고 말았습니다.」

「매켄지 씨를 살해하기 위해 어쩔 수 없이 그 둘을 죽였다는 얘기냐? 네가 보기에도 죄가 없는 사람들인데?」

「둘을 살해할 의도는 아니었지만 어쩔 수 없었습니다.」

「그래서 피치 못한 행동이었다?」

죄수는 내 비위를 맞추기도 지쳤다는 듯 어깨를 으쓱했다. 「그렇게 생각하고 싶으시다면, 예, 피치 못해 두 사람을 죽였습니다.」

이때쯤 나는 가방에서 부검 보고서를 꺼냈다. 지방 개업의가 깔끔하게 편집한 서류인데 희생자들에게 가한 부상이 상세히 기술되어 있었다. 죄수에게 플로라 매켄지의 부검 보고서도 읽어 주었지만 너무 끔찍해 이 글에서는 생략했다. 「여기 적힌 내용대로라면 피치 못한 수준을 크게 넘어서는 것 같구나.」

그때까지만 해도 RM은 침상에 꼼짝하지 않고 앉아서 벽을 응시하고 있었다. 그런데 자신이 어떤 부상을 가했는지 듣는 순간 눈동자가 마구 흔들렸다. 가만히 무릎에 놓여 있던 두 손은 바지 자락을 못살게 굴기 시작했다.

「뭐가 피치 못해 저런 부상을 가했는지 설명해 줄 수 있겠어?」 내가 여전히 평온하고 사근사근한 말투를 유지하며 물었다.

죄수의 두 뺨이 발그레해졌다. 아무리 말재간이 현란한 수감자라 해도 불안감은 결국 온몸으로 드러나게 마련이다. RM은 내 질문의 답이라도 찾으려는 듯 감방을 여기저기 둘러보았다.

「그런 부상을 입힌 기억은 없습니다.」 그가 잠시 후 대답했다. 목소리가 조금 전보다 차분해지기는 했다.

「어쨌든 네 소행이야.」

「예, 그렇겠죠.」 그가 대답했다.

그때쯤 더 이상 죄수를 밀어붙일 필요는 없다는 생각이 들었다. 이미 목표한 대로 충분히 흔들어 놓았기 때문이다. 나는 서류를 가방에 넣고, 면담이 끝났다는 신호로 일어났다. 싱클레어 씨도 감방 벽에서 몸을 떼어 자세를 바로잡았다. 이제 떠날 때가 되었다고 하니, 그가 간수를 불러 문을 열게 했다. 간수에게 음식 쟁반을 빼내라고 지시하고는, 미안해할 필요 없으니 남은 음식을 먹어도 좋다고 일러 주었다.

* * *

8월 26일 저녁, 싱클레어 씨와 나는 고생 끝에 애플크로스에 도착했다. 우리가 묵을 여인숙은 무척 깨끗했다. 벽은 순백에 가구는 소박했으며, 난롯불도 활활 타올랐다. 주인은 우리를 따뜻이 맞아 주었다. 잠시 후 한 소녀가 양고기 스튜를 가져왔는데, 날씬한 데다 표정도 건강해 덩달아 기분이 좋아졌다. 이 지역 사내들은 대부분 가무잡잡하고 키가 작았으나, 튼튼한 데다 선천성 불구도 거의 보이지 않았다. 다들 사투리로 대화했기에 대화 내용을 제대로 이해하지 못했지만, 에일을 엄청 마셔도 함부로 행동하거나 하지는 않았다. 여인숙에 매춘부가 있는 것 같지는 않았다. 도시 남자들의 등장에도 그다지 개의치 않는 것 같아 이유를 물어보았다. 사냥 시즌이면 빅하우스에 신사들이 종종 찾아오기 때문이란다. 싱클레어 씨는 금세 사람들과 어울렸으나, 나는 이내 양해를 구하고 방으로 돌아와 깊은 잠에 빠져들었다.

우리는 일찍 일어나 블랙 푸딩*과 계란을 아침으로 먹었다. 에일 맥주도 나왔지만 싱클레어 씨만 신이 나서 마셨다. 마차가 없기에, 우리는 마차 대신 조랑말을 타고 애플크로스에서 컬두이로 향했다. 아침은 맑고 바람은 상큼하고 시원했다. 애플크로스 마을은 한적한 해안으로 지극히 쾌적해 보였다. 집들도 원시적이기는 하나 충분히 튼튼했다. 아직 이른 시간인데도 마을 노파들이 집 밖 벤치에 나와 앉아 있었다. 대충 보기에도 상당수가 여든 살이 족히 넘어 보였다. 일부는 작은 파이프를 피우고 나머지는 뜨개질을 했는데, 우리를 호기심 어린 눈으로 바라보기는 했어도 인사를 하지는 않았다.

2킬로미터쯤 지나자 카머스터라치 마을이었다. 당장이라도 쓰러질 것 같은 오두막이 초라한 부두를 따라 늘어서 있었다. 이 마을은 고대풍의 교회, 고급 석조 건물인 목사관과 학교가 인상적이었는데, 특히 목사관과 학교가 그나마 마을을 마을답게 만들었다. 애플크로스도 카머스터라치도 원시적이기는 했지만 그래도 RM이 살았던 동네만큼 험악하지는 않았다. 그곳은 비참한 판잣집들의 모임이었다. 카머스터라치에서 컬두이까지 짧은 거리를 가는 동안만 해도 라세이와 스카이의 섬들은 말 그대로 장관이었다. 섬과 본토를 가르는 해협도 햇볕에 기분 좋게 반짝거렸다. 그런데 컬두이의 좁은 진

* 돼지기름과 선지를 넣어 만든 소시지 — 옮긴이주.

240

입로에 들어섰을 때의 충격은 이루 형언할 수가 없을 정도였다. 풍경이 아무리 장관인들 이곳의 불쌍한 촌민들이라면 차라리 눈을 돌릴 것이다. 그래야 자신들의 비참한 삶과 대비하지 않을 수 있을 테니까. 대부분의 집들은, 저런 움막도 집이라 할 수 있다면, 너무나 조악해서 차라리 외양간이나 돼지우리라고 부르고 싶었다. 대부분 조잡한 돌조각, 뗏장으로 짓고 거친 억새풀로 지붕을 얹었다. 날이 따뜻했는데도 지붕마다 토탄 연기가 새어 나와 마을 전체가 질식하는 것만 같았다. 길을 따라 움직이는데, 한 농부가 작물을 수확하다 말고 우리를 빤히 바라보았다. 체격은 땅딸하고 턱수염은 길게 기르고 얼굴은 지독히 추물이었다. 마을 교차로에 있는 집은 그나마 지붕이 석판이었으며, 사람도 살 만해 보였다. 우리는 그곳에서 멈춰 서서, M 씨, 그러니까 죄수의 부친 집이 어디인지 묻기로 했다. 놀랍게도 매우 아름다운 여인이 나오더니, 용건을 말하기도 전에 우리를 자기 집으로 끌어들였다. 솔직히 이곳 사람들이 어떻게 사는지 알고 싶기도 했다. 나는 실내를 보고 놀랍기도 하고 즐겁기도 했다. 비록 바닥은 흙밖에 없었으나 집은 깨끗하게 청소되었고 위생 상태도 괜찮은 편이었다. 가구들은 조야하지만 그럭저럭 쓸 만했다. 여자는 난로 옆에 팔걸이의자 두 개를 놓고 앉을 것을 권했다. 싱클레어 씨는 앉을 필요까지는 없으며, 그저 M 가족의 집이 어디 있는지만 알려 달라고 했다. 나는 그의 입을 막고 기꺼이 주인의 호의를 받아들이겠다고 말했다. RM의 마을을 알고 싶어서 먼 길을 여행했으니, 이런 기회를 저버린다면 그야말로 근무 태만이 아닐 수 없었다. 범죄자 유형 연구를 유전에만 국한할 수는 없다. 타락한 인간이 어떤 환경에 노출되어 있는지에도 당연히 관심을 기울여야 한다. 유전은 그 자체로 범죄 행위의 원인이 될 수 없다. 빈민가, 굶주림, 비도덕적 환경과 분위기 또한 범죄 구성의 원인으로 받아들여야 한다. 생부모의 누추한 환경에서 탈출한 아이들이, 비록 지적으로 부족하기는 해도, 어느 정도 교육을 받고 지극히 생산적인 삶을 이끌어 간 경우는 얼마든지 있으며 그들에 대한 연구도 상당한 수준이다.

나는 RM이 어느 우물에서 나왔는지 알아볼 기회가 생겨서 기뻤다. 인사를 나눈 후, 머치슨 부인은 두 딸을 불러 차를 내오게 하고 불 옆에 함께 앉았다. 옷이 다소 추레하기는 했지만 머치슨 부인 정도라면 퍼스의 다과 파티에 소개해도 부끄러울 바가 없었다. 인물도 좋고 갈색 눈도 지적이었다. 어느 정도 품위도 있어 나같이 지적인 남성들과의 대화도 낯설지 않아 보였다. 두 딸은 열두 살, 열세 살 정도로, 어머니만큼이나 몸놀림이 우아하고 몸과 얼굴 또한 균형이 잡혔다. 남편은 석공이라는데 그날은 집에 없었다. 나는 두 사람이 어떻게 만났는지 물었다. 둘은 이웃 마을 카일오브로칼시에서 만났다고 했다. 부인의 부친이 그곳에서 소위 잘나가는 상인이라고 했다. 머치슨 씨는 타지 출신을 만나 스코틀랜드 해안 사람 특유의 우둔함을 피할 수 있었다. 대부분 가까운 혈족과 거듭된 혼인을 거치면서 신체적 기형과 결핍을 물려주게 된다. 두 딸은 도자기에 차를 내오고 버터를 바른 스콘도 곁들였다. 부인에게 두 따님이 본때 있게 자랐다고 칭찬하니, 자기한테 딸만 넷이 더 있다는 대답이 돌아왔다. 그래서 득남의 축복을 받지 못한 데 대해 심심한 위로의 말을 전했다.

나는 컬두이에 왜 왔는지 설명하고 범인이 어떤 아이인지 그녀에게 의견을 물었다. 머치슨 부인은 대답을 피하고, 대신 그 사건의 비극적 성격과 마을에 어떤 영향을 끼쳤는지에 대해 언급했다.

나는 〈비극적〉이라는 단어에 주목해, 왜 사건을 비극적이라고 규정했는지 물었다.

「그 말 말고 달리 표현할 방법이 없답니다.」

「그저 호기심 때문에 그렇습니다. 왜 그런 행동을 〈비극적〉이라고 표현하셨을까요? 그보다 극악무도하다거나 추악하다고 할 수도 있을 텐데.」

머치슨 부인이 슬쩍 우리 둘을 보았다. 우리와 터놓고 얘기해도 되는가 미심쩍은 눈치였다.

「톰슨 씨, 제 의견을 물으시니 말씀드리죠.」 그녀가 말했다. 「이 마을은 그렇지 않아도 너무 자주 추악을 이야기해요. 그런 사람들 얘기를 들으면, 우리가 오로지 타락과 방종 속에 존재하는 것만 같아요.」

「그런 견해는 물론 잘못이겠죠. 그렇지만 어떻게든 이웃 청년의 행위를 설명할 길을 찾아야 합니다.」 내가 손으로 방을 가리키며 말했다.

그러자 머치슨 부인은 두 딸에게 허드렛일이나 하라며 집 밖으로 내보냈다. 그러고는 의견을 내놓을 자격이 없으나, RM이 끔찍한 범죄를 저질렀을 때 아마도 제정신이 아니었으리라 짐작할 뿐이라고 대답했다. 정신이 어떻게 작동하는지 자기보다 더 잘 아는 두 신사분을 모시고 감히 의견을 말했다며 용서해 달라고 한 발 물러나기도 했다.

나는 부인의 겸양을 물리치며 이렇게 대답했다. 범죄 연구야 얼마든지 했지만, 난 기본적으로 과학자이므로 일반화와 추측보다 증거를 더 가치 있게 여긴다. 내가 이곳을 찾은 이유도 범인과 잘 아는 사람들의 견해를 듣기 위해서다.

「그 아이를 욕하는 얘기라면 얼마든지 들으실 수 있을 거예요. 하지만 제가 알기로 그 아이가 누군가를 해코지한 적은 한 번도 없어요.」

「그런 짓을 할 리 없다는 말씀이신가요?」

「누구도 그런 일을 하리라 상상도 해보지 못했답니다, 톰슨 씨.」 부인의 대답이었다.

그래서 RM이 그래야 할 이유라도 있는지 다시 물었다. 부인은 머뭇거리다가 마지못해 대답했다.

「매켄지 씨와 M 씨 사이에 말다툼이 조금 있기는 했어요.」

「어느 쪽 잘못이 크다고 보시는지요.」

「제가 대답할 질문은 아닌 듯하네요.」

「물론 망자를 두고 험담하고 싶지 않으시겠죠.」

머치슨 부인은 잠시 나를 보았다. 정말 대단한 여자였다.

「플로라와 도널드 매켄지한테 잘못이 없다는 것만은 분명해요.」 그녀는 이렇게 대답하고는 훌쩍훌쩍 울기 시작했다.

나는 황급히 사과했다. 부인은 소매 안쪽에서 리넨 손수건을 꺼내 두 눈을 찍어 냈다. 훌륭한 가문의 여성을 완벽하게 모방한 것이다. 손수건을 몸에 지니고 다니는 것으로 추측하건대 종종 이런 식으로 감정을 분출하는 모양이다. 그녀가 감정을 추스른 후, 나는 그녀에게 RM의 사람됨에 대해 얘기해 달라고 부탁했다. 그녀는 서글서글한 갈색 눈으로 잠시 나를 바라보았다.

「대체로 좋은 아이였어요.」 그녀가 막연하게 대답했다.

「대체로?」

「예.」

「늘 좋지는 않았나요?」

「R 또래의 아이들이야 다들 가끔 심술을 부리지 않나요?」

「그야 그렇죠. 그런데 어떤 심술을 부리던가요?」

머치슨 부인은 대답하지 않았다. 그렇게 극악무도한 짓을 저지른 죄인이건만, 부인은 신기하게도 나쁜 얘기를 하지 않으려 했다. 나는 질문을 보다 구체적으로 던져 보기로 했다.

「도벽이 있었습니까?」

머치슨 부인은 질문을 웃어넘겼다.

「혹시 동물이나 아이들을 학대한 적은 없나요?」

머치슨 부인은 이번에는 웃지 않았지만, 그런 얘기는 듣지 못했다고 대답했다.

「환각이나 환상에 빠져 헛소리를 하거나 몸부림친다는 얘기는 들어 봤나요?」

「헛소리는 들어 보지 못했지만, 마을을 지나거나 들판에서 일하면서 이따금 혼자 중얼거리기는 했어요.」

「그 소리가 들릴 정도였나요?」

머치슨 부인이 고개를 저었다. 「사람들이 엿들을까 그랬는지 늘 입을 굳게 다물었죠. 누군가 접근하거나 지켜보는 사람이 있으면 곧바로 그만두었어요.」 부인은 입술을 꾹 다무는 흉내까지 내며 설명했다.

「자기가 무슨 짓을 하는지 의식은 했다는 뜻이군요.」 이 말은 부인이 아니라 나 자신에게 한 말에 가까웠다. 「R의 그런 습관에 대해 다른 사람과 얘기해 본 적이 있습니까?」

「남편도 알아요. 남편이 제게 얘기해 주었어요.」

「어떤 말을 했는지는 모르시고요?」

「그냥 그런 모습을 봤다고 언급하는 정도였어요. 특별히 중요한 문제라고 생각해 본 적도 없고요.」

「그래도 어딘가 거슬렸으니까 지금 말씀하시는 거겠죠.」

「그래요.」 머치슨 부인은 그렇게 대답하고 차를 조금 마셨다. 「톰슨 씨, 그 애가 얼마나 불행했는지 이해하셔야 해요. 그 애 엄마가 죽은 이후로 가족 전체가 슬픔에 빠져 허우적거렸거든요. 사실 보는 것만으로도 괴로웠답니다. 이웃이 아무리 도와주려 해도 소용이 없었어요.」

「모친의 사망이 아들 성격을 어느 정도 바꿔 놓았다고 여기십니까?」

「가족 전체죠.」

나는 고개를 끄덕였다.

「아버지인 M 씨가 매우 엄했어요.」부인이 목소리를 낮추고 바닥을 내려다보았다. 말하고자 하는 내용이 너무나도 부끄럽기라도 하다는 투였다. 「그 양반, 자식들한테 별로 애정이 없었답니다.」

그러면서도 이웃을 흉보고 싶지 않다고 덧붙이기에 나도 절대 함구하겠다고 약조했다.

「큰 도움이 되었습니다. 말씀드린 대로, 이번 조사의 동기는 전문가로서 꼭 확인해야 할 내용이 있어서입니다.」나는 잠시 뜸을 들였다가 말을 이었다. 「부인께서 교양이 풍부하셔서 드리는 말씀인데, 한 가지만 더 여쭤도 되겠습니까? 다소 민감한 문제이긴 합니다만.」

머치슨 부인은 괜찮다고 대답했다.

「죄송하지만 RM이 뭔가 상스러운 행동을 저지른 적이 있을까요? 아시는 대로.」

부인의 두 뺨이 살짝 빨개졌는데, 그녀는 손으로 얼굴을 건드리는 식으로 감추려 했다. 내가 보기엔, 내 말이 불편했다기보다는 부인이 피하고 싶었던 화제를 건드렸다는 쪽이었다. 그래서인지, 처음에는 상스러운 행동이 무슨 뜻이냐고 되묻는 식으로 질문을 비껴 나려 했다.

「모른다고 대답할 거였다면 의미를 되물을 필요도 없었겠죠? 잊지 않으셨겠지만 전 과학자입니다. 그러니 부디 솔직하게 대답해 주시죠.」

머치슨 부인은 찻잔을 내려놓고 주변을 돌아보았다. 누구든 딸이 주변에 있는지 확인한 것이리라. 입을 열었을 때도 시선은 내내 더러운 흙바닥만 노려보았다.

「딸들은 뒷방에서 잠을 자요. 큰아이가 이제 열다섯 살이죠. 그런데, 남편이 창밖으로 R를 본 게 한두 번이 아니에요.」 부인이 뒷방으로 통함 직한 문을 가리키며 대답했다.

「밤에?」 내가 되물었다.

「밤 아니면 새벽에요.」

「따님들을 훔쳐본 겁니까?」

「예.」

「무례를 용서하신다면, 남편께서 발견했을 때 그 친구가 흥분 상태였던가요?」

부인의 뺨이 조금 더 붉어졌다.

「자위를 하고 있었나요?」

머치슨 부인이 보일 듯 말 듯 고개를 끄덕이다가, 머뭇거리며 나를 보았다. 나는 부인의 당혹감을 떨쳐 주기 위해 짐짓 목소리를 낮추고 그래서 남편이 어떻게 대응했는지 물었다. 부인은 남편이 따끔하게 혼을 내주었다고 대답했다. 나는 RM이 적어도 귀싸대기 정도는 맞았겠구나 하는 식으로 해석했다.

「그 얘기를 다른 사람한테 하셨나요?」

머치슨 부인이 고개를 저었다.

「딸들한테는 R와 가까이 하지 말고, 이상한 짓을 하면 우리한테 전하라고만 일러두었어요.」

「그 후로 문제가 있었습니까?」

「제가 알기로는 없어요.」

「그런 식의 비행이 오래 지속되었나요?」

「한동안 그러더니 몇 달 전부터는 그만두었어요. 철이 들었겠죠.」

그럼에도 불구하고 머치슨 부인은 RM의 비행을 어떻게든 좋게 해석하려 애썼다. 나는 부인의 태도를 치하하고 그 문제를 거론하게 되어 미안하다고 용서를 구한 뒤, 어디로 가야 애초의 목적지가 나오는지 물었다.

우리는 머치슨 씨 집 밖에 조랑말을 두고, 걸어서 마을을 지났다. M의 집은 한참을 걸어야 했으며 마을에서도 제일 허름했다. 아니, 집이라기보다는 연기 모락거리는 똥 덩이에 가까웠다. 집 앞 밭은 관리도 엉망에 잡초까지 무성했다. 문은 열린 채였다. 우리는 방 안을 들여다보았다. 왼쪽에 외양간 같은 공간이 있었다. 잔뜩 망가진 데다 가축은 한 마리도 없었으나 그럼에도 불구하고 악취가 진동했다. 도저히 인간이 사는 공간이라고는 믿기가 어려웠다. 불을 피우지 않아 방은 춥고 어둡기 짝이 없었다.

싱클레어 씨가 인사를 했지만 답은 없었다. 그가 방 안으로 들어가며 게일어로 다시 인사했다. 닭 두 마리가 땅바닥을 쪼다가 푸드득 우리 다리 사이로 달아났다. 오른쪽에서 뭔가 꿈틀거리기에 고개를 돌렸더니 그림자 하나가 의자에 앉아 있었다. 그 옆 벽으로 작은 개구가 보였다.

「M 씨?」 싱클레어 씨가 물었다.

그림자가 어렵사리 자리에서 일어나더니 우리 쪽으로 한두 걸음 걸어왔다. 비틀린 지팡이에 크게 의존하는 듯 보였다. 그가 이곳 사투리로 몇 마디 중얼거렸다.

싱클레어 씨가 대답하자 사내가 조금 더 가까이 다가왔다. 그렇게 음울한 사람은 맹세코 본 적이 없다. 허리가 굽기도 했지만 일어서더라도 키가 150센티미터를 넘을 것 같지 않았다. 수염과 머리는 산발에 떡이 졌으며 옷은 누더기였다. 내 제안에, 싱클레어 씨가 잠시 밖에서 몇 마디 나눌 수 있을지 물어보았다. 사내는 우리를 의심의 눈으로 보다가 고개를 저었다. 정 얘기하고 싶으면 방 중앙의 식탁에 앉으라는 주문이었다. 우리는 식탁 의자에 자리를 잡고 앉았다. 식탁 위에 음식 찌꺼기들이 덕지덕지 붙어 말라가고 있었다. 눈이 어둠에 익숙해지면서 난 M을 찬찬히 살폈다. 아들만큼이나 이마도 넓고 눈은 예리했다. 두 손은 열심히 파이프를 채우고 있는데, 손이 크고 손가락은 길고 굽었으며 손끝은 다소 반질반질했다. 우리가 들어올 때 졸고 있었던 모양이었다. 지금은 초반의 당혹감을 어느 정도 떨쳐 낸 듯했다. 표정은 적대감까지는 아니더라도 여전히 불신으로 가득했다. 마실 것을 권하지도 않았지만, 물론 이 더러운 우리에서 뭐든 얻어 마실 생각은 추호도 없었다.

싱클레어 씨가 영어로 대화가 가능한지 물어 그 후부터는 영어로 대화를 이어 갔다. 변호사는 또박또박 우리가 찾아온 이유를 설명했다. 놀랍게도 M은 단 한 번도 자식의 안부를 묻지 않았다. 싱클레어 씨는 어린 쌍둥이의 행방부터 물었다. M은 토스케이그의 외가에서 데려갔다고 대답했다.

싱클레어 씨는 따님의 죽음은 유감이라고 위로를 전했다.

M은 인상을 찌푸렸다.「난 딸이 없습니다.」

「따님 제타 얘기입니다.」싱클레어 씨가 설명하듯 말했다.

「그런 애는 없습니다.」M이 입술을 다문 채 대답했다.

변호사는 친절하고 사근사근하게 얘기했으나 테이블의 분위기는 전혀 좋아지지 않았다.

「그럼, 지금은 완전히 혼자로군요?」내가 물었다.

M은 대답하지 않았다. 그 질문은 이미 대답이 끝났다고 말하고 싶었으리라. 그가 파이프에 불을 붙이고 몇 번 짧게 빨아들였다. 눈은 내내 두 명의 불청객 사이를 바삐 오갔다.

「M 씨,」내가 이야기를 꺼냈다.「당신하고 얘기하기 위해 먼 길을 달려왔습니다. 아드님 문제로 몇 가지 질문을 할 테니 성실하게 대답해 주시면 좋겠습니다. 범행 당시 아드님의 정신 상태를 알아야 할 필요가 있어서 그래요.」

M의 표정은 변하지 않았다. 도대체 내 말을 한 마디라도 이해는 한 건지 모르겠다. 나는 최대한 간단하게 질문하기로 했다. 뭐든 의미 있는 대답을 기대할 상황은 아닌 듯하지만

적어도 RM이 얼마나 처참한 환경에서 살았는지 확인하는 것만으로도 의미는 있었다.

「살인이 발생한 날, 기억하시죠?」 난 잠시 말을 끊고 반응을 엿보았으나 역시 무표정이었다. 「그날 아침 아드님 기분이 어땠는지 말씀해 주시겠어요?」

M은 파이프만 연신 빨아 댔다.

「한 길 물속도 모르는데 사람 속을 어찌 알겠습니까?」 그가 무덤덤하게 대답했다.

나는 질문을 좀 더 단도직입적으로 던지기로 했다. 「아드님 성격이 밝았던가요? 쾌활한 성격이었습니까?」

소작농은 고개를 저었다. 내가 보기엔, 그렇지 않다는 대답보다는 그 문제에 대해 할 말이 없다는 뜻이었다. 아무튼 그 정도나마 반응을 이끌어 냈으니 고무적인 현상이었다.

「아드님이 라클런 매켄지를 죽이겠다고 얘기하던가요?」

「아니, 안 했습니다.」

「혹시 그럴 기미라도?」

그가 고개를 저었다.

「선생과 매켄지 씨 사이에 불화가 있었다는데, 사실인가요?」 내가 집요하게 물었다.

「그런 걸 〈불화〉라고 하는지는 모르겠군요.」

「그럼 뭐라고 생각하십니까?」

M은 잠시 나를 보았다. 「생각한 바 없습니다.」

「하지만 〈불화〉는 아니라고 하셨으니, 생각하는 다른 단어가 있을 것 아닌가요?」

「왜 있어야 하죠?」그가 물었다.

「음, 무엇이든 언급하고자 하면 먼저 단어를 정할 필요가 있으니까요.」

「언급할 생각 없습니다. 얘기하고 싶어 하는 분은 선생님이시죠.」

그의 반응에 저절로 미소가 나왔다. 예상과 달리 재치 있는 사람일지도 모르겠다.

이번에는 싱클레어 씨가 그의 고집을 꺾기 위해 나섰다.

「매켄지 씨가 선생님께 일종의 앙갚음을 하고 있었던 것 같은데 사실인가요?」

「그 질문은 매켄지 씨한테 하셔야 할 것 같군요.」그는 그렇게 대답했다.

싱클레어 씨가 어이없다는 표정으로 나를 보았다.

M이 갑자기 우리 쪽으로 상체를 기울였다. 「아들놈이 어떤 짓을 했든 이제 돌이킬 수 없습니다. 저나 선생님들이 어떤 말을 하든 무슨 의미가 있겠습니까.」

「하지만 M 씨, 그건 사실과 다릅니다.」싱클레어 씨가 정색하며 항변했다. 싱클레어 씨는 아드님이 교수형을 받지 않으려면 범죄를 저지를 당시 정신 상태가 어떠했는지 규명할 필요가 있다, 인버네스에서 이곳까지 찾아와 이런 질문을 하는 것도 단순히 호기심 때문만은 아니라고 설명했다.

소작농은 잠시 우리를 보았다. 담배를 다 태운 탓에, 파이프를 식탁에 대고 두드려 찌꺼기를 털어 낸 다음 주머니를 뒤지기 시작했다. 쌈지를 찾는 모양이지만 그 안에 앙금이나 남아 있을까? 난 내 쌈지를 꺼내 식탁 가운데로 밀어 주었다.

「이거라도…….」난 손짓으로 개의치 말고 파이프를 채우라고 했다.

M이 나와 쌈지를 번갈아 보았다. 필경 뇌물을 받을 경우 그 빚을 어떻게 감당할지 저울질하고 있으리라. 그러더니 그가 파이프를 내려놓고 말했다. 「죄송하지만, 두 분께 도움이 못 될 겁니다.」

나는 이미 큰 도움이 되었다고 대답하고 그저 몇 가지 질문만 하고 떠나겠다고 부탁했다. 그가 굳이 거부하지 않아, 아들한테 간질 증세가 있었는지, 폭력적인 성향이었는지, 헛소리나 환각 증세를 보였는지, 기이한 습관이나 행동을 했는지, 가족 중에 정신병 환자가 있었는지 물었다. 그는 그 질문 모두에 아니라고 답했다. 솔직히 그의 답변을 믿을 생각은 별로 없었다. 삶이 아무리 비루하다 해도 가족한테 그런 병력이 있다는 사실까지 실토하고 싶을 리가 없다.

더 이상의 면담은 의미가 없겠기에 난 자리에서 일어나며 M에게 도와줘서 고맙다고 인사했다. M도 일어났다. 그는 식탁에 놓아 둔 내 담배쌈지를 힐끔거리다가 냉큼 재킷 주머니 안에 집어넣었다. 그리고 아무 일도 없었다는 듯 우리를 바라보았다. 우리는 인사를 하고, 밖으로 나왔다. 바깥 공기가 상쾌했다.

조랑말을 찾아 걷는 동안 우리는 아무 말도 하지 못했다. 우리가 걷는 이 길이 바로, 2주 전 RM이 피의 복수를 하기 위해 떠났던 그 길이 아니던가. 문득 사람 속을 어찌 알겠냐는 M의 말이 생각났다. 그가 의도치 않게 진실을 짚어 낸 것일지도. 정신에 문제가 없다면 그냥 당사자한테 물어보고, 대답의 신뢰도를 감안해 이러저러한 순간에 그가 어떤 생각을 했는지 설명을 받아들이면 그만이다. 문제는 당사자가 정상과 광기의 경계 지대를 오락가락하고, 이른바 자기 마음속을 들여다보지 못하는 경우에 생긴다. 심리학이 존재하는 이유도 바로 그런 불행한 이들의 마음을 들여다보기 위해서다. 싱클레어 씨도 〈내 마음〉을 알고 싶겠지만, 섣부른 의견을 내고 싶지 않기에 당분간 함구하기로 했다.

마을 어귀까지 길지 않은 길을 걸으며 문득 그런 생각이 들었다. 이 정도 마을이라면 도시 빈민가 사람들한테는 낙원처럼 보일 것이다. 게으르고 무지한 주민들만 아니라면 정말로 낙원이 될 수 있는 곳이다.

조랑말이 있는 곳에 돌아오니, 싱클레어 씨가 매켄지 씨 집에 가보면 어떻겠냐며 의향을 물어 왔다. M의 집과는 정반대 방향이었다. 나야 가해자한테 관심이 있기에 피해자 유족들을 만날 이유가 없다고 했으나, 싱클레어 씨는 범죄 현장이 어떻게 생겼는지 알면 법정에서 도움이 될 거라며 뜻을 굽히지 않았다. 매켄지 집은 그나마 그럴듯했다. 정리도 잘되어 있었다. 튼튼해 보이는 여성이 문가에서 우유통을 젓다가, 우리가 다가가자 고개를 들었다. 얼굴은 혈색이 좋았으며 갈색 머리는 숱이 많고 쪽을 지었다. 두 팔도 두껍고 근육질이었다. 전반적인 동작과 태도가 남자다웠지만, 그럼에도 불구하고 천민 태생 같지는 않았다. 외모가 매력적이지는 않아도 건강하고 건전해 보였다.

싱클레어 씨는 그녀가 고인의 아내라고 보고 조문 인사를 했다. 나도 고개를 숙여 애도의 염을 표했다. 싱클레어 씨는 부군 피살 사건을 수사 중이라고 양해를 구하며(물론 자신이 어떤 역할인지는 얘기하지 않았다) 〈건물 내부의 구조를 확인할 필요가 있다〉라면서 잠시 안에 들어가 봐도 될지 물었다. 여인은 손짓으로 얼마든지 들어가 보라고 했으나 정작 따라오지는 않았다. 방 안쪽에 난로를 피워 안은 숨이 막힐 정도로 답답했다. 싱클레어 씨가 대충 현장을 살펴보는 동안 나는 문간에서 기다렸다. 가구 비치는 유행과 전혀 무관했으나 그래도 조금 전의 노옥과는 비교가 되지 않았다. 싱클레어 씨는 커다란 식탁 가까이 다가갔다. 가족이 식사를 하던 곳일 텐데, 아마도 그곳에서 발생한 끔찍한 사건들을 머릿속으로 재현하고 있으리라. 그가 늙은 노파를 알아본 것도 식탁 끝에 다다라서였다. 노파는 찜통 같은 더위에도 불구하고 담요를 둘둘 감은 채 난로 옆 팔걸이의자에 앉아 있었다. 변호사는 깜짝 놀라 함부로 들어와 죄송하다고 인사를 챙겼으나 노파의 습기 찬 두 눈은 허공에 고정된 채였다. 한눈에 보기에도 중증 치매였다.

나는 집 밖으로 나와 변호사가 혼자 조사를 마치도록 해주었다. 매켄지 부인은 계속 우유를 저었다. 이 외진 판잣집에 신사가 둘이나 나타났건만 하등 관심이 없는 듯했다. 잠시 지켜보는데, 문득 되새김질 하는 양과 저 여자가 뭐가 다르겠는가 하는 생각이 들었다. 부끄러운 사실이지만, 이 나라 하층민들이 존재하는 양태는 가축과 그다지 다를 바가 없다. 자기계발 의지가 부족하기 때문이다. 남부 지역은 그나마 발전이 가능했건만.

싱클레어 씨가 나올 때 보니 이마에 땀방울이 송글송글 맺혔다. 그는 여자에게 집에 들어가게 해주어 고맙다고 인사하고, 끔찍한 사건에도 불구하고 이렇게 열심히 일하는 모습에 감탄했다며 칭찬까지 덧붙였다. 매켄지 부인이 무심한 눈빛으로 그를 보았다.

「먹여야 할 입도 있고 거두어야 할 작물도 있으니까요.」 그녀가 말했다.

싱클레어 씨는 너무도 당연한 대답에 고개를 끄덕였다. 우리는 컬두이 마을을 뒤로 하고 귀갓길에 올랐다. 다시는 돌아가고 싶지 않은 마을. 시간이 많이 지난 터라 인버네스까지 가는 것은 어렵겠기에 애플크로스의 여인숙으로 돌아왔다. 변호사가 아래층에서 사람들과 어울려 노는 동안, 나는 곧바로 방으로 돌아와 메모를 편집하고 오늘 여행에서의 일들을 되새겼다.

The Trial

재판

다음 내용은 당대 신문 기사와 「로더릭 존 맥레이 재판 종합 보고서」(윌리엄 케이, 1869년 10월, 에든버러)에서 발췌 및 편집하였다.

제1일

재판은 1869년 9월 6일 인버네스 순회 법원에서 열렸다. 8시, 로더릭 맥레이가 인버네스 교도소 감방에서 지하 대기실로 이송되었다. 차량은 창문이 없는 사륜마차로 경찰 기병대가 호송했으며, 이 소규모 호송단이 거리에 나타나자 행인들도 크게 들썩거렸다. 『인버네스 신보』의 담당 기자 존 머독에 따르면, 일부는 마차가 나타나자 〈욕설을 퍼부었으며 아무거나 닥치는 대로 집어던지는 사람들도 있었다〉. 사건에 관심이 그만큼 큰 탓에 수백 명의 인파가 법정 밖에 모였고, 행상인들도 가판을 설치하고 장사를 시작했다. 호송단이 도착하자 환호성이 울리더니 사람들이 달려들어 마차를 두드려 댔다. 호송 경찰도 도무지 손을 쓸 수가 없었다. 마차가 멈추었고, 경찰이 마구 곤봉을 휘둘러 몇몇 사람이 다쳤다. 메리 패터슨이라는 노파는 사람들한테 짓밟혀 병원에 실려 갔다. 그 후로는 방벽을 세우고 인력을 보강해 호송단이 안전하게 지나도록 조처했다.

기자들이 취재를 하겠다고 몰리는 통에 법정 내에 특별석도 마련했다. 이들은 사전 합의에 따라 옆문으로 입장했다. 일반 입장은 특별 방청권을 배부했는데 후에 알려진 바로는 그 일부가 고액에 다시 팔렸다고 한다. 9시 반쯤 방청석은 모두 차고, 재판관 아드밀런 경과 저비스우드 경이 판사석에 자리를 잡았다. 검찰 측에서는 기퍼드 씨와 윌리엄 크라이턴 씨가 논고를 맡고 변호사 고든 프루 씨가 둘을 보좌했다. 변호인 측에서는 앤드루 싱클레어 씨가 변론을 맡고 동료 에드워드 스미스 씨가 지원했다. 재판장은 우선 방청객들에게 엄중한 경고를 내리는 것으로 시작했다. 증언하는 동안 누구도 법정에 들어오거나 나갈 수 없으며, 재판을 방해할 경우 지위 여하를 막론하고 즉시 퇴정시키고 방청권은 몰수한다.

재판장은 변호인단에도 경고했다. 피고인이 소위 〈회고록〉을 썼다는 사실을 알고 있으나 적절한 절차에 따라 증거로 제출하지 않았을 뿐 아니라, 피고인이 법정 진술을 거부하는 상황에서 자기 진술을 담고 있으므로, 〈문서뿐 아니라 내용 일부도〉 증거로 인정할 수 없다. 판사는 더 나아가 양측 모두에게 증인을 신문하는 과정에서 절대 그 문서를 인용하지 말 것을 권고했다. 사건은 오로지 법정에서의 증언과 증거를 기반으로 진행한다. 검찰 측도 변호인 측도 이의 없이 규칙에 따라야 하며 규칙은 향후 배심원 참여하의 어떠한 논의보다 우선할 것임을 천명하는 바이다.

10시 5분, 방청객들이 고함을 치기 시작해 재판장이 판사봉으로 진정시키려 했으나 소용이 없었다. 드디어 죄수가 피고인석으로 끌려온 것이다. 『더 타임스』의 기자 제임스 필비가 당시 상황을 이렇게 묘사했다.

괴물의 등장을 기대했던 사람들은 크게 실망해야 했다. 최초의 소란이 잦아들자 제일 많이 들리는 얘기도, 범인이 어린아이잖아, 운운이었다. 실제로 정확한 관찰이기도 했다. 로더릭 맥레이는 전혀 살인자 같지 않았으며 그렇게 끔찍한 짓을 저지를 힘도 없어 보였다. 어깨와 가슴은 어느 정도 골격이 잡혔지만 체구부터 작았다. 감옥에서 몇 주를 지낸 탓인지 머리는 산발이고 안색은 창백했다. 법정에 들어오자 그는 짙은 눈썹 아래 검은 눈으로 법정을 둘러보았다. 그래도 일단 제정신으로 보였으며 방청석에서 야유를 보냈지만 반응을 보이지는 않았다. 변호인 앤드루 싱클레어 씨가 기다리고 있다가 그를 피고인석에 앉혔는데, 태도는 무척이나 공손해 보였다. 피고인은 두 손을 무릎에 가지런히 얹고 고개를 숙였으며, 재판이 진행되는 동안 대부분 그 자세를 유지했다.

이윽고 법원 서기가 공소장을 읽었다.

로스셔 컬두이의 소작농 출신, 인버네스 교도소 재소자, 피고인 로더릭 존 맥레이는, 스코틀랜드를 대표해 제임스 몽크리프 경의 입건으로 기소되었다. 형사법을 비롯해 여타의 국법에 따라 살인은 극악한 범죄이며 중형으로 다스릴 수 있는바, 실로 피고인 로더릭 존 맥레이는 상기 범죄에 대하여 직접, 간접적으로 유죄다. 첫째, 1869년 8월 10일 아침, 로스셔 컬두이의 라클런 매켄지 자택에서, 전기한 라클런 매켄지를 극악하고 극랄하게 습격, 폭행하였으며 호미와 삽으로 전기한 라클런 매켄지의 가슴, 얼굴, 머리에 치명타를 가하고 두개골을 분쇄하였다. 그 공격에 따라 전기한 라클런 매켄지는 직간접적으로 치명상을 입고 즉사하였는바, 살인 행위는 피고인 로더릭 존 맥레이에 의해 일어난 것이다.

공소장은 플로라와 도널드 매켄지 사건도 그런 식으로 상세하게 이어 갔다.

재판장이 피고인에게 일어나라고 지시한 뒤 물었다.

「로더릭 존 맥레이, 피고인은 살인죄로 기소되었다. 어떻게 생각하는가? 유죄인가, 무죄인가?」

로디는 두 손을 옆구리에 대고 일어나더니, 변호사를 힐끗 본 뒤 또렷하면서도 차분한 목소리로 대답했다.

「무죄입니다.」

로디가 자리에 앉자 앤드루 싱클레어 씨가 일어나 정신 이상에 대한 특별 변론서를 제출했다. 법원 서기가 변론서를 읽었다. 「피고인은 전적으로 무죄임을 주장합니다. 더 나아가 기소 사건 발생 추정 시간에 정신 이상 상태였음을 참작하여 주십시오.」

필비 씨는 이렇게 기록했다. 〈피고인은 지금껏 마을에서 몇 킬로미터 이상 벗어나 본 적이 없는 소년이었다. 그런데 판사석에서 상류층 고관들이 빤히 보고 있건만 전혀 주눅 든 모습이 아니었다. 그 이유가 변호인이 주장하는 정신 이상 때문인지, 정말로 냉혈한이기 때문인지는 당시 시점에서 확신하기가 불가능했다.〉

당시 배심원은 총 15명이었다. 재판장은 배심원단을 향해, 그간 사건에 대해 읽었거나 들었을 내용들을 모두 마음에서 지워 버리고 오로지 법정에서 드러난 증거만 고려해야 한다며 의무를 상기시켜 주었다. 이번 사건에 고정관념이나 선입견 등이 있는지도 물었다. 배심원단은 차례로 그렇지 않다고 대답했고, 10시 30분 검사 측 논고가 시작했다.

첫 번째 증인은 부검 담당자 찰스 매클레넌 박사였다. 박사는 노란색 조끼에 트위드 정장을 입고 있었다. 콧수염 때문인지 인상이 직업에 걸맞게 딱딱해 보였다. 시골 의사가 이런 재판에 증인으로 소환될 일이 없던 터라 증인석으로 들어가는데 무척이나 초조해 보였다. 『인버네스 신보』의 머독 기자가 증인 신문 분위기를 이렇게 기록했다. 〈방청석의 들뜬 분위기는 순식간에 잦아들고 엄숙한 분위기가 법정을 가득 채웠다.〉

정숙한 법정. 기퍼드 씨가 30분가량 매클레넌 박사에게 희생자 3인의 부상에 대해 하나하나 치밀하게 설명을 요구했다. 박사의 증언 말미에 증거 1과 증거 2, 삽과 호미가 제출되었다. 살인 무기가 등장하자 방청객에서 헉 하는 탄성이 새어나왔다. 크게 구부러진 삽날은 그 자체로 삽을 〈얼마나 힘껏 휘둘렀는지〉 보여 주었다.

이윽고 검사가 증인에게 질문했다. 「이 증거들을 전에도 본 적이 있습니까?」

매클레넌 박사가 대답했다. 「아닙니다.」

「증거가 어떤 물건인지 말씀해 주시겠어요?」

「삽과 호미입니다.」

「주로 어떤 용도인가요?」

「땅을 파거나 작물을 돌보는 데 사용합니다.」

기퍼드 씨는 키가 크고 인물도 출중한 데다 검은 정장까지 깔끔하게 차려입었다. 그는 다음 질문에 혼신을 쏟겠다는 듯 잠시 말을 멈추었다.

「자, 전문가로서 3인의 피해자를 자세히 조사하셨을 테니 묻겠습니다. 희생자들의 부상이 이 무기들과 일치합니까?」

「매우 일치합니다.」 박사가 대답했다. 「가해진 힘이 충분하다면.」

기퍼드 씨가 심각한 표정으로 고개를 끄덕였다.

「한 가지만 더 묻겠습니다. 희생자들의 부상을 어떻게 정의하시겠습니까? 그러니까, 과거에 조사했던 사건과 비교해서 말씀해 주시죠.」

매클레넌 박사가 크게 한숨을 내쉬었다. 대답이 너무나 분명하다는 뜻이다. 「말할 것도 없이, 이렇게 야만적인 경우는 한 번도 겪어 본 적이 없습니다.」

기퍼드 씨는 이만 신문을 마치겠다고 선언했다. 배심원들에게 사건이 얼마나 심각한지 각인할 의도였다면 그 의도는 분명 성공이었다. 보도에 따르면 일부 배심원의 얼굴이 납빛으로 변하기도 했다.

싱클레어 씨가 반대 신문을 포기해 부검의 증언은 그렇게 끝이 났다.

로디도 증언을 경청했으나 감정 변화는 드러나지 않았다. 필비 기자에 따르면, 〈마치 호기심 많은 구경꾼 같았다〉.

다음 증인은 카미나 머치슨이었다. 녹색 호박단 드레스 차림이라, 『스코츠맨』의 기사처럼 〈조지가(街)의 술집이라 해도 어울렸을 것 같았다〉. 신문 기사들은 하나같이 머치슨 부인의 외모와 옷차림을 거론했다. 필비 기자는 심지어 〈상식 있는 배심원이라면 저 입술에서 어떤 말이 나오든 한 번쯤은 의심했을 것〉이라고까지 기사에 적었다.

기퍼드 씨의 유도에 따라, 머치슨 부인은 8월 10일 아침 로더릭 맥레이와 어떻게 만났는지, 무슨 얘기를 나누었는지 진술하였다. 이젤 위에 컬두이 약도가 전시되어 있기에 머치슨 부인은 자기 집과 피고인의 집, 라클런 매켄지의 집을 각각 지적했다.

「피고인이 흥분 상태였던가요?」 기퍼드 씨가 물었다.

「그렇지 않았습니다.」

「초조하거나 불안해 보이지 않았습니까?」

「아니요.」

「매켄지 씨의 집에 가서 땅을 판다고 했을 때 그 말을 믿으셨나요?」

「믿지 않을 이유가 없었어요.」

「그때 연장을 들고 있었나요?」

「예.」

머치슨 부인에게 증거 1, 2가 제시되었다. 부인은 무기를 보자 눈을 가렸고 무기는 재빨리 치워졌다.

기퍼드 씨가 가벼운 목례로 부인에게 우아하게 사과한 후 다시 물었다. 「피고인이 들고 있던 연장들이 맞나요?」

「예.」

「조금 전 언급한 작업을 할 때 쓰는 연장들이 맞습니까?」

「예.」

「하지만 요즈음이 땅을 팔 때는 아니지 않습니까?」

「모종이나 묘목을 심을 때는 아니죠.」

「혹시 피고인한테 다른 목표가 있을지 모른다는 생각은 안 해보셨습니까?」

「로디는 최근에 라클런 브로드의 일을 많이 했어요.」

그때 재판장이 끼어들었다.「마을에서는 매켄지 씨를 라클런 브로드라 부릅니까?」

「예, 재판장님.」

「피고인은 왜 피해자의 일을 했습니까?」기퍼드 씨.

「로디의 아버지가 매켄지 씨에게 빚을 져서 갚는 중이었습니다.」

「어떤 빚이죠?」

「로디가 양을 죽인 적이 있어서 그 빚을 갚아야 했죠.」

「매켄지 씨의 양인가요?」

「예.」

「빚이 얼마였나요?」

「35실링이었어요.」

「그런데, 맥레이 씨, 그러니까 피고인의 부친은 빚을 갚을 수 없었다?」

「그렇다고 들었습니다.」

「그러니까, 빚을 갚는 대신 피고인이 매켄지 씨 일을 했군요.」

「예.」

「피고인과 대화했을 때 그 문제와 관련해 뭔가 걸리는 내용은 없었습니까?」

「없었어요.」

「앞으로 일어날 사건과 관련해서 뭔가 이상한 느낌도 없었나요?」

「전혀요.」

머치슨 부인은 그 후의 상황을 묘사했다. 30분쯤 되었을
까 ─ 로더릭 맥레이가 마을을 지나 돌아오는데 머리에서 발
끝까지 피를 뒤집어썼다. 그래서 아이한테 사고가 난 줄 알고
도와주러 달려갔다. 무슨 일인지 물으니, 아이 대답이 라클런
매켄지를 죽였다는 것이었다. 다른 희생자 얘기는 없었다. 그
후 마을이 소란에 휩싸이는 바람에 할 수 없이 로더릭 맥레
이를 헛간에 가둬 두었다.

「당시 피고인의 태도가 어땠는지 설명해 주시겠습니까,
머치슨 부인?」기퍼드 씨.

「아주 차분했어요.」

「달아나려고 하던가요?」

「아니요.」

「헛간에 가둘 때 남편이나 다른 어른들한테 덤비거나 하
지 않았나요?」

「아뇨.」

「자신이 한 짓을 후회하거나 참회했습니까?」

「아니에요.」

기퍼드 씨는 이제 동기 문제를 묻기 시작했다.

「돌아가신 매켄지 씨와 피고인의 관계를 어떻게 생각하십
니까?」

「그 질문은 대답하기 곤란하네요.」

「둘 사이가 좋았나요?」

「그렇다고 할 수는 없겠죠.」

「그러면 나빴습니까?」

머치슨 부인은 질문에 대답하지 않았다.

기퍼드 씨는 의외라는 반응을 보였다. 기껏 주민 55명이 사는 마을에서 두 이웃의 관계가 어떠했는지 어떻게 모를 수 있느냐는 얘기였다.

머치슨 부인이 말했다. 「제가 듣기로 로디는 한 번도 라클런 브로드를 나쁘게 얘기하지 않았어요.」

「매켄지 씨와 맥레이 가족 간의 앙금을 전혀 눈치채지 못하셨나요?」

「두 집 사이에 약간 다툼이 있었다는 사실은 압니다.」

「왜 다툼이 있었을까요?」

「양을 죽인 문제 때문이었죠.」

「그 외에는?」

「마을 소작지 배분 문제도 있었어요.」

기퍼드 씨는 조금 더 자세히 설명해 달라고 부탁했다.

「마을 치안관 자격으로 매켄지 씨가 맥레이 씨 소작지를 떼어 이웃 그레거 씨에게 넘겼거든요.」

「존 맥레이 씨 얘기인가요? 피고인의 부친?」

「예.」

「어떤 근거로 토지를 재분배했습니까?」

「맥레이 씨 부인이 사망했고, 매켄지 씨는 식구가 줄었으니 땅도 줄여야 한다고 주장했죠.」

「그래서 부당하다고 여겼겠군요?」

「예.」

「양을 죽인 문제가 있고, 토지 재분배 문제가 있고. 그 밖에는요?」

「설명하기가 어렵습니다.」

「설명하기 어려운 이유는, 더 이상 없어선가요? 아니면 어떻게 설명할지 난감해서인가요?」

머치슨 부인이 한참 입을 닫자 재판장이 어서 대답하라고 다그쳤다.

「대체적으로 분위기가 억압적이었어요.」 부인이 마침내 대답했다. 「매켄지 씨가 종종 고압적으로 행동했는데, 특히 맥레이 씨한테 심했죠.」

「그렇군요. 매켄지 씨와 피고인의 관계를 설명하기 어렵다면, 고인에 대한 부인 생각을 말씀해 주시겠어요?」

「별로 좋아하지 않았어요.」

「왜 좋아하지 않았는지 이유를 말씀해 주시겠습니까?」

「깡패처럼 굴었으니까요.」

「깡패?」

「예.」

「무슨 뜻입니까?」

「주변 사람들에게 함부로 권력을 휘둘렀고 특히 맥레이 씨와 그분 가족들에게 심했죠.」

「고인이 맥레이 씨 가족을 괴롭혔나요?」

「예, 그렇게 말할 수 있습니다.」

기퍼드 씨가 질문을 마치고 싱클레어 씨가 변론을 위해 일어났다. 처음에는 매우 당혹스러운 표정이었다. 필비 기사의 글을 다시 인용해 보자. 〈지방의 삼류 변호사가 그렇게 악명 높은 사건에 연루됐기 때문이었으리라. 아니면 증인석의 요부한테 홀렸을 수도 있다.〉 어쨌든 변호사는 몇 마디 가벼운 질문으로 머치슨 부인의 마음을 다독인 후, 신문을 시작했다.

「컬두이에서 얼마나 오랫동안 사셨습니까, 머치슨 부인?」

「18년이요. 결혼하고부터 계속이죠.」

「그럼 피고인은 태어날 때부터 아셨겠군요.」

「예.」

「부인과 피고인의 관계를 설명해 주시겠습니까?」

「평범한 이웃이죠.」

「사이가 좋았습니까?」

「예.」

「사건이 있기 전에, 피고인이 폭력적이라는 생각을 하신 적은요?」

「없어요.」

「피고인 가족과도 사이가 좋았나요?」

「대개는요.」

「대개?」

「예.」

「조금 더 자세히 말씀해 보세요.」

「우나 맥레이와는 아주 가까웠어요.」

「피고인의 모친?」

「예.」

「피고인의 부친은요?」

「덜 친했죠.」

「이유가 있습니까?」

「사이가 나쁘지는 않았어요. 그저 서로 상대할 일이 별로 없었을 뿐이죠.」

「특별히 사이 나쁠 이유는 없었다는 말씀인가요?」

「예.」

「그래도 피고인의 모친과는 가까우셨다?」

「예, 아주 친했어요.」

「그분이 언제 돌아가셨습니까?」

「작년 봄이에요.」

「충격적인 사건이었겠어요.」

「끔찍했어요.」

「부인에게도 끔찍했습니까?」

「저도 그렇고 그 집 아이들한테도 그랬죠.」

「그분의 유고가 아이들한테 어떤 영향을 미쳤는지 설명해 주시겠습니까?」

「아이들이 완전히 변했어요.」

「어떻게?」

「제타는……」

「피고인의 누나죠?」

「예. 제타는 성격이 음울해지고 부적이나 주문 따위에 푹 빠졌어요.」

「미신 말씀인가요?」

「예.」

「피고인은?」

「자꾸 내면으로 움츠러드는 것 같더군요.」

「무슨 뜻인지 설명해 주시겠습니까?」

머치슨 부인이 도움이라도 청하는 듯 판사석을 보았다. 재판장이 손짓으로 계속할 것을 종용했다.

「글쎄요, 제대로 설명할 수 있을지 모르겠네요. 이따금 완전히 세상 밖에서 지내는 애처럼 보였어요.」

「〈완전히 세상 밖에서 지낸다〉라고요.」 싱클레어 씨가 그 표현을 반복했다. 「아무튼 모친 사망 이후 그렇게 변했다는 말씀이죠?」

「제 생각에는요.」

「피고인한테서 뭐든 이상 징후를 발견하셨던가요?」

「이상 징후인지는 모르겠습니다만, 가끔 혼잣말했어요.」

「어떤 식으로?」

「자기 자신하고 정말로 대화를 하는 것 같더라고요. 아니면, 보이지 않는 누군가와 말이죠.」

「그런 모습을 언제 보셨죠?」

「가끔요. 그 애가 밭에서 일하거나 마을을 지날 때요.」

「뭐라고 중얼거리던가요?」

「모르죠. 가까이 가면 그만뒀으니까.」

「헛소리를 하거나 망상에 사로잡힌 것처럼 행동하지 않던가요?」

「아뇨.」

「피고인이 그 자신이나 타인에게 위험하다는 이유로 제지당했다는 얘기를 들어 보셨습니까?」

「아뇨.」

「피고인이 위험인물이라는 생각도 해보신 적 없겠군요.」

「없어요.」

「마을 사람들도 피고인이 위험하다고 여기지 않았나요?」

「제 생각에는요.」

「피고인이 그런 일을 저지르고 오늘 법정에까지 섰으니, 부인께도 큰 충격이었겠군요?」

「오, 맙소사. 너무 놀랐어요.」 머치슨 부인이 대답했다.

「피고인의 범죄 행위는 완전히 의외였나요?」

「예, 저한테는 그랬어요.」

싱클레어 씨는 증인에게 감사 인사를 하고 신문을 마쳤다. 카미나 스모크가 내려오기 전에 검사가 다시 한번 일어났다.

「한 가지만 분명히 짚고 넘어가죠. 살인 사건 당일 피고인이 혼잣말하는 모습을 보셨습니까?」

「아뇨.」

「그날 피고인과 대화할 때 완전히 제정신으로 보였나요?」

「예, 멀쩡해 보였습니다.」

「비정상은 아니었다는 말씀이죠? 이건 굉장히 중요한 문제입니다.」

「제 느낌에는요.」

「유감스럽게도, 〈느낌〉의 문제가 아니에요, 머치슨 부인. 비정상이다, 아니다의 문제죠.」

그의 강요에 재판장이 개입했다. 증인은 충분히 성심껏 답변했으며 검사가 증인을 다그쳐 자신이 바라는 증언을 끌어내려 해서는 안 된다. 기퍼드 씨는 재판장에게 사과하고 머치슨 부인은 풀려났다. 필비의 기사에 따르면, 〈남성 배심원들이 그녀가 퇴장하는 모습을 침을 흘리며 지켜보았다〉.

다음 증인은 케니 스모크였다. 머치슨 씨는 기퍼드 씨의 유도에 따라 8월 10일 아침 상황을 설명했다. 증인은 피고인이 매우 침착했으며, 범죄 사실을 솔직하게 인정했고 저항하거나 달아나려는 시도는 전혀 없었다고 말했다.

기퍼드 씨는 라클런 매켄지의 집에 갔을 때 어떤 상황이었는지 설명해 달라고 요청했다. 머독 기자에 따르면, 그때가 법정 분위기가 제일 어두웠다. 〈매우 활달하고 순박한 사람이었던 머치슨 씨는 자신이 목격한 참사를 생생하게 재현해내려 애를 썼다. 법정에서 그 참사를 사실 그대로 묘사한 것만으로도 칭찬받아 마땅하다.〉

「라클런 매켄지는 문에서 조금 왼쪽 바닥에 엎드린 채 쓰러져 있었습니다. 뒤통수가 완전히 박살 나서 해골 조각이 여기저기 널브러졌더군요. 머리 옆 부분은 완전히 벌어져 뇌가 보였고 얼굴 주변에 커다란 피웅덩이가 있었습죠. 맥박을 살폈지만 이미 끊어진 후였어요.」

「시신에 온기가 남았던가요?」 기퍼드 씨.

「예, 따뜻했습니다.」

「그다음엔?」

「자리에서 일어나다가 보니 문과 창문 사이에 아이가 쓰러져 있었어요. 부상 흔적은 보이지 않았어도 아무튼 죽어 있었습니다.」

「역시 체온이 식기 전이었죠?」

「예.」

「그리고?」

「플로라 매켄지의 시신도 봤습니다. 식탁에 놓여 있었죠.」

「〈놓여 있다〉라고 하셨군요. 의도적으로 그곳에 옮겨 놓았다는 뜻인가요?」

「그 자리에서 쓰러진 것 같지는 않았습니다.」

「그렇게 생각하신 이유는?」

머치슨 씨는 잠시 머뭇거렸다. 「자세가 자연스럽지 못했어요. 두 다리가 바닥에 닿지 않아, 누군가 들어 테이블 위에 올렸나 보다고 생각했죠.」

「괜찮으시면 보신 대로 묘사해 주시죠.」

「피가 엄청나게 많았습니다. 치마는 허리까지 올라가고

276

은밀한 부위는 엉망이더군요. 숨이 붙어 있는지 확인했지만 역시 죽은 후였습니다. 뒷머리가 벌어져 있음을 확인한 것도 그때였죠. 전 치마를 내려 고인의 존엄을 지켜 주었습니다.」

「그리고 뭘 하셨죠?」

「문으로 갔습니다. 아무도 들어오지 못하게 할 생각이었어요.」

머치슨 씨는 그 후 시신들을 별채로 옮겼으며, 그 와중에 어두운 방구석에서 고인의 모친 캐서린 매켄지를 보았다고 진술했다. 캐서린은 〈제정신이 아닌 터라〉 그의 집으로 데려가 아내에게 돌보게 했다.

기퍼드 씨는 이제 살해 동기를 추적했다. 케네스 머치슨은 라클런 매켄지의 양이 죽은 날, 그의 집에서 변상 문제를 처리하기 위해 열렸던 모임을 설명했다.

「변상액이 35실링이었던가요?」기퍼드 씨가 물었다.

「예.」머치슨 씨가 답했다.

「그 금액이 어떻게 결정되었죠?」

「시장에서 양을 사려면 그 정도 돈이 필요합니다.」

「그 금액을 고인인 매켄지 씨가 요구했습니까?」

「그 당시에 마을 치안관으로 일했던 케일럼 핀레이슨의 제안이었습니다.」

「매켄지 씨도 그 금액에 동의했고요?」

「예, 그렇습니다.」

「피고인의 부친, 맥레이 씨도 동의했나요?」

「예.」

「매켄지 씨가 당장 변상하라고 요구했나요?」

「아뇨.」

「변상 조건이 어떻게 됐습니까?」

「주당 이자를 1실링으로 합의했습니다.」

「맥레이 가족의 경제 사정을 고려했겠군요.」

「예.」

「맥레이 씨가 변상 조건을 충실히 이행했습니까?」

「이행하려고 했겠지만 때때로 이자를 갚지 못했을 겁니다.」

재판장이 끼어들었다. 「양값을 변상했는지 아십니까?」

「아뇨, 모릅니다. 하지만 맥레이 씨 수입이 형편없었으니 돈 마련하기가 쉽지 않았을 겁니다.」

기퍼드 씨가 다시 질문을 계속했다. 「그래도 합의 자체는 우호적인 분위기였겠죠?」

「그다지 우호적이지 못했던 것 같네요.」

「맥레이 씨와 매켄지 씨가 치안관의 중재를 받아들였다고 말씀하시지 않았던가요?」

「예, 제안에 동의는 했지만 라클런 브로드가 노골적으로 불만을 표했죠.」

「이유는?」

「아이를 따로 벌해야 한다고 생각했거든요.」

「〈아이〉란, 피고인을 지칭하는 건가요?」

「예.」

「어떤 식으로 벌해야 한다고 하던가요?」

「기억은 나지 않지만, 아무튼 어떤 식으로든 대가를 치르게 하겠다고 선언도 했어요.」

「변상 조건에 합의했는데도 말인가요?」

「예.」

기퍼드 씨는 잠시 멈추고 의아하다는 듯 눈썹을 치켜떴으나 증인은 아무 말 하지 않았다.

「매켄지 씨와 맥레이 씨의 사이가 그다지 좋은 편은 아니었죠?」

「그렇다고 할 수 있습니다.」

「그럼 두 사람의 반목이 양 사건 이전부터의 일인가요? 반목이라고 해도 되겠죠?」

「예, 그 이전부터였어요.」

「사이가 나빠진 특별한 이유가 있습니까?」

머치슨 씨가 두 손을 내밀었다. 「저도 모릅니다.」 그러고는 두 볼에 바람을 넣더니 난감하다는 듯 크게 〈한숨〉을 내쉬었다. 「맥레이 씨는 마을 이쪽 끝에 살고, 매켄지 씨는 반대편에 살았죠.」

기퍼드 씨는 그 대답에 만족했는지 더 이상 캐묻지 않았다. 「아무튼 합의 때문에 맥레이 씨는 매켄지 씨에게 빚을 지게 되었군요.」

「예.」

기퍼드 씨는 이제 라클런 브로드가 어떻게 마을 치안관 지위에 오르게 되었는지 묻기 시작했다.

「증인 마을에서 그 자리가 그다지 인기가 없다고 들었는데, 사실입니까?」

「어떤 의미에서 말입니까?」 머치슨 씨가 되물었다.

「마을 사람들이 치안관 자리를 별로 달갑지 않아 한다는 의미입니다.」

「예, 그렇다고 할 수 있죠.」

「매켄지 씨가 그 부담을 지겠다고 자원했을 때 증인도 기뻐했겠군요.」

머치슨 씨는 대답하지 않았다.

「기뻐하지 않았습니까?」

「실은 좋지도 싫지도 않았습니다.」

「매켄지 씨를 떨어뜨리기 위해 대항마를 찾거나 한 것은 아니겠죠?」

「노력이야 했죠.」

「왜 반대했습니까?」

「반대 없이 선출되는 것도 좋아 보이지 않았겠죠?」

「그 이유뿐인가요?」

케니 스모크가 잠시 머뭇거리다가 대답했다. 「매켄지 씨가 권력을 이용해 사익을 추구할지 모른다는 우려도 있었습니다.」

「마을 치안관의 권력 말인가요?」

「예.」

「정말 사익을 좇던가요?」

「어느 정도는요.」

「어느 정도죠?」

「툭하면 마을 사람들한테 완장질을 했습니다.」

「좀 더 자세히 말씀해 주세요.」

「갑자기 작업 계획을 세우더니 며칠씩 강제로 마을 사람들을 부려 먹곤 했죠.」

「그래서 무슨 일을 했습니까?」

「마을 주변의 도로와 하수구를 개조하거나 보수하는 일이었습니다.」

「작업 계획이라고 하셨는데, 매켄지 씨 개인의 이득을 위한 노동이었나요?」

「꼭 그렇지는 않았어요.」

「꼭 그렇지는 않았다?」

머치슨 씨는 대답하지 않았다.

기퍼드 씨가 질문을 이어 갔다. 「그 작업으로 대체로 마을 공동체에 이득이 돌아갔습니까?」

「예, 대체로 좋아졌습니다.」

「그러니까 매켄지 씨는 공동체를 위해 개발 계획을 세우고 마을 사람들은 노동력을 제공했다는 말씀인가요?」

「예.」

「그런데 증인은 매켄지 씨가 사익을 위해 지위를 이용했다고 주장하시는군요!」 기퍼드 씨는 배심원을 향해 황당하다는 표정을 지어 보였다.

「좋아요, 다른 문제도 지적해 보죠. 증인 마을에 경작지가 부족하다고 말할 수 있습니까?」 기퍼드 씨가 물었다.

「충분하지는 않습니다.」

「땅은 어떻게 배분하죠?」

「가족마다 자신의 몫이 있습니다.」

「〈가족마다 자신의 몫이 있다〉라. 그 몫이 가족 몫의 경작지라는 얘기인가요?」

「예.」

「땅은 매년 재분배합니까? 아니면 5년마다?」

「실제로는 각 가족은 자기 집과 토스케이그 도로 사이의 땅을 경작합니다.」

「그 땅을 자기 땅으로 여긴다는 말씀인가요?」

「예.」

「각 경작지는 각 가족 주거지에 속한다고 보면 되겠군요.」

「일반적으로 그렇죠.」

「매켄지 씨가 마을 치안관에 선출된 직후, 컬두이의 경작지 일부가 재분배되었습니다. 맞지요?」

「예.」

「어떻게 재분배되었는지 말씀해 주실 수 있죠?」

「맥레이 씨의 땅 일부가 이웃인 그레거 씨한테 넘어갔습니다.」

「왜 그렇게 됐죠?」

「그레거 씨 가족이 맥레이 씨보다 많으므로 땅도 더 많이 필요하다고 결정했죠.」

「그렇군요. 맥레이 씨 가족은 모두 몇 명입니까?」

「다섯입니다. 어린 쌍둥이까지 해서.」

「맥레이 씨, 피고인, 따님, 어린 쌍둥이, 이렇게로군요. 쌍둥이는 이제 세 살이라고 했나요?」

「예.」

「그럼 그레거 씨 가족은?」

「여덟입니다.」

「구성원이 어떻게 돼죠?」

「그레거 씨와 부인, 어머니, 아이 다섯입니다.」

「당연히 맥레이 가족보다 땅이 더 많아야겠군요.」

「그렇긴 하지만…….」

「매켄지 씨가 경작지 재분배로 사익을 취했나요?」

「아뇨.」

「그레거 가족한테 땅이 더 필요해서 재분배를 했다면 아주 공정한 처사 아닌가요?」

「검사님이 그렇게 말씀하신다면요.」

「머치슨 씨, 나는 증인도 공정하다고 생각하는지 묻는 겁니다.」

머치슨 씨는 대답하기 전에 손으로 콧수염을 쓰다듬고 법정을 둘러보았다.

「옳지 않은 처사였습니다.」마침내 그가 대답했다.

「하지만 그레거 씨가 맥레이 씨보다 땅이 더 필요하다고 하지 않으셨던가요?」

「법적으로야 공정했을지도 모르지만,」이쯤 되자 머치슨 씨의 기분이 나빠진 게 분명했다.「꼭 그렇지는 않습니다. 소작지를 이런 식으로 분할한 적은 없어요. 가족은 제 몫의 땅을 경작하고 그 땅은 한 세대에서 다음 세대로 넘어갔죠.」

「그렇군요. 매켄지 씨의 조치는 전례가 없었겠군요.」

「앙갚음 성격이 짙었습니다.」

「아!」기퍼드 씨가 탄성을 흘렸다. 마침내 문제의 핵심을 짚기라도 했다는 투였다.「〈앙갚음〉은 강렬한 단어입니다, 머치슨 씨. 그러니까 매켄지 씨는 공공의 이득이 아니라 맥레이 씨한테 일종의 복수를 하기 위해 권력을 남용한 것으로 보셨군요.」

「그렇습니다.」

기퍼드 씨는 의미심장한 표정으로 배심원을 본 뒤 증인을 치하하고 신문을 마쳤다.『스코츠맨』은 당시를 이렇게 기록했다.〈머치슨 씨는 좋은 사람 같았으나, 효용성보다 전통에 따라 토지를 분배한다는 관념에 지나치게 집착했다. 이는 고지인들이 그런 식의 비타협적인 태도 때문에 자멸하고 만다는 주장의 또 다른 증거인 셈이다.〉

싱클레어 씨가 변호인석에서 일어났다.

「피고인을 안 지는 얼마나 됐습니까?」

「태어날 때부터죠.」머치슨 씨가 대답했다.

「피고인과의 관계를 간단하게 요약하신다면?」

「저 아이를 좋아합니다.」

「피고인이 정신 박약 증세가 있나요?」

「정신 박약? 말도 안 됩니다.」

「그럼 어떤 인물이죠?」

머치슨 씨는 다시 두 볼에 바람을 넣어 부풀리며 로디를 보았다. 로디도 어렴풋이 미소를 지어 보였다.

「음, 머리가 좋은 것만은 분명합니다. 똑똑한 아이예요, 다만…….」

「다만?」

증인이 적당한 단어를 찾는 듯 천정을 올려다보았다. 이윽고 그가 고개를 저으며 대답했다.

「제정신이 아닙니다.」

「〈제정신이 아니다〉라고요? 무슨 뜻인지 설명해 주시겠습니까?」

머치슨 씨는 이번에도 적절한 말을 찾지 못해 괴로운 표정이었다.

「이따금 자기 세계에 빠져 사는 것 같았어요. 늘 혼자였죠. 다른 아이들과도 통 어울리는 모습을 본 적이 없습니다. 사람들과 함께 있어도 제가 보기엔 늘 혼자처럼 보였죠. 도무지 무슨 생각을 하는지도 모르겠고.」

「늘 그런 식이었나요?」

「제가 보기에는요.」

싱클레어 씨는 잠시 뜸을 들이다가 다음 질문을 했다. 「피고인이 혼잣말을 한다던데, 보신 적이 있습니까? 아니면 그 자리에 없는 사람과 대화를 하거나요.」

머치슨 씨가 고개를 끄덕였다. 「예, 이따금. 혼잣말하며 다니는 걸 본 적 있습니다.」

「자주?」

「자주는 아닙니다.」

다시 재판장이 끼어들었다. 「자주는 아니라고 했는데, 그게 어느 정도입니까?」

「가끔이요.」

재판장이 물었다. 「매일, 한 주에 한 번, 아니면 한 달에 한 번?」

「매일은 아니지만 한 주에 한 번은 확실합니다.」

「그런 행동을 종종 목격했겠군요.」

「예, 재판장님.」

다시 싱클레어 씨가 말했다. 「혼잣말을 엿들은 적이 있습니까?」

「아니, 못 들었습니다.」

「이유는?」

「누가 가까이 가면 그쳤으니까요. 큰 소리로 대화하지는 않고 그저 중얼거리는 수준이었어요.」

「알겠습니다. 피고인은 옛날부터 그렇게 행동했나요?」

「그건 아닐 겁니다.」

「어렸을 때도 혼잣말을 했나요?」

「아뇨.」

「혹시 피고인의 그런 모습을 처음 목격했을 때가 언제인지 기억하십니까?」

머치슨 씨가 고개를 저었지만 재판장이 대답하라고 재촉했다.

「기억나지 않습니다.」

「10년 전, 5년 전, 아니면 1년 전?」

「1년은 더 됐어요.」

「그런데 5년까지는 아니다?」

「아닙니다.」

「모친 사망 이전에도 피고인이 그렇게 행동하는 모습을 본 적이 있나요?」

「글쎄요, 확실하지 않습니다.」

「결국, 증인은 피고인의 정신이 어느 정도는 정상이 아니라고 여기셨다는 말씀이죠?」

「예, 그렇습니다.」

싱클레어 씨는 여기서 신문을 마쳤고 케네디 스모크는 풀려났다. 그다음은 덩컨 그레거가 증인으로 불려 나왔다. 기퍼드 씨는 살인 사건이 있던 날 아침에 대해 질문하려고 했으나, 재판장이 개입해 해당 사건들은 논쟁 대상이 아님을 분명히 했다. 이미 다 정리된 얘기를 되풀이하면서 시간 낭비할 필요 없다는 얘기였다. 기퍼드 씨는 항변하지 않고 남은 시간 동안 보다 빠른 속도로 신문을 이어 갔다. 검사는 보다 합리적인 살인 동기를 찾으려 하고, 반면에 싱클레어 씨는 피고인이 제정신이 아니었음을 조명하려고 하는 구도가 명확해졌다. 어느 정도 성공을 거두기도 했다. 우습게도 변호인에게 최고의 순간을 제공한 것은 에이니어스 매켄지의 증언이었다. 필비는 그를 이렇게 묘사했다. 〈얼치기 뚱보는 자신의 저급한 진술이 검사보다 변호인에게 도움이 된다는 사실조차 안중에 없었다.〉

피고인의 정신 상태를 묻자 대답이 가관이었다. 「저놈 완전 사이코예요.」

「사이코? 어떤 의미인지 법정에 설명해 주시겠습니까?」 싱클레어 씨가 되물었다.

「사이코가 사이코지 뭐겠어요? 쟤가 돌았다는 거 누구나 다 알잖아요.」

「〈누구나〉? 누구나가 누굽니까?」

「마을 사람 누구나.」

「피고인이 〈마을에서 공인된 사이코〉쯤 된다는 말씀이십니까?」

「솔직히 더 심하죠.」

「더 심해요?」

「매일매일 히죽거리며 돌아다니는걸요. 웃을 일이 없는데 혼자서 키득거리고 난리도 아니에요.」

「그렇군요. 증인은 피고인의 정신 상태가 올바르지 않다고 보시는 거죠?」

「예, 진짜 사이코라니까요. 저 새끼 히죽거릴 때마다 내가 웃음기를 날려 버렸는데, 까놓고 말해서 허락만 해주면 지금도 그러고 싶네요.」

싱클레어 씨가 신문을 마치자, 매켄지 씨는 자신이 나가도 되는지 몰라 잠시 머뭇거렸다. 마침내 증인석을 떠날 때는 〈혼잣말로 중얼거렸는데, 그 바람에 방청객들은 그자야말로 제정신이 아닌 모양이라고〉 의심하기도 했다.

그날 마지막 증인은 길리스 선생이었다. 필비 기자는 그때쯤 재판을 즐기는 터인지라 묘사도 달달하기만 했다. 선생은 〈손이 여자처럼 곱고, 얼굴은 그리기도 기억하기도 쉽지 않은 유형이었다〉. 기퍼드 씨는 선생으로부터 로디의 능력에 대해 분명한 증언을 이끌어 냈다. 그리고 피고인의 부친을 찾아가 아들 진학을 제안했을 때 얘기도 거론했다.

「결과는 어떻게 되었습니까?」

「불행히도, 부친은 로디가 소작농이 되기를 원하더군요.」

「그런 제안을 자주 하시나요?」

「저도 그때가 처음이었습니다.」

「왜 피고인을 선택하셨는지요?」

「로디는 제가 가르친 아이들 중에서 재능이 가장 뛰어났습니다.」

기퍼드 씨는 이제 로디의 전반적인 행동과 태도를 짚어 보기로 했다. 「피고인은 불량 학생이었나요?」

「그 반대로 품행도 방정하고 상냥했습니다.」

「길리스 선생님, 변호인 측에서 이 사건을 위해 정신 이상을 주장하는 변론서를 올렸는데, 그 사실을 아시나요?」

「예.」

「피고인한테서 정신 이상의 징후를 보신 적이 있나요?」

길리스 선생은 그 질문을 곰곰이 생각하고는 그렇지 않다고 대답했다.

「헛소리나 혼잣말을 하는 모습을 보신 적이 있습니까?」

길리스 선생은 고개를 저었다. 「없습니다, 한 번도.」

기퍼드 씨는 자기 팀과 잠시 상의한 후 증인 신문을 마친다고 선언했다.

싱클레어 씨가 변호를 위해 일어났다.

「피고인이 학생들 사이에서 인기가 많았습니까?」

「그다지.」

「〈그다지〉라니, 무슨 뜻이죠?」

「말 그대로입니다.」 길리스 선생은 심란한 표정이었다.

「보통 학생들처럼 급우들과 놀거나 수다를 떨었나요?」

「그보다는 혼자 노는 쪽이었고, 혼자 있는 걸 좋아했어요.」

「또래하고 어울리지 못했군요.」

「그렇다고 할 수도 있지만 이상하다는 생각은 안 들었습니다. 몰려다니기 좋아하는 아이도 있고 그렇지 않은 아이도 있으니까요.」

싱클레어 씨는 그런 식으로 질문을 이어 갈지 고민했으나, 증인에게 발언 기회를 더 줘봐야 얻을 게 없다고 판단했다. 의뢰인을 높이 평가하는 증인은 아무래도 곤란했다.

4시 반이 되자 재판장이 폐정을 선언했다. 배심원들에게 그날 밤은 호텔에 묵되, 절대로 사건 내용을 토론하거나 결론을 미리 내려고 시도하지 말라고 주문하였다.

다시 필비 기자의 기사를 보자. 〈재판은 무척이나 흥미로웠으며 입장이 허락된 방청객들도 진술 하나하나 귀를 쫑긋거리며 경청하였다. 다만, 저 훌륭한 에이니어스 매켄지의 증언을 증명이라도 하듯, 피고인 자신만은 재판에 전혀 흥미가 없는 것처럼 보였다.〉

제2일

재판은 다음 날 9시 30분에 속개했다. 로디가 끌려 나오자 방청석에서는 박수갈채와 야유가 터져 나왔다. 『신보』의 머독 기자에 따르면 〈방청객은 이곳이 법정이 아니라 극장이며, 불쌍한 피고인은 자신들을 즐겁게 하기 위해 끌려 나온 팬터마임 배우라고 여기는 것 같았다〉. 로디는 학대자들에게 시선 한 번 돌리지 않았다. 로디가 피고인석에 앉자 싱클레어 씨가 가볍게 어깨를 다독여 격려했다. 재판장은 몇 분간 소란을 방치했는데 아마 질서 유지를 위해서라도 구경꾼들의 열기를 어느 정도 식힐 필요가 있다고 판단한 모양이었다. 실제로 판사봉을 두드리자 법정은 순식간에 고요해졌다.

그러나 이 정적은 금방 깨지고 말았다. 기퍼드 씨가 일어나 그날 첫 증인으로 존 맥레이를 호출한 것이다. 『더 타임스』의 필비 기자는 맥레이 씨를 이렇게 묘사하였다. 〈키가 작고 허리가 굽었으며, 그 바람에 44세라는 실제 나이보다 두 배는 늙어 보였다. 그는 비틀린 지팡이에 의존한 채 증인석에서 방청석을 둘러보았는데, 작고 검은 눈에 당혹감이 가득 배어났다. 피고인은 아버지가 증언하는 내내 머리를 숙였으며, 증인도 아들을 절대 쳐다보지 않았다.〉재판장은 방청석을 향해 조용히 하지 않으면 끌려 나가거나 법정 모독죄로 구속하겠다고 엄중히 경고했다. 증인이 〈하일랜드의 고어(古語)〉에 더 익숙하기 때문에 신문 또한 게일어로 진행하고 그에 따라 통역도 불러들였다. 기퍼드 씨는 증인이 노쇠하다는 점을 고려해 말투를 부드럽게 가져갔다.

검사는 우선 고인과 증인의 관계를 물었다. 맥레이 씨는 질문을 받자 당혹스러워했다. 다시 법정이 웅성거렸지만 재판장이 재빨리 재갈을 물렸다. 기퍼드 씨가 질문을 다시 했지만, 그 과정에 통역까지 가세하는 바람에 시간이 훨씬 많이 걸렸다. 「증인과 매켄지 씨는 사이가 좋았습니까?」

「매켄지가 어디 한두 명이어야죠.」맥레이 씨가 말했다.

기퍼드 씨가 참을성 있게 미소를 지었다. 「증인의 이웃, 라클런 매켄지 얘기입니다. 다들 라클런 브로드라고 부른다면서요?」

「아, 예.」맥레이 씨가 대답했다. 그 대답에 방청석에서 다시 박장대소가 터져 나왔다. 판사는 결국 서기를 불러 소란을 피운 사람 하나를 퇴정시켰다. 그 때문에 잠깐 혼란스럽기는 했지만 효과는 분명했다.

기퍼드 씨가 질문을 반복했다.

「친구라고 할 수는 없습죠.」맥레이 씨의 대답이었다.

「이유는요?」

「글쎄요.」

「증인과 라클런 매켄지 씨가 친구가 아닌 이유가 있습니까?」

맥레이 씨는 대답하지 않았다. 그러자 재판장이 나서서 통역을 거쳐 맥레이 씨가 검사의 질문을 이해하기 어려운지 물었다. 증인이 그렇지는 않다고 대답하자, 재판장은 그럼 질문에 대답해야 하며, 대답을 거부할 경우 법정 모독죄로 구속하겠다고 위협했다.

기퍼드 씨는 다시 소작지 감축 문제를 거론하고 그와 관련해 이런저런 질문을 이끈 후, 이렇게 물었다.「그 결정에 불만이 많았습니까?」

「아뇨.」

「땅을 빼앗겼는데 불만이 없었다고요? 그 땅에서 가족 식량이 나오는데?」

「땅이 더 필요한 사람이 있었으니까요.」

「증인의 아들은 그 결정에 불만이었나요?」

「직접 물어보시죠.」

「아들이 그 결정을 두고 항의나 불평을 한 적이 있나요?」

묵묵부답.

「피고인과 그 문제를 상의하셨습니까?」

「아뇨.」

기퍼드 씨는 답답했던지 결국 재판장에게 호소해 좀 더 자세히 대답하게 해줄 것을 요구했다. 하지만 판사는 답변이 만족스러운지 여부는 배심원이 결정한다며 거부했다.

검사가 포기한 채 다른 질문으로 넘어갔다. 지금껏 법정에서 한 번도 거론하지 않았던 사건이었다.

「4월이나 5월, 어느 날 아침 일입니다. 컬두이 해변에서 해초를 채집한 적이 있었죠? 기억나십니까?」

「예, 기억합니다.」

「그날 아침, 어떤 일이 있었는지 말씀해 주시겠어요?」

「말씀하신 그대로입니다.」 맥레이 씨의 대답에 방청객들이 킥킥거리며 웃음을 참았다.

「해초를 채집했나요?」

「예.」

「피고인과 함께?」

「예.」

「해초를 채집한 이유가 뭐죠?」

「밭에 뿌릴 생각이었죠.」

「그날 아침 매켄지 씨한테 얘기했습니까?」

「그가 나한테 얘기했죠.」

「뭐라고 했습니까?」

「해초를 원래 위치로 되돌려 놓으라더군요.」

「이유를 얘기하던가요?」

「해초 채집 허가를 받지 않았다고.」

「해변에서 해초를 채취하는 데 허가가 필요한가요?」

「그런가 보네요.」

「누구의 허가죠?」

「미들턴 경의 허가일 겁니다. 그분이 해초 주인이니까.」

「미들턴 경이 그 지역의 지주인가요?」

「예.」

「전에도 해변에서 해초를 채취했습니까?」

「예.」

「종종?」

「1년에 한 번.」

「그럼, 그 전에도 채취 허가를 받았던가요?」

「아뇨.」

「그런데 이번에는 기껏 모아 놓은 해초를 되돌려 놓으라고 지시한 겁니까, 매켄지 씨가?」

「예.」

「왜 그랬다고 생각하나요?」

「규칙을 집행하는 게 그의 역할이었으니까요.」

「그래서 받아들이셨나요?」

「예.」

「매켄지 씨의 처사를 원망하지 않으셨습니까?」

맥레이 씨는 대답하지 않았다.

「증인은 엄청난 양의 해초를 되돌려 놓아야 했습니다. 몇 시간 동안 힘들게 채취하셨고, 해초 채취는 오랜 전통의 문제 였죠. 그런데도 화가 나지 않으셨다는 말씀인가요?」

증인은 잠시 검사를 바라보다가 대답했다.

「좋지는 않았습니다.」

기퍼드 씨는 결국 크게 한숨을 내쉬다가 재판장의 지적을 받았다. 검사는 곧바로 사과하고 대신 배심원들을 향해 구애 의 눈빛을 쏘아 보냈다.

「다음 날 아침, 마을 사람들 모두가 해초를 채취했죠? 밭 에 퇴비로 쓸 요량으로?」

「왜 채취했는지는 저도 모릅니다.」

「어쨌든 채취했습니까?」

「예.」

「증인은 하지 않고?」

「예.」

「왜 마을 사람들은 해초를 채취하고 증인은 불가능했는지 말씀해 주시겠습니까?」

「마을 사람들은 허가를 받았으니까요.」

「그런데 증인은 허가를 구하지 않았다?」

「내 물건이 아닌 것을 가져가고 싶지 않았습니다.」

방청석에서 웃음소리가 들렸다. 맥레이 씨는 증인석 가장자리를 왼손으로 꽉 붙잡고 있었으며 시선도 내내 그곳을 떠나지 않았다. 기퍼드 씨가 잠시 뜸을 들이다가 신문을 이어 갔다.

「자, 요약해 보죠. 증언에 따르면 증인은 고인에 대해 아무 유감이 없습니다. 증인의 소작지를 빼앗고, 해초를 다시 돌려놓으라 지시하고, 죽은 양 때문에 많은 돈을 갚아야 하는데도 말입니다. 맞습니까?」

맥레이 씨는 대답하지 않았다.

기퍼드 씨는 대답을 재촉했다.

「저 같은 놈이 매켄지 씨한테 유감이 있고 자시고 할 게 어디 있겠습니까?」

그때 재판장이 나서서 증인이 피고인이 아님을 상기해 주었다. 증인이 고인에게 유감이 있느냐 없느냐는 사소한 문제라는 얘기였다. 하지만 검사의 전략에는 너무도 중요한 항목이었다. 피고인의 범행이 이성적, 의도적이었음을 증명하려면 피고인이 피해자에게 유감이 있어야 했다. 기퍼드 씨는 불만을 감추지 않으며 신문을 마쳤다. 다음 날 『인버네스 신보』는 〈검사의 지고한 법 지식이 무지한 소작농한테 참패했다〉라며 조롱 섞인 논평을 내놓았다.

싱클레어 씨가 일어나 우선 게일어로 지금 불편하지 않은지 물었다.

「자, 증인의 아드님 얘기를 해보죠. 아드님은 지금 너무도 끔찍한 범죄로 기소되었습니다. 사건 이전에도 아드님이 폭력적이었습니까?」

맥레이 씨는 대답하지 않았다.

「증인을 구타하거나, 협박한 적은요?」

맥레이 씨가 대답하지 않자 재판장이 증인의 의무를 상기시켰다.

「아뇨.」

「피고인이 어머니나 형제자매를 때렸나요?」

「아뇨.」

「이웃 사람들은요?」

「아뇨.」

「그럼 아드님이 폭력적인 성향이라고는 생각하지 않으시겠군요.」

「예.」

「아시다시피 아드님이 끔찍한 범죄를 저질렀습니다. 기질과 무관한 행동일까요?」

맥레이 씨는 질문을 이해하지 못하는 듯했다.

싱클레어 씨가 물었다. 「아드님을 폭력적인 사람으로 분류할 수 있을까요?」

「분류해 본 적 없습니다.」

싱클레어 씨가 미소를 지었다. 필경 〈점점 커가는 조바심을 감추기 위한〉 미소였다. 그는 질문을 살짝 바꾸기로 했다. 「누군가 아드님에 대해 설명해 달라고 한다면, 폭력적이라고 말하겠습니까?」

「그렇지 않습니다.」증인이 대답했다.

「증인은 아드님에게 폭력적이셨나요?」

「그렇지 않습니다.」

「아드님을 때리신 적이 없나요?」

「때렸죠.」

「언제 아드님을 때렸죠?」

「필요할 때.」

「그렇군요. 언제 아드님을 때릴 필요가 있었는지 예를 들어 주시겠어요?」

「제 말을 듣지 않을 때나 말썽을 부릴 때겠죠.」

「〈말썽을 부린다〉…… 아드님이 종종 말썽을 부립니까? 아드님이 말썽을 부려서 때릴 수밖에 없었던 경우를 예로 들어 설명해 주시겠어요?」

맥레이 씨는 대답하지 않았다.

「아드님이 매켄지 씨의 양을 죽인 적이 있죠? 그 사건에 대한 증언이 있습니다. 그때도 아드님을 때리셨나요?」

「예.」

「왜 때렸는지 말씀해 주시겠어요?」

「말썽을 부렸으니까요.」

「그렇군요. 한 번 때렸나요? 아니면 여러 차례?」

「여러 번.」

「무엇으로 때리셨죠?」

「지팡이요.」그가 힘없이 지팡이를 들어 보였다.

「아드님 신체 중 어디를 주로 때리셨습니까?」

「등입니다.」

「그러니까, 지팡이로 아드님의 등을 여러 차례 때리셨다는 거군요.」

「예.」

「유일한 경우였나요?」

맥레이 씨는 이 질문을 이해하지 못하는 듯했다.

「아드님을 구타한 경우가 그 밖에도 있었습니까?」

「몇 번 있었죠.」

「그럼 늘 지팡이로 때리셨나요?」

「늘 그렇지는 않았습니다.」

「주먹으로도 때리셨나요?」

「예.」

「주먹으로는 주로 어디를 때리셨습니까?」

「몸 여기저기.」

「머리와 얼굴은?」

「거기도.」

「그런 경우가 자주 있었습니까?」

재판장이 싱클레어 씨에게 질문을 좀 더 구체적으로 하라고 주문했다.

「아드님을 얼마나 자주 때리셨죠? 하루에 한 번? 아니면 주 단위로? 그 이하인가요?」

「매주 한 번은 때렸을 겁니다.」

「때릴 필요가 있어서요?」

「저놈한테는 규율이 필요했죠.」

「매질 후 아드님 행동이 좋아졌던가요?」

「아뇨.」

싱클레어 씨는 자신의 서류를 살펴보고 조수와 몇 마디 상의한 뒤 질문을 마쳤다.

그즈음, 기퍼드 씨는 증인 순서를 바꾸고 싶으니 허가해 줄 것을 요청했다. 재판장도 반대하지 않았다. 이윽고 앨런 크룩생크가 불려 나왔다.

기퍼드 씨가 증인 신문을 시작했다. 「현재 직업을 말씀해 주십시오, 크룩생크 씨.」

「애플크로스의 미들턴 경을 위해 일하는 마름입니다.」

「컬두이 마을은 미들턴 경의 영지에 속하나요?」

「예, 그렇습니다.」

「그러니까, 증인께서 마을 관리를 하시죠?」

「저는 영지를 관리합니다. 마을의 일상에는 관심이 없습니다.」

「마을 일은 치안관의 관심사이겠군요.」

「그렇습니다.」

「그럼 컬두이의 경우, 라클런 매켄지가 치안관이었지요?」

「그렇습니다. 컬두이, 카머스터라치, 에어드두의 치안관으로 일했죠.」

「서로 이웃하는 마을들이죠?」

「예.」

「치안관으로서, 매켄지 씨가 당연히 증인을 만나 마을 관리 문제를 논의했겠군요?」

「만나기는 했지만 자주는 아닙니다.」

「마을 관리를 어떤 식으로 할지 세세하게 지시하나요?」

「전반적인 흐름은 상의하지만 사소한 일에는 개입하지 않습니다.」

「〈전반적인 흐름〉이 어떤 의미죠?」

「큰 도로와 작은 길의 보수, 임차인들이 소작료를 제때에 내는 일 등입니다.」

「매켄지 씨가 일을 잘하던가요?」

「매켄지 씨는 제 임기 내, 영지를 관리한 치안관 중 단연 최고였습니다.」

「그의 능력을 믿었습니까?」

「정말 잘했으니까요.」

「올해 7월 말경으로 돌아가 보시죠. 존 맥레이 씨와 그의 아들, 여기 피고인이 함께 찾아온 적이 있죠?」

「예, 기억합니다.」

「그 이전에, 맥레이 씨를 아셨나요?」

「아니, 몰랐습니다.」

「소작인들이 자주 찾아옵니까?」

「아뇨, 그렇지 않습니다. 아주 이례적인 일이었어요.」

「왜 그럴까요?」

「소작인들이 마을 운영 문제로 상의할 일이 있으면 치안관을 만나면 됩니다.」

「그때는 매켄지 씨였죠?」

「예, 맞습니다.」

「그런 얘기를 맥레이 씨한테도 하셨나요?」

「예, 했습니다.」

「반응이 어땠습니까?」

「찾아온 이유가 매켄지 씨 때문이라고 하더군요.」

「자세히 말씀해 주시겠어요?」

「두 사람 사이에 반감이 있는 것 같았어요. 어쨌든 맥레이 씨 말로는 매켄지 씨한테 핍박받고 있다고 했죠.」

「왜 그렇게 생각하는지 맥레이 씨에게 물었습니까?」

「예. 몇 가지 사소한 이유를 댔는데 유감스럽게도 지금은 잘 기억나지 않습니다.」

「그렇다 해도, 맥레이 씨가 매켄지 씨한테 유감을, 그게 정당하든 아니든 표한 건 사실이죠?」

「그렇게 보였습니다.」

「그래서 어떻게 조치하셨나요?」

「아무 조치도 안 했죠. 제 관심사가 아니었으니까.」

「매켄지 씨한테 그 얘기를 하셨나요?」

「기억나지 않습니다.」

「그 후 매켄지 씨를 만난 적이 있나요? 사망 이전에?」

「예.」

「언제 만났습니까?」

「여름 축젯날이었죠.」

「날짜로는요?」

「7월 31일일 겁니다.」

「그날 매켄지 씨와 대화를 했나요?」

「예. 애플크로스 주점에서 에일을 마셨어요.」

「알겠습니다. 그럼 그 사건, 그러니까 맥레이 씨 부자와 만난 얘기도 하셨겠군요. 기억나십니까?」

「했을 겁니다.」

「어떤 식으로 언급하셨습니까?」

「재미있는 일이 있었다고 했죠.」

「매켄지 씨도 재미있어 하던가요?」

「예, 그렇게 보였습니다.」

기퍼드 씨는 증인 신문을 마쳤다. 변호인은 반대 신문을 포기했다.

맥레이 씨가 다시 불려 나와 마름의 증언을 재확인했다.

「아까 증언대로 고인에게 불만이 없었다면, 왜 마름을 찾아가 고발해야겠다고 생각하셨나요?」 기퍼드 씨가 물었다.

그 시점에 대해 머독 기자의 기록이 있는데 다음과 같다. 〈일부 방청객도 소작농이 느낀 엄청난 굴욕감을 분명히 감지할 수 있었다.〉 그 때문에 방청석이 조용해지기도 했다. 맥레이 씨는 도움이라도 찾는 듯 황급히 법정을 둘러보았다. 재판장이 그에게 대답할 것을 종용했다.

「우리가 어떤 규칙하에서 살고 있는지 알고 싶었을 뿐입니다.」

「그 정도 질문은 고인에게도 할 수 있지 않았나요?」

「아뇨.」

「이유가 뭐죠?」

증인은 잠시 머뭇거리다가 대답했다. 「매켄지 씨와 별로 사이가 좋지 않았습니다.」

「그리고 고인이 증인을 일부러 해코지한다고 여기셨겠죠?」

맥레이 씨는 대답하지 않았다.

기퍼드 씨는 자신이 핵심을 찔렀다고 확신하고 더 밀어붙이기로 했다. 「8월 9일 월요일 아침, 사건 전날입니다. 그때 편지를 한 통 받았죠?」

「예.」

「누가 보냈습니까?」

「마름님입니다.」

「편지 내용은?」

「퇴거 명령이었습니다.」

「집에서 쫓아내는 건가요?」

「예.」

「그래서 어떻게 대응했습니까?」

맥레이 씨는 빈손으로 모호한 동작을 취했다. 지팡이를 집으려는 건 아닌 듯했다.

기퍼드 씨는 질문을 살짝 바꾸기로 했다. 「퇴거 명령을 받고 어떻게 하실 셈이셨죠?」

「어떻게 할지 생각해 보지 않았습니다.」

「명령에 응할 생각이었나요?」

맥레이 씨는 잠시 변호인을 보았다.

「명령에 응할지 말지, 제가 결정할 문제가 아니었죠.」

「그럼 누가 결정합니까?」

「힘 있는 사람들이겠죠.」

「아드님한테도 상황을 알렸습니까?」

「아뇨.」

「차라리 매켄지 씨가 죽었으면 좋겠다고 언급하거나 하지 않았나요?」

「아뇨.」

「그러면 피고인이 매켄지 씨가 죽으면 아버지가 편할 텐데, 라는 식으로 말하지 않았나요?」

「아뇨.」

「피고인한테 매켄지 씨를 죽이라고 말했나요?」

「아뇨.」

「매켄지 씨의 죽음이 안타깝습니까?」

「저와 상관없는 일입니다.」

공방이 이런 식으로 이어지자 방청객들도 크게 한숨을 내쉬었다. 맥레이 씨는 다시 증인석에서 풀려났다. 보도에 따르면 그는 새벽 첫차를 타고 집으로 돌아갈 심산으로, 제공된 여인숙 객실을 거부하고 기차역에서 밤을 지새웠다.

앨런 크룩섕크가 다시 불려 나왔다. 기퍼드 씨는 증인이 어떤 일을 하는지 배심원들에게 구체적으로 설명해 줄 것을 요청한 다음 신문을 시작했다.

「7월 31일, 애플크로스에서 고인 라클런 매켄지를 만나셨다고 했습니다. 그 자리에서 맥레이 씨 부자가 증인을 찾아온 얘기도 하셨고.」

「맞습니다.」

「그 후 고인을 또 만났나요?」

「예.」

「어떻게 만나셨죠?」

「매켄지 씨가 집에 찾아왔습니다. 8월 7일 저녁이었죠.」

「사건 사흘 전?」

「예.」

「방문 목적은?」

「존 맥레이를 소작지에서 추방해 달라고 청원하더군요.」

「이유가 뭐였나요?」

「몇 가지 있었습니다.」

「구체적으로 말한다면?」

「맥레이 가족은 소작료를 내지 않았습니다. 벌금도 갚지 못해 빚이 많았고요…….」

「벌금은 모두 매켄지 씨가 부과한 거죠?」

「예.」

「벌금을 매긴 이유들을 압니까?」

「기억 안 납니다. 하나둘이 아니거든요.」

「그 밖에 다른 이유도 있습니까?」

「맥레이 씨는 의무를 외면하고 거주지와 토지를 제대로 관리하지 않았습니다. 계속 거주할 경우 마을 경영에 도움이 안 될 거라고 생각했습니다.」

「어떤 식으로?」

크룩섕크 씨는 질문에 대답하지 못하다가, 잠시 후 중얼거렸다.「그 가족이 마을에 악영향을 미친다고 봤습니다.」

「그게 사실인지 확인해 보셨나요?」

「아뇨.」

「이유는?」

「매켄지 씨의 판단을 믿었으니까요.」

「실제로 소작인 대다수가 소작료를 연체한다고 들었는데요?」

「유감스럽지만, 사실입니다.」

「그런데 왜 맥레이 씨만 이런 식으로 골라냈습니까?」

「그는 빚이 너무 많아 감당이 불가능했습니다. 도무지 갚을 가능성이 보이지 않았어요.」

「지난해 맥레이 씨의 소작지를 축소했다는 증언을 들었습니다. 그에게 땅이 더 있었다면 여분의 작물을 팔아 빚을 갚을 여지가 있지 않았을까요?」

크룩생크 씨가 대답했다. 「소작지 재분배 얘기는 처음 들었지만, 연체금을 다 갚으려면 감자든 뭐든 나오는 대로 작물 전부를 팔아야 했을 겁니다.」

「맥레이 씨 소작지가 줄어든 사실을 모르셨다고 했나요?」

「예, 몰랐습니다.」

「그럼 증인 동의 없이 집행했다는 뜻인가요?」

「음, 모르기는 했지만, 매켄지 씨가 충분히 합리적으로 처리했다고 믿습니다.」

「그런 문제가 있으면 먼저 마름과 상의하는 게 정상 아닌가요?」

「말씀드린 대로, 그럴 만한 이유가 있었을 겁니다.」

「제 질문은 그게 아닙니다. 그런 문제가 있을 때 보통 사전에 마름과 상의하지 않냐는 겁니다.」

「마을 토지를 전반적으로 재분배하는 문제라면 당연히 제가 나서야겠지만, 소작지 하나에, 그것도 일부라면 충분히 마을 사람들끼리 합의했으리라 믿습니다. 마을 사람들이 애들은 아니잖아요?」

「맥레이 씨가 허락도 없이 해변에서 해초를 채취했다고 매켄지 씨가 보고하지 않았나요?」

크룩생크 씨는 그 질문에 가볍게 웃고 그런 보고는 없었다고 대답했다.

「여기 증인이 양을 죽인 탓에, 맥레이 씨가 매켄지 씨한테 개인 부채가 있다는 사실을 아셨습니까?」

「몰랐습니다.」

「그런 일들을 아셨다면, 매켄지 씨가 맥레이 씨를 추방해 달라고 제안했을 때 뭔가 흑막이 있다고 의심하지 않았을까요?」 기퍼드 씨가 물었다.

크룩섕크 씨는 잠시 대답을 가늠한 다음에 대답했다. 「매켄지 씨가 치안관으로서 임무를 훌륭히 수행했다고 대답하겠습니다. 동기를 의심할 이유도 없었고 그의 주장에는 충분히 근거가 있었습니다.」

「그러니까, 맥레이 씨를 퇴거시켜야 한다는 판단에 동의하시는군요.」

「달리 판단할 근거가 없었으니까요.」

「그래서 필요한 서류를 내주셨습니까?」

「예.」

「곧바로?」

「안식일이었기에, 서류는 다음 월요일에 작성해 배달했습니다.」

「월요일이면 8월 9일이니까, 매켄지 씨가 살해당하기 전날이군요.」

「맞습니다.」

기퍼드 씨가 감사 인사와 함께 증인 신문을 마쳤다. 싱클레어 씨는 신문을 포기했고 증인은 풀려났다.

제임스 갤브레이스 목사가 증인으로 불려 나왔다. 머독 기자가 그를 자세히 묘사해 두었다. 〈어느 모로 보나 철두철미

성직자였다. 그러기에 오지와 험지를 돌아다니며 불굴의 의지로 양 떼를 돌보지 않았겠는가. 평범한 성직자 복장이지만, 완고한 표정만 보아도 분명 세속의 쾌락에 완전히 초연한 인물이었다. 목사는 눈빛에 경멸을 담아 기퍼드 씨를 쏘아 보았다. 필경 검사가 대도시 멋쟁이였기 때문일 테지만 저명한 검사조차 그의 시선에는 살짝 몸을 떠는 듯 보였다.〉

「애플크로스 교구 목사님이시죠?」기퍼드 씨.

「내 교구는 카머스터라치, 컬두이, 에어드두이를 모두 포함합니다.」갤브레이스 씨가 대답했는데, 마치 〈늦된 학생을 훈계하는 듯한〉 말투였다.

「그렇다면, 맥레이 씨와 그의 가족도 목사님 교구민이겠군요?」

「예.」

「존 맥레이는 목사님 교회 장로였죠?」

「그랬습니다.」

「8월 9일 저녁, 맥레이 씨가 목사님께 가정 방문을 청했다는데 사실인가요?」

「예. 따님을 보내 그날 저녁 방문할 수 있는지 물었죠.」

「방문하셨나요?」

「예.」

「부른 이유가 뭐죠?」

「마름에게서 퇴거 명령서를 받았다더군요.」

「그날 저녁 맥레이 씨는 어떻던가요?」

「크게 힘들어했습니다.」

「도움을 청했습니까?」

「그를 위해 중재해 줄 수 있는지 물었죠.」

「그래서, 그렇게 하겠다고 했습니까?」

「아닙니다.」

그 대답에 기퍼드 씨가 짐짓 놀란 표정을 지었다. 「왜 못하겠다고 했는지 증언해 주시겠습니까?」

갤브레이스 씨가 검사를 쏘아보았다. 「내가 개입할 만한 사건이 아니었으니까요.」

「교구민의 안녕에 관심이 없으시지는 않겠죠?」

「내 관심은 교구민의 영적 안녕입니다. 토지 문제까지 개입할 수는 없어요.」

「그렇군요. 맥레이 씨한테 아무 조언도 하지 않으셨다는 말씀인가요?」

「이 생이 고통스러운 이유는 우리 죄 때문이니, 그렇게 여기고 감내하라고 조언은 했습니다.」

「어쨌든 그가 처한 곤경에 어떻게 대처할지 같은 실질적인 조언은 하지 않으셨고요.」

「기도하도록 이끌었죠.」 그 대답에 방청석에서 웃음소리가 새어 나왔으나 목사가 노려보자 곧바로 잦아들었다.

기퍼드 씨는 증인에게 고맙다고 인사한 후 자리에 앉았다.

싱클레어 씨가 변호인 측 신문을 시작했다.

「목사님이 방문하셨을 때 피고인 로더릭 맥레이도 자리에

「있었습니까?」

「제가 떠날 때쯤 도착했습니다.」

「대화는 해보셨나요?」

「잠깐 동안.」

「피고인이 목사님 교회에 다닙니까?」

「아뇨.」

「교회에 나간 적은 있나요?」

「어렸을 때였죠.」

「언제쯤부터 나오지 않았죠?」

「잘 기억나지 않습니다.」

「1년 전? 아니면 5년 전?」

「1~2년 전쯤일 겁니다.」

「피고인의 모친이 사망했을 때쯤인가요?」

「그때쯤입니다.」

「교구민들의 정신적 안녕에 관심이 있다고 말씀하셨죠?
그래서 드리는 말씀인데, 피고인을 다시 교회에 나오게 하기
위해 어떤 노력을 하셨습니까?」

「교구민들에게 교회에 나오라고 강요하지는 않아요. 나는
몰이꾼*이 아닙니다.」

「비신도들은 개의치 않는다는 말씀인가요?」

「양치기니까 당연히 양 떼를 돌봐야겠죠. 다만 그중에 검

---

* 속칭 몰이꾼*whipper-in*은 실제 공직으로, 시골 지역을 돌아다니며 아이
들에게 학교에 다닐 것을 종용했다.

은 양이 있다면 내치기도 합니다.」

「로더릭 맥레이가 검은 양입니까?」

「그렇지 않다면, 우리가 이 법정에 모일 일도 없었겠죠.」

필비 기자가 그의 말을 살짝 비꼬았다. 〈저 엄숙한 장로교 목사께서 농담을 하시는 줄 알았다.〉

「알겠습니다. 한 가지만 더 여쭙죠. 로더릭 맥레이를 그렇게 미워하는 이유가 뭡니까?」

「사악한 아이니까요.」

「〈사악하다〉는 섬뜩한 단어입니다, 갤브레이스 목사님.」

목사는 변호인의 지적에 아무 대답도 하지 않았다. 싱클레어 씨가 다시 물었다. 「피고인이 어떤 식으로 사악한 짓을 했습니까?」

「저 아이는 어렸을 때부터 하느님의 집을 전혀 존중하지 않았어요. 정직하지도 않고 기도도 게을리했죠. 한번은 교회 마당에서 오줌까지 싸더군요.」

방청석에서 웃음소리가 나오자 재판장이 판사봉으로 정숙을 명했다.

「그렇군요. 혹시 피고인에게서 광기의 징후를 보신 적이 있나요?」

「그보다 악의 징후를 봤다고 말씀드리고 싶군요.」

「그건 또 어떤 징후죠?」

갤브레이스 씨는 아예 대답할 가치가 없다고 여기는 듯했다. 판사가 대답을 촉구했다.

「그냥 보기만 해도 압니다. 잘 모르시겠다면 변호사님도 저 아이만큼이나 불신에 빠져 있기 때문이겠죠.」 목사가 위협하듯 대답했다.

싱클레어 씨는 그의 증언에 실소를 지었다. 「전 그저 피고인의 성격을 물었을 뿐입니다. 부디 교양인답게 대답해 주시겠습니까?」

「제 생각을 말씀드리면, 저 아이는 악마의 노예입니다. 증거가 필요하다면, 저 애가 지금 어떤 짓을 저질렀는지 보시면 되겠죠.」

싱클레어 씨는 피곤한 기색으로 고개를 끄덕이고 증인 신문을 끝냈다.

다음 증인은 목사와 너무도 대조적이었다. 아치볼드 로스가 법정에 등장하자 방청석 분위기가 크게 밝아졌다. 시골 신사처럼 〈노란색 트위드 정장 차림인데 법정에 나오기 위해 특별히 장만한 옷이 분명했다〉. 커다란 사각 버클이 달린 구두는 번쩍번쩍 광이 나고, 목에는 녹색 실크 넥타이를 맸다. 필비의 묘사를 보면, 〈머리에서 발끝까지 신사였으며 누구든 그를 보면 오지 중의 오지 애플크로스가 유행의 최첨단을 구가한다고 확신할 것이다〉.

기퍼드 씨는 우선 로스의 거주지와 직업에 대해 몇 가지 예비 신문을 마친 후, 증인과 어떻게 알게 되었는지 물었다. 로스는 미들턴 경 저택 마구간 근처에서 로디와 처음 만났다고 대답했다.

「그날 피고인은 어떤 일을 했나요?」

「궤짝을 산으로 나르는 일이었어요.」

「궤짝에는 뭐가 들었죠?」

「사냥 팀이 먹고 마실 음식.」

「피고인이 임무를 충실히 수행했나요?」

「그 임무라면요, 예, 잘했어요.」

「그날 이후 다시 피고인과 만났나요?」

「예, 만났습니다.」

「그게 언제였죠?」

「몇 주 전 마을 축제일이요.」

「그럼 7월 31일이었겠군요.」

「그렇겠죠?」 로스가 씩 웃었다.

「그날 어떤 일이 있었는지 말해 주십시오.」

로스는 애플크로스 주점 근처에서 피고인을 만나 주점에서 에일을 실컷 마시고 그다음엔 빅하우스에 가서 마을 대항 신티 경기를 봤다고 대답했다.

「증인이 술에 취했나요?」

「조금 취했던 것 같습니다.」

「피고인도 취했나요?」

「예, 취했을 겁니다.」

「피고인이 증인한테 사사로운 얘기도 했습니까?」

「글래스고에 가서 성공하고 싶다고 얘기했어요. 그런데 마을 여자애를 좋아해서 어떻게 해야 할지 모르겠다더군요.」

「그 여자가 누구죠?」

「플로라 매켄지.」

「플로라 매켄지가 고(故) 라클런 매켄지의 따님 맞나요?」

「예.」

그 대답에 방청객들이 웅성거리기 시작했다. 재판장이 재차 정숙을 명했다.

「이번 범죄의 희생자이기도 하죠?」

「예.」

「고인이 된 매켄지 양과 어떤 관계인지 피고인이 얘기하던가요?」

「매켄지 양한테 퇴짜를 맞았다고 했고, 어쨌거나 두 가족이 사이가 나쁘기 때문에 결혼을 허락할 리 없다는 얘기도 했죠.」

그러자 방청객에서 다시 탄식이 터졌다.

「그리고 신티 경기를 봤나요?」

「예.」

「그다음엔?」

「위스키도 조금 마셨는데, 그때 로디가 그 여자애를 보았죠…….」

「플로라 매켄지?」

「예. 친구와 함께 빅하우스 경기장을 걷고 있었습니다.」

「그래서 어떻게 했죠?」

「저는 로디에게, 어쨌든 마음은 전해야 한다고 말했어요.

그래야 플로라의 마음을 정확히 알 수 있으니까요.」

「그렇게 하겠다고 하던가요?」

「아뇨. 그래도 제가 고집을 부렸고, 여자들한테 가서 인사도 했습니다.」

필비 기자가 그 순간을 이렇게 기록했다. 〈그때까지 무덤덤하던 피고인도 살짝 동요하는 모습을 보였는데, 양어깨를 잔뜩 움츠리는 모습이 정말 쥐구멍이라도 찾는 사람처럼 보였다.〉

「그래서 어떻게 됐죠?」

「함께 조금 산책을 했습니다.」

「어디로?」

「숲속에 작은 다리가 있어요.」

「외진 곳인가요?」

이즈음, 아치볼드 로스는 검사에게 〈음탕한 윙크〉를 하고 나서 대답했는데, 그 대답에 방청객들이 다시 웃음을 터뜨렸다. 「검사님도 그 방면에 빠삭하신 모양입니다.」

기퍼드 씨는 그의 말을 무시했다.

「그래서 어떤 일이 있었죠?」

「로디가 사랑하는 사람과 함께 있게 해주려고, 전 플로라의 친구를 데리고 다리 위로 올라갔어요. 로디한테는 오솔길을 따라 계속 가라고 일러 줬고요.」

「그래서?」

「플로라의 친구와 얘기를 나누는데, 잠시 후 플로라 매켄지가 돌아오더라고요.」

「걸어서입니까? 아니면 달려왔던가요?」

「달려왔습니다.」

「혼자서?」

「예.」

「시간이 얼마나 흘렀죠?」

「몇 분 정도예요.」

「그다음엔 어떻게 됐죠?」

「플로라가 친구 팔을 잡고 데려가 버렸어요.」

「어느 방향으로?」

「빅하우스 쪽이죠.」

「화가 난 것 같던가요?」

「어쩌면요. 확실히는 모르겠습니다.」

「울던가요?」

「저야 모르죠.」

「두 뺨이 상기했습니까?」

「예, 하지만 제 경험으로 보건대, 여자가 뺨을 붉히는 이유가 어디 한두 가진가요?」 로스가 씩 웃으며 대답했다.

그때 재판장이 증인에게 재판은 장난이 아니라며 경고하고 다시 한번 그런 식으로 대답하면 끌어낼 수도 있다고 위협했다. 로스는 판사에게 꾸벅 절을 하고 사과에 아부까지 더했다.

기퍼드 씨가 증인 신문을 이어 갔다. 「그러니까 매켄지 양이 피고인과 숲속으로 들어갔는데 몇 분 후 달려오더니 친구 손을 잡고 빅하우스로 돌아갔다는 얘기죠?」

「예, 검사님.」

「그때 피고인은 어디 있었죠?」

「숲속에 있었습니다.」

「그 후 돌아왔나요?」

「예.」

「몇 분 후였죠?」

「오래지 않았습니다. 1~2분 정도.」

「표정이 어떻던가요?」

「조금 고통스러워 보였습니다.」

「어떻게 아시죠?」

「흐느껴 울었으니까요.」

「무슨 일이 있었는지 증인에게도 얘기했습니까?」

「예, 검사님.」

「미안하지만 그 내용을 이 자리에서 말해 줄 수 있나요?」

「고백이 거절당했다고만 했어요. 무척이나 괴로워했죠.」

「〈고백〉이라…… 피고인이 그 단어를 사용했습니까?」

「잘 기억나지 않습니다.」

「어쨌든 피고인이 〈고백〉했다고 알아들었다는 얘기죠?」

「예.」

「피고인이 고통스러워 보인 다른 이유가 있나요?」

「한쪽 뺨이 벌겠습니다.」

「왜죠?」

「플로라한테 맞은 거죠.」

「맞는 장면을 목격했나요?」

「아뇨.」

「그런데 어떻게 맞았다고 확신하죠?」

「로디가 얘기해 줬으니까요.」

「그래서 어떻게 했죠?」

「대수롭지 않은 일이라고 달래기는 했지만 저 친구는 정말로 낙담했습니다. 그래서 기분을 북돋기 위해 에일 한잔하자고 했죠.」

「동의하던가요?」

「예.」

「그래서 주점으로 돌아왔습니까?」

「예.」

「에일도 더 마시고?」

「그렇습니다.」

「그 후 피고인은 어땠죠?」

「기분이 많이 풀어졌습니다.」

「그날 그 밖에도 다른 일이 있었나요?」

「에일을 마시는데 덩치 큰 남자가 로디한테 달려들더니 엄청 두들겨 팼습니다.」

「남자가 왜 달려들었죠?」

「저도 이유는 모릅니다.」

「둘 사이에 무슨 말이 오갔던가요?」

「아뇨.」

「그런데, 그 〈덩치 큰 남자〉가 누구였습니까?」

「나중에 들었는데 라클런 매켄지였습니다.」

「고인이 된 라클런 매켄지?」

「예.」

「그다음엔 어떻게 됐죠?」

「로디를 데리고 나왔고, 로디는 그 길로 자기 마을로 돌아 갔어요.」

검사가 신문을 마치고 싱클레어 씨가 변호인석에서 일어 났다. 싱클레어 씨는 증인에게 일단 사슴 사냥 당일로 돌아가 겠다고 언질부터 주었다.

「그날 사냥이 성공했습니까?」

「그럴 리가 없죠.」 로스가 웃으며 대답했다.

「그럴 리가 없다니?」

아치볼드 로스는 당시 로디가 어떻게 〈사슴을 향해 뛰어 가며 거대한 새처럼 팔을 젓고 수탉처럼 꽥꽥거렸는지〉 설명 했다.

「사슴을 놀라게 하기 위해서?」

「예.」

「증인은 그 행동을 어떻게 받아들였나요?」

아치볼드 로스가 얼빠진 표정을 지으며 손가락으로 이마 를 두드리자 방청석에서 다시 웃음이 터져 나왔다. 이번에도 재판장이 엄중히 꾸짖으며 대답은 구두로만 할 것을 명했다.

그러자 로스가 말했다. 「세상에, 그렇게 멍청한 짓은 처음 봤어요.」

「그 행동 전에 자신이 어떤 짓을 할지 암시라도 있었나요?」

「전혀요.」

「갑작스러운 행동이었다는 얘기죠?」

「뜬금없었죠.」

「그 일이 있기 전, 증인은 피고인을 어떻게 생각했나요?」

「특별한 인상은 없었습니다.」

「행동에 이상한 점은?」

「없었어요.」

「말투가 이상했던가요?」

「아뇨.」

「지극히 정상적이었습니까?」

「예.」

「사슴을 쫓아내기 전까지는 그랬다는 얘기죠?」

「예.」

「자, 증인은 기퍼드 씨에게 이렇게 증언했습니다. 플로라 매켄지와 숲속에서 일이 있은 후 증인이 크게 낙담했다고.」

「예.」

「울기도 했습니까?」

「예.」

「그런데 잠시 후에…… 증인 증언을 보니……」 싱클레어 씨는 잠시 메모를 뒤적거리며 질문했다.「피고인이 〈기분이 많이 풀어졌다〉라고 했는데……」

「예.」

「매켄지 씨한테 봉변을 당하기 직전 피고인은 뭘 하고 있었나요?」

「바이올린에 맞추어 지그 춤을 췄어요.」

「지그 춤?」

「예.」

「좋아요. 숲속에서의 사건 때문에 피고인이 크게 낙담했다고 했죠? 그런데 그 후 지그 춤을 출 때까지 시간이 얼마나 지났나요?」

로스는 잠시 머뭇거렸다.「한 시간 정도요.」

「한 시간 이상인가요, 그 이하인가요?」

「한 시간이 채 못 됐어요.」

「그런데 이상하다는 생각은 들지 않았나요? 피고인이 조금 전까지 울다가 금세 지그 춤을 추었다니 하는 말입니다.」

「그저 에일에 취했다고만 생각했어요.」

「산에서의 일도 그렇습니다. 지극히 제정신이었다가 갑자기 세상에서 가장 멍청한 짓을 했다고 했죠? 증인의 행동이 극단을 오간다고 생각하지 않았나요?」

「그 생각은 해보지 못했습니다.」로스의 대답이었다. 싱클레어 씨는 신문을 마쳤고 로스는 증언대를 빠져나왔다. 필비는 그 장면을 이렇게 기록했다.〈로스 씨는 방청객을 향해 현란하게 손을 흔들었다. 흡사 배우가 연극 공연을 마친 것처럼 보였는데 사실 전혀 아니라고 하기도 어려웠다.〉

검사는 이제 이슈벨 파쿼를 불렀다. 『스코츠맨』에 따르면, 〈가장 이상적인 하일랜드 여인상으로 수수한 외모에 두 뺨이 발그레했다〉. 머리는 곱게 땋고 가무잡잡한 앞치마를 입었다. 그녀의 등장에 로디는 다소 고통스러운 듯 보였다.그의 시선이 안절부절못하며, 〈증인이 증언대에 오르자 어떻게든 시선을 맞추지 않으려했다〉.

잠시 예비 신문을 이끈 후 기퍼드 씨가 이렇게 물었다.「플로라 매켄지를 어떻게 아는지 말해 줄래요?」

「플로라가 빅하우스 부엌으로 일하러 왔어요.」

「증인도 그곳에서 일했나요?」

「예, 검사님.」

「그래서 친해진 거죠?」

「예.」

파쿼 양의 목소리가 작은 탓에 재판장은 배심단이 들을 수 있게 좀 더 큰 소리로 대답하라고 요구했다.

「7월 31일, 애플크로스 축젯날 오후 플로라 매켄지와 함께 있었나요?」

「예, 그랬습니다.」

친구 이름이 나오자 파쿼 양이 흐느껴 울기 시작했다. 기퍼드 씨는 신사답게 주머니에서 손수건을 꺼내 증인에게 건넸다. 잠시 후 증인이 진정하자 검사가 심경을 건드려 미안하다며 사과도 했다.

「하지만, 아무리 괴로워도 해야 할 일이에요.」검사가 말을 이었다. 「이 사건과 관계가 있으니 증인은 제 질문에 뭐든 답을 해야 한답니다.」

「최선을 다하겠습니다, 검사님.」파쿼 양이 대답했다.

「플로라가 피고인에 대해 얘기한 적이 있나요?」

「예, 검사님, 했습니다.」

「어떤 이야기였죠?」

「한두 번 데이트를 했다고 했어요. 마음에 들기는 하는데 이따금 생각이 기이하고, 말도 이상하게 한다더라고요.」

「생각이 기이하다는 게 어떤 뜻이죠?」

「저도 모릅니다.」

「얘기 안 해주던가요?」

「예.」

「그날 오후 피고인과 피고인의 친구 아치볼드 로스를 만났죠? 그 직전에 무슨 일을 하고 있었는지 얘기해 줄래요?」

「빅하우스 경기장을 돌고 있었어요.」

「그런데 아치볼드 로스와 피고인이 접근했죠?」

「예.」

「두 사람은 어떤 상태였나요?」

「술에 취해 있었어요.」

「둘 다?」

「로디가 더 취했어요.」

「얼마나?」

「혀가 꼬이고 걸음걸이도 비틀거렸습니다.」

「그런데도 함께 산책한 겁니까?」

「예.」

「그리고 개울 근처에 있는 숲속에 들어갔죠?」

「예, 별로 해가 될 것 같지 않았거든요.」 증인이 다시 흐느끼기 시작했다.

「피고인을 위험인물로 여기지 않았다는 얘기죠? 증인이나 플로라한테 해를 끼칠 사람 같지 않았던가요?」

「어떤 사람인지 몰랐어요.」

「미안하지만 숲속에서 어떤 일이 있었는지 얘기해 줄래요?」

「개울에 도착했을 때 로스가 제 팔을 잡고 보여 줄 게 있다고 하면서 다리 위로 데려갔습니다.」

「피고인과 플로라 매켄지도 함께 갔나요?」

「두 사람은 개울가를 따라 계속 걸었어요.」

「그때 무슨 일이 있었죠?」

「로스가 다리 너머로 상체를 내밀더니 송어와 연어 운운하면서 물속을 가리키더군요. 전 한 마리도 보지 못했어요.」

「그래요?」

「그러더니 갑자기 키스하려고 했어요.」

「어디에 키스를 하려고 했나요?」

파퀴 양은 대답 없이 손으로 목을 건드렸다.

「그래서 로스 씨가 키스하도록 허락했습니까?」

「아니요.」

「그럼 어떻게 했죠?」

「빠져나오려 했는데 그가 팔을 잡고 놔주지 않으려 했어요. 그러더니…….」

「계속하세요, 파퀴 양.」

「터무니없는 제안을 하더군요.」

「성적인 제안인가요?」

「예, 검사님.」

「그렇군요. 그래서요?」

「팔까지 잡힌 터라 더럭 겁이 났죠. 그런데 플로라가 돌아오니까 팔을 놓아주더라고요. 그래서 함께 빠져나왔어요.」

「플로라는 걸어서 왔나요? 아니면 달려서?」

「달려왔어요.」

「피고인과 함께 있는 동안 어떤 일이 있었는지 친구가 얘기해 주던가요?」

「로디가 역겨운 말을 하면서 몸에 손을 대려 하기에 뺨을 때렸다고 들었습니다.」

기퍼드 씨는 채근해서 미안하다고 사과한 다음 물었다. 「피고인이 몸 어디에 손을 대려 했는지도 말하던가요?」

필비 기자는 그 순간에 대해서도 기록했다. 〈피고인은 그 어느 때보다 불안해했다. 두 뺨은 빨갛게 상기하고 두 손은 무릎 위에 댄 채 비비 꼬았는데, 저러다가 자기 몸속으로 오

328

그라들 것만 같았다. 세 명을 살해해 놓고도 양심의 가책을 못 느꼈는지 모르겠지만, 불행한 매켄지 양한테 구애한 사실만큼은 어느 정도 후회하는 듯했다.〉

증인은 눈을 내리깔고 대답하지 않았다.

「파쿼 양, 피고인이 손을 대려 한 곳이 플로라 양의 은밀한 신체 부위였던가요?」

증인이 고개를 끄덕였다. 재판장은 서기에게 지시해 증인이 긍정의 답을 했다고 기록하게 했다.

「그 밖에는?」

「없습니다, 검사님.」

기퍼드 씨는 고맙다고 인사한 후 신문을 마쳤다. 싱클레어 씨는 반대 신문을 포기했고 증인은 풀려났다.

검사 측의 마지막 증인은 헥터 먼로 박사였다. 〈키가 작고 몸집이 통통했으며 콧수염을 가늘게 기르고 턱수염은 양털처럼 더부룩했다. 꽤나 혈색이 좋았는데 어느 모로 보나 전형적인 향사(鄕士) 계급이었다.〉 능글맞은 필비 기자의 묘사였다.

먼로 박사는 일반의이며, 인버네스 교도소 전속 의료 담당자라고 자신을 소개했다.

「교도소에서는 어떤 일을 하십니까?」 기퍼드 씨.

먼로 박사가 말했다. 「죄수들의 건강을 종합적으로 관리합니다.」

「그럼, 지금의 피고인 로더릭 맥레이를 검진하는 것도 포함되나요?」

「예, 그렇습니다.」

「검진해 보셨습니까?」

「예, 했습니다.」

「피고인의 경우 신체 건강 상태만 확인했습니까?」

「아니요, 정신 건강을 확인해 달라는 요청도 있었습니다.」

「피고인의 정신 상태가 정상인지 여부를 검사한다는 말씀이죠?」

「예.」

「피고인의 신체 건강 상태에 대해 말씀해 주시겠습니까?」

「건강은 전반적으로 양호한 상태입니다. 괴혈병 증세가 조금 보이는데, 영양실조가 주 원인입니다.」

「그 밖에는 건강하다는 말씀이죠?」

「예, 아주 건강합니다.」

「이제 정신 상태로 가보겠습니다. 우선 어떤 방식으로 검사하셨는지 말씀해 주시겠습니까?」

「피고인과 상당 시간 얘기를 나눴습니다.」

「기소된 범죄에 대한 얘기였습니까?」

「예, 그렇습니다. 그의 환경 전반에 대한 얘기도요.」

「피고인이 대화할 때 공손했나요?」

「예, 지극히 공손했습니다.」

「피고인의 정신 상태를 어떻게 평가하셨습니까?」

「정상이라고 생각했습니다. 지극히 이성적이었어요.」

「〈지극히 이성적〉이라, 어떤 근거로 그런 결론을 내리셨는지요?」 기퍼드 씨가 〈이성적〉이라는 단어를 강조하며 되물었다.

「자신이 지금 어떤 처지이며 왜 그렇게 되었는지 잘 이해하고 있었죠. 질문에도 분명하고 침착하게 대답했고 망상이나 논리 모순의 징후는 보이지 않았습니다. 오히려, 지금껏 내가 만난 죄수 중에서도 가장 지적이고 논리적이라 하고 싶군요.」

「〈지금껏 내가 만난 죄수 중에서 가장 지적이고 논리적〉이라…… 대단한 평가로군요, 먼로 박사님.」

「솔직한 견해입니다.」

「피고인이 저지른 범죄에 대해서도 질문하셨나요?」

「예.」

「뭐라고 대답하던가요?」

「자기 범행이라고 솔직하게 인정했습니다.」

「증인의 환심을 사려고 그렇게 했을 가능성은 없을까요? 증인이 원하는 대답이라고 믿었을 테니까요.」

「동기까지 알 수는 없습니다만, 제 기억으로는, 제 질문은 지극히 중립적이었습니다.」

「어떻게 질문하셨나요?」

「마을에서 어떤 일이 있었는지 들었다고 말한 뒤 뭐든 아는 대로 얘기해 달라고 했죠.」

「뭐라고 대답하던가요?」

「주저 없이 자기 소행이라고 했습니다.」

「왜 그런 짓을 저질렀는지 물었습니까?」

「예. 아버지를 고통에서 풀어 주기 위해서라고 대답했습니다. 피해자가 괴롭혔다고 했죠.」

「피해자라면 라클런 매켄지입니까?」

「예.」

「피고인이 정확히 그렇게 얘기했나요? 〈아버지를 고통에서 풀어 주기 위해서〉라고?」

「대충 비슷합니다.」

「다른 피해자들에 대해서도 물었습니까?」

「아뇨, 별로.」

「피고인의 답변이 솔직하다고 보십니까?」

「믿지 않을 이유가 없었습니다.」

「이번 범행과 관련해 다른 질문도 하셨나요?」

「범행을 후회하는지 물었습니다.」

「뭐라고 대답하던가요?」

「그렇지 않다고 대답했습니다.」

「세 명을 죽였는데 후회하지 않는다고요?」

「예.」

「이상하다는 생각은 들지 않았습니까? 제정신이 아니라는 징후로 볼 수도 있겠군요.」

「제 경험으로 볼 때, 죄수들이 자신의 범죄를 후회한다고 말하는 경우는 거의 없습니다. 유감을 표한다 해도 대개 체포

된 사실에 국한해 있죠.」

마지막 언급에 잠시 법정의 분위기가 가벼워졌다. 재판장도 웃음소리가 저절로 가라앉기를 기다려 주었다.

「양심의 가책을 느끼지 못한다, 그럼 의료인으로서, 그런 현상을 정신 이상 징후로 보시나요?」

「전혀 아닙니다, 검사님.」

「피고인이 정신 이상에 대한 특별 변론서를 제출했다는 사실 알고 계시죠? 범죄를 저지르는 순간 이성을 잃었다고 말입니다.」

「예.」

「피고인한테 정신 이상 증세가 있다고 보시나요?」

「아뇨.」

「범죄를 저지를 때 정신 이상 상태였을 가능성은요?」

「저한테 들려준 범죄 이야기와, 이야기할 때의 이성적 태도를 감안한다면 범죄 당시 정신 상태가 이상했을 것 같지는 않군요.」

기퍼드 씨가 증인에게 고맙다고 인사하고 신문을 마쳤다. 싱클레어 씨가 반대 신문을 시작했다.

「인버네스 교도소에서 의료 담당자로 근무한 지가 얼마나 되셨죠?」

「8년가량입니다.」

「그동안 죄수들을 매우 많이 진료하셨겠군요.」

「예, 많이 했습니다.」

「진료하신 죄수들 중 어느 정도가 정신 이상 진단을 받았습니까?」

「글쎄요, 단정하기가 어렵군요.」

「절반? 절반 이상? 아니면 절반 이하?」

「절반보다 훨씬 적죠.」

「좀 더 구체적으로 말씀해 주세요.」

「지극히 일부라고 할 수 있습니다.」

「10분의 1? 20분의 1?」

「백 명 중 하나 정도일 겁니다.」

「100분의 1! 정말 극소수로군요. 그럼 나머지 99명은 무슨 이유로 교도소에 들어왔습니까?」

「실제로 범죄를 저질렀거나, 범죄를 저질렀다는 이유로 기소되었기 때문입니다.」

「그럼 그 사람들…… 99퍼센트의 죄수는 왜 범죄를 저지를까요?」

먼로 박사는 그런 식의 신문에 다소 짜증이 나는 듯했다. 그 때문에 재판장을 바라보기도 했지만 재판장은 오히려 질문에 대답해야 한다고 지적했다.

「제 소견을 말해도 된다면, 죄수들이 교도소에 들어오는 이유는 본능을 억제하지 못했기 때문일 것입니다.」

「물건을 훔치거나 사람들을 때리고자 하는 본능?」

「예를 들자면, 그렇겠죠.」

「본능을 통제하지 못한다고 이성을 잃었다고 볼 수는 없는 거죠? 박사님 생각에?」

「예, 그렇지는 않습니다.」

「그냥 나쁜 사람들인 거로군요.」

「그렇게 표현하고 싶으시다면.」

「박사님은 어떻게 표현하고 싶으십니까?」

「범죄자라고 하고 싶군요.」

싱클레어 씨는 다소 의도적으로 말을 멈추었다가, 배심원을 보며 이렇게 물었다. 「그러니까 이 지역 교도소의 의료 담당자로서 박사님께서 진료하신 죄수 중 99퍼센트가 전혀 정신 이상 증세를 보이지 않는다는 말씀이죠?」

「예, 맞습니다.」

「그럼, 이렇게 말해도 되겠습니까? 교도소 죄수들을 진료할 때 정신 이상 징후를 고려하지 않는다고 말입니다.」

「진료는 일반적으로 죄수들 신체에 국한하니까, 예, 맞는 말씀입니다.」

「박사님은 범죄 인류학 분야의 전문가이신가요?」

「아무튼 8년간 죄수들을 진료했으니까요. 예, 어느 정도 전문성을 갖추고 있다고 생각합니다.」

「범죄 심리학 분야에서도 자신을 전문가라고 평가하겠습니까?」

「그렇다고 믿습니다만.」

「그럼 〈도덕적 광기〉라는 개념을 설명해 주시겠어요?」

「그런 용어는 처음 들어 봅니다.」

「〈무섬망성 광증〉이라는 개념은요?」

먼로 박사가 고개를 저었다.

「그 용어도 못 들어 보셨군요. 혹시 프랑스의 필리프 피넬* 이 쓴 논문들은 잘 아십니까?」

「아뇨.」

「제임스 콜스 프리처드 박사의 논문은요?」

「이름은 들어 봤습니다.」

「그렇다면 그의 저서인 『정신에 영향을 미치는 광기와 기타 정신 이상 연구』는 읽어 보셨습니까?」

「기억나지 않습니다.」

「박사님 증언을 정리하자면, 현대 범죄 심리학 사조에서 가장 중요한 저작을 읽었는지 여부도 기억나지 않는다고 하시는데, 박사님 전문 분야라고 말씀하시지 않으셨던가요?」

「제 전문성은 범죄자들을 진료해 온 제 경험에 바탕을 두고 있습니다.」

「박사님 말씀대로라면, 정신 장애가 있다는 극소수 수감자에 바탕을 둔 전문성이겠군요?」

「예.」

「박사님은 오늘 너무도 끔찍한 범죄 사건에 대해 증언하기 위해 이곳에 나오셨습니다. 그렇다면 전문가로서 그 분야

* 필리프 피넬(1745~1826)은 범죄 심리학의 개척자였으며, 자신의 저술 「정신 병리 기술학(記述學)과 응용 약학」(1798~1818)에서 〈무섬망성 광증〉이라는 용어를 만들어 냈다.

의 현대적 견해에도 정통해야 할 의무가 있다고 생각하지 않으십니까?」

「글쎄요, 죄수를 진료하는 경우라면, 백이면 백 의사들이 나와 다른 결론을 낼 것 같지는 않습니다.」

「죄송하지만 먼로 박사님, 제가 한 질문은 그게 아닙니다. 제 질문은 이렇습니다. 범죄 심리학의 이른바 공인된 전문가로서, 이 분야의 흐름에 정통할 의무가 있지 않습니까? 물론 범죄 심리학은 이 사건과 크게 관계가 있습니다.」

필비 기자의 기록을 보면, 〈박사는 그때쯤 크게 당혹스러워하며, 증인석에서 위스키 병이라도 찾으려는 듯 화급히 주변을 돌아보았다〉.

싱클레어 씨는 대답을 강요하지 않았다. 뭔가 말하는 것보다 침묵을 유지하는 게 도움이 된다고 계산했을 것이다. 변호인은 목소리를 좀 더 나긋하게 가져갔다. 「제가 비합리적인 주장을 했을지 모르겠습니다. 그보다 배심단에 박사님께서 범죄 심리학 분야에서 어떤 훈련을 하고 교육을 받았는지 말씀해 주신다면 도움이 될 것 같습니다만.」

먼로 박사는 호소하듯 재판장을 보았으나 재판장은 그저 손짓으로 대답을 촉구할 뿐이었다.

「범죄 심리학 분야의 훈련을 받아 본 적이 없습니다.」

싱클레어 씨는 행운이 다시 찾아왔음을 기꺼워하며 짐짓 놀라는 표정으로 배심단을 돌아보았다.

「그렇다면 이 분야를 독학으로 공부하셨다고 해야 정확할까요?」

「예, 그게 더 적절한 표현일 것 같군요.」박사가 대답했다.

「일단 프리처드 박사나 피넬 씨의 연구를 읽어 보지 못하셨다고 했으니 독학하실 때 어떤 책을 읽으셨는지 배심단에 말씀해 주실 수 있나요?」

먼로 교수는 잠시 머뭇거리다가 지금은 책 이름이 하나도 기억나지 않는다고 대답했다.

「그 주제와 관련해서 읽은 책이 하나도 기억나지 않는다는 말씀인가요? 조금 전 여쭐 때는 전문가라고 하셨는데요?」

「기억나지 않습니다.」

「먼로 박사님, 그럼 우리가 이렇게 이해해도 되겠습니까?」변호인은 배심단을 향해 팔을 휘둘렀다.「피고인의 정신 상태에 관해, 박사님은 언급할 자격이 전혀 없다고 말입니다.」

「전 자격이 있다고 믿습니다.」

「아뇨, 자격이 없습니다!」

증인은 변호인의 맹공격에 방어할 의지조차 잃은 듯 보였다. 마침내 싱클레어 씨도 의미심장하게 고개를 저으며 반대 신문을 마쳤다.

먼로 박사는 시련이 끝났다는 사실에 안도해 황급히 증인석을 빠져나가려 했으나 재판장은 아직 신문이 끝나지 않았다며 막아 세웠다. 기퍼드 씨가 일어나 증인을 재신문하겠다고 청한 것이다. 기퍼드 씨는 다시 붙잡아 미안하다고 사과한 뒤 인버네스 교도소에서 얼마나 오래 일했는지, 재직 기간 동안 죄수들을 얼마나 진료했는지 다시 한번 말해 달라고 부탁했다.

먼로 박사도 명예를 회복할 기회가 주어진 데 크게 고마운 눈치였다. 그는 정확한 수치는 아니지만, 〈수백 명〉에 달한다고 대답했다.

「그렇게 오래 근무하며 수많은 죄수를 관찰하는 동안, 정신 이상으로 분류할 수 있는 사람은 극소수에 불과했다는 말씀이시죠?」

「예, 제 의견은 그렇습니다.」

「의료인으로서의 견해죠?」

「예.」

「광기의 징후나 증후군을 알아보실 수 있나요, 먼로 박사님?」

「예, 물론입니다.」

「그 징후를 아시는 대로 말씀해 주시겠어요?」

「우선, 과대망상 증세를 보이…….」

기퍼드 씨가 사과하며 증언을 중도에 끊었다. 「〈과대망상〉은 정확히 어떤 증세를 말합니까?」

「잘못된 믿음에 사로잡혔다는 뜻입니다. 예를 들어, 머릿속에서 이런저런 목소리가 들리고, 환각을 보고, 자신을 다른 사람으로 착각하죠.」

「감사합니다, 계속 말씀해 주세요.」

「머릿속이 혼란스러울 수도 있습니다. 말하자면, 겉으로 보기에 말은 합리적으로 하는데 생각과 생각이 제대로 연결되지 않는 겁니다. 하는 얘기들이 현실과 전혀 무관할 수도 있습니다.」

「그 밖에는?」

「앞뒤 문맥 없이 횡설수설하는 죄수들을 본 적도 있습니다. 문맥이 맞지도 않고 어휘도 뒤죽박죽이죠. 도무지 언어라고 볼 수 없는 경우도 있고요.* 어떤 죄수들은 아주 간단한 말조차 이해하지 못하거나, 대답이 부적절하고 뜬금없습니다. 천치로 분류하는 경우도 있기는 합니다. 이런저런 이유로 성장 과정에서 결함이 있거나 성장이 멈춘 죄수들이죠.」

기퍼드 씨는 박사에게 계속하라고 주문했다.

「소수이기는 해도, 어떤 죄수들은 주변 환경에 전혀 반응하지 않습니다. 어떤 소리나 자극에도 꿈쩍 않고 감방 구석에 앉아 있거나 누워 있기만 하죠. 혼자 중얼거리거나 똑같은 행동을 한없이 반복하기도 하고요.」

「아주 다양하군요. 그런데 그런 다양한 증세를 어떻게 아셨습니까?」

「경험이죠. 인버네스 교도소에서 죄수들을 무수히 다뤘습니다.」

「하지만 때때로 진단을 내리기 어려울 때도 있었겠죠?」

「예, 그렇습니다.」

---

* 『스코츠맨』의 유쾌한 스케치에 비추어 보면 먼로 박사가 언급한 죄수들이 그저 게일어를 사용했을 수도 있다.

「그런 경우엔 어떻게 하시나요?」

「동료 의사와 상의하거나 자료를 찾아봅니다.」

「알겠습니다. 오랫동안 범죄자들을 다루신 데다 자료도 두루 섭렵하셨으니 어느 특정인을 두고 정신 이상인지 아닌지 확증할 자격 또한 충분하시리라 믿는데, 아닌가요?」

「맞습니다.」

「자, 그럼, 증인석을 나오시기 전에 한 가지만 더 묻겠습니다. 여기 피고인을 진단하는 동안 정신 이상 징후를 발견하셨습니까? 지금까지 설명하신 징후 중 어느 하나라도 피고인과 일치하는 게 있나요?」

「아뇨, 없었습니다.」

「그러니까 과대망상이 아니다?」

「예, 아닙니다.」

「논리가 뒤죽박죽인 적도 없나요?」

「예, 없습니다.」

「자신이 왜 이곳에 왔는지 전후 상황을 정확히 인식했습니까?」

「예.」

「의사로서 보시기에, 그가 정신 이상이라거나 비이성적이라고 볼 이유가 있나요?」

「없습니다.」

기퍼드 씨는 비로소 변호인석을 향해 승리의 미소를 지어 보이고 신문을 끝마쳤다. 먼로 박사도 재판장을 향해 고갯짓으로 감사를 표한 뒤 〈허겁지겁 달아났는데, 모르긴 몰라도 가까운 주점을 찾아간 것이리라〉.

당시 스코틀랜드 법에 따라, 검사의 기소 말미에 법정 서기가 피고인 선언을 낭독하였다. 이는 피고인에게만 허락된 진술이다.

제 이름은 로더릭 존 맥레이, 나이는 열일곱 살입니다. 로스셔 컬두이의 토박이로, 소작인 아버지 존 맥레이와 함께 마을 북단에서 살았습니다. 금년 8월 10일, 라클런 매켄지(38세), 플로라 매켄지(15세), 도널드 매켄지(3세)를 피해자들의 자택에서 삽과 호미로 가격해 사망케 하였다는 공소장 내용을 꼼꼼히 확인한바, 다음과 같이 입장을 밝힙니다 — 나 로더릭 존 맥레이는 자유 의지에 따라, 해당 피해자들의 죽음에 책임이 있다고 인정합니다. 문제의 월요일 아침, 저는 언급한 무기들을 지참하고 라클런 매켄지를 살해할 의도로 그의 집을 찾아갔으며, 아버지와 가족에게 가한 고통의 보복으로 라클런 매켄지를 살해하였습니다. 플로라 매켄지와 도널드 매켄지를 죽일 의도는 없었습니다. 두 사람의 죽음은 집에 있었던 탓에 부득이한 조처였습니다. 비명이라도 지를까 두려웠기 때문입니다. 계획이 성공한 것은 하느님의 섭리 덕이라고 믿으며 물론 하느님께서 나를 위해 어떤 운명을 안배하셨든 받아들이겠습니다. 제 정신은 건강하고 이 진술은 온전히 저의 의지일 뿐 그 어떠한 협박도 없었음을 밝힙니다. 진술 내용은 모두 사실입니다.

[날인]
로더릭 존 맥레이

검사의 기소가 끝났다. 그때쯤 이미 4시경인지라, 법정은 폐정 여부를 두고 논의를 시작했다. 싱클레어 씨는 계속 진행하기를 바랐다. 로디 자신이 정상이라고 진술한 터라, 이렇게 폐정한다면 밤새도록 그 말이 배심원들의 귓전을 울릴 것이기 때문이다. 기퍼드 씨는 그 반대였다. 어차피 재판은 그날 끝날 가능성이 없으므로 아침에 속개하는 편이 합당하다는 주장이었다. 싱클레어 씨는 절박했으나, 재판장은 동료 판사들과 상의 끝에 폐정을 선언하고 말았다. 『스코츠맨』에 따르면, 싱클레어 씨는 〈얼굴이 시뻘겋게 상기된 채 자기 의뢰인을 매장하려 한다며 노골적으로 투덜거렸고, 그 때문에 재판장이 엄중히 경고하고 변호인도 즉시 사과했다〉.

싱클레어 씨가 불만을 드러내기는 했어도 재판장의 운영은 지극히 합리적이었다. 배심단 앞에서 그런 식으로 불만을 드러내 봐야 의뢰인에게 이로울 리가 없었다. 판사는 배심단에게 전날의 경고를 반복한 후 폐정을 선언했다. 방청객들이 자리를 뜰 때는 흡사 〈여름방학을 맞아 학교를 떠나는 학생들 같았다〉.

석간신문에서는 먼로 박사의 증인 신문 과정을 다채롭게 조명했다. 『인버네스 신보』는 이렇게 썼다. 〈마을 주점, 거리 모퉁이마다 오로지 그 얘기뿐이었다. 운 좋게 재판을 관람한 사람들은 위대한 현인이라도 된 듯 이야기보따리를 풀어놓고, 저 불쌍한 피고인이 교수대로 갈지 여부를 두고 논쟁은 밤늦도록 이어졌다.〉

기자들 사이에서도 의견은 비슷하게 나뉘는 듯했다. 『스코츠맨』은 그날 법정에서 변호인이 먼로 박사를 교묘하게 몰아붙였으나, 피고인 자신이 미치지 않았다고 선언하는 바람에 물거품이 되었다고 결론지었다. 또 지금으로서는 획기적 반전으로 배심단을 설득하지 못하면, 불쌍한 소작농이 유죄 평결을 피하기란 불가능할 것이라고 썼다.

하지만 존 머독의 『신보』 기사를 보면, 단정은 아직 시기상조였다. 〈기퍼드 씨가 발군의 기술로 멋지게 논고를 펼쳤으나 배심단 역시 피고인의 기행에 대해 충분히 듣게 되었고, 어느 정도는 피고인의 정신 상태에 의심을 품을 가능성도 있다.〉

다음 날 『더 타임스』 조간에서 필비 기자는 이렇게 기사를 실었다.

이런 사건 변호를 단 한 명의 증인에게 의지한다는 것 자체가 너무도 기이하지만, 사실 로더릭 맥레이 재판은 일반적인 경우와 거리가 멀다. 핵심은 사건의 실상이 아니라

344

피고인의 정신 상태이므로, 적어도 아직까지는 제대로 밝혀진 것이 거의 없다. 피고인은 시종일관 공손하고 겸손했기에, 정말로 그렇게 끔찍한 범죄를 저질렀다고 믿기 어려울 지경이었다. 하지만 범죄를 저지른 것은 분명한 사실이다. 그런 범죄까지 저질렀는데, 이틀 정도 쥐 죽은 듯 얌전히 앉아, 헥터 먼로 박사가 상상도 못 한 광기를 시연하지 못할 이유가 어디 있단 말인가? 저명한 제임스 브루스 톰슨 씨의 어깨가 무거운 이유가 여기에 있다. 로더릭 맥레이의 운명이 그의 손에 달렸기 때문이다.

제3일

톰슨 씨의 증언이 얼마나 중요한지 필비 기자만 아는 게 아니었다. 톰슨 씨가 도착하자 법정은 죄수가 처음 등장했을 때 이후 처음으로 크게 술렁였다. 그는 꽉 끼는 검은 정장 차림이었으며, 금색 회중시계의 시곗줄이 몸통까지 흘러내렸다. 증인석에 앉을 때 보니 보통 엄숙한 표정이 아니었다. 『더 타임스』의 기자는 이렇게 썼다. 〈오만한 시선으로 방청석을 훑어본 뒤, 그 분위기 그대로 판사, 검사, 변호사를 차례로 돌아보았다. 유명 정신과 의사로서 자신이 이 특별한 드라마의 주연임을 모두에게 선포한 것이다.〉

재판장이 질서를 명했다. 그리고 형식적인 절차를 마친 후 싱클레어 씨가 증인의 직업을 묻는 것으로 증인 신문을 시작했다.

톰슨 씨가 말했다. 「퍼스 소재의 스코틀랜드 일반 교도소 담당 의사로 재직 중입니다.」

「그곳에서 일하신 지는 얼마나 되셨습니까?」

「14년 정도.」

「그동안 담당 환자들도 무척 많았겠죠?」

「6천 명쯤 됩니다.」

「죄수들의 신체뿐 아니라 정신 건강까지 챙기셨나요?」

「그렇습니다.」

「담당 죄수들의 심리 상태를 특별히 신경 쓰셨다고 봐도 좋을까요?」

「예, 그렇습니다.」

「물론 범죄자 심리 분야에도 정통하시겠죠?」

「조심스럽기는 하지만, 예, 그렇다고 생각합니다.」

「정통하시다고 자신하실 만한 근거가 있습니까?」

「죄수들을 수도 없이 진찰했고, 폭넓게 연구도 했습니다. 정신 의학 학회원으로 선출된 바도 있고 그 단체의 초대를 받아 재소자에 대한 감옥의 심리학적 영향과 관련해 논문을 발표하기도 했습니다. 재소자의 간질을 다룬 논문을 『월간 에든버러』에 실었고 범죄의 심리학적, 유전적 양상에 대해서도 머지않아 『정신과학 저널』에 발표하기로 했습니다.」

「대단하십니다, 박사님. 그런데 정신 이상으로 재판이 불가능할 경우에도, 교도소에 수용한다고 들었는데 맞습니까?」

「맞습니다.」

「일반 교도소라 수감자도 많을 테니, 당연히 정신 이상 범죄자들을 진찰해 보신 경험도 많으시리라 믿겠습니다.」

「물론입니다.」

「그런데 일반 죄수와 소위 정신 이상 범죄자들을 어떻게 구분하십니까?」

「어느 쪽이든 범죄자들은 대체로 윤리 의식이 부족합니다. 하지만 상습범의 범죄 성향은 일반적으로 유전이 원인이라 대부분 치유가 불가능하죠. 그다음은 인구가 과밀한 도시 빈민가에 사는 범죄자 그룹입니다. 이들은 범죄 속에서 태어나 자라고, 그 속에서 먹고 배우죠. 그런 범죄자들에게 범행 책임을 물을 수 없다는 주장도 있는데 범죄가 탄생 배경인 데다 무기력한 탓에 무지막지한 환경에 맞서지 못하기 때문입니다.」

머독 기자의 관찰에 따르면 〈정신과 의사가 말할 때, 리듬과 억양은 흡사 자유 교회* 목사 같았고 주술적인 매력도 있었다〉.

싱클레어 씨가 물었다. 「지금 말씀하신 유전적 범죄군에 속하는 사람을 눈으로도 확인할 수 있나요?」

「물론이죠.」

「어떻게?」

「그 부류는 아주 불결한 환경에서 자랍니다. 근친상간에

* 개신교 중 국교회에 속하지 않고 자립을 확보한 교파를 가리킨다. 주로 스코틀랜드와 아일랜드의 교회들이 이러한 이름을 사용한다 — 옮긴이주.

대한 인식도 크게 떨어진 탓에 종종 기형 상태로 성장하죠. 예를 들면 척추 기형, 말더듬이, 혀짤배기, 납작발, 구개열, 구순열, 청각 장애, 선천적 시각 장애, 간질, 연주창 등등 많습니다. 대개 이 증상들은 심신 미약이나 치우(痴愚)를 동반하죠. 이 유형의 범죄군 출신은 정직한 노동자들과 확연하게 구분이 됩니다. 검은 양과 흰 양만큼이나 차이가 보이니까요.」*

「이 사건의 피고인을 진찰하기 위해 인버네스에 다녀오셨다는데 맞습니까?」

「변호사님께서 요청하신 대로, 예, 그랬습니다.」

「피고인을 만나셨죠?」

「예.」

「진찰 결과를 말씀해 주시겠어요?」

「유전적 범죄군 특유의 신체적 특성이 몇 가지 드러나더군요.」

「몇 가지라면?」

「우선 평균 신장에 못 미칩니다. 두개골은 기형이고 귀가 비정상적으로 큰 데다 축 늘어졌죠. 눈은 작고 모들뜨기이며 다들 보듯이 이마는 돌출형입니다. 피부는 윤기가 없고 병색이 완연한데, 이것은 아마도 유전적 요인이 아니라 영양 부족 때문일 겁니다.」

---

* 톰슨이 여기서 드러낸 개념은 자신의 논문 「범죄의 유전적 본질」에 자세히 설명했다. 논문은 1870년 『정신과학 저널』에 발표했는데, 일종의 역진화로서의 〈퇴보〉에 대한 당시 지배적 이론의 일례로 보인다.

「피고인을 유전적 범죄군으로 분류할지 검사하시면서 신체 조건 말고 다른 조사도 해보셨던가요?」

「예. 변호사님과 함께 로스셔 컬두이에 가서 피고인 거주지도 확인해 봤습니다.」

「그곳까지 가야겠다고 판단하신 근거가 있나요?」

「당시에도 말씀드린 것 같은데, 유리잔의 물이 더럽다면 당연히 우물을 확인해야 하죠.」

그때 재판장이 개입해 그 비유가 어떤 의미인지 설명해 줄 것을 요청했다.

「간단합니다.」톰슨 박사가 말했다. 「단순히 신체검사만으로는 누구의 특성이 피고인에게 전해졌는지 확신할 수 없습니다. 따라서 그가 자란 환경까지 확인해야 하죠.」

싱클레어 씨가 물었다. 「컬두이에서 뭔가 알아내셨나요?」

「그곳 주민들은 대체로 신체 조건이 열악합니다. 체구는 작고 외모는 매력이 떨어지는데 근친상간이 만연하기 때문으로 보입니다. 그 지역에 일부 성(姓)이 많이 분포하는 것으로도 확인이 가능하죠. 피고인 가족의 생활 조건은 인간의 삶으로 보기 어려운 점이 많더군요. 가족이 살던 우리 ─ 도무지 집이라 부르기가 어렵군요 ─ 는 통풍이나 하수 시설이 턱없이 부족하고 생활 공간마저 가축과 공유하고 있었습니다. 부친과 잠시 대화했지만 백치에 가까울 정도로 무지하더군요. 피고인의 모친은 산고로 사망했는데 이 시대에 어울리지 않게 선천성 결함을 드러내는 지표라고 할 수 있겠죠. 피고인의 누이는 스스로 목숨을 끊었다고 했는데 이 불행한 가족에게 심신 미약 기질이 흐르고 있다는 걸 보여 줍니다. 피고인의 동생들은 다른 곳에서 돌보고 있다고 해서 검사할 기회가 없었습니다. 요약하자면, 피고인의 가족은 정상적인 가족상과 거리가 멀다고 할 수 있죠.」

「그럼, 결론적으로 피고인은 조금 전에 설명하신 대로 유전적 범죄군에 속하는 건가요?」

「이번 사건에서 변호인의 변론을 보면, 제가 그렇다고 대답하기를 바라는 것 같군요. 하지만 피고인이 도시의 범죄자 패거리들과 유사한 측면이 있고, 그 이유가 저급한 환경이라는 사실도 분명하지만, 그렇다고 그쪽 범죄군으로 묶을 수는 없습니다. 유전적 범죄군이란 범죄 환경에서 태어나고 범죄로부터 불가항력적 지배를 받는 부류를 뜻합니다.」

그러자, 싱클레어 씨는 〈누군가 그의 발밑에서 깔개를 잡아챈 것 같은 표정을 지었다〉. 그는 톰슨 박사에게 결론이 어떤지 설명해 달라고 요구했다.

「아주 간단합니다, 싱클레어 씨. 범죄 동기를 찾을 때는 범죄자의 유전적 요인뿐 아니라 환경까지 확인해야 하죠. 우리 같은 교양인에게 하일랜드 촌락은 더러운 누옥촌으로 보일지 몰라도, 도시 천민들의 빈민촌에 비하면 오히려 천국입니다. 사람들은 가난해도 마을은 깨끗하고 자유롭죠. 주민 대부분은 정직하게 땅을 개간하거나 막일을 하며 살고, 좀도둑과 사기꾼은 없습니다. 아무리 신체 조건이 열악하고 지능이 떨어진다 한들 범죄 환경에서 자라거나 배웠다고 할 수는 없겠죠. 여기 피고인의 생활 환경 역시, 문명인은 고개를 돌릴지라도, 그렇다고 범죄 환경은 아닙니다.」

싱클레어 씨는 잠시 진행을 멈추고 조수와 얘기를 나누었다. 보도에 따르면, 기퍼드 씨는 〈의자에 느긋하게 등을 기댔는데, 보는 사람이 없었다면 테이블 위에 두 발을 올려놓았을 법했다〉. 방청객들은 상황을 제대로 이해하지 못하고 저들끼리 숙덕거렸다. 재판장은 짧은 소란을 허락한 뒤 잠시 후 싱클레어 씨에게 증인 신문을 마쳤는지 물었다.

변호사는 아니라고 대답하고 황급히 신문을 이어 갔다. 「일반의이신 헥터 먼로 박사의 증언을 들었습니다. 피고인이 정신 이상이거나 저능으로 보일 만한 징후를 전혀 보이지 않았다고 하시더군요. 그의 평가에 동의하십니까?」

「동의합니다.」

「하지만 그런 징후를 드러내지 않는 사람조차 정신 이상으로 진단할 수 있다는 데에도 동의하시나요?」

「예, 동의합니다.」

「왜 그렇다고 생각하십니까?」

「지난 수십 년간 대륙과 잉글랜드에 있는 동료들 덕분에 우리도 정신의 기능이나 기능 이상에 대해 이해도가 크게 깊어졌습니다. 지금은 범죄 인류학 분야에서도 도덕적 광기의 조건을 폭넓게 받아들이는 추세죠. 종종 〈무섬망성 광증〉이라고 부르기도 합니다만.」

「그 증상에 대해 설명해 주시겠습니까?」

「간단하게 말해서, 애정에 병적으로 집착하면서도, 지적 장애를 수반하지는 않습니다. 현실을 정확히 인식하고 대화할 때도 지극히 이성적으로 보이나 윤리 의식은 전혀 없어요. 그래서 상습 좀도둑이 도벽을 뿌리치지 못하죠. 살인, 강도, 유아 살해 같은 강력 범죄자들이 양심의 가책을 느끼지 못하는 것도 같은 증세입니다. 도덕적 광인은 절대 자신의 폭력적, 범죄적 충동에 저항하지 못합니다. 이들의 특징은 늘 기분이 나쁜 상태라 사소한 자극에도 발끈한다는 것이죠. 언제 어디서든 적의를 감지하고 복수와 위해라는 거대한 판타지에 탐닉합니다. 물론 판타지에 저항하기엔 너무나 무기력해요.」

「그런 사람들은 자신의 행위에 책임이 없다고 말할 수 있습니까?」

「법적 견해라면 저도 모릅니다. 다만 범죄 심리학자로서 볼 때, 일반적으로 책임이 있다고 보기는 어렵습니다. 이유야 어떻든 태어날 때부터 윤리 의식이 없었으니까요. 그들의 내면 어디에도 문명인의 윤리 의식과 균형 감각을 찾아볼 수 없습니다. 따라서 자신의 행동에 전적으로 책임이 있다고 할 수도 없죠. 도덕적 백치들이니까요. 그들에게 책임을 묻는 행위는 저능아들한테 왜 지능이 모자라느냐고 따지는 것과 진배없겠죠.」

이때 재판장이 개입해 싱클레어 씨를 재촉했다. 의학 논쟁이 〈매우 흥미롭기는 하지만〉 지금부터는 당면 재판 건을 두고 증인 신문을 이어 갔으면 좋겠다는 얘기였다. 싱클레어 씨도 순응했지만, 그 전에 배심단이 범죄 심리학 분야의 현재 경향에 대해 알 필요가 있었다고 변명을 달았다.

「다들 들으셨다시피, 피고인은 자술서에서 자신이 제정신이었다고 선언했습니다. 범죄자들을 다뤄 온 박사님의 오랜 경험에 비추어 볼 때, 그렇게 선언한 사람이라도 정신 이상으로 볼 가능성이 있나요?」

「얼마든지요.」 톰슨 박사의 대답이었다.

「왜 그렇죠?」

「피고인이 환각 상태라면, 그에게 환각은 지금 우리가 대하는 이 법정만큼이나 현실적입니다. 정말 정신 이상이라면 자신을 정신 이상자로 인식하지 못해요.」

「그렇군요.」 싱클레어 씨는 배심원들이 이번 증언을 소화할 수 있도록 잠시 뜸을 들였다. 「그런 상태라면, 피고인이 자신의 정신 상태에 대해 진술한 내용이 가치가 있을까요?」

「전혀 없습니다.」

「〈전혀 없군요.〉」 싱클레어 씨는 대답을 되뇌며 의미심장한 눈빛으로 배심단을 보았다.

재판장이 다시 개입했다. 「확실하게 하죠, 톰슨 박사님. 피고인이 정신 이상이라고 증언하신 겁니까?」

「제 말뜻은 이렇습니다. 피고인이 정신 이상〈이었다면〉 정작 자신은 그 사실을 인지하지 못했을 겁니다. 실제로 자신이 정신 이상이라고 증언한다면 그 반대일 가능성이 큰데, 그런 증언은 어느 정도 자의식을 내포하고 있기 때문입니다. 자신의 이성을 통제하지 못하는 사람이라면 그렇게 못합니다.」

재판장은 잠시 저비스우드 경과 상의한 뒤 싱클레어 씨에게 계속할 것을 종용했다. 싱클레어 씨는 감사 인사를 하고 신문을 재개했다. 「자, 톰슨 박사님, 피고인을 진찰할 때 정신 상태를 규명할 생각이셨죠?」

「예, 그렇습니다.」

「어떤 방식으로 진찰하셨나요?」

「피고인의 범죄에 대해 한참 대화를 나누었죠.」

「그래서 알아내신 사실은?」

「피고인은 상당히 지적이었고 언어 능력도 하층민답지 않게 아주 탁월했습니다. 대화도 지극히 자유로웠고 대화하는 도중 불편한 기색은 보지 못했습니다. 조금 전 강력 범죄자의 성향을 얘기했는데, 피고인도 자신의 행동을 후회하거나 하진 않더군요. 실제로 이렇게 말씀드릴 수 있겠습니다. 피고인은 자신의 행동에 대해 왜곡된 자부심을 드러냈다고.」

「그렇다면 도덕적 광기의 경우라 할 수 있을까요?」

「피고인의 행동이 실제로 도덕적 백치와 비슷하지만 그 자체로 도덕적 광기를 의미하지는 않습니다.」

「조금 전 제 질문에 대답하실 때 도덕적 광기를……」 변호인은 조수에게 쪽지를 받아 읽어 내려갔다. 「……〈늘 기분이 나쁜 상태라 사소한 자극에도 발끈한다〉라고 말씀하셨습니다만.」

「예, 그랬습니다.」

「우리도 증언을 들은 바가 있습니다. 고 매켄지 씨께서 피고인과 피고인의 가족을 괴롭혔다는 얘기였죠.」

「맞습니다.」

「사소하든 않든, 매켄지 씨를 향한 피고인의 복수욕을 도덕적 광기의 징후로 여기시는 것 아닌가요?」

「피고인의 얘기를 그대로 받아들인다면, 예, 그렇게 보는 쪽이 합리적이겠죠.」

재판장은, 〈아주 중요한 문제이므로〉 증인에게 정확하게 대답해 줄 것을 요구했다.

톰슨은 직접 판사석을 향해 설명을 시작했다. 「저를 포함해, 전문가들한테는 일반적인 얘기입니다. 생각도 자주 하면 얼마든지 사실로 굳어질 수 있죠. 이번 사건의 경우, 피고인이 사건을 저지른 이유가 매켄지 씨의 억압에서 아버지를 구하기 위해서라는 얘기가 자주 등장합니다. 그로 인해 법정과 증인들에게 별다른 의심 없이 사실로 받아들여졌을 겁니다. 하지만 그 이야기는 전적으로 한 사람의 증언, 그것도 피고인 자신의 진술에만 의존합니다. 나로서는 도무지 그런 해석을 왜 받아들여야 하는지 이유를 모르겠습니다. 적어도 조사는 해봐야 하지 않을까요?」

「그래서, 박사님은 조사해 보셨습니까?」 재판장이 물었다.

「예, 했습니다.」

「그랬더니?」

「제 의견은, 피고인의 말을 믿을 이유가 없다는 것입니다. 그 이유로 저 끔찍한 짓을 저질렀다고요? 게다가 피고인의 행동을 두고 보자면 더 그럴듯한 설명도 얼마든지 있습니다.」

싱클레어 씨는 이때쯤 불안감을 감추지 못했다. 그래서 판사의 질문을 방해하려 했으나 곧바로 제지당했다.

「그래서, 증인은 설명할 수 있다는 말씀인가요?」 재판장.

「예.」 톰슨 박사가 대답했다.

「그럼, 지금 법정에서 말씀해 주시면 좋겠군요.」

「피고인이 싱클레어 씨와 저한테 반복해서 들려준 설명이 있습니다. 전 그 설명에서 어긋나거나 빠진 부분에 주목했죠. 특히 이들 모순은 플로라 매켄지의 부상과 관계가 있는데, 제가 보기엔 그로 인해 범죄 동기가 완전히 다른 양상을 띠게 됩니다. 피고인이 피의 음모에 착수했을 때, 진짜 목적은 매켄지 씨가 아니었다는 게 제 견해입니다. 그 따님한테 복수하기 위해서예요. 다들 아시다시피 플로라는 피고인의 추잡한 구애를 거절했죠. 이런 점에서 볼 때, 로더릭 맥레이의 동기는 아버지를 보호하겠다는 숭고한 이념이 아니라, 매켄지 양을 향한 저급한 성욕입니다. 피고인은 매켄지 씨가 집에 없다는 사실을 정확히 알고 쳐들어가 악랄하게 그의 따님을 능욕했어요. 그리고 자신의 행위에 당혹한 탓에 갈등하게 되고 그 바람에 매켄지 씨까지 살해했죠.」

잠시 정적이 흐르더니 방청객들이 술렁거리기 시작했다.

재판장이 판사봉을 두드려 몇 차례 정숙할 것을 명했다. 싱클레어 씨는 심하게 당황했다.

재판장이 말했다. 「그런데, 박사님의 해석을 믿을 이유가 특별히 있습니까? 지금까지의 해석을 무시하고?」

「제가 살인 현장에 있었던 것은 아닙니다만, 매켄지 양에게 가한 폭력은 피고인이 제시한 동기와 완전히 별개의 상황이었습니다. 감방에 찾아가 질문할 때 피고인이 불안감을 드러낸 것도 그녀의 부상을 언급했을 때뿐이었죠. 세상에 내세운 페르소나에 균열이 생긴 겁니다.」

재판장은 싱클레어 씨를 돌아보며 신문을 계속할지 물었다. 증인의 진술이 워낙에 위중한 터라, 변호인에게 여유를 주어 생각을 가다듬도록 해준 것이다. 싱클레어 씨는 난감해하며 조수와 잠시 대화한 후 신문을 이어 갔다.

「가령 박사님의 해석을 받아들인다 치죠. 그럼 오히려 피고인이 제정신이 아니었음을 입증해 주는 결과가 아닌가요?」

톰슨은 변호사를 향해 씁쓸히 웃어 보였다. 변호사는 어떻게든 사건을 구해 보려 몸부림치고 있었다. 「단순히 성적 충동에서 비롯한 사건이라면, 가해자에게 온전히 책임을 물을 수도 있고 아닐 수도 있습니다. 기본 욕구를 통제할 수 없었을 테니까요. 하지만 이 사건의 특징은 범죄 성격 자체가 아니라, 사건 이후 가해자가 획책한 거짓 증언들에서 드러납니다. 피고인이 솔직하게 살인 동기를 인정했던들, 변호사님 말씀대로 도덕적 정신 이상으로 여길 수 있겠죠. 잘못인 줄 모르고 가해했으니까요. 하지만 날조한 이야기로 행동을 정당화하려 들고, 또 진짜 목적이 수치스럽다는 사실을 알고 이를 숨겼습니다. 피고인이 실제 살해 동기를 숨겼다는 사실만으로도, 피고인 자신이 도덕적으로 옳지 못한 행위를 했으며, 또 그 사실을 알고 있었다고 역설적으로 실토한 셈입니다. 도덕적 광증 환자들은 불행하게도 선과 악을 구분하지 못합니다. 그저 어떤 행위를 하든 정당하다고 믿을 뿐이죠. 하지만 이 사건에서 피고인이 주장하는 동기는 진짜 목적을 감추려는 의도뿐 아니라, 속이고 조작하는 능력이 있다는 사실까지 보여 주고 있습니다. 정신 이상자들한테는 없는 능력이죠.」

「하지만, 만약에, 피고인이 제시한 설명이 사실이라면 증인은 그를 정신 이상으로 판단하시겠습니까?」

「예, 그렇습니다.」

「증인을 포함해, 사건 현장에는 아무도 없었습니다. 따라서 피고인의 설명이 증인의 설명보다 거짓이라고 단정할 근거는 어디에도 없어요.」

「맞습니다, 저는 사건 현장에 없었죠. 하지만 제가 제시한 해석은 사건의 물리적 증거와 보다 정확하게 일치합니다. 피고인의 주장을 그대로 인정한다면, 매켄지 양을 그렇게 악랄하게 해칠 이유는 없었을 겁니다. 매켄지 씨가 올 때까지 입을 막을 필요가 있었으면 머리를 때려 기절시키는 것만으로도 충분했겠죠. 피고인은 그녀를 추악하게 능욕하는 쪽을 택했습니다. 매켄지 씨의 학대로부터 아버지를 구하고 싶다고 주장했지만, 실상 피고인의 행동은 그 주장과 전혀 관계가 없습니다.」

「그렇다 해도 피고인의 설명이 여전히 가능하다는 사실은 인정하셔야 합니다.」

「예, 가능하겠죠. 그래도 사건의 실체와 제대로 부합하지는 않습니다.」

그때 싱클레어 씨가 털썩 자리에 앉는 바람에 재판장이 신문을 마쳤는지 물어보기까지 했다. 검찰이 증인 신문을 포기해 톰슨 박사는 증인석에서 나왔다. 법정은 오후까지 휴정하기로 했으며 그때 배심원을 위해 최후 변론도 하기로 했다.

기퍼드 씨가 검사 측 최종 논고를 맡았다. 분량도 한 시간이 채 되지 않았으며 〈분위기도 느긋해 배심원 일부는 매우 낯설었을 법했다〉. 수석 검사는 배심단을 향해 오로지 사건의 진실만 봐야 한다고 주장했다. 매켄지의 집으로 갈 때 무장했다는 사실로 미루어, 로더릭 맥레이는 살해 의도가 있었으며, 실제로도 무고한 사람 셋을 〈극도로 악랄하고 참혹하게〉 살해했다는 것이다.

「싱클레어 씨는 여러분의 눈을 가리려 할 겁니다. 혼잣말을 하고 환청을 듣는다는 이유만으로 자신의 의뢰인을 저능아로 둔갑시키려고 합니다.」 검사는 또한 배심원들에게 〈피고인이 가끔 기행을 하기는 했으나, 에이니어스 매켄지를 빼면 어느 누구도 그가 정신 이상이라고 생각하지 않았다〉는 점을 상기시켰다. 「매켄지 씨의 의견은 귀담아들을 필요도 없지만, 그 근거도 기껏해야 피고인에 대한 당연한 반감과, 피고인이 이따금 뜬금없이 웃었다는 사실 정도입니다. 배심원 여러분께 단언하지만, 그 정도로 정신 이상이라고 한다면 우리는 모두 정신 병원에 갇혀야 할 것입니다. 그보다 카미나 머치슨의 증언에 더 가치를 두셔야 합니다. 범죄를 저지르기 직전 피고인 로더릭 맥레이와 대화를 했지만 〈지극히 이성적〉이었다고 하지 않았던가요?」

그는 계속 말했다. 「톰슨 씨와 싱클레어 씨의 흥미로운 대화 잘 들었습니다. 범죄 동기가 피고인의 정신 상태와 어떤 관계가 있는지가 주제였죠? 예, 매혹적인 대화였습니다만 유감스럽게도 본질과는 거리가 먼 듯하더군요.」

검사는 매켄지 씨와 피고인의 부친 사이에 있었던 다양한 사건들을 나열하고 맥레이 가족이 집에서 쫓겨난 사실로 마무리를 했다. 「피고인의 살해 동기는 바로 여기에 있습니다. 예, 변명이 아니라 동기입니다. 우리는 또한 피고인이 플로라 매켄지에게 흑심을 품었다는 사실도 압니다. 피고인이 자신의 추악한 입으로 직접 얘기했으니까요. 아마도 매켄지 양에게 퇴짜를 받은 후, 매켄지 가족을 향한 반감을 더 키웠겠죠. 어쩌면 우리는 진짜 살해 동기를 모를 수도 있습니다. 아니, 당연히 알 수가 없겠지만, 그렇다 해도 상관없습니다.」

기퍼드 씨는 잠시 호흡을 가다듬은 후 마지막 발언을 했다. 「몇 가지 사실을 더듬어 봅시다. 로더릭 맥레이가 무장을 하고 매켄지 씨 집에 갔습니다. 살해 의도가 있었고 의도대로 실행도 했습니다. 그 후 피고인은 분명 비난을 피할 생각이 없다고 증언했죠. 그러니 배심원 여러분도 용서하지 않으셔야 합니다. 행여 그의 정신 상태를 조금이나마 의심하셨다면, 이미 우리는 전문가로부터 증언을 들었습니다. 한 분도 아니고 두 분의 전문가에게서요. 이 문제라면 여러분이나 저보다 훨씬 더 유능한 분들입니다. 처음에 헥터 먼로 박사님의 증언을 들었습니다. 범죄자들을 수도 없이 다뤄 보신 데다 광기의 징후에 대해 상당한 지식을 갖추신 분입니다만, 그분의 판단은 이랬습니다. 로더릭 맥레이는 지극히 제정신일 뿐 아니라, 지금껏 만난 죄수들 중에서도 〈가장 논리적이고 지적인 부류에 속한다〉.

우리는 고맙게도 제임스 브루스 톰슨 씨의 증언도 들었습니다. 명심해야 할 것은 그분이 변호인의 증인이며, 이 분야의 전문성 또한 강고하다는 사실입니다. 그런데 그의 결론은? 로더릭 맥레이는 완전히 이성적이었으며, 사악하고 간교한 악당에 불과하다는 것이었죠.

마지막으로, 죄수 본인의 선언도 있었죠. 어떠한 강압도 없는 상태에서 〈내 정신은 온전하다〉라고 했습니다. 신사 여러분, 이 법정에서 피고인이 제정신이 아니라고 믿거나 믿는 척하는 사람은 내 동료 싱클레어 씨밖에 없습니다. 하지만 그 확신도 법정에서 제시된 증언들 앞에서는 물거품이 되고 말았군요.」

그런데도 배심단이 세 건의 기소에 대해 모두 유죄 평결을 내리지 않으면 임무를 방기한 격이 될 것이다, 이것이 기퍼드 씨의 결론이었다.

싱클레어 씨가 최후 변론을 하기 위해 일어섰는데, 신기하게도 패배자와는 거리가 먼 분위기였다. 필비 기자에 따르면 변호인은 〈변론을 하면서 멋지게 굴욕에서 탈출했고, 패배가 분명한 재판에서 가장 정열적으로 변론을 편 사람에게 상을 준다면 이 굳센 변호인이 당연히 수상자가 되어야 한다〉.

변호사는 아예 배심원석의 난간에 손을 대고 변론을 시작했다. 「배심원 여러분, 동료 검사의 논고대로 이 비극적 사건의 실상은 논의 대상이 아닙니다. 희생자들은 분명 피고인이 살해했습니다. 변호인단도 그 점을 부인하지 않습니다. 지금 논쟁의 핵심은 사건 자체가 아니라 한 남자의 정신 상태입니다. 전 이 사건의 희생자가 셋이 아니라 넷이라고 믿습니다. 예, 네 번째 희생자는 지난 사흘간 여러분 앞에 앉아 있는 저 사람입니다. 어떤 사람이냐고요? 이제 겨우 열일곱 살 소년입니다. 가족을 사랑하고 가족을 위해 헌신하는 근면한 소작인이었죠. 사랑하는 어머니가 비극적으로 돌아가신 후, 그가 크게 변했다는 얘기는 다들 들으셨죠? 그 후 가족이 얼마나 어둠의 장막 속에 살았는지에 대해서도 들으셨습니다. 피고인은 아버지한테도 헌신했습니다만, 아비란 자는 틈만 나면 아들한테 주먹질했다고 제 입으로 떠벌리더군요. 우리는 이웃 카미나와 케네스 머치슨 부부의 얘기도 들었습니다. 혼잣말을 하다가 누군가 다가가면 뚝 그친다고 했죠. 얼마나 마음이 혼란스러웠으면 자기 마음과 대화까지 할까요. 머치슨 씨 증언에 따르면, 피고인은 〈자기만의 세상에 살고〉 있었습니다. 에이니어스 매켄지는 좀 더 솔직했습니다. 로더릭 맥레이를 마을의 바보, 저능아라고 불렀죠. 종종 엉뚱한 행동을 한다고 했지요. 다른 증인들은 피고인에게 정신 이상자 딱지를 붙이는 데 주저했으나, 이는 컬두이 사람들이 착하고 너그럽기 때문입니다. 매켄지 씨가 예의는 부족했지만 그래도 사람들의 생각을 잘 대변해 준 셈입니다. 다들 아시다시피, 로더릭 맥레이의 기분은 들쭉날쭉하고 행동은 기이했습니다. 어느 모로 보나 정상은 아니었다는 얘기입니다. 라클런 매켄지는 신임 마을 치안관 자리를 꿰차자마자 권력을 남용해 로더릭의 가족을 학대 —〈학대〉 말고는 달리 표현할 방법이 없군요 — 했습니다. 그 바람에 여기 이 젊은이는 혼란에 빠져 이성의 벼랑 끝으로 내몰리고 말았죠. 로더릭은 결국 궁지에 몰려 라클런 매켄지를 살해하기로 합니다. 그리고 끔찍한 계획을 실행하는 와중에 무고한 희생자가 두 명 생깁니다.

가혹한 행위였고, 그 점은 의심의 여지가 없습니다. 하지만 범행 후 일련의 사건들은 로더릭 맥레이의 정신 상태를 그대로 보여 줍니다. 그가 여러분이나 나처럼 행동했습니까? 여러분이 보기에 정상적인 행동 같았나요? 달아나려고 시도라도 했나요? 자신의 죄를 부인했습니까? 아닙니다. 그저 조용히 자수하고 자신의 죄를 실토했을 뿐입니다. 후회도 하지 않았죠. 그 후로도 한 번도 입장을 번복하지 않았습니다.

여러분, 그가 왜 그렇게 행동했는지 자문해 보셔야 합니다. 대답은 하나입니다. 피고인은 자신이 잘못하지 않았다고 믿었고 〈지금도 믿고〉 있습니다. 로더릭 맥레이의 관점에서 보면, 그가 저지른 행위는 가족을 괴롭힌 데 대한 정당하면서도 불가피한 반응입니다. 물론, 잘못된 생각입니다. 이 법정에 있는 사람이라면 누구나 (손으로 방청석을 가리키며) 그의 행동이 잘못임을 압니다. 하지만 로더릭 맥레이는 모릅니다. 바로 여기에 사건의 핵심이 있습니다. 로더릭 맥레이는 더 이상 잘잘못을 가리지 못합니다. 죄를 저지르려면 물리적 행동이 따라야 하죠. 물리적 행동에 대해서는 이견이 없습니다. 하지만 동시에 정신적 행동도 필요합니다. 자신이 나쁜 행동을 하고 있다는 사실을 가해자가 인지해야 한다는 뜻입니다. 로더릭 맥레이는 몰랐습니다.

자, 다들 저명한 톰슨 박사님의 증언을 경청하셨겠죠? 증인은 로더릭 맥레이의 진짜 목표가 라클런 매켄지가 아니라 그의 따님 플로라라고 단언했습니다. 예, 상관없습니다. 하지만, 이것 하나만큼은 분명하게 말씀드릴 수 있습니다. 톰슨 박사의 견해는 억측에 불과합니다. 그 말이 옳다고 믿을 만한 증거가 어디에 있죠? 그렇다면 계획을 실행에 옮긴 직후 — 그러니까 세 명을 처참하게 살해한 바로 그 순간 — 로더릭이 범행 동기를 조작했다는 이야기입니다. 정상인이라면 그렇게 침착하게 행동하는 게 가능할까요?」

싱클레어 씨는 잠시 말을 끊고 손가락 하나를 입술에 댄 다음 천정을 올려다보았다. 흡사 자신이 던진 질문을 곰곰이 생각하는 사람처럼 보였다.

「피고인이 범행 이전에 동기를 조작했다고 주장할 수 있겠죠. 그러니까 플로라를 죽이기 위해 매켄지 씨 집에 가놓고, 나중에 그녀의 아버지를 죽일 목적이었다고 주장하는 겁니다. 하지만 그 얘기에도 치명적인 결함이 있습니다. 로더릭은 라클런 매켄지가 집에 돌아와 방해가 되리라는 걸 몰랐습니다. 아니, 어떻게 알겠습니까? 톰슨 박사의 설명이 타당하려면 계산이 굉장히 복잡하고, 단언컨대 논리도 완전히 무시해야 합니다. 그와 반대로 이곳 법정에 제시된 증거는 하나같이 피고인이 라클런 매켄지를 죽이려 했다는 사실을 가리키죠. 혼란스럽기는 해도 피고인 생각에 정당하고 정의로운 행위였습니다. 플로라 매켄지와 어린 도널드 매켄지의 목숨부터 취했다는 사실 역시 그가 제정신이 아니었음을 웅변적으로 보여 줍니다. 톰슨 씨는 플로라 매켄지의 끔찍한 상처들을 빌미로 여러분의 판단을 흐려 놓았으나, 제가 하나 물어봐도 되겠습니까? 그게 정말 이성적인 사람이 할 짓입니까? 아뇨, 절대 아닙니다. 만일 모든 증거가 드러내는 해석, 다시 말해 로더릭 맥레이가 가족의 고통을 복수해야겠다는 일념으로 라클런 매켄지를 살해했다는 얘기를 받아들인다면, 로더릭 맥레이가 제정신이 아니었으며, 그가 〈무섭망성 광증〉 또는 〈도덕적 광증〉 환자라는 톰슨 박사의 진단을 인정해야 합니다. 당연히 그 행위에 법적 책임을 물을 수는 없습니다.

배심원 여러분께 무죄 평결을 요청하는 건 바로 그 때문입니다. 어깨가 무거우시겠지만 여러분은 법 정신을 지켜야 합니다. 아무리 사건이 끔찍하다 해도 인간으로서의 감상에 휘둘리면 안 됩니다. 로더릭 맥레이는 범죄를 저지를 때 분명 제정신이 아니었습니다. 당연히 석방해야 합니다.」

필비 기자는 이렇게 썼다. 〈화려한 연주였으며, 연주자 또한 지극히 노련했다. 그의 변론을 들었다면 누구나 피고인이 훌륭하고도 엄정한 변호를 받았으며, 정의의 혼이 스코틀랜드 대도시의 장벽을 넘어 이곳까지 만연하다고 확신할 것이다.〉 싱클레어 씨는 자리에 앉으며 손수건으로 이마의 땀을 찍었다. 조수가 그의 어깨를 다독여 격려했다. 통로 반대편에서도 기퍼드 씨가 가볍게 목례하며 전문가로서의 경의를 표했다.

재판장은 잠시 소란을 허용했다가 다시 정숙을 명했다. 3시에는 배심단의 의무를 상기시킨 뒤, 두 시간 정도 지금까지의 재판 과정을 종합해 주었다. 필비 기자의 기사를 다시 인용해 본다. 〈재판장의 정리는 공명 정대의 표본으로 스코틀랜드 사법 체계의 신뢰를 더해 주었다.〉 관례에 따라 모두 발언을 하고 변호사와 검사의 태도를 치하한 뒤, 배심단을 향해서도 다음과 같이 주문하였다. 「공소장에 포함된 세 건의 사건과 관련해, 유죄 평결을 내리고자 한다면, 우선 다음과 같이 증거에 따라 네 가지 요건을 충족해야 합니다. 첫 번째,

피해자들은 공소장에 적시한 타격과 부상으로 사망했다. 두 번째, 상기 타격은 모두 생명을 파괴하려는 의도로 가해졌다. 세 번째, 타격을 가한 장본인은 피고인석의 피고인이다. 그리고 이 세 가지 사항이 모두 충족되었을 경우, 네 번째 조건이 남습니다. 피고인이 살상 행위를 범했을 당시 이성을 잃지 않았다. 이 사항들 중 하나라도 결함이 있을 시 피고인은 석방 자격이 있습니다. 다른 한편, 이 네 가지 조건을 모두 인정할 경우 배심원 여러분은 아무리 괴롭더라도 엄정하게 유죄 평결을 내려야 합니다.」

처음 세 가지 사항은 논쟁의 여지가 거의 없었다. 하지만 재판장은 법적 의무가 있기에 한 시간이 넘도록, 의학자들은 물론 범행 이후 피고인을 보거나 대화한 마을 사람들의 증언을 하나하나 열거했다.

그다음에는 정신 이상 특별 변론서를 거론했다. 「여러분이 적용해야 하는 기준은 다음과 같습니다. 한 사람이 일정 행위 또는 행위들을 하는 순간 정신에 하자가 있거나 정신병 상태일 경우, 그리하여 자신이 어떤 성격의 행위를 하는지 모르거나 또는 해당 행위가 잘못인지 모를 경우, 정신 이상으로 판단할 수 있다. 여러분, 여러분도 저도 이 지침의 타당성을 의심해서는 안 됩니다. 이는 법에서 정하는 규범이자, 이번 사건에서 여러분이 내려야 하는 판단입니다.*

* 이는 맥노튼 법칙의 요약이다. 1843년부터 잉글랜드와 스코틀랜드 법정 공히 이 법칙을 형사 사건에서 광기의 판단 기준으로 인정했다.

재판을 진행하는 동안 증인들의 증언을 충분히 들었습니다. 평생 피고인과 가까웠던 분들이므로, 피고인의 성격 관련 증언은 배심원 여러분이 고려해야 할 측면이 많습니다. 특히 카미나 머치슨 부인과 그 남편 케네스 머치슨의 증언이 그렇습니다. 두 증인은 고맙게도 이번 사건에서 가장 불편한 양상들을 명료하고 명확하게 설명해 주셨죠. 두 분은 또한 피고인이 남달리 혼잣말하는 습관이 있다고 증언해 주셨습니다. 하지만 우리는 피고인이 혼자 어떤 말을 했는지 모릅니다. 게다가 그 행동이 기이해 보일지라도, 그 행동만으로 피고인이 정상이 아니라고 판단하는 것은 적절치 못합니다. 다른 한편, 그 행동이 거대한 퍼즐의 일부인지라, 지금은 단편에 불과해도 하나하나 맞추다 보면 광기라는 그림 전체가 드러나리라 여길 수도 있습니다. 또한 피해자의 친척 에이니어스 매켄지 씨의 증언도 들었습니다. 증인은 피고인이 제정신이 아니라고 증언했습니다만, 배심원 여러분은 그의 증언을 믿어도 될지 의심할 권리가 있습니다. 당연한 얘기지만 피고인을 향해 노여움을 드러냈을 수도 있으니까요. 더욱이 증언 당시의 무절제한 태도를 볼 때, 매켄지 씨가 피고인의 정신 상태를 가늠할 자격이 있는지 여부도 고려해야 합니다. 매켄지 씨의 증언을 고려할 때는 특별히 신중해야 한다는 뜻입니다. 다른 컬두이 주민들의 증언과 마찬가지로, 그의 증언을 어떻게 받아들일지는 온전히 여러분이 결정해야 할 몫입니다.」

재판장은 피고인이 종종 예측 불가의 기행을 했다는 증언도 언급했다. 사슴 사냥에서의 사건, 축젯날 플로라 매켄지와의 불화도 요약해 주었으나 둘 다 고려 대상이 아니라고 못 박았다. 첫 번째는 〈당시 겨우 열다섯 살이었던 어린 소년의 치기 어린 행동〉에 불과하며, 두 번째는 〈젊은 혈기와, 알코올을 생전 처음 마셨다는 상황을 간과해서는 안 되기 때문〉이었다. 물론 그 사건의 가치를 평가하는 것은 배심원의 몫이나, 지나치게 의미를 두지 않아야 한다는 뜻이었다.

그리고 두 전문가 증인의 증언을 언급했다. 「이번에 검찰과 변호인 측은 공히 전문가를 증인으로 내세웠습니다. 한 분은 연구 경력이 많고 한 분은 현장 경험이 다양했는데, 두 분 모두 피고인의 정신 상태에 대해 의미 있는 진단을 하셨습니다. 여러분은 두 증언 모두 중요하게 고려할 의무가 있습니다만 반드시 동의할 필요는 없습니다. 다만 어느 쪽이든 전문가 증인의 증언을 무시하고자 한다면, 당연히 심사숙고를 하고 또 타당한 이유도 있어야 합니다.

검찰 측 증인 헥터 먼로 박사님은 개업의로서도, 인버네스 교도소에서도 경험이 풍부한 의사입니다. 교도소에서도 자기 주관하에 수백 명의 수감자를 진찰했죠. 먼로 박사님은 피고인과 장시간 대화를 나눈 후, 그를 〈자신이 진찰한 죄수 중 가장 지적이고 총명하다〉라고 진단 내렸습니다. 광기의 징후들을 다양하게 나열했지만 피고인은 그중 어디에도 속하지 않는다고 했습니다. 죄수들을 다룬 경험도 풍부하고 정신 질환 관련 지식도 많으신 분이니, 먼로 박사님의 견해는 충분히 고려해야 할 것입니다.」

　재판장은 이제 톰슨 박사의 증언으로 넘어갔다. 「범죄 심리학 분야의 최고 권위자이십니다. 톰슨 박사님 의견에 따르면, 피고인은 정신 이상이 아니며 자신이 나쁜 짓을 했음을 잘 알고 있었습니다. 먼로 박사님의 증언과 마찬가지로 배심단이 신중히 협의해야 하겠지만 이러한 결론을 내리기까지 두 증인의 논거를 판단하는 것은 저, 재판장의 임무입니다. 이는 무척 중요합니다. 톰슨 박사님의 견해가 사건의 실상들을 독특하게 해석했기 때문입니다. 검찰이 제시한 해석과도 크게 차이가 있었죠. 톰슨 박사님은 피고인이 매켄지 씨 자택에 갔을 때, 라클런 매켄지를 살해할 목적이 아니라 그의 딸 플로라에게 해코지할 생각이었다고 했습니다. 우리는 피고인이 그녀에게 마음을 주었다고 들었습니다. 톰슨 박사는 이 견해에 대한 근거로 매켄지 양의 신체에 가해진 음란한 상처들을 언급했습니다. 박사님이 보시기에, 매켄지 양이 이번 범행의 우발적인 희생자라면 그런 부상은 가능하지 않았습니다. 또한 박사님은 피고인이 소위 〈도덕적 광인〉이 아니라고 단정하셨는데, 이는 피고인 자신이 이런저런 진술에서 라클런 매켄지를 죽일 의도였다고 밝혔기 때문입니다. 톰슨 박사님의 주장에 따르면, 이 표리부동의 입장으로 보아 죄수는 자신의 행위가 잘못임을 알고 있었으며, 따라서 도덕적 정신 이상으로 볼 수 없습니다.

　배심원 여러분, 여러분은 이런 복잡한 문제들을 숙고해 결론을 이끌어 내야 합니다. 경고 한마디만 하겠습니다. 톰슨 박사의 견해는 단 하나의 증거에 의존합니다. 매켄지 양에게 가해진 부상의 성격, 그리고 그 상처들을 있게 한 동기의 해석이죠. 하지만 해석은 해석일 뿐이지, 사실은 아닙니다. 톰슨 박사님은 범죄 현장을 목격하지도 않았으며, 여러분은 지금껏 경청한 여타의 해석들을 고려할 의무가 있습니다. 특히 매켄지 씨의 행동이 피고인에게 살인 동기를 제공했음을 암시하는 증거, 증언들입니다. 톰슨 박사님의 해석에 동의하지 않을 경우에도 여러분은 박사가 언급한 것들을 간과해서는 안 됩니다. 피고인의 공격 목표가 정말 매켄지 씨였는지, 그리고 피고인의 행동으로 보아 실제로 이성을 상실했다고 판단할 수 있는지 고려해야 합니다.」

재판장은 잠시 뜸을 들이며, 배심원들이 복잡한 정리를 소화할 수 있게 해주었다.

「하지만 톰슨 박사님의 견해에 반대하려면, 이는 여러분 앞에 놓인 증거 전체에도 의심의 눈길을 보내야 합니다. 사람이 어떻게 제정신으로 그렇게 끔찍한 범죄를 저지를 수 있느냐의 논지로는 충분치 않습니다. 건강한 사람도 얼마든지 이런 범죄를 저지를 수 있습니다. 따라서 그런 행위를 범했다는 사실만으로 당사자가 이성의 경계를 벗어났다고 단정할 수 없습니다. 여러분이 이 사건에 어떤 감정을 갖든 그건 법의 정신이 아닙니다. 여러분은 오로지 이 법정에서 제시된 증거만을 공평무사하게 평가해 평결해야 합니다.」

재판장은 마지막으로 배심단에게 임무가 무거움을 상기시켰다. 「이번 사건은 그 자체로 위중하므로 유죄 평결은 곧 중형을 의미합니다.」 그러고는 배심원들에게 재판 내내 경청해 주어서 고맙다고 인사하고, 평결을 내리기 전에 증거와 증언을 엄정하게 심사할 것을 다시 한번 주문했다.

평결

그때쯤 4시가 조금 지났다. 재판장은 배심단에게 7시까지 평결에 이르지 못하면 그날 밤은 여관으로 돌아가고 아침에 다시 심사할 것을 주문하면서, 시간은 얼마든지 걸려도 좋으니 무엇보다 배심단의 임무가 막중하다는 사실을 다시 한번 상기시켰다.

로디는 아래층으로 끌려가고 직원들이 법정을 정리했다. 방청객들은 재판 분위기를 놓치기 싫은지, 자리를 뜨지 않고 새로운 정보를 바탕으로 사건을 구체적으로 논하기도 했다. 약삭빠른 기자들은 고든 테라스에 있는, 이름도 기이한 갤로스* 주점으로 우르르 몰려갔고, 그 이전에 심부름꾼 아이들에게 몇 실링을 쥐여 주고 종이 울리는 대로 알려 줄 것을 부탁해 놓았다. 기자들은 와인과 에일을 엄청나게 주문해 허겁지겁 들이켰다. 배심단이 평결을 내릴 때까지 그리 오래 걸리지 않으리라는 것이 기자들의 계산이었다. 변호사가 맹활약하기는 했지만 결국 톰슨 박사의 증언 때문에 저 불쌍한 피

---

* 갤로스*gallows*는 교수대라는 뜻이다 ─ 옮긴이주.

고인은 교수대로 끌려갈 것이다. 존 머독만이 유죄 평결을 피할 수 없다는 중론과 거리를 두었다. 그의 말을 빌리자면, 기자들은 학대받은 소작농에게 배심원들이 동정심을 가진다는 사실을 간과했다. 지난 수세기 동안 하일랜드 고지대를 괄시한 데 따른 반감은 깊고도 길었다. 그들은 로더릭 맥레이에게서 권력자의 압제에 항거하는 투사의 모습을 보았을 것이다. 필비 기자는 머독의 의견을 귀담아들었으나, 결국 그 의견을 인정하면서도, 배심단이 그런 식의 감상에 눈이 멀어 판단을 그르치지는 않을 거라며 항변했다. 다른 사람들은 그냥 머독을 비웃었다. 급진적 성향 때문에 사건의 실상을 보지 못했다는 얘기였다.

하지만 주점 벽시계가 6시 30분을 향해 움직이면서 분위기가 바뀌었다. 배심원들이 뭔가 고민하고 있다는 뜻이 아닌가. 이윽고 7시 10분 전, 심부름꾼 아이들이 뛰어 들어왔다. 종이 울렸어요! 기자들은 식탁에 동전을 던지고 황급히 문을 향해 달려갔다. 기자석에 들어갈 때는 재판장의 따끔한 눈총까지 받았다. 법정은 이미 기대감에 술렁거렸다. 판사는 정숙을 명하고, 재판 진행을 방해할 경우 엄벌에 처하겠다며 경고했다. 로디도 불려 나왔다. 필비 기자에 따르면, 그의 태도는 〈고개를 좀 더 숙인 것 같기는 해도 처음 등장할 때와 전혀 달라지지 않았다〉. 배심단이 들어오고 배심단장이 자리에서 일어났다. 맬컴 치점이라는 이름의 무두장이였다.

법원 서기가 평결을 도출했는지 물었다.

「아니, 하지 못했습니다.」 치점 씨가 대답했다.

그 말은 무죄이니까 석방하라는 평결만큼이나 엄청난 소란을 불러일으켰다. 결국 방청객 둘을 쫓아내고 나서야 질서를 회복할 수 있었다.

재판장은 배심단이 사건을 신중하게 대해 주어 고맙다고 치하하고 다음 날 오전 10시에 배심원실에 다시 모이라고 지시한 뒤, 그때까지는 사건에 대해 그 어떤 대화도 하지 말라고 덧붙였다.

기자들은 다시 갤로스 주점으로 달려갔다. 와인이 〈네스 강의 홍수〉처럼 쏟아졌다. 필비 기자는 후일 다음과 같이 회고했다. 〈조금 전까지만 해도 놀라운 반전으로 받아들였겠지만 이제 무죄 평결은 훨씬 더 가능성이 있어 보였다〉. 그의 논리에 따르면, 행여 배심단이 조금이라도 의심하기 시작했다면 그 씨앗은 밤새도록 자랄 것이다. 필비도 머독과 밤늦게까지 논쟁을 벌였는데, 머독은 오히려 자신의 주장을 접고 재판이 변호인 바람대로 흘러가지 않으리라고 점쳤다. 「이곳 사람들은 평결이 검찰 의사에 반할 때는 으레 움찔한다네.」 그는 필비에게 그렇게 말했다. 어쨌든 피고인이 〈요행히 교수형을 피한다〉 해도 평생 교도소에 갇혀 톰슨 박사의 감시를 받아야 할 텐데, 별로 좋은 대안 같지는 않았다.

밤이 깊을수록 사람들은 더 흥청거렸다. 필비 기자도 〈하일랜드 사람들의 환대에 너무 취했다〉라고 실토했다. 어느 정도냐 하면, 다음 날 아침 여관집 주인이 깨웠을 때 심지어

374

구두끈을 다시 묶을 필요조차 없었다.

방청석은 10시 정각에 열렸다. 더 이상 증인이 나오지도 않건만 인파는 전혀 줄지 않았다. 입장하지 못한 사람들도 제일 먼저 판결 소식을 듣겠다는 일념으로 법원 밖에서 기다렸다. 필비 기자와 동료들은 법원 복도를 서성거리며 휴대용 술병에 담긴 위스키로 숙취를 다스렸다. 다행히 오래 기다릴 필요는 없었다. 11시 15분, 다시 종이 울렸다. 배심단이 도착하기 전 재판장은 필요할 경우 방청객을 모두 쫓아낼 수도 있다고 엄포를 놓았다. 그리고 그 경고에 화답이라도 하듯, 로디가 도착하자 법정은 순간 기이한 정적에 휩싸였다. 피고인은 아주 창백했고 두 눈에도 다크서클이 짙었다. 싱클레어 씨가 악수했으나 그도 마찬가지로 안색이 잿빛이었다. 배심원들이 자리를 채웠다. 로디는 이제야 재판에 관심이 생기기라도 한 듯 배심단을 바라보았다. 배심원들은 마치 장례 예배에 나온 사람들처럼 하나같이 표정이 어두웠다. 피고인과 눈을 맞추려 하지도 않았다. 법원 서기가 일어나 평결에 합의했는지 묻자 배심단장 치점 씨가 그렇다고 대답했다.

재판장이 물었다.

「여러분, 어떻게 됐습니까? 피고인은 유죄입니까, 아니면 무죄입니까?」

싱클레어 씨가 고개를 떨구었다.

배심단장이 대답했다. 「재판장님, 첫 번째 기소와 관련해 배심단은 유죄를 평결합니다. 두 번째 기소에 대해서도 유죄를 평결합니다. 세 번째 기소도 역시 유죄입니다.」

법정은 한동안 정적에 휩싸였다. 이윽고 재판장이 물었다. 「평결은 만장일치인가요?」

「13대 2로, 다수결로 정했습니다.」 배심단장이 대답했다.

싱클레어 씨는 두 손으로 머리를 감싼 채 의뢰인을 돌아보았다. 로디는 미동도 없이 앉아만 있었다. 아무 일도 일어나지 않았다. 방청석에서도 전혀 반응이 없었다. 마치 여태껏 지켜본 상황이 모두 팬터마임에 불과했다는 사실을 알아채기라도 한 것만 같았다.

재판장은 배심원들에게 그동안 고생하셨다며 치하했다. 「여러분의 평결에 양심의 가책을 느끼실 필요 전혀 없습니다. 여러분이 증언을 경청하고 그에 입각해 내린 결정이니까요. 책임은 모두 피고인에게 있고 피고인의 행동으로 말미암아 우리가 이 자리에 모였으며, 여러분의 판결은 오로지 법에 따라 이루어졌습니다.」

판사들이 평결문에 서명했다. 재판장이 로디에게 일어나라고 하고 자신은 검은 모자를 썼다.

「로더릭 존 맥레이, 피고인을 상대로 기소된 살인 사건에 대해 배심단은 유죄 평결을 내렸다. 평결은 증거에 따라 내려졌기에 공평한 참관인이라면 그 누구도 의심하지 않을 것이다. 피고인은 세 사람을 살해했으며, 그중에는 어린아이와, 한창때의 무고한 소녀도 포함되었다. 희생자의 몸에 끔찍한 부상을 가하기도 하였다. 그간 우리는 이 사악한 범죄 동기에 대해 무수한 증언을 들었으나, 이제 유죄 판결이 난 이상 범행 동기는 더 이상 의미가 없다. 내릴 수 있는 선고는 단 하나뿐이며, 부디 짧은 기간이나마 자신의 행동을 참회하기를 바란다. 성직자의 도움을 받기를 바라 마지않으나, 재판 과정에서 들은 바에 따르면, 유감스럽게도 피고인은 그마저 거부할 것으로 보인다.」

재판장은 공식적으로 9월 24일 아침 8시에서 10시 사이에 인버네스 성에서 피고인을 사형에 처한다고 선언했다. 그리고 검은 모자를 벗으며 이렇게 덧붙였다.「주께서 피고인의 영혼을 긍휼히 여기시길.」

맺음말

로더릭 맥레이의 재판은 9월 9일 목요일에 끝이 났다. 다음 날 아침 싱클레어 씨는 존 머독을 찾아가 로디의 원고를 제공했다. 당시 스코틀랜드 법정은 공식적인 항고 제도가 없었기에, 변호사는 머독의 도움을 받아 로디의 감형 운동을 벌이고 싶어 했다. 로디의 비망록을 출간하면 불쌍한 소년을 위해 대중적 지지를 이끌어 낼 수 있다는 계산이었다.*

머독은 회의적이긴 했으나 변호사의 계획에 일면 공감하는 바도 있어 일단 원고를 읽고 『인버네스 신보』 편집장을 만나는 데 동의했다. 잘하면 신문이나 〈특별판〉에 몇 차례 발췌문을 실을 것이다. 싱클레어 씨는 그 문제를 머독의 손에 넘기고, 주말에는 사법부의 수장인 몽크리프 경에게 보낼 탄원서를 작성했다.

탄원서에서 싱클레어 씨는 의뢰인의 유죄 판결에 문제가

---

* 이로부터 40년 후, 비록 상황은 매우 다르지만, 2만 명의 이름으로 낸 청원이 오스카 슬레이터의 사형 선고를 뒤집는 데 큰 역할을 했다.

있다는 식의 주장은 하지 않았다. 재판 운영이 부적절했다는 식의 얘기도 없었다. 다만 정상을 참작해 자비를 베풀어 달라고 호소했을 뿐이다. 그는 형식적으로 사건 개요를 설명하고 탄원문을 작성했다.

재판 당시 증언과 피고인 자술서에서 드러났듯, 로더릭 맥레이는 불가불 살인을 하고 유죄 판결을 받았습니다. 피고인의 주 희생자인 고인이 의도적이고 노골적으로 학대한 데 따른 불행한 사건이었죠. 피고인의 기행과 정신 이상 증세를 뒷받침하는 증언이 재판 당시 수없이 많았습니다. 그 바람에 배심원들이 다음 날까지 숙고에 숙고를 더하기도 했습니다. 평결도 다수결로 결정했습니다. 그 자체로 피고인이 제정신이 아니었다는 견해가 타당하다는 증거라 할 수 있습니다. 그간 피고인은 수차례 자학적인 언급을 반복했는데, 굳이 부연하자면 그 언급 역시 그가 이성적이 아님을 증명한다 할 수 있겠습니다. 액면 그대로 받아들일 경우 교수대에 매달리게 될 텐데, 제정신이라면 어떻게 그런 얘기를 함부로 한단 말입니까? 의뢰인의 정신 상태를 합리적으로 의심했기에, 배심원들도 가혹하기 짝이 없는 선고를 망설였을 것입니다.

구속 기간 동안 제 의뢰인은 어떻게 범죄를 저지르게 되었는지 성실하고 소상하게 설명했습니다(사건 개요 복사본을 첨부하오니 참고 바랍니다). 그 과정에서 가난하고 교육도 제대로 받지 못한 사람답지 않게 대단한 재능과 지적 능력을 보여 주기도 했습니다. 퍼스의 일반 교도소 담당의 J. 브루스 톰슨 박사는 증인으로 출석해, 지금껏 범죄자와 광인을 수도 없이 만났으나 그처럼 문장력이 탁월한 죄수는 단 한 명도 보지 못했다고 증언했습니다. 맥레이 군의 비망록은 그 정도로 훌륭합니다. 단언컨대, 이토록 훌륭한 글을 쓸 정도로 지적이고 감성적인 인물을 사형장의 이슬로 만들어 버린다면 그보다 가혹하고 야만적인 처사가 없을 것입니다.

덧붙인다면, 피고인은 이제 열일곱 살, 지극히 어린 나이입니다. 그 점 역시 형량 완화에 참작할 수 있습니다. 비록 맥레이 군이 유죄 판결을 받기는 했으나 범행은 애초에 불가피한 측면이 있습니다. 탁월한 재능을 감안한다면, 형을 살고 나면 분명 건강하고 생산적으로 살아갈 것입니다.

우리가 구성원들에게 베푸는 동정심으로 사회를 평가한다면, 가장 불쌍한 이들에게 혜택이 돌아가야만 고귀한 기독교적 가치를 충실하게 이행하는 셈이 될 것입니다. 법무장관님께 로더릭 존 맥레이의 자비를 청원하는 것도 이런 취지에서입니다.

부디 법무장관께서 너그러운 마음으로 비망록을 참조하시고, 여왕 폐하께 청원을 넣으사 부디 폐하의 특권으로 피고인의 형량을 감해 주시기를 바라 마지않습니다.

[날인]
앤드루 싱클레어 변호사

탄원서는 9월 13일 월요일에 제출되었고, 같은 날 『인버네스 신보』는 존 머독의 기사, 「우리가 이 사건에서 배워야 할 것」을 실었다. 머독은 먼저 법정에서의 경험을 회고하고 로디를 〈고독한 인간〉으로 묘사했다. 〈그를 보면 누구나 당시의 재판 절차와 완전히 무관한 인물인 줄 알 것이다. 그 태도가 무관심 때문인지, 아니면 정신병 때문인지는 여전히 모른다. 아니, 그보다 먼저 위선인지 진짜인지조차 알 수 없다. 그런데 정직하지만 자격이 의심스러운 배심원 15인에게 문제 해결을 맡긴다? 과연 이런 성격의 사건에 적합한 방법인지 알 수 없다.〉 머독은 이어서 로디의 비망록을 언급했다. 〈그의 해명은 충격적인 동시에 애절했다. 무죄 석방을 노리고 쓴 것도 아니다. 그럼에도 불구하고 비망록의 호소력과 지성은 궁극적으로 드러난 유혈 행위와 확연히 대조를 이루고 있다. 그 자체로 광기를 드러낸다고나 할까.〉 머독은 로디의 감형을 직접 호소하기보다, 포괄적으로 주장하는 쪽을 택했다. 〈현재의 사법 체계는 이런 식의 사건을 처리하는 데 적합하지 않다. 우리의 고귀한 법 정신은 피고인의 정신 상태가 문제가 될 경우 즉시 절차를 재고해야 한다. 그렇지 않을 경우 사람을 교수대로 보내는 일은 사리에 맞지 않는다.〉

머독 기자는 같은 날 몽크리프 경에게도 편지를 보냈다.

비록 편지는 없어졌지만 상기의 기사와 비슷한 내용을 담고 있었으리라.

싱클레어 씨의 탄원서를 받은 후 법무장관은 해당 판사들은 물론 스코틀랜드 호적 관리 장관 윌리엄 피트 던다스와 연락을 취했겠지만, 편지 내용이 뭐였든 사건은 순식간에 이첩되었다.

존 머독은 로디의 원고를 지역 출판업자 알렉산더 클라크에게 넘겼다. 그러나 실제로 인쇄된 내용은 5만 단어짜리 원고 전체가 아니라 24페이지 싸구려 요약본이었으며, 가장 섬뜩하고 선정적인 내용만 발췌했다. 그리고 며칠 지나지 않아 전국에서 더 질 나쁜 개정판이 수십 가지나 출간되었다. 가장 악명 높은 각색은 글래스고의 윌리엄 그리브가 펴냈는데, 제목이 무려 『블러디 프로젝트: 어느 살인자의 헛소리』였다. 『블러디 프로젝트』는 불과 16페이지였으며 로디의 살해 장면만 모았다. 라클런 매켄지의 양을 살해한 장면(〈그 순간 내가 해골을 뽀개는 데 취미가 있음을 깨닫고, 머지않아 다시 시도해 보기로 결심했다〉)을 넣고, 로디가 열두 살 플로라 브로드의 〈순결을 빼앗은〉 장면도 상상으로 넣었다. 소책자는 며칠 만에 수만 권이 팔려 나갔다. 섬뜩한 만화, 판화, 시도 뒤를 이었다(가장 눈에 띄는 것은 토머스 포터가 쓴 「이 찬란한 아침, 난 세 명을 살해했네」라는 시였다). 덕분에 로디는 사회 문제라기보다 국가적 악귀로 전락하고 말았다. 아이로니컬하게도 이들 상품이 하나같이 로디를 정신 이상의 살인마로 조명했지만, 사람들은 이야기에만 탐닉할 뿐 사실이 어떤지는 아예 안중에도 없었다.

당연한 얘기지만 싱클레어 씨의 계획은 성공하지 못했다. 법적으로 하자가 없기에 시비를 걸 수도 없고 증거 불충분이라고 우길 여지도 없었다. 로디의 비망록을 출간하면 시민들이 청원을 지지하리라 기대했건만 그야말로 터무니없는 망상이었다. 이제 더 이상 방법도 없었다. 대중이 자신처럼 로디를 품으리라는 기대는 말 그대로 꿈같은 얘기였다.

어쨌든 그다음 주, 싱클레어 씨는 몽크리프 경으로부터 공손하면서도 형식적인 답신을 받았다. 〈증거나 재판 절차상 하자가 전혀 없다〉는 내용이었다. 정상 참작을 고려할 여지도 당연히 없었다. 〈피고인의 재능을 거론하기는 했지만, 그게 사실이든 아니든, 법적으로 고려할 만한 사항은 아닙니다.〉 결국 사형 선고는 그렇게 굳어졌다.

싱클레어 씨는 거의 매일 로디를 찾아갔다. 로디는 넋이 나간 사람 같았고, 〈식사에도 대화에도 전혀 흥미가 없었다〉. 현 상황을 개탄하지도 않았고 임박한 운명에 두려운 기색도 보이지 않았다. 교도소 목사가 남은 시간 동안 주님께 회개하라고 했다지만 들은 척도 하지 않았다. 필기도구가 충분히 주어졌는데도 아버지한테 쓴 짧은 편지 한 통 말고는 그 어떤 것도 기록하지 않았다.

친애하는 아버지,

이 편지를 쓰는 이유는 아버지 입장이 조금이나마 편해지기를 바라서입니다. 이제 남은 시간이 별로 없으나 나 자신은 이 세상에서 더 이상 바라는 바가 없습니다. 감방 벽은 삭막하기가 그지없군요. 다시 한번 컬두이를 보고 싶은 마음은 간절하나, 형 집행을 재촉할 수만 있다면 기꺼이 그러겠습니다. 아무튼 지금은 아주 편안하니, 내 걱정은 하지 않으셔도 됩니다. 내 죽음을 슬퍼하실 필요도 없어요.

말썽을 부려 죄송합니다. 못난 아들이 되고 싶지는 않았는데 정말 미안합니다.

[날인]

로더릭 존 맥레이

편지는 9월 22일 오후에 컬두이에 전해졌으나 존 맥레이는 끝내 읽지 못했다. 그날 아침, 집 옆의 의자에서 죽은 채 발견되었기 때문이다. 카미나 스모크가 그를 발견했다. 그는 카머스터라치의 공동묘지, 자기 아내 옆에 묻혔다. 집과 헛간은 수리도 하지 않은 채 무너져 내렸고 땅은 마을 사람들에게 분배되었다. 치안관의 역할은 피터 매켄지가 이어받았다.

9월 24일, 사형 집행일 아침, 로디의 유일한 마지막 청은 교도소 마당을 한 바퀴 도는 것이었다. 청은 이루어졌다. 싱클레어 씨에 따르면 한 바퀴 도는 동안 〈완전히 딴 곳에 있는 사람〉 같았다. 그다음엔 변호사, 스코틀랜드 교회 목사, 그리고 두 명의 간수와 함께 감방을 나왔다. 일행이 사형 집행실에 접근하자 로디가 풀썩 쓰러졌고 그 뒤로는 간수들이 부축해 끌고 갔다. 사형 준비는 이미 끝난 터였다. 집행인 외에 헥터 먼로 박사와 교도소장이 자리를 지켰다. 머리 위로 두건을 씌우자 로더릭 맥레이가 눈물을 흘렸다. 싱클레어 씨는 두 손으로 얼굴을 가렸다. 로더릭 맥레이는 8시 24분에 사망 선언을 받았다. 의사 보고서에 따르면 〈교수형은 전형적인 방식으로 집행했으며 사형수에게 불필요한 고통을 야기하지는 않았다〉.

역사 자료와 감사의 말

그간의 연구와 영감이라면 다섯 권의 도서에 크게 빚을 졌다. I. F. 그랜트의 『하일랜드의 생활 방식*Highland Folk Ways*』(루틀리지, 1961)은 스코틀랜드 하일랜드의 생활 양식과 전통의 이해에 없어서는 안 될 지침서가 되어 주었다. 제임스 헌터의 『소작 공동체의 형성*The Making of the Crofting Community*』(존 도널드, 1976)은 내가 읽은 것 중에서 하일랜드의 역사적 발전을 다룬 최고의 서적이었다. 『블랙하우스의 아이들*Children of the Black House*』(벌린, 2003)은 케일럼 퍼거슨의 역저이며, 야사 중심이다. 니콜 래프터의 『범죄학의 기원: 독본*The Origins of Criminology: A Reader*』(루틀리지, 2009)에서 J. 브루스 톰슨을 비롯해 이 분야 선구자들의 저술을 접할 수 있었다. 마지막으로 『나, 피에르 리비에르, 어머니와 여동생, 남동생을 학살한 사내*I, Pierre Rivière, Having Slaughtered My Mother, My Sister and My Brother*』(비손 북스, 1982)는 미셸 푸코가 편집하였다.

애플크로스의 사학자 이언 매클레넌에게도 감사드린다. 그의 저서『애플크로스와 배후지: 역사 문집*Applecross and Its Hinterland: A Historical Miscellany*』(애플크로스 역사학회, 2010)의 정보도 훌륭했지만 내 이메일에도 꼼꼼하게 답변해 주었다. 애플크로스 전통 센터의 큐레이터 고든 캐머런은 바쁜 시간에도 불구하고, 1820년대 도널드 맥레이가 작곡한 노래「코일 머리드」의 가사를 찾아 주었다. 내가 알기로, 노래의 영어 번역은 로이 웬트워스가 맡았다.「카른난우어이언」의 번역은 프랜시스와 케빈 맥닐의 제안에 따랐다.

또한 앵거스 갤브레이스 목사(1837~1909)의『설교집*Sermons*』에도 빚을 졌는데, 이 책에 들어 있는 동명이인의 추도 연설은 그 책에서 영감을 얻은 것이다. 제임스 갤브레이스의 경찰 진술서는 록캐런 교구, 존 매켄지 목사의 말을 참고한 것인데, 존 매켄지는 자신의 1840년「통계 보고서」에서 다음과 같이 기록했다. 〈지난 세기 중반경, 이 지역 주민들은 너무도 끔찍한 야만 행위에 말려들었다. 1724년에 시작된 장로회 기록은 암울하고 끔찍한 범죄 해설로 가득했으며, 황폐함, 흉폭함, 추악한 타락 등 야만의 시대에나 있을 법한 참상을 드러냈다.〉

제임스 브루스 톰슨(1810~1873)은 실존 인물이며 이 책에 언급한 논문들은 온라인으로도 볼 수 있다. 소설 속에서 톰슨 박사가 언급한 이론은 대체로 이 논문들에 기초했지만 성격과 품성은 물론 그의 책도 내 상상의 산물이다. 존 머독은 동명의 급진 개혁가(1818~1903)와 비슷하다 하겠다.

필자는 2013년 스코틀랜드 북트러스트 신인 작가상을 수상했다. 이 책을 쓰는 동안에도 단체는 지원과 격려를 아끼지 않았다. 또한 글래스고의 미첼 도서관과 에든버러의 스코틀랜드 국립 기록 보관소 직원들에게도 늘 도와줘서 고맙다고 인사하고 싶다.

도움도 조언도 많이 받았으나, 그렇다고 이 책의 시대 배경이나 하일랜드의 생활 양식에 대해 전문가연하고 싶지는 않다. 이 책은 소설이므로 당연히 역사적 사실을 자유롭게 다루었으며, 소설가답게 어느 정도 가공하기도 했다. 당연히 의도이든 실수이든, 부정확한 사실이 있으면 모두 내 책임이다.

발행인 세라 헌트에게도 깊이 감사드린다. 이 책을 쓰는 동안 놀라운 열정과 아량, 지원을 아끼지 않았다. 크레이그 힐슬리의 신중하면서도 세심한 편집 역시 감사드린다.

개인적으로, 어렸을 때나 어른이 된 후 웨스터 로스를 자주 찾지 않았던들 이 책은 세상에 나오지 않았을 것이다. 이 선물에 대해서라면 물론 부모님, 길모어와 프림로즈 버넷께 고마움을 전한다. 절친한 친구이자 최고의 후원자 빅토리아 에번스도 고맙기 짝이 없다. 늘 시간을 쪼개 적절하고도 예리한 조언을 아끼지 않았다.

마지막으로, 젠. 늘 참아 주고 격려해 주고 짜증을 받아 주어 고마워요. 우나 맥레이같이 당신은 늘 햇볕처럼 삶을 따뜻하게 만들어 주는군요.

옮긴이의 말
범죄 소설이 아닌 범죄에 대한 소설

    그레임 맥레이 버넷의 두 번째 소설, 『블러디 프로젝트』가 맨부커상 후보에 올랐을 때 평론가들은 의아해했다. 『블러디 프로젝트』는 범죄 소설, 즉 장르 소설 범주에 속하기 때문이다. 맨부커상이 지금껏 장르 소설에 인색했기 때문이겠지만 오히려 나는 이 소설이 범죄 소설이라는 데 더 놀라야 했다. 지금껏 〈장르 소설 번역쟁이〉를 자처하며 범죄 소설을 꽤 많이 작업했건만 내가 아는 그 어떤 범죄 소설과도 달랐기 때문이다.

    살인 사건이 발생하고 등장인물 사이의 갈등과 반전을 거쳐 진짜 범인을 잡아낸다. 범죄 소설의 가장 기본적인 문법이 이렇다면, 이 소설은 살인 사건이 발생하고 곧바로 범인이 자수하며, 범인이 바뀔 정도의 갈등이나 반전은 어디에도 없는 듯했다. 처음 번역 작업을 한 후 당황했던 것도 그 때문이었다. 〈응? 왜 이렇게 밋밋하지?〉

수수께끼는 책을 다시 읽으면서 풀리기 시작했다. 처음 당황했던 것과는 반대로 소설에는 온갖 장점과 매력이 다 들어 있었다. 생생한 묘사, 살아 있는 인물들, 기발한 대화, 자연스러운 구어체, 다양한 관점, 섬뜩한 긴장감, 심지어 탁 하고 이마를 치게 하는 순간까지. 문제는 소설이 아니라 나 자신이었다. 처음부터 끔찍한 〈오독〉을 했던 것. 내가 처음에 아무것도 보지 못한 건 바로 그 때문이었다.

『블러디 프로젝트』는 범죄 소설이 아니라 범죄에 대한 소설이다. 누가 범인이냐가 중요한 것이 아니라, 왜 범죄를 저질렀으며, 주인공 로더릭 맥레이를 비롯해 어느 증인의 말을 믿을 수 있느냐가 소설의 핵심이다. 그리고 소설의 긴장과 갈등, 반전은 〈오독〉에서 벗어날 때 비로소 드러났다. 진실과 도덕은 모호해지거나 뒤집히며 소설 특유의 실험적 형식도 분명해졌다. 맨부커상 위원회가 이 소설을 후보작으로 선정한 것도, 이 소설에서 장르 소설 이상의 가치를 보았기 때문이리라.

또 하나 매력을 들자면, 이 소설은 19세기 스코틀랜드 하일랜드 지역의 사회상을 그대로 재현해 냈다는 평을 듣는다. 작가는 고지대 특유의 풍경, 소작농을 둘러싼 착취와 억압들, 철저한 계급 사회가 드러내는 잔혹상, 당시의 사법 제도 등을 철저한 조사와 고증을 통해 정확히 재현해 냈고, 독자는 그속에서 등장인물들과 함께 울고 웃고 긴장하고 분노하게 된다. 아마존 독자의 80퍼센트가 5점 만점에 4~5점을 준 것도,

『뉴스위크』와 『브레이 네덜란드』 등의 언론에서 올해의 책으로 선정한 것도 단순한 우연이 아니다.

2018년 12월

남양주에서

조영학

옮긴이 **조영학** 한양대학교 영어영문학과 박사 과정을 수료했고, 현재 전문 번역가로 활동하고 있다. 2013년부터 KT&G 상상마당에서 출판 번역 강의를 진행했으며 이 경험을 바탕으로 『여백을 번역하라』를 집필했다. 옮긴 책으로는 아서 코넌 도일의 『바스커빌가의 개』, 로버트 루이스 스티븐슨의 『지킬 박사와 하이드 씨』, 리처드 매드슨의 『나는 전설이다』, 마이클 코넬리의 『링컨 차를 타는 변호사』, 스티븐 킹의 『스켈레톤 크루』 등 80여 종이 있다.

블러디 프로젝트

발행일   **2019년 1월 15일 초판 1쇄**
        2019년 3월 20일 초판 3쇄

지은이   그레임 맥레이 버넷
옮긴이   조영학
발행인   홍지웅 · 홍예빈
발행처   주식회사 열린책들

경기도 파주시 문발로 253 파주출판도시
전화 **031-955-4000** 팩스 **031-955-4004**
www.openbooks.co.kr

이 도서의 국립중앙도서관 출판예정도서목록(CIP)은 서지정보유통지원시스템 홈페이지(http://seoji.nl.go.kr)와 국가자료공동목록시스템(http://www.nl.go.kr/kolisnet)에서 이용하실 수 있습니다.(CIP제어번호 : CIP2018033949)